A ESPIÃ VERMELHA

A ESPIÃ VERMELHA

— RED JOAN —

JENNIE ROONEY

Tradução de
Cláudia Mello Belhassof

1ª edição

EDITORA RECORD
RIO DE JANEIRO • SÃO PAULO
2019

CIP-BRASIL. CATALOGAÇÃO NA PUBLICAÇÃO
SINDICATO NACIONAL DOS EDITORES DE LIVROS, RJ

R685e
Rooney, Jennie, 1980-
A espiã vermelha / Jennie Rooney; tradução Cláudia Mello Belhassof. –
1ª ed. – Rio de Janeiro: Record, 2019.

Tradução de: Red Joan
ISBN 978-85-01-11634-5

1. Romance inglês. I. Belhassof, Cláudia Mello. II. Título.

19-55120
CDD: 823
CDU: 82-31(410)

Leandra Felix da Cruz – Bibliotecária – CRB-7/6135

Título original:
Red Joan

Copyright: © Jennie Rooney, 2013

Texto revisado segundo o novo Acordo Ortográfico da Língua Portuguesa.

Todos os direitos reservados. Proibida a reprodução, no todo ou em parte, através de quaisquer meios. Os direitos morais da autora foram assegurados.

Direitos exclusivos de publicação em língua portuguesa somente para o Brasil adquiridos pela
EDITORA RECORD LTDA.
Rua Argentina, 171 – Rio de Janeiro, RJ – 20921-380 – Tel.: (21) 2585-2000, que se reserva a propriedade literária desta tradução.

Impresso no Brasil

ISBN 978-85-01-11634-5

Seja um leitor preferencial Record.
Cadastre-se no site www.record.com.br
e receba informações sobre nossos lançamentos e nossas promoções.

Atendimento e venda direta ao leitor:
sac@record.com.br

EDITORA AFILIADA

Para Mark

— Droga... Achei que tivesse escapado.

Melita Norwood, aos 87 anos, a espiã britânica que serviu por mais tempo à KGB, em entrevista a um repórter do jornal *The Times*, depois de ser desmascarada, em setembro de 1999.

Sidcup,
janeiro de 2005

Domingo, 11h17

Ela sabe a causa da morte sem precisar que lhe digam.

O bilhete do advogado, que lhe foi entregue em mãos, é breve e frio. Ele contém os detalhes do enterro, marcado para sexta-feira, além de uma cópia de um obituário do *Daily Telegraph*, que descreve a infância de Sir William Mitchell em Sherborne, Dorset. Lá, ele contraiu poliomielite aos 8 anos (ela não sabia disso) e, depois de uma recuperação milagrosa, mostrou-se especialmente habilidoso em latim e grego antigo na escola. Também cursou línguas moderna e medieval em Cambridge, foi recrutado para a Executiva de Operações Especiais durante a guerra e, mais tarde, promovido a um alto cargo no Ministério das Relações Exteriores, aconselhando os governos britânico e da Commonwealth em questões de inteligência e recebendo uma série de títulos doutor honoris causa de diversas universidades nesse período. Aparentemente, os passeios pelas colinas escocesas com a esposa, agora falecida, foram os momentos mais felizes de sua vida. Ela também não sabia disso.

O que ela sabia era o seguinte: a intenção dele era que parecesse ter morrido em paz enquanto dormia.

Ela coloca o artigo e a carta sobre a mesa diante de si, a respiração irrompendo em curtos arquejos. Há terra sob suas unhas e no avental, sujando o envelope cor de creme. Os três vasos de terracota na mesa da cozinha estão como ela os deixou — cada um preenchido com terra até a metade, onde tinha plantado os galhos de gerânio cortados do jardim da frente do vizinho naquela manhã. Ainda assim, de alguma forma, agora eles pareciam diferentes por aquela interrupção; não mais delicados e vitoriosos por terem sobrevivido ao inverno inglês até janeiro, mas desordenados e ilícitos.

Ela pensa no colar de prata que William lhe deu há sessenta anos, idêntico aos que ele e Rupert usavam: a medalha de São Cristóvão, que retrata o santo maltrapilho carregando Jesus sobre os ombros por um mar tempestuoso. Ela não sabia o que o amuleto escondia, e, na hora, atribuiu a ele, erroneamente, outro significado. Não havia nenhum sinal da ponta de agulha infundida em curare, um relaxante muscular, escolhido por seu caráter não rastreável, que é tão eficaz que os pulmões param de funcionar quase no mesmo instante. Morte por asfixia. O indivíduo fica imóvel e sua reação é confundida com paz. Ela não teria aceitado o presente de William se soubesse o que era, mas, quando leu as instruções, era tarde demais para devolvê-lo. Ele havia providenciado tudo. Queria que ela também tivesse a opção. Por precaução.

Será que foi isso que aconteceu? Foram atrás dele enfim, depois de tantos anos? Se o fizeram, isso só pode significar que há alguma nova evidência, algo irrefutável, que o convenceu de que não valia a pena tentar defender a si mesmo e a sua reputação. Melhor morrer que arriscar a possibilidade de perder o título de cavalheiro, de ter de suportar as recriminações públicas e a vergonha fomentadas por essas revelações, além do inevitável julgamento criminal. E por que ele deveria se submeter a tamanha humilhação? A esposa está morta; ele não tem filhos. Nada para detê-lo.

Nenhum filho para proteger, como ela.

O obituário é ilustrado com uma foto de William ainda jovem, as feições inocentes e imaculadas, exatamente como na última vez que o viu. Os olhos dele encaram a câmera, um leve sorriso brincando nos lábios, como se soubesse de algo que não deveria. Ela imagina que, para o restante do mundo, a falta de foco da imagem em preto e branco pode parecer glamorosa e cheia de melancolia, uma imagem da juventude num passado longínquo. Mas, para Joan, é como olhar para um fantasma.

Eles a procuram mais tarde naquela mesma manhã. Joan está olhando pela janela do quarto quando um carro preto comprido faz a curva e entra na tranquila rua de subúrbio, cheia de casas geminadas com paredes revestidas de seixos, onde ela mora desde que voltou da Austrália para a Inglaterra, depois da morte do marido, quinze anos antes. O carro se destaca nessa parte do sudeste de Londres. Ela assiste ao homem e à mulher saltarem do automóvel e olharem em volta, analisando o lugar. A mulher está usando sapatos de salto alto e uma elegante capa de chuva bege, e o homem carrega uma pasta. Eles param ao mesmo tempo, ponderando, enquanto observam a casa dela do outro lado da rua.

Joan sente arrepios lhe percorrerem os braços e o pescoço. Por algum motivo, sempre achou que viriam procurá-la à noite. Não imaginou que seria num dia como aquele, frio, claro e perfeitamente calmo. Ela vê os dois atravessarem a rua e abrirem o portão da frente. Talvez esteja sendo paranoica. Podem ser qualquer pessoa. Assistentes sociais ou vendedores. Ela já havia dispensado pessoas do tipo.

A batida é alta e ritmada; parece oficial.

— Abra a porta. É da Agência de Segurança.

Joan dá um passo para trás rapidamente, o coração palpitando ao deixar a cortina cair diante de si. Estava velha demais para fugir. Ela se pergunta o que fariam se ela não abrisse a porta. Será que a derrubariam? Ou simplesmente acreditariam que não havia ninguém em casa e voltariam no dia seguinte? Ela poderia ficar ali até eles irem embora, e depois poderia... Ela para. Poderia o quê? Para onde iria, pelo tempo que fosse, sem provocar suspeitas? E o que diria ao filho?

Outra batida, mais alta dessa vez.

Joan pressiona as mãos na barriga quando lhe ocorre que podem tentar procurá-la na casa do filho se não a encontrarem ali. Ela corou com a perspectiva de um dos meninos de Nick atender a porta, o cabelo lamacento, despreocupado em seu uniforme de futebol, gritando que algumas pessoas estavam atrás da vovó. Se Nick visse esses dois, em roupas elegantes e naquele carro preto, pensaria que tinham ido lhe informar da morte da mãe, então Joan sente uma pontada de culpa ao imaginar seu choque com essa notícia.

E depois um choque ainda maior, horrível, ao saber que não, não era isso que tinham para lhe contar.

E qual dessas duas notícias seria pior?

Então um pensamento incômodo e furtivo corre por sua mente, tão ousado e, no entanto, tão suave que Joan sente um espasmo frio de medo, como se alguém deslizasse uma unha afiada por suas costas. Sim, ela consegue ver por que William escolheu o suicídio. Ela poderia fazer isso naquele exato momento; pegar a medalha de São Cristóvão na gaveta da mesa de cabeceira e abri-la para revelar a ponta da agulha, depois poderia deitar na cama pela última vez, e nunca teria de enfrentá-los. Tudo estaria acabado, terminado, e, quando a encontrassem, ela pareceria tão em paz e inocente quanto William. Seria muito fácil.

Porém seria mais fácil para quem?

Por um lado, é possível que a presença de curare na corrente sanguínea agora possa ser rastreada, mesmo que não o fosse há sessenta anos, e a descubram na autópsia. Ou pode não ter eficácia, a substância pode estar velha demais, pode não funcionar completamente. E, rastreável ou não, de qualquer maneira, eles poderiam levar adiante as investigações já iniciadas. Quando pensa que Nick teria de enfrentar as acusações sozinho, de súbito Joan tem certeza absoluta de que, nessas circunstâncias, ele não descansaria até ter limpado o nome da mãe de qualquer acusação que houvesse contra ela. Um advogado extremamente zeloso por natureza, ele a defenderia até o último suspiro se acreditasse que era a coisa certa. Tudo pareceria absurdo demais, contraditório demais para fazer jus à imagem da mãe que ele conhecera durante toda a vida.

No reflexo do vidro, Joan vê quando o homem e a mulher voltam pelo mesmo caminho e param na calçada para observar as janelas da casa antes de se afastarem. Ela recua um pouco mais. Mal consegue acreditar que isso esteja acontecendo. Agora não. Não depois de tantos anos. Ouve o clique de uma das portas do carro se abrindo e fechando com força, e depois outra. Eles entraram no carro; ou para esperá-la ali ou para ir até a casa de Nick. Ela não sabe qual das duas possibilidades.

Não era assim que deveria terminar. Ela se sobressalta com uma inesperada lembrança de si mesma quando jovem; uma imagem clara e vívida de uma vida que, depois de tanto tempo, realmente não consegue acreditar que tenha lhe pertencido. É tão destoante da maneira tranquila como vive agora, em que suas únicas distrações semanais são as aulas de aquarela nas tardes de terça-feira e as de dança de salão às quintas-feiras, pontuadas por visitas regulares de Nick e sua família. Uma existência calma e feliz, mas não exatamente a vida extraordinária que havia imaginado para si. Ainda assim, essa é a sua vida. A única que tem. E Joan não se manteve em silêncio por tantos anos para ter essa vida arrancada dela agora, tão perto do fim.

Ela respira fundo e atravessa rapidamente o quarto, agora sem se importar em ser vista da rua. Precisa resolver isso agora, sozinha. Não pode permitir que Nick descubra desse jeito. O sol da tarde cai como uma flor branca de luz pela janela acima da escada estreita enquanto Joan desce apressada em direção à entrada. Ela desengancha a corrente prateada e dá um puxão na porta — uma parte do tapete que costuma prender na madeira —, piscando enquanto os olhos se ajustam ao brilho da luz do dia. Em seguida, atravessa a soleira da porta, o coração martelando no peito. A mulher se vira quando o carro começa a se afastar, e, por um breve instante, seus olhares se cruzam.

— Esperem — grita Joan.

Eles a levam para um grande prédio numa rua estreita, não muito distante da Abadia de Westminster e das Casas do Parlamento, a quarenta minutos de carro de sua casa. Nenhum deles fala nada, além de verificar se ela está confortável e perguntar mais uma vez se gostaria de chamar um representante legal. Joan responde que está à vontade e que não, não deseja ter um advogado presente. Não precisa. Eles não a prenderam, não é?

— Tecnicamente, não, mas...

— Pronto, está vendo? Não preciso de um.

— Esta é uma questão de segurança nacional. Eu realmente recomendaria... — A mulher hesita. — Sei que seu filho é advogado, Sra. Stanley. Gostaria que entrássemos em contato com ele?

— Não — responde Joan, e seu tom é incisivo. — Não quero incomodá-lo. — Uma pausa. — Não fiz nada de errado.

Eles seguem em silêncio pelo restante da viagem. As mãos de Joan estão entrelaçadas com força, como se em oração. Mas ela não está rezando. Está pensando. Está se certificando de que se lembra de tudo para não ser pega de surpresa.

Quando chegam, alguém solta seu cinto de segurança. Ela segue a mulher, a Srta. Hart, para fora do carro, enquanto o homem, o Sr. Adams, caminha atrás das duas. Os três sobem os degraus até uma pequena porta de madeira cuja moldura é feita de pedra esculpida. O Sr. Adams não diz nada, mas estende a mão e coloca o crachá diante de uma pequena caixa preta. A porta destranca com um clique, e ele a empurra.

A Srta. Hart indica o caminho ao longo de um corredor estreito. Ela conduz Joan a uma sala quadrada com uma mesa e três cadeiras e pega a pasta do Sr. Adams. Ele não as acompanha, apenas para do lado de fora e fecha a porta atrás delas. Há microfones sobre a mesa e uma câmera presa ao teto no canto mais distante da sala. Uma janela de vidro reflete o olhar de Joan, e ela desvia os olhos rapidamente. Antes disso, porém, consegue notar a indistinta sombra da presença do Sr. Adams atrás do painel. A Srta. Hart se senta a um lado da mesa e gesticula para que Joan faça o mesmo.

— Tem certeza de que não quer um advogado?

Joan assente.

— Certo. — A Srta. Hart tira dois arquivos da pasta. Ela os coloca sobre a mesa e empurra o mais fino para Joan. — Vamos começar com este.

Joan se recosta na cadeira. Não faz menção de tocar no documento.

— Não fiz nada de errado.

— Sra. Stanley — continua a Srta. Hart —, eu recomendaria que a senhora cooperasse. Temos provas suficientes para uma condenação. Só há chances de o ministro do Interior demonstrar clemência se houver algum tipo de confissão ou admissão de culpa. Se nos der informações. — Ela faz uma pausa. — Caso contrário, será impossível sermos tolerantes.

Joan não diz nada. Seus braços estão cruzados.

A Srta. Hart olha para o chão reluzente da sala de interrogatório enquanto ajusta a posição da pasta com a ponta imaculada do sapato.

— A senhora está sendo acusada de vinte e sete violações da Lei do Segredo de Estado, o que é, de fato, traição. Tenho certeza de que a senhora está ciente da gravidade da acusação. Se nos obrigar a levar o caso a julgamento, a sentença máxima será de catorze anos.

Silêncio. Joan conta os anos na cabeça, cada um provocando um aperto doloroso no peito. Ela não se mexe.

A Srta. Hart olha de relance para a sombra do Sr. Adams atrás do painel.

— Será vantajoso para a senhora se registrarmos qualquer coisa que queira dizer em sua defesa antes de seu nome ser enviado à Câmara dos Comuns na sexta-feira. — Ela hesita. — Devo alertá-la agora de que a senhora terá que fazer uma declaração em resposta.

Sexta-feira. O dia do enterro de William. Ela não iria, de qualquer maneira. Joan se recompõe para que sua voz saia calma e firme.

— Continuo sem saber do que você está falando.

A Srta. Hart tira uma fotografia do bolso lateral da pasta e a coloca em cima da mesa, entre elas. Joan a observa de relance e desvia os olhos novamente. Ela a reconhece, é claro. É a fotografia do obituário.

A Srta. Hart coloca as mãos espalmadas sobre a mesa e se inclina para a frente.

— Acredito que a senhora conheceu Sir William Mitchell em Cambridge. Vocês dois estudaram lá mais ou menos na mesma época.

Joan lança um olhar vazio para a Srta. Hart, sem confirmar nem negar.

— Estamos apenas tentando esboçar um quadro geral nesta fase inicial — continua a Srta. Hart. — Inserir tudo no contexto.

— Um quadro geral do quê?

— Como tenho certeza de que a senhora está ciente, Sir William morreu subitamente na semana passada. Houve uma investigação, e várias perguntas continuam sem resposta.

Joan franze a testa, perguntando-se como exatamente ela poderia ser vinculada a William.

— Não sei como você acha que posso ajudá-la. Eu não o conhecia tão bem.

A Srta. Hart ergue uma sobrancelha.

— O caso contra Sir William não é o mais importante aqui. A escolha é sua, Sra. Stanley. Ou ficamos em silêncio até a senhora cooperar ou podemos simplesmente continuar. — Ela espera. — Vamos começar com a universidade.

Joan não se mexe. Seus olhos se desviam para o painel e além, para a porta trancada atrás da Srta. Hart. Não permitirá que tudo acabe ali, mas cooperar poderia valer a pena e até mesmo lhe daria tempo para descobrir quanto sabem. Eles devem ter alguma prova para William ter feito o que fez.

— Eu estudei lá — admite ela finalmente. — Em 1937.

A Srta. Hart acena com a cabeça.

— E a senhora conseguiu o diploma de que curso?

De repente, o olhar de Joan recai sobre as mãos da Srta. Hart, e ela leva alguns segundos para perceber o que há de incomum. Estão bronzeadas, em janeiro. O pensamento provoca uma inesperada onda de saudade da Austrália. Pela primeira vez desde seu retorno à Inglaterra, Joan deseja não ter voltado. Devia ter imaginado que não era seguro. Não devia ter permitido que Nick a convencesse.

— Certificado — diz ela, finalmente.

— Como assim?

— As mulheres recebiam certificados, não diplomas. Naquela época.
— Outra pausa. — Estudei Ciências Naturais.

— Mas a senhora se especializou em Física, pelo que sei.

— Foi?

— Sim.

Joan olha de relance para a Srta. Hart e desvia o olhar novamente.

— Certo. — Uma pausa. — E por que a senhora quis estudar? Não era uma coisa muito comum naquela época.

Ela expira devagar, consciente de que suas palavras precisam ser absolutamente coerentes. Não, não era comum, mas as únicas outras opções eram se casar, dar aulas ou aprender datilografaria, e ela não queria fazer nada daquilo. Joan fecha os olhos e obriga a mente a voltar ao ano em que saiu de casa, querendo ter completa certeza da lembrança antes de falar. Então ela descobre que ainda consegue se lembrar do que sentiu naquele ano com total clareza; a sensação sufocante de saber que, se não fosse a algum lugar e fizesse alguma coisa, seus pulmões poderiam, de fato, explodir. Parece estranho se lembrar disso agora, um sentimento esquecido havia tanto tempo. Nunca teve uma sensação como aquela antes e nunca mais sentiu nada parecido desde então, mas, pensando bem, ela se lembra de ter percebido a mesma energia estática emanando do próprio filho quando fez 18 anos. Quando não era exatamente velho, mas também não era mais jovem. Uma idade impressionante, como sua mãe costumava dizer.

No outono de 1937, Joan sairia de casa para estudar no Newnham College, em Cambridge. Com seus 18 anos, está impaciente para partir. Não há motivo específico para essa impaciência, exceto a sensação latente de que a vida acontecia em outro lugar, longe do alojamento coberto de hera do colégio particular para meninas perto de St. Albans, onde morou a vida toda. A escola é um estabelecimento animado, especializado em jogos organizados, que (de acordo com o prospecto deles) estimula as meninas a desenvolver um amor pela justiça, além da capacidade de tomar decisões imediatas e de reconhecer a derrota com aplausos. Joan é obrigada a passar várias horas, toda semana, andando pelo campo da escola, usando um avental e carregando uma vara de madeira em busca desses nobres ideais.

Como filhas do diretor, Joan e a irmã mais nova não são alunas comuns — não têm camas no dormitório, não interpretam papéis na peça da escola nem recebem encomendas pelo correio. Embora seus pais insistam que tal arranjo é um privilégio, para Joan parece mais uma forma constante de vigilância e, em sua opinião, ainda há de provocar um ataque de coração nas duas. Ela sabe que deveria se sentir mais agradecida; afinal, é frequentemente lembrada que tem muita sorte por sua geração não ter sido enviada para as trincheiras e por ela não ser obrigada a fugir de casa para se tornar enfermeira na Grande Guerra, como sua mãe fez aos 16 anos. Mas, ao mesmo tempo, também sente que há uma certa sedução nessa demonstração juvenil de autossuficiência, que só serve para deixá-la mais inquieta.

Há um mundo inteiro lá fora, que Joan mal consegue discernir a partir da posição privilegiada, segura e protegida de St. Albans. Ela sabe disso porque o viu no claudicar do pai; nos cinejornais que mostravam as minas de carvão de Welsh e os estaleiros abandonados do norte; nos jornais e em livros e filmes; nas fotografias de crianças pequenas diante de portas, com os joelhos encardidos e sem sapatos. Ela o viu de relance quando a Marcha da Grande Fome passou por St. Albans alguns anos antes, uma procissão desordenada de homens e mulheres tão sujos que a pele parecia ter ganhado a cor cinzenta e escura do carvão. Joan lembra que um dos manifestantes parou em frente ao alojamento enquanto deixava a cidade naquela manhã e se apoiou na cerca do jardim, curvando-se ao meio num acesso de tosse.

— O que ele tem? — perguntou Joan ao pai. — Não deveríamos chamar o médico?

O pai balançou a cabeça.

— É poeira de carvão — respondeu. — Não se pode fazer nada contra a silicose. Ela penetra nos pulmões e mata o tecido. E ele vai continuar marchando até Londres com o restante das pessoas porque quer o emprego de volta.

— Por que ele não arruma outro?

O pai não respondeu a essa pergunta imediatamente. Observou enquanto o homem aceitava o copo de água que Lally havia levado para ele, depois se esforçava para alcançar os outros manifestantes. Então virou de costas para ela e saiu do cômodo mancando e murmurando:

— Por que será?

Ele só respondeu a essa pergunta no dia seguinte, quando interrompeu o padre pouco antes da prece da escola, de um jeito que só o diretor pode fazer. Acenando um jornal no alto, declarou para a escola que um governo criminoso se recusava a reconhecer as condições de vida no que chamavam de "Áreas Especiais" da Grã-Bretanha. Podia ser falta de imaginação ou cegueira deliberada, mas, de qualquer maneira, era uma traição. Pediu a todos os alunos e professores da escola que fechassem os olhos e imaginassem a vida nas cidades de construção naval onde nenhum navio estava sendo construído, que pensassem nas fábricas fechadas com tapumes, no assistente social declarando que uma família deveria vender seu único tapete antes que pudesse lhe conceder algum auxílio. Queria que imaginassem a privação. E depois que a imaginassem no inverno.

Então citou a fala de Ramsay MacDonald, líder da coalizão que supostamente salvaria o país do desespero econômico, em resposta à solicitação de uma audiência feita pelos manifestantes:

— "Será que alguém" — disse Ramsay MacDonald na Câmara dos Comuns, segundo o jornal — "que vem a Londres, seja a pé ou em vagões de primeira classe, tem o direito constitucional de me ver, de ocupar o meu tempo, quer eu goste ou não?"

A pergunta era retórica, e, para muitas das alunas mais novas, seu impacto se perdeu. Mas o pai de Joan deixou as palavras no ar, no silêncio confuso, antes de dobrar o jornal com desgosto.

— Nosso primeiro-ministro pode não saber, mas nós temos o dever — ele fez careta para um grupo de meninas do primeiro ano do colegial que fazia barulho — de transformar esse mundo pobre e faminto num lugar melhor para todos. De sermos pessoas responsáveis.

O pai de Joan fez outra pausa, mais longa que a primeira, de modo que, quando voltou a falar, a voz dele rugiu no teto de vigas do salão da escola:

— Cada um — ela consegue se lembrar das palavras exatas — de acordo com seus dons.

Para decepção de Joan, seus dons pareciam estar limitados ao hóquei e aos trabalhos da escola. No início, ela não sabia como um dos dois poderia ser colocado em prática do modo como o pai imaginava, mas suspeitava que um poderia ser mais útil que o outro. Sua professora de ciências, a Srta. Abbott, foi a primeira a sugerir que ela tentasse ingressar na universidade e incentivou Joan a se candidatar ao curso de Ciências Naturais para obter o certificado de honra em Cambridge — a cidade monótona e fustigada pelo clima onde a Srta. Abbott havia passado seus anos mais felizes, antes de a Grande Guerra avançar e roubar a vida que ela havia planejado.

Joan está empolgada com sua ida, apesar de a qualificação ser menos interessante que a perspectiva de ir a algum lugar, a qualquer lugar. E também a perspectiva de aprender coisas que ela jamais teria a chance de saber; de atender a preleções pela manhã, ler livros a tarde toda e passar as noites no cinema, assistindo a Mary Brian e Norma Shearer sendo carregadas na garupa do cavalo de Gary Cooper, depois imitando seus penteados, para o caso de acontecer a mesma coisa com ela.

Claro que ela sabe que as chances de esbarrar em Gary Cooper em Cambridge são mínimas. Só haverá homens de verdade lá, homens cujos dentes não cintilam à luz da lua e que andam de bicicleta, não a cavalo, mas, mesmo assim, um número abundante, infinito de homens. Alguns serão apenas meninos, mas até esses lhe darão um providencial descanso do agitado mar de meninas na escola. Joan não mencionou o fato para o pai nem para a Srta. Abbott durante os ensaios para a entrevista ("E por que você deseja continuar seus estudos acadêmicos na Universidade de Cambridge?"), mas agora isso borbulha sob a superfície de seu entusiasmo. Ela sabe que é um privilégio frequentar a faculdade, e é constantemente lembrada disso pelo pai e pelo fundo de bolsas de estudo, mas, sinceramente, Joan sente que qualquer lugar serviria.

Seu pai está encantado de vê-la partir. Ele acredita que será maravilhoso para a filha ser educada na religião da razão — essas são palavras dele, não dela, embora ela saiba o que ele quer dizer. Os dois se entendem, Joan e o pai; compartilham uma silenciosa cumplicidade que não se adequa à personalidade comunicativa da mãe e de Lally. As pessoas dizem que a irmã mais nova se parece muito com Joan, que as duas poderiam ser gêmeas se não fosse a diferença de cinco anos. Lally costuma enrubescer de prazer com isso, mas, embora tenha de esconder o sentimento da irmã, Joan revira os olhos com tamanha besteira. O temperamento de Lally é doce e ingênuo, e, enquanto Joan não consegue se lembrar de, em alguma época, ter ficado feliz de comprar tecido para fazer vestidos com a mãe ou de trançar coroas de margaridas no jardim, a mais nova parece ficar satisfeita com essas coisas. O pai é o único que não vê a semelhança e resmunga sua discordância quando alguém a insinua. Ele é cúmplice dos planos de fuga de Joan, e Joan o ama por isso mais que por qualquer outro motivo.

Em contrapartida, a mãe de Joan decididamente não aprova esse projeto. Está claro que ela gostaria de invadir aquela escola e ter uma conversa séria com a Srta. Abbott por condenar a filha à solteirice eterna ao educá-la para além de todas as perspectivas de felicidade futura. Está claro que não pretende deixar o mesmo acontecer com Lally. Ah, mas não vai mesmo. A segunda filha será mantida bem longe da Srta. Abbott.

Quando Joan insinua que ir para a universidade não é pior que fugir para se tornar enfermeira, a mãe balança a cabeça e insiste que as duas coisas são bem diferentes.

— Era uma época sem precedentes, Joanie. Você nem faz ideia. Não faz ideia dos sons que eles faziam, todos aqueles rapazes sendo deixados na porta do hospital, gritando pelas mães enquanto os tirávamos de carruagens e carroças e ambulâncias até encherem os corredores. Foi uma época muito, muito terrível.

Joan já tinha ouvido esse sermão e sabia que não devia dizer o que pensava: que, sim, tudo parece mesmo terrível, mas todas as épocas são sem precedentes. Sua época também era sem precedentes, tinha certeza disso. Mas sabia que a mãe não seria capaz de impedi-la de verdade, então, enquanto algumas das meninas de sua turma vão se inscrever na faculdade de secretariado no outono e outras vão se casar e se mudar para a própria casa, Joan é a única que vai para a universidade.

Antes de ir, ela precisa providenciar o Enxoval da Universidade; é um acordo, uma distração tática para permitir que a mãe dê seu toque pessoal na missão. As duas redigem uma lista dos itens que a filha vai precisar, e Joan é mandada à loja de departamentos local para comprar grandes metragens de tecido, para que tenha roupas adequadas antes de partir. É preciso levar algum tipo de conjunto de tweed, um terninho azul-marinho, uma roupa de malha para as aulas, uma calça da moda ("da moda" é a expressão da mãe, indefinível para ambas), três blusas, dois cintos, duas bolsas (uma bonita, outra prática), uma capa de chuva, um vestido simples de lã e um vestido de baile sofisticado. A mãe insiste que ela também deve ter um casaco de pele, e não será dissuadida quanto a isso. Mas é uma enorme extravagância, não há possibilidade de comprarem um: tem de ser emprestado.

— Você precisa ter uma aparência adequada, Joanie — diz a mãe, cercada de alfinetes, algodão e tecidos cortados nos mais diversos formatos no tapete da sala de estar, embora nenhuma das duas saiba como é a aparência adequada. Elas só sabem que não sabem, o que não é suficiente.

Não se faz nenhuma menção à compra dos livros indicados ou do equipamento necessário à prática de ciências ou qualquer uma das coisas que Joan acha que podem ser úteis para o curso. Parece que a universidade é, em grande parte, uma questão de tecidos.

Nos primeiros dias morando sozinha em Cambridge, Joan se sente incrível e gloriosamente feliz apenas por estar viva. Adora o novo lar, com seus tijolinhos vermelhos e a arquitetura no estilo Queen Anne, os gramados lindamente bem-cuidados, o campo esportivo e as quadras de tênis. Fisicamente, essa empolgação é como a sensação de passar de bicicleta, em alta velocidade, pela ponte arqueada nos fundos do Clare College; aquela vertigem no estômago, depois a satisfação da descida acelerada.

Durante as manhãs, ela vai às palestras. Deixa a bicicleta apoiada nas grades da faculdade de ciências na Pembroke Street, depois se esgueira até a última fileira do anfiteatro com a mochila embaixo do braço. Os dias de damas de companhia terminaram, mas os professores ainda ignoram em grande parte a presença feminina, se dirigindo ao público como "cavalheiros". Eles costumam parar bem em frente do que escreveram, resmungando "calculem o quadrado disso" e "diminuam aquilo" e logo apagam o quadro para apresentar o próximo cálculo, antes que alguém tenha tido tempo de descobrir o que deve fazer, mas Joan continua determinada. Considera cada aula um pontinho de conhecimento que um dia vai se juntar a outro pontinho, e mais outro e outro, até ela finalmente entender um pouco, pelo menos, dos números borrados a giz no quadro-negro. E tem esperança de que isso aconteça antes das provas de verão.

Seu quarto no Newnham fica no térreo do Peile Hall, um bloco relativamente novo, com cozinhas compactas e banheiros modernos, e vista para os jardins imaculados. É do tamanho da sala de visitas de sua casa, com uma pequena bicama encostada numa parede e um sofá bem acolchoado na outra, deixando uma enorme extensão de carpete no meio, onde ela pode plantar bananeiras sem a mais remota possibilidade de quebrar alguma coisa. A cozinha pequena tem um único queimador, que ela ainda não tentou usar. Tem preferido pular o café da manhã e comer uma maçã a caminho das palestras, embalar um pão crocante, com queijo ou presunto cozido, para o almoço, e depois jantar no Hall, um salão grande e iluminado, com belas cornijas de teto e mesas comunitárias compridas. Apesar de não haver ninguém com quem tenha simpatizado de imediato nos primeiros dias, ela não fica sozinha. Todos são surpreendentemente gentis com ela, e os jantares são animados e agradáveis. Joan não está acostumada a esse tratamento, depois dos grupinhos e hierarquias da escola, e atribui isso ao fato de que, em Cambridge, todo mundo é meio estudioso. Isso significa que, pela primeira vez, não há nada de estranho nela.

Na terceira noite, Joan é acordada por uma batida empolgada na janela, seguida de um ruído de arranhão no peitoril do lado de fora, como se um gato enorme estivesse tentando entrar no quarto. Ela se inclina na cama, segura o canto inferior da cortina entre o indicador e o polegar e a puxa. Seu bastão de hóquei está apoiado na parede, e há algo de reconfortante nessa proximidade. Ela pigarreia, pronta para gritar, se necessário, e espia lá fora.

Há dois sapatos escarlate de salto alto sobre o peitoril da janela.

Ela puxa a cortina um pouco mais e olha para cima. Uma garota está meio em pé, meio agachada sobre os sapatos, resplandecente num vestido preto de seda e cachecol branco. Quando vê a cortina se erguer, ela sorri e leva um dedo aos lábios. Então se agacha, e seu rosto fica quase no mesmo nível do de Joan.

— Ande logo e me deixe entrar — articula ela, sem som, do outro lado do vidro.

Joan hesita por um instante. Por fim, sai da cama para abrir a trava. A garota passa através da janela e entra no quarto.

— Meu quarto fica no terceiro andar — explica ela, tirando um sapato de cada vez antes de pular do peitoril da janela. — Maldito toque de recolher — murmura, massageando os dedos dos pés, machucados pelo calçado. — Me desculpe por acordá-la. A janela da lavanderia estava fechada.

Joan esfrega os olhos.

— Sem problemas.

A garota dá uma olhada no quarto, assimilando as cortinas verdes pesadas e o sofá com a coleção de almofadas que não combinavam umas com as outras. Seus cabelos e olhos são escuros; as bochechas, lisas e maquiadas, e os lábios exibem um batom vermelho forte. Joan de repente fica consciente da própria aparência: descalça, de camisola e com faixas estreitas de musselina amarradas no cabelo. Ela recua em direção à cama acreditando que isso pode incentivá-la a ir embora, mas a garota não parece estar com a menor pressa.

— Você também está no primeiro ano?

Joan fica surpresa. A pergunta dá a entender que essa garota também é recém-chegada. Mas ela parece tão segura de si, tão conhecedora das regras, que é difícil acreditar que não estuda ali há anos.

— Sim.

— Literatura inglesa?

Joan balança a cabeça.

— Ciências naturais.

— Ah. As capas das almofadas me enganaram. — Ela faz uma pausa. — Estou estudando idiomas. Mais os modernos que os medievais. Por acaso você tem um roupão que possa me emprestar? Não quero ser pega andando por aí desse jeito. É melhor fingir que ficamos acordadas a noite toda bebendo chocolate ou qualquer coisa do tipo, como todas as outras.

Joan assente e se vira de costas, sem querer revelar que, na verdade, era assim que havia passado a última parte da noite antes de se deitar, que ela era uma das *outras*. Ela vai até o armário e pega o roupão.

— Isso é um casaco de vison? — pergunta a garota às suas costas, a voz subitamente curiosa.

— Hmm, é, acho que sim. — Joan dá de ombros levemente, constrangida por ter esse tipo de coisa no armário. Pegara-o emprestado, por tempo indeterminado, de uma prima de segundo grau; a peça não tinha mais utilidade para a dona, mas Joan não consegue imaginar que um dia terá coragem suficiente para usá-lo. — É meio feio, não?

— Bem, é um pouco *fin de siècle* — responde a garota com um sorriso torto, dando um passo em direção ao armário. Ela estende a mão e acaricia o casaco, depois o tira do cabide, inclina a cabeça para analisá-lo e o joga nos ombros. — Pelo menos, não é de raposa do Ártico. Elas estão por toda parte, atualmente.

— Exceto no Ártico.

A garota dá uma risada curta e surpresa. Ela se vira para trás e se olha no espelho. Em seguida, levanta os braços e rodopia, fazendo o vestido de seda grudar no peito e o casaco de vison girar, como uma roupa de melindrosa: milagrosamente transformado em algo glamoroso, que Joan jamais imaginou. Então é assim que se usa, pensa ela. Não devo encaixar os braços nas mangas nem abotoá-lo nem usá-lo com cinto. Ele deve ficar simplesmente solto.

— Não acho que seja feio — comenta a garota. — É diferente.

Joan sorri. Deve ser diferente porque foi feito há tanto tempo que não dá mais para identificar o corte. Mas há algo de esplêndido nele quando gira e reluz, uma exuberância e uma maciez que Joan não consegue deixar de admirar enquanto a garota o descarta na cama. Ela precisa se lembrar de agradecer devidamente à mãe por tê-lo encontrado na próxima carta.

— Acho que não é tão ruim — admite. — Só não me acostumei com ele ainda.

— Trago seu roupão de volta amanhã — diz a garota, andando na ponta dos pés até a porta e girando a maçaneta. Ela olha para fora, verifica se o corredor está vazio, então olha para trás e sinaliza com a cabeça para o par de sapatos escarlate largados no meio do quarto de Joan. — E pego meus sapatos amanhã também, se você não se importar. Não são muito apropriados.

— Claro. — Joan a espera fechar a porta antes de pegar o casaco de pele e ir até o armário para pendurá-lo. Em seguida, olha para os sapatos da garota, tão ousados em contraste com o tapete bege.

Como alguém consegue andar com isso, quanto mais escalar o peitoril de uma janela?

Ainda pensando no assunto, Joan desliza o pé nas cavidades inclinadas de couro vermelho reluzente. Ficam um pouco apertados, mas não desconfortáveis. Ela se olha de relance no espelho e, por um instante, faz uma pausa, não mais sonolenta, mas eufórica e instável, antes de cair em si e tirá-los. Então coloca-os ao lado de seus sapatos gastos e baixos tipo oxford e volta para a cama.

Domingo, 14h39

A Srta. Hart puxa uma fotografia do arquivo e a coloca sobre a mesa, ao lado da foto de William.

— A senhora reconhece isto?

— Ah — sussurra Joan.

É a foto do seu passe do laboratório, de quando estudava em Cambridge. Ela não o vê há anos, no entanto lhe parece tão familiar que é quase como olhar para um espelho — um espelho enevoado e em sépia, sim, mas ainda um espelho. Seu rosto na fotografia está maquiado com pó de arroz e ruge, e seus olhos têm um ar distante, cinza-prateado no espectro preto e branco. Provavelmente havia passado batom nos lábios, pois estão escuros e delineados, levemente separados num sorriso. Como sua aparência na foto está diferente da atual. Tão jovem e inocente e, bem, bonita. Ela não usa essa palavra para se descrever há anos.

— Claro que reconheço.

— Essa é a fotografia que vai acompanhar a declaração à imprensa na sexta-feira.

Joan levanta o olhar.

— Mas por que a imprensa vai querer uma foto minha?

A Srta. Hart cruza os braços.

— Acho que a senhora sabe, não sabe, Sra. Stanley?

Joan balança a cabeça, tomando o cuidado de manter a expressão confusa. Ela consegue ver o apelo dessa fotografia para qualquer membro da imprensa que possa se interessar pela história, se eles sabem tanto como William evidentemente achava que sabiam. Um nó se forma em sua garganta, e, pela primeira vez, os olhos da Srta. Hart parecem exibir um leve brilho de simpatia.

— Onde você conseguiu isso? — sussurra ela.

— Sinto muito, mas não posso dizer.

— Por que não?

— É confidencial. — Há uma pausa. A Srta. Hart está sentada com os braços cruzados. — O que posso contar depende do quanto a senhora está disposta a me dizer.

— Não tenho nada a dizer.

— Ah, isso não é verdade, não é?

Joan sente o coração se agitar, mas não desvia o olhar. Sua voz agora está mais alta.

— Não sei o que você pensa que eu fiz.

A Srta. Hart olha para suas anotações. Ela vira uma página, circula alguma coisa e depois declara:

— A senhora disse que seu pai era socialista...

— Eu não disse isso — interrompe-a Joan.

— A senhora deixou implícito.

Joan dá de ombros. Está irritada consigo mesma por ter dito alguma coisa que poderia ser distorcida para sugerir que seu pai... o quê? Ela não sabe. Tudo que sabe é que deve escolher as palavras com cuidado diante dessa mulher.

— Mas eu não falei isso.

— Não? Então o que ele era?

Joan franze a testa, pensando na pergunta da Srta. Hart. Ela quer se certificar de que vai representar as crenças do pai corretamente, já que ele sempre teve opiniões muito fortes em relação a certos assuntos.

— Ele nunca teria usado essa palavra para se descrever. Simplesmente acreditava que havia mais coisas que o governo poderia ter feito para ajudar as pessoas. Política e socialmente. Meu pai colocava muita fé nas instituições. Era a natureza dele. Estudou em escola pública, foi para a universidade, foi oficial do Exército, diretor de escola. Achava que o governo, como instituição, estava deixando as pessoas na mão.

— Quer dizer que ele não fazia parte de nenhuma organização política?

— Não.

— E sua mãe?

Sem se controlar, Joan ergue uma sobrancelha.

— Definitivamente não.

— Quer dizer que a senhora não acha que foi incentivada por alguém específico a se interessar por política?

Joan a encara. Quando será que tudo mudou? Quando foi decidido que se interessar por política era algo subversivo? Pelo que se lembra, era normal se preocupar com esses assuntos quando ela era jovem. A sociedade significava alguma coisa naquela época. Não era como hoje. Agora os noticiários só se ocupam com fofocas sobre pessoas que nunca fizeram nem conquistaram nada, que parecem não saber o básico de gramática ou da etimologia da palavra *celebridade*, que parecem bonecos coloridos demais e, ao mesmo tempo, iguais. Que tipo de sociedade glamoriza essas pessoas? Ela sabe o que seu marido teria dito: que a podridão se instalou com a Sra. Thatcher, e talvez ele estivesse certo, mas, além disso, Joan também sabe que o mesmo aconteceu com a esquerda, depois de toda aquela confusão com os sindicatos nos anos 1970. Não havia mais nada no qual as pessoas poderiam acreditar, e a percepção disso a entristece, não só pelo fato em si, mas porque reconhece que é o pensamento de uma pessoa velha. Redundante e desnecessário. Joan balança a cabeça.

— Por favor, fale para o gravador — pede a Srta. Hart, com a voz firme e inabalável.

— Ninguém me incentivou. Ninguém específico.

A Srta. Hart olha para ela como se estivesse esperando uma resposta diferente. Sem pestanejar, aguarda um pouco mais. Por fim, diz:

— Tudo bem. Acredito que a senhora estava prestes a me contar sobre sua amizade com Sonya Galich, como era conhecida na época. Se formos seguir a cronologia.

Joan estremece. Ela olha para os pés, tentando avaliar quanto pode contar e quanto eles já sabem.

Conforme prometido, a garota volta na manhã seguinte para devolver o roupão. Joan está no meio de um ensaio sobre técnicas de difração no estudo das partículas atômicas e não a ouve se aproximar. Quando levanta o olhar, a vê apoiada no batente da porta, usando um terninho azul, calça e pantufa. Seu cabelo está enrolado e amarrado num lenço marrom chocolate. Joan imagina que a própria mãe rotularia isso como "estilo lavadeira", mas essa garota parece recém-saída de um set de filmagem. Ela pega uma caixa fina de prata e a abre. A prata reluz e brilha em sua mão.

— Cigarro?

Joan fuma às vezes, mas só quando tem companhia e jamais no quarto. O ato faz com que se sinta autoconsciente de um jeito levemente prazeroso. Gosta do biquinho obrigatório que precisa fazer para inalar, dos olhos semicerrados, do filete de fumaça. Ela se diverte ao pensar em como a mãe ficaria furiosa se pudesse vê-la agora, fumando antes do almoço durante a semana — *Quem você pensa que é? Algum tipo de femme fatale?* —, mas a mãe não pode vê-la agora, então ela dá de ombros e concorda. A garota entende seu consentimento como um convite para entrar. Ela dá um cigarro a Joan, que o coloca entre os lábios de um jeito que imagina ser a postura de uma *femme fatale*. A garota risca um fósforo para acender o cigarro, depois o oferece para Joan, que se inclina para a frente, fechando os olhos e inspirando profundamente até o seu acender.

Elas ficam em silêncio por um momento, mas não é desconfortável. A garota olha ao redor do quarto e se diverte ao ver seus sapatos emparelhados de maneira meticulosa perto da porta.

— Obrigada por ontem à noite. Me desculpe se assustei você.

Joan sorri.

— Você me assustou mesmo, um pouco. — Ela entra na pequena cozinha para procurar um cinzeiro, vasculhando os armários sobre o queimador a gás, e acaba encontrando a tigela que fez numa aula de cerâmica na escola. Ela bate a cinza ali dentro ao voltar para o quarto e coloca a vasilha entre as duas, na escrivaninha. — Aonde você tinha ido, afinal? Algum lugar legal?

— Eu estava com meu primo e alguns amigos dele.

— Ele também estuda aqui?

— Ele é do Jesus College. Faz doutorado.

Ela espera que a garota dê mais informações, mas isso não acontece. Em vez disso, se inclina sobre a escrivaninha para ler o ensaio não terminado de Joan, a mão apoiada no quadril enquanto os olhos passeiam pela página. Para sua própria surpresa, Joan percebe que está feliz por essa garota ter escolhido sua janela para escalar na noite anterior; gosta da autoconfiança dela, da naturalidade dela. Então avista o convite apoiado na estante de livros.

— Você vai ao coquetel hoje à noite? — pergunta Joan.

— O coquetel das tutoras? — Ela dá uma leve risada, e Joan se sente um pouco envergonhada por ter tocado no assunto. A garota apaga o cigarro e se vira para encará-la. — Só se eu puder usar seu casaco de pele.

O nome dela é Sonya, um nome exótico e incomum, perfeito para uma garota que não anda pela vida, mas veleja; que flutua de um cômodo a outro, sem jamais parecer tropeçar ou hesitar. Ela transforma pessoas perfeitamente comuns em público, mesmo contra a vontade delas. Elas acham que são parte integrante, mas não são. Não de verdade. Não como Sonya. Ela não tem a mesma opinião humilde que assalta a maioria das garotas de sua idade sobre sua própria importância. Parece saber que é diferente, e não se importa com isso. Até suas roupas são diferentes, mas não do mesmo jeito que as de Joan. As de Joan são novas demais, caseiras demais para vestirem bem. Quando ela se vê no espelho, é como se estivesse vestida com as roupas de outra pessoa, e que não lhe caem muito bem. As bainhas são todas muito compridas, a cintura, larga demais. É um pensamento desconfortável, que ela deseja não ter, mas, apesar de dizer a si mesma que se sente agradecida por todo o esforço que a mãe empenhou no Enxoval da Universidade, pelos puxões e alfinetes e por ter ficado costurando até tarde da noite, não consegue se livrar dele.

Sonya, em contrapartida, veste o que gosta: vestidos pretos de seda à noite e, durante o dia, terninhos de calça e vestidos mostarda estranhos, sem forma, sem pences ou pregas ou dobras, que em qualquer outra pessoa pareceriam um saco velho amarrado com um cinto fino demais, mas que nela, de algum modo, ficam estilosos. Não exatamente chiques, mas premeditados. E usa também saltos altos, lenços de cabeça, lábios vermelhos brilhantes. É quase uma declaração antimoda, um desdenhoso dar de ombros em relação a cintas-ligas e espartilhos e etiqueta, mesmo antes de os vestidos serem usados como forma de protesto. É quase uma declaração antimoda, mas não é bem isso. Porque, em breve, todas vão querer copiá-la.

Sonya volta naquela noite, enquanto Joan está se arrumando para a festa, e propõe uma barganha: rímel pelo casaco de vison. Joan protesta, dizendo não querer nada em troca. Sonya pode simplesmente pegar o casaco emprestado, não há necessidade de escambo. De qualquer forma, é provável que nem consiga aplicar o rímel com sucesso, por isso prefere não usá-lo.

Sonya desdenha de suas objeções com um aceno e entra com ela no quarto.

— Não precisa ficar perfeito. Se aplicar corretamente, ninguém vai notar que você está com rímel. Simplesmente ficarão fascinados com o fato de como seus olhos, de repente, parecem grandes. Venha cá e sente-se. — Ela mostra a Joan como aplicar, dando tapinhas no monte de tinta preta com uma gota de água, depois espalhando a mistura para cima e ao longo dos cílios com um pincel pequeno. — Pronto! O que acha?

Joan se olha no espelho e é obrigada a admitir que a transformação é bem incrível. Ela já havia passado Brilhantina neles, mas nunca teve esse efeito. Agora, seus cílios estão curvados e, quando deixa as pálpebras semicerradas e olha levemente para cima, como Sonya orienta, eles se agitam involuntariamente. Então é assim que se faz, pensa ela, encantada.

— O que foi que eu disse? Você parece Greta Garbo em *Anna Karenina*. — Sonya sorri para ela, depois se vira para o armário de Joan para pegar o casaco, sua parte da barganha, jogando-o dramaticamente sobre os ombros e rodopiando até o centro do quarto.

— Tome cuidado com ele — diz Joan. — Eu ficaria muito encrencada se o perdesse.

Sonya ri. Ela pega um lenço de cabeça na bolsa — vermelho com pequenas flores brancas — e o amarra no cabelo.

— Claro que vou tomar cuidado. Agora mexa-se, Garbo. Senão vamos nos atrasar.

Os sapatos delas fazem barulho a cada passo que dão nos paralelepípedos, e o casaco de vison flutua atrás das duas à medida que atravessam o rio perto do The Anchor. Elas ouvem assobios vindos da porta do bar enquanto passam pela Silver Street. Entram em King's Parade caçoando disso, mas também contentes. Joan não está acostumada a tanta atenção e é com surpresa que nota que boa parte é direcionada a ela; como se seu brilho estivesse sendo refletido. Ela se pergunta se é assim que Sonya se sente. Os olhos sempre se voltando para ela, sempre sendo admirada.

O coquetel acontece num prédio antigo no centro da cidade, um salão quadrado com painéis de madeira, decorado com livros e velas. A chegada das duas é, em grande parte, ignorada pelo grupo de acadêmicos que conversam no meio do cômodo. Sonya instrui Joan a lhe conseguir um drinque enquanto ela vai pendurar o casaco de pele na chapelaria.

Garçons vestindo uniformes pretos passados a ferro e com o colarinho branco carregam bandejas de prata com minúsculas taças brilhando e reluzindo com xerez.

— Seco ou médio? — Um garçom para na frente dela.

— Ah. — Joan olha para a bandeja de taças e depois de novo para o garçom. — Não sei.

A expressão do garçom é séria, mas, quando percebe que ela está confusa, ele sorri, e a pele forma rugas ao redor dos olhos. Ele se inclina em sua direção.

— Você é nova por aqui?

Joan assente.

— Pegue o seco. O médio é mais doce, mas, se você disser que gosta de xerez seco, dá a impressão de que sabe do que está falando. — Ele olha para o amontoado de acadêmicos e depois vira a bandeja na direção dela. — E parece que isso é o que mais importa por aqui. É o da esquerda.

Joan dá um sorriso agradecido e escolhe duas taças na bandeja, uma para si e outra para Sonya.

— Obrigada.

Quando vê Sonya se aproximar, Joan tenta chamar sua atenção. Então percebe a troca de olhares entre a garota e o garçom, que se curva num cumprimento, um movimento ínfimo, mas suficiente para indicar que a reconhece, depois se vira para saudar os recém-chegados à festa.

— De onde você o conhece? — pergunta Joan quando ele já não pode mais ouvi-la.

Sonya toma um gole de xerez.

— Quem, Peter? Nós nos conhecemos ontem à noite. Meu primo foi apresentado a ele ano passado, durante a greve dos garçons. Fez uns panfletos para eles.

— Por que eles estavam em greve?

— O de sempre. Salários, horas extras, feriados.

Elas são interrompidas por uma das tutoras, uma mulher alta com cabelo grisalho comprido, que está decidida a persuadir Joan a fazer seu curso de zoologia. Recentemente, um de seus artigos, em que detalha a pesquisa sobre insetos parasitários à procura de hospedeiros, foi aceito pelo *Jornal de Ecologia Animal*, e ela parece determinada a transmitir os aspectos mais intricados desse artigo para alguém. Joan é educada demais para fugir com Sonya depois que fica claro que o assunto é longo, então ela vê a amiga se juntar a um grupo de garotas do seu ano com quem Joan jantou na primeira noite. Lembra-se muito bem da conversa: cavalos, jogos de lacrosse no internato, regatas no Solent. A expressão delas está carregada de interesse enquanto Sonya fala. Joan a vê rir educadamente em resposta, mas também percebe que tem alguma coisa distante em seu jeito, como se não soubesse muito bem como interagir com as garotas. Depois de mais alguns minutos torturantes de conversa sobre parasitas, Joan pede licença à tutora e dispara pelo salão para se juntar às meninas.

— Graças a Deus você está aqui — sussurra Sonya, entregando-lhe outro xerez que conseguiu pegar da bandeja de um garçom que havia passado. — Beba isso e vamos sair daqui. Deve ter alguma coisa mais interessante acontecendo nessa cidade.

Joan hesita.

— Vamos ficar um pouco mais. Não quero parecer rude.

Sonya olha para ela com uma irritação disfarçada, mas então dá de ombros e abre um meio sorriso.

— Está bem. Mais uma hora, depois temos que ir embora de qualquer jeito.

No entanto, acabam ficando até o fim. No horário combinado, Sonya está com um público agradável de alunas de idiomas que ficam encantadas com sua fluência em alemão, e ela recebe os elogios com alegria. Joan, no entanto, está encurralada por uma garota que nunca vira; Margaret, aluna de Estudos Clássicos, fica um bom tempo conversando com ela e lhe confidencia sobre um noivado secreto com um jovem que trabalha na fazenda da família. Quando finalmente consegue escapar de Margaret, tem alguém esperando para lhe contar de uma pesquisa fascinante que está realizando sobre o contato entre os tungues e os cossacos russos no noroeste da Manchúria. Joan tenta parecer interessada, mas o esforço é tanto que ela perde a conta do número de minúsculos copos de xerez seco que é obrigada a beber. Quando Sonya a chama, ela fica aliviada de ter uma desculpa para sair dali.

As duas voltam para casa de braços dados, ambas tontas de tanto álcool e dando risadinhas ao lembrar como as outras garotas tinham reagido às declamações de poesia alemã que Sonya fizera. Ela imita uma das garotas:

— Em qual internato você disse que estudou em Surrey?

Joan ri, apesar de também estar curiosa para saber a resposta. Sonya não tem nenhum traço de sotaque estrangeiro, sua voz só é meio arrastada, mais para o americano que para o europeu, mas Joan tem quase certeza de que ela não é inglesa.

Como se pudesse ler seus pensamentos, Sonya diz de repente:

— Só fiquei lá por dois anos.

— No internato?

Ela assente.

— Era em Farnham, em Surrey. — Uma pausa. — Mas eu nasci na Rússia.

As duas ficam em silêncio enquanto Joan assimila esse fato. Tem alguma coisa no tom de voz de Sonya que deixa claro que essa é uma informação cuidadosamente protegida.

— Seus pais também estão aqui na Inglaterra? — pergunta Joan.

Sonya não olha para ela, e Joan leva alguns segundos para perceber que foi uma pergunta rude.

— Meu pai foi assassinado alguns anos depois da Revolução. Num pequeno levante. Tudo bem — acrescenta rapidamente, balançando a cabeça para afastar qualquer compaixão que Joan possa tentar lhe oferecer. — Eu nem o conheci. — Ela para. — E minha mãe morreu de pneumonia quando eu tinha oito anos.

Joan de repente se sente muito jovem. Ela estende a mão e aperta o braço de Sonya.

— Sinto muito.

— Não se preocupe. Eu não me lembro muito bem de nenhum dos dois. Fui morar çom meu tio e meu primo em Leipzig depois disso. — Ela sorri. — Foi lá que aprendi a falar alemão.

— O primo com quem você se encontrou ontem à noite?

— É. O Leo. Ele mandou me buscar quando tio Boris se mudou para a Suíça. — Ela faz uma pausa. — Somos judeus, sabe.

— Nossa. Deve ter sido terrível para você.

— Não sei. Surrey não é tão ruim. — Ela lança um olhar de esguelha sagaz para Joan. — Além do mais, eu tinha o Leo, então não estava exatamente sozinha.

Joan sente uma pontada de pena dela, apesar de saber que não deve dizer nada. Como aquilo soa diferente de sua própria infância, tão fácil em comparação à de Sonya. Sim, ela sabe todas as histórias: que o pai serviu na França como oficial nas trincheiras, que a mãe era enfermeira, que os dois se conheceram no hospital de campanha no Somme, perto de onde a perna esquerda do pai agora está enterrada. Deveria ser uma história feliz, essa dos pais, um conto de esperança e salvação. Ela consegue imaginar a mãe administrando a anestesia enquanto o médico cortava a carne destruída e salpicada de estilhaços da perna do pai, gangrenada e inútil, e então uma incisão reta em seguida, revelando o osso branco e liso, grosso como uma presa de elefante. Ah, sim, uma história feliz; o pai de Joan deitado numa maca de hospital enquanto esperava a perna de madeira ser ajustada, um homem já velho aos 22 anos, com energia suficiente apenas para estender a mão, pegar a da enfermeira e pedi-la em casamento.

— Minha mãe me ensinou a tocar piano — diz Sonya, interrompendo os pensamentos de Joan. — Ela desenhava as teclas com giz na mesa da cozinha e nós tocávamos, acompanhando o gramofone. Essa é minha lembrança mais clara dela. Minha mãe sabia tocar de tudo: Chopin, Shostakovich, Beethoven. — Ela faz uma pausa. — Era o que dizia. Ela vendeu o piano quando eu era bebê, então nunca a ouvi tocar de verdade.

Joan imagina a mãe de Sonya: alta, elegante, talvez um pouco mais magra que a filha, mas, fora isso, exatamente igual. Ela observa enquanto a amiga equilibra a bolsa nos paralelepípedos à sua frente, depois passa a mão nos cabelos, como se essa ação pudesse restaurar sua compostura. Ela puxa o cabelo, juntando os fios para formar um rabo de cavalo solto, depois o gira para prendê-lo com habilidade no alto da cabeça, usando um lápis que tirou do bolso. Como ela faz isso? Claro que não vai ficar preso. Mas fica. O brilho fraco de um poste de rua reluz no monte de fios escuros, espalhando uma gama de cores: tons de ferrugem, chocolate, dourado. Sua pele é salpicada de minúsculas sardas, desbotando com o fim do verão, mas ainda em um tom de creme e com aparência saudável. É, pensa Joan, a mãe de Sonya também devia ser linda.

— O que você vai fazer amanhã à noite? — pergunta Sonya de repente, quando elas cruzam os portões da faculdade.

— Pensei em ir ao evento de angariação de fundos para o novo prédio. Sonya ri.

— Sério? Não me diga que você foi seduzida pela rifa.

— Só pela venda de bolos. Você não vai?

— Não, e você também não deveria ir. Vou ver uns filmes na Prefeitura com meu primo. — Ela faz uma pausa e examina Joan com o olhar. Há ali também uma ponta de curiosidade. — Por que você não vai comigo? Acho que vai gostar deles.

Domingo, 16h08

Cambridge, 12 de outubro de 1937

Para: Comandante da Polícia

Senhor,

Devo lhe informar que às 19h30 do dia 12, fui até a Prefeitura, em Cambridge, com o detetive de polícia BRIGSTOCKE. Lá, testemunhamos a exibição de dois filmes da KINO: As luzes das fábricas e Se a guerra vier.

A reunião não foi patrocinada por nenhuma organização específica, mas sem dúvida havia uma atmosfera do Partido Comunista ali.

O primeiro filme, As luzes das fábricas, mostrava inúmeras cenas que pretendiam representar a Revolução na Rússia, e o segundo, Se a guerra vier, mostrava as forças armadas soviéticas em ação contra um inimigo imaginário. Não havia nada a se fazer objeção,

embora os filmes estejam sob consideração para re-
categorização como material banido, na mesma linha
de outros filmes distribuídos pela KINO.

O público era de aproximadamente 300-350 pessoas
a maioria desconhecida para mim.

Seu servo obediente,

J.W. Dentoñ

Joan está cansada. Foi uma tarde longa, e a luz lá fora já havia enfraquecido.

— Quanto tempo vocês ainda pretendem me manter aqui?

A Srta. Hart olha para o relógio. Ela pressiona os lábios.

— Temos muita coisa para repassar até sexta-feira.

Joan olha para ela, de repente atingida pelo pensamento de que, se o anúncio for adiado indefinidamente, talvez nunca dê em nada. Ela pode morrer de causas naturais antes.

— Mas por que sexta-feira? Não é uma data que não possa ser mudada, é?

A Srta. Hart não a encara. Sublinha alguma coisa nas anotações, depois repete a ação três vezes.

— Já disse que seu nome será liberado sexta-feira na Câmara dos Comuns. Se a senhora for apresentar alguma coisa em sua defesa, deve ser antes desse prazo para que seja admissível.

— Mas foi isso que eu quis dizer: por que sexta-feira? É claro que a agenda da Câmara dos Comuns pode ser alterada.

— Não pode, não — retrucou a Srta. Hart.

— Mas...

— Vou perguntar mais uma vez. Gostaria que chamássemos um advogado? A senhora tem todo direito a um. Existe ajuda jurídica...

Joan a interrompe, balançando a cabeça. Tem total consciência de que qualquer advogado que chame provavelmente será conhecido de Nick ou, no mínimo, saberá quem ele é. Ela não está preparada para assumir esse risco.

— Não. Você não precisa perguntar isso o tempo todo.

A Srta. Hart olha para ela, depois para o vidro atrás de Joan, então dá de ombros levemente.

— Meu trabalho é perguntar. — Ela faz uma pausa. — Certo, vamos continuar.

— Mas eu gostaria de saber onde vou dormir hoje à noite.

— A senhora vai poder ir para casa. Vamos levá-la de volta. Como eu disse antes, por enquanto a senhora não está presa, mas haverá restrições à sua liberdade até o momento em que o ministro do Interior considerar o seu caso. A senhora ficará sujeita a um toque de recolher, é claro, e será monitorada.

— Monitorada? Como uma delinquente juvenil?

Há uma pausa.

— Não, Sra. Stanley. Como qualquer pessoa cuja localização seja de extremo interesse para a Agência de Segurança. Será só até sexta-feira.

— E depois?

— Bem, isso depende, é claro.

— Claro. — Joan olha para as próprias mãos, resignada com a ideia de um interrogatório detalhado, mas também se permitindo sentir um pouquinho de ânimo ante a perspectiva de voltar para casa no fim do dia, mesmo sendo monitorada.

Relutante, ela pega o relatório policial que a Srta. Hart lhe deu e o examina com os óculos de leitura. Há um anúncio grampeado a ele, num pequeno papel quadrado — "Veja o poderoso Exército Vermelho em ação!" —, que tenta atrair o público com promessas de saltos de paraquedas coletivos. Uma produção da KINO Films, entrada a cinco dólares, pagos na porta.

A Srta. Hart a observa com atenção.

— A senhora estava lá?

— Como posso saber? — retruca Joan, a voz alterada de irritação. - Isso foi há quase setenta anos. Você não pode esperar que eu me lembre se estava lá ou não.

— Quer dizer que a senhora pode ter ido?

— Eu disse que não me lembro.

— Mas não está negando que há uma possibilidade de ser o tipo de evento pelo qual se interessaria.

Joan abre a boca e a fecha de novo.

— Todo mundo ia a esse tipo de coisa naquela época. — Ela hesita. Seu rosto está corado. Ela se lembra desse filme específico... como poderia ter esquecido? Mas é alarmante ver que eles também podem saber disso. Como poderiam? Como sua presença poderia ter deixado um rastro? — Eu realmente não me lembro. E não entendo por que é tão importante.

A Srta. Hart olha para Joan. Sua expressão está concentrada.

— Foi a primeira vez que a senhora o encontrou?

— Quem?

— Leo Galich.

Ah. O som do nome é como uma explosão em seu peito. Faz muito tempo desde que ouviu alguém dizê-lo em voz alta. Ela tem consciência da caneta da Srta. Hart pairando sobre o bloco de anotações, da pequena luz vermelha da câmera no canto do cômodo e da presença invisível do Sr. Adams atrás do vidro, sem se mexer, escutando.

Assim que chegam ao local, Joan fica surpresa com a quantidade de pessoas que já estão amontoadas no salão. Ela e Sonya pagam a entrada e, em vez de ingressos, recebem pedaços de papel, mas não há marcação de assentos. As luzes estão fracas, e homens jovens carregam bancos para o salão, vindo de um depósito ao lado. Há um estande de bebidas nos fundos, com uma grande urna de metal com chá e fileiras de canecas variadas. Não é nada como o cinema de St. Albans, com seus assentos de veludo e teto enfeitado, que muda de nuvens escuras para um céu estrelado durante a programação, e todo perfumado com lavanda da Yardley. E também é muito diferente da atmosfera rarefeita do evento beneficente pelo qual elas passaram ao sair, com os estandes do bazar em Peile Hall sendo montados pelas garotas sob a supervisão da Srta. Strachey, diretora da faculdade, uma mulher alta, magra e inteligente, com cabelo curto e óculos redondos, que não saberia o que fazer nessa confusão.

Joan e Sonya encontram assentos perto dos fundos do salão, e Sonya vai pegar uma bebida para as duas antes de o filme começar. Sozinha, Joan entrelaça as mãos no colo, numa tentativa de parecer relaxada naquele ambiente estranho, e olha ao redor, tentando adivinhar quem pode ser o primo de Sonya.

Vários minutos se passam antes de ela avistar alguém que tem quase certeza de que deve ser Leo. Ele tem um emaranhado de fios escuros que se destacam em contraste com a brancura brilhante do colarinho, a mesma pele translúcida, quase dourada, de Sonya, os mesmos olhos castanho--escuros por trás de óculos de armação de metal, a mesma constituição alta e esbelta. Está parado bem na frente do palco com um grupo de três homens, as mãos enfiadas nos bolsos da calça, deixando o paletó um pouco amassado. Ouve atentamente um deles, o corpo todo inclinado em direção ao locutor, como se não suportasse perder uma palavra, e é isso que deixa Joan absolutamente convencida: ele demonstra a mesma energia — ou talvez seja entusiasmo — que ela acha tão atraente em Sonya. Ela o observa de longe, distraída no início, depois mais deliberadamente quando ele inclina a cabeça em resposta às palavras do outro homem. Que maravilhoso ser ouvido desse jeito, pensa ela.

Leo parece avistar Sonya carregando as duas canecas de chá até o assento e marcha na direção dela. Ele sabe que está sendo observado. Não por Joan (embora, sim, ela esteja olhando para ele), mas por outras pessoas no salão também. Mulheres com bolsas no colo acompanham sua passagem com o olhar, enquanto uma fileira de garotas do curso normal em Bedford (dá para saber pelos livros didáticos) cruzam as pernas quase em sincronia, fazendo uma sombra de um sorriso presunçoso passar pelo rosto de Leo. Quando ele alcança Sonya, os dois se cumprimentam com um beijo em cada bochecha, no estilo europeu. Ele parece dizer alguma coisa sobre o casaco de pele que ela pegou emprestado de novo naquela noite, passando os dedos no braço macio, e Joan espera Sonya se virar e apresentá-la, mas ela não faz isso. A garota diz mais alguma coisa e ri, então dá meia-volta, afasta-se dele e volta para onde Joan está.

— Era ele? — pergunta Joan, depois que Sonya se espremeu entre os bancos até seu assento, a voz parecendo tensa, e não casual como gostaria.

— Quem?

— Seu primo.

Sonya entrega as duas canecas de chá para Joan enquanto tira o casaco de pele.

— É. Uma graça, não acha?

Joan abre a boca e a fecha de novo. É, pensa ela, essa é a descrição exata. Ele não é tão musculoso quanto Gary Cooper, mas tem alguma coisa tão suave, tão perfeitamente simétrica que não seria suficiente chamá-lo de bonito.

— É? Não percebi.

— Bem, você vai ter mais uma chance num instante. Ele está vindo para cá. — Sonya se recosta, esperando-o se aproximar. Leo desliza para o assento em frente a elas e se vira para Joan, estendendo a mão.

— Você deve ser Joan — diz ele, fazendo uma pequena mesura. — Ouvi falar muito de você.

Joan sente o rosto corar e fica aliviada quando Sonya interrompe o cumprimento, batendo no braço de Leo com o dorso da mão.

— Por que você sempre insiste em fazer essa mesura? Às vezes me pergunto se você não é a pessoa mais classe média que já conheci.

— Quantas vezes eu tenho que dizer? — pergunta Leo, dirigindo-se a Sonya, mas ainda olhando para Joan. — Sou socialista, não anarquista. Precisamos ter algum decoro.

Eles ouvem uma explosão súbita quando os amplificadores de som são ligados num volume muito alto, depois diminuídos. A tela pisca.

— Ah, olha, Leo, está começando. — Sonya lhe puxa o braço, impaciente para ele sair da frente.

Leo olha para ela e assente, mas, em vez de sair da frente, se inclina mais na direção de Joan, excluindo Sonya da conversa por um momento. A proximidade súbita faz com que Joan sinta como se estivesse tendo um pequeno ataque cardíaco.

— Espero que ache interessante. Me conte o que achou depois, se minha prima permitir.

— Claro — responde ela, conseguindo se recompor o suficiente para baixar os olhos um pouco, encarando-o através dos cílios cheios de rímel, mas ele não fica para apreciar essa performance. Em vez disso, vira-se para dar um tapinha abrupto no ombro de Sonya e depois volta para seu lugar, na frente do salão.

A noite tem início com uma execução de "The Red Flag", acompanhada de palmas. Quando o filme começa, Joan leva um tempo para perceber que há sete ou oito personagens principais (não consegue ter certeza absoluta), interpretados por apenas três atores, com graus variados de pelo facial e sotaques diferentes pelos quais devem ser distinguidos uns dos outros. Ele se chama *As luzes das fábricas,* e a trama levemente escandalosa retrata uma mulher que é obrigada a dividir um pequeno apartamento com dois homens como resultado da falta de residências numa cidade industrial da Rússia.

No meio do filme, o rolo termina, e a tela fica branca. Há um momento de silêncio enquanto o segundo rolo é colocado no projetor.

— E então? — pergunta Sonya num sussurro alto, se aproximando de Joan.

Ela hesita. O que há para dizer a respeito? Que é o pior filme que já viu e que prefere *Olhos encantadores*? Que espera que Gary Cooper apareça na segunda metade?

— É interessante.

Sonya ri.

— Foi isso que meu tio me ensinou a dizer quando eu não gostava de alguma coisa.

Joan faz menção de protestar, mas então a música começa para anunciar o início da segunda metade, e Sonya se recosta, aparentemente indiferente à resposta de Joan. Mas o que mais ela poderia ter dito? Não tem romance, não tem aventura. Ela sabe que não pode dizer isso a Leo se ele vier perguntar sua opinião no fim, conforme prometido. Deve pensar em alguma coisa mais substancial para dizer a ele, algo perspicaz e inteligente.

O segundo filme é mais curto. Ele é colocado quase imediatamente após o primeiro, depois de mais uma troca de rolo, e começa com um lançamento aéreo do Exército Vermelho sobre a Alemanha. Centenas de homens saltam de paraquedas de aviões, como formigas voadoras, depois usam varas para invadir uma série de tanques alemães, espancando os oponentes com uma violência que faz Joan desviar os olhos. Quando o filme está quase no fim, um personagem vira para o outro e diz:

— Essa batalha não é realmente justa, não acha?

— O que você quer dizer? — pergunta o outro. — Está se referindo ao fato de termos varas e eles, tanques?

O primeiro homem balança a cabeça, e a música diminui, pausa e depois aumenta devagar ao fundo, enquanto ele fala.

— Você bateria num cego? Podemos não ter tanques, mas, pelo menos, sabemos pelo que estamos lutando.

A câmera começa a se afastar quando os dois homens se abraçam, e há uma explosão de percussão para acompanhar os créditos, que confirmam a suspeita de Joan de que a companhia de atores tinha um elenco reduzido, e o público irrompe em aplausos. Joan se junta a eles, sem querer parecer indelicada.

Há um burburinho ao redor, enquanto todos discutem diversos aspectos do filme. O que essa cena ou aquela significava? A flor na fábrica era uma metáfora da esperança ou do individualismo opressor? Joan escuta, e é como se as conversas entreouvidas a repreendessem. Ela nem percebeu a flor.

Ela vira para Sonya.

— Não sei se entendi todas as referências.

Sonya ri.

— É sempre assim no início. Vai ser mais fácil na próxima vez — acrescenta, procurando Leo ansiosamente. Ele está parado na frente do salão, conversando com uma garota esguia de casaco preto com um casquete sobre os cachos louros.

— Com quem ele está falando?

Sonya estreita os olhos num sorriso divertido.

— Ah, desta vez você percebeu?

Joan enrubesce e balança a cabeça para protestar.

— Eu só estava... Quero dizer, acho que não devemos interromper se...

— Tudo bem. Só estou provocando você. Não sei quem ela é. — Sonya abotoa o casaco de pele na garganta e o sacode sobre os ombros, de modo que ele possa flutuar como uma capa. É estranhamente inadequado para a ocasião, mas ninguém parece perceber. Talvez seja o lenço de cabeça que diminua o tom, dando um toque de Sibéria para conter todo o glamour do vison. — Nada importante, não se preocupe.

— Eu não queria...

Sonya acena para interromper os protestos de Joan.

— Venha. Vamos sair daqui antes que Leo nos encurrale. Estou com fome.

Joan não menciona esse passeio quando escreve para a família na manhã seguinte. Pensa em contar ao pai, que sem dúvida se interessaria, mas seria estranho enviar uma carta só para ele, e ela tem medo de incitar as suspeitas da mãe, pois filmes de propaganda soviética provavelmente cairiam em uma categoria que ela desaprovaria. Ela escreve sobre outras novidades, sobre jogos de hóquei e seu papel na peça dos calouros, e menciona que a supervisora ficou satisfeita com seu primeiro ensaio. Escreve um bilhete separado para Lally, no qual desenha a imagem de um gatinho da faculdade e adota um tom falsamente sério — "Espero que os tritões do laguinho da escola estejam bem" —, depois dobra tudo e coloca num envelope para postar a caminho da faculdade de ciências.

Já está atrasada para a primeira palestra. As calçadas estão agitadas com uma multidão de pessoas. Tudo está animado e radiante. Enquanto caminha apressada, Joan vê três garotas que reconhece do coquetel sentadas num banco na parte larga da ponte, na Silver Street, todas tricotando cachecóis roxos. TRICÔ PELA ESPANHA, diz o cartaz acima delas. As garotas fazem o trabalho conversando e rindo, e Joan diminui um pouco o passo, pensando que talvez possa fazer algo assim. Ela sabe que o governo britânico se declarou oficialmente neutro em relação à Espanha, mas não pode ser ruim mandar cachecóis e meias para pessoas que precisam deles, mesmo que seja contra a política do governo. Um homem mais velho para e deixa algumas moedas na latinha de arrecadação.

Enquanto continua a caminhada, Joan ouve alguém chamar seu nome e olha ao redor, dando um passo para o lado ao fazer isso e indo parar na rua. E então, tão rápido que não tem nem tempo de registrar a ordem exata dos eventos, sente um golpe na lateral de seu corpo, como se alguém estivesse socando sua barriga e seus flancos, e de repente seus braços estão para o alto, acima da cabeça, e ela desaba no chão.

— Mais um passo, mocinha, e você estaria acabada.

A voz soa perto de sua cabeça, e há algo familiar no sotaque, apesar de ser difícil identificar. Ela sente dedos em seu pescoço e permite que a pessoa a ajude a se sentar. A parede de concreto da ponte no outro lado da calçada parece ofuscante de tão branca, e seu corpo está dolorido. Ela olha para seu salvador e percebe por que a voz é familiar. É Leo. De perto, ele é ainda mais bonito do que ela se lembra.

— O que aconteceu? — pergunta ela.

— Você parou na frente de uma bicicleta. — Ele sorri. — Mas acho que o ciclista deve ter ficado pior.

— Ah, não! — exclama ela, olhando ao redor. Um pouco adiante, vê um homem de cabelo claro arrastando uma bicicleta próximo ao meio-fio. Ele está massageando a cabeça com uma das mãos e segurando uma boina com a outra. O homem ajeita a jaqueta, desenrola o cachecol e depois o recoloca. A corrente está pendurada na roda traseira da bicicleta, e o guidom não está mais alinhado.

— Ele se machucou?

O homem se vira e acena com a cabeça para Leo, que faz um gesto de arrependimento com as mãos em resposta, pedindo desculpas.

— Ele está bem. — Leo sorri, então pega a bolsa dela e lhe estende a mão. — Venha comigo.

Joan hesita. Ela aceita a mão estendida de Leo e permite que a ajude a se levantar. Suas pernas parecem fracas e trêmulas, e ela sente uma onda de calor percorrer sua coluna. Segura a mão dele por um pouco mais de tempo que o necessário, depois o observa de cima a baixo e sorri.

Ele a acompanha até a faculdade de ciências. Só precisam fazer uma curta caminhada ao longo da calçada estreita ao lado do Queen's College e depois pegar um atalho pela Botolph Lane. O corpo de Joan ainda está dolorido do impacto, e sua cabeça parece leve, mas, no todo, ela considera que ficou tão mal.

— Sinto muito por toda a confusão — ela se desculpa, quando os dois começam a seguir o caminho. — Não sei por que saí da calçada sem olhar.

Leo olha para ela, os olhos semicerrados.

— Bem, se eu não tivesse chamado você, isso nunca teria acontecido. Mas eu queria encontrá-la, de qualquer maneira. Desviei um minuto ontem, e vocês duas desapareceram. Como duas abóboras num conto de fadas.

Joan ri.

— Ou princesas! — Ela o corrige, surpresa por Leo fazer aquela referência. Ele parece sério demais para se interessar por contos de fadas, distraído demais por aqueles pesados livros vermelhos que carrega embaixo do braço, sem muito tempo para narrativas fantásticas.

Mas parece que Leo Galich tem uma queda por contos de fadas. Ele gosta deles. Diz que o fazem se lembrar de casa, do lago límpido e espelhado ao lado da velha casa de veraneio da família na Rússia, antes de eles se mudarem para a Alemanha, dos campos largos espalhados como se fossem o piso de uma casa sob o enorme teto que era o céu. Cereais e cantos de pássaros e verões quentes demais, seguidos de invernos em que a neve ia até o joelho. É impossível ser russo, diz a ela, e não ter uma queda por contos de fadas.

— O comunismo — continua ele, depois de um longo período em silêncio, refletindo —, isso sim é um conto de fadas. A Revolução Russa foi toda construída sobre um conto de fadas.

— Eu achava que era por causa da guerra. E da falta de pão.

Leo hesita com a interrupção, e ela percebe a brancura dos dentes tortos dele quando responde:

— Também.

— Quer dizer que esses livros pesados que você está carregando são apenas um disfarce? — pergunta Joan. — Parecem sérios, mas, na verdade, estão cheios de abóboras e princesas.

Leo franze a testa, então vê que ela está brincando, e dá uma risadinha de surpresa. Ele inclina a cabeça e olha para ela, como se a avaliasse.

— Sonya disse que você era diferente das outras — falou ele por fim, quebrando o silêncio.

— É mesmo? — Joan se sente orgulhosa por esse elogio indireto.

Ele assente e aponta para os livros que está carregando.

— São documentos cheios de números, na verdade. Não é uma leitura muito interessante, a menos que você saiba o que está procurando.

— E o que você está procurando?

Ele olha para ela.

— Provas.

— Provas?

— De que funciona.

— O comunismo?

— É. Ou, pelo menos, que o sistema soviético funciona.

Joan o encara, surpresa.

— E funciona?

— Digamos assim: a Rússia soviética é o único Estado do mundo a oferecer pleno emprego. Não há nenhum bolsão de desemprego crônico, como encontramos em Jarrow ou em Gales do Sul. O governo britânico alega que o desemprego não é nada mais que um pequeno abalo no sistema, um mau funcionamento temporário dos mercados. Mas isso não é verdade.

Ele para, então segura o braço de Joan e faz com que se vire para ele. Ela sente o calor dos dedos de Leo em sua pele e tem de morder o lábio para conseguir se concentrar no que ele está dizendo.

— Bem, se não é isso, então qual é a causa?

Leo assente, evidentemente satisfeito com a pergunta.

— Falta de visão. Marx mostrou, há alguns anos, que o desemprego é um subproduto inevitável do capitalismo, mas é conveniente para o governo deixá-lo acontecer. É um jeito de permitir que o mercado se ajuste sem que eles tenham que fazer qualquer esforço.

— Então você acha que a Grã-Bretanha deveria fazer o que os Estados Unidos estão fazendo? Um tipo de New Deal Britânico com projetos de obras públicas?

Leo balança a cabeça. Ele dá um tapinha nos livros debaixo do braço.

— Se uma sociedade for adequadamente planejada e organizada, nunca haverá desemprego. Todas as pessoas serão capazes de contribuir. Sem desperdícios, sem excedentes. Quero dizer, olhe os números. A produção industrial na União Soviética está seis vezes e meia maior este ano que em 1928. A acumulação de capital é nove vezes maior. Os números são quase milagrosos. E tudo porque o sistema soviético foi todo planejado previamente numa escala industrial. — Ele sorri. — Funciona. É um conto de fadas.

Joan olha para ele, perguntando-se como Stalin se encaixa nesse cenário de perfeição social.

— E nenhum conto de fadas seria completo sem um lobo. É isso?

— Essa é uma questão à parte. O lobo não é realmente necessário para a história. O sistema só tem que demonstrar que funciona antes.

— Então ele pode ser deixado de fora da continuação?

Leo sorri, apesar de sua expressão não demonstrar nada.

— Potencialmente, sim — diz ele, depois se cala. Os dois estão se aproximando da faculdade de ciências, e o constrangimento súbito que surgiu entre eles é aliviado pelo som de um avião. Ambos olham para cima, mas o barulho é alto demais para que possam conversar.

Leo desvia o olhar para Joan e sorri.

— Você sabe como se diz avião em russo? — pergunta ele, depois que a aeronave se distanciou.

— Não.

— *Samolet*. Significa "tapete mágico". Não acha que é uma descrição maravilhosa?

Joan sorri. Ela o observa enquanto ele fala, percebendo que a pele clara ao redor dos olhos de Leo parece quase iluminada, e por um breve instante se pergunta se o corpo dele todo reluz daquele jeito.

Segunda-feira, 8h42

Há uma batida na porta da frente da casa, uma pausa, e depois outra batida. As pálpebras de Joan estão pesadas, e ela sente uma pontada de dor no pescoço quando tenta se levantar. A luz lá fora indica que deve ter dormido a noite toda, sem interrupções. Há quantos anos não consegue fazer isso? Ela pressiona os olhos com a palma das mãos e as deixa ali, como se, ao bloquear a luz por tempo suficiente, pudesse forçar as lembranças a voltarem para dentro e apagar completamente o dia anterior.

Outra batida. Ela estende a mão para pegar os óculos, leva-os aos olhos e verifica o relógio digital ao lado da cama. Eles chegaram cedo. Devia ter colocado o alarme.

Ela levanta a cabeça e se obriga a se sentar. O corpo dói quando se mexe, as juntas rígidas e inchadas. Ainda está usando as roupas da véspera; não teve forças para trocá-las antes de dormir, depois de ser escoltada para casa pela Srta. Hart e pelo Sr. Adams na noite anterior. Seu passe de ônibus e seu passaporte foram confiscados, e uma tornozeleira eletrônica foi colocada em sua perna, mas Joan estava cansada demais para protestar e dizer que tais precauções eram desnecessárias. Estava sujeita a um toque de recolher à noite e deveria cooperar com o interrogatório diurno do MI5 até segunda ordem. Ou, mais especificamente, até seu nome ser liberado para a Câmara dos Comuns na sexta-feira.

E depois?

Ela não quer pensar nisso. Agora não. Ainda não. Precisa se manter forte para o dia que tem pela frente. Não pode deixar nada escapar.

Ela escuta a campainha tocar, depois outra batida impaciente.

Ela desliza os pés para dentro das botas de pele de carneiro que a esposa de Nick lhe deu (parece que elas estão tão na moda quanto são confortáveis) e veste o roupão por cima da roupa. Está frio, e ela quer deixar totalmente claro que acabou de acordar e que vai precisar de mais alguns minutos para se recompor antes de o interrogatório recomeçar. Eles vão interrogá-la em casa naquele dia. Concordaram em levar o equipamento até lá devido à sua idade, apesar de ela ter insistido que estava perfeitamente bem para sair se eles não se importassem de buscá-la no fim da rua; não queria ser alvo da fofoca dos vizinhos. Ou poderia pegar um ônibus, só que havia a questão do passe de ônibus.

No entanto, eles insistiram em ir até sua casa, e, no fim das contas, isso pode até funcionar a seu favor. Decerto, seria menos desconcertante ver o rosto do Sr. Adams, em vez de saber que ele a está observando por trás de um vidro escuro. Sua única preocupação é o que as pessoas podem pensar de todas essas idas e vindas com pastas executivas e câmeras. Não que ela se importe com o que os outros pensam, mas alguém pode resolver alertar Nick, e ela não quer que isso aconteça.

Joan escova o cabelo devagar. De relance, percebe o próprio rosto no espelho e deixa a escova de lado. Não há motivo para fazê-la parecer melhor do que se sente.

— Não sei do que você está falando — sussurra ela para o reflexo sem pestanejar, os olhos tristes, a sobrancelha franzida; ensaiando. Respira fundo e desvia o olhar, pronta para descer e abrir a porta, mas, antes de chegar ao topo da escada, ouve uma chave ser encaixada na fechadura e girar. A tranca se abrir num clique.

— Mãe? — chama uma voz. — Mãe? Você está aí?

Joan sente a respiração ficar presa na garganta. Nick. Ai, meu Deus. O que ele está fazendo aqui? Para começar, ele não tem permissão para entrar. É uma das condições do ministro do Interior: todos os visitantes devem ser revistados antes de entrar. Mas essa não é a maior preocupação de Joan. Nick não pode estar presente quando eles chegarem. Não pode descobrir o que está acontecendo.

Joan vai até o topo da escada, as pernas subitamente fracas e trêmulas, e espia por cima do corrimão. Nick está parado no corredor, limpando os pés no tapete, a testa franzida. Ele tem 49 anos, é alto e magro, com cabelo curto e grisalho; costumava usar barba, mas, quando foi nomeado para o Conselho da Rainha, decidiu que sua aparência no tribunal passaria mais seriedade se estivesse de cara limpa, por isso a raspou. Joan concorda... isso realmente o faz parecer mais sério. Nicholas Stanley, CR. Ela já o ouviu se apresentar desse jeito e, toda vez, sente um tremor de orgulho pelo que o filho conquistou.

Apenas finja, pensa Joan. Finja que nada está acontecendo. Aja normalmente. Talvez o MI5 se atrase e ele já tenha ido embora quando chegarem. Talvez seja apenas uma visita de rotina, Nick é muito cuidadoso nesse sentido; aparece de vez em quando só para checar as coisas, ainda mais se os dois não se falaram no fim de semana. O que quer checar especificamente, ele não diz: se ela está comendo de forma correta, se a casa está limpa, se não caiu morta no tapete do banheiro. O catálogo normal de preocupações em relação a mulheres de 85 anos. Não são visitas demoradas. Se ela conseguir tirá-lo de casa rápido o bastante...

— Aí está você. — Ele olha para cima, tirando o sobretudo e revelando seu traje de tribunal, com terno e sapatos pretos elegantes. — Você está bem? Acabei de receber um telefonema muito estranho.

Joan sente o coração apertar. Ele sabe!

— É? — pergunta, tentando deixar a voz leve, como se não tivesse a menor ideia do que ele vai dizer em seguida.

— Era Keith, um dos advogados do Serviço de Promotoria da Coroa. Ele ouviu um boato. — Nick para e passa a mão nos cabelos. Está nervoso e inquieto. — Me desculpe. Eu nem deveria dizer isso a você. Só queria avisar, para o caso de alguém aparecer. Não quero que você fique assustada.

Joan olha para os pés; quer estar no andar de baixo, em terra firme, e não pairando no alto da escada. Ela agarra o corrimão e desce devagar, deliberadamente, enquanto o filho continua a falar:

— Provavelmente é só um caso de troca de identidades, mas precisamos esclarecer. Quer dizer, esclarecer esse boato. Então, talvez possamos conseguir entrar com um caso de difamação, dependendo de até onde for. Mas vamos pensar nisso depois. Talvez seja mais fácil deixar para lá.

No pé da escada, Joan hesita, estendendo os braços para envolver o filho. Quer sentir seu calor, sua força. Não sabe o que dizer. Ela se pergunta o que falaria agora se ainda não soubesse de nada. Qual seria a coisa convincente a fazer? Ela franze a testa, como se estivesse confusa.

— Que boato? — sussurra.

— É ridículo. — Ele se abaixa para tirar os sapatos, como a mãe sempre o obrigou a fazer quando era menino.

Joan dá as costas ao filho e segue para a cozinha. Como esse Keith sabe de alguma coisa? Eles disseram que não contariam a ninguém. Não ainda.

A chaleira, pensa ela. Precisa encher a chaleira. E depois tem de fazer torradas. Precisa acalmar o estômago.

Com os pés descalços, exceto pelas meias de padrão escocês, ele a segue até a cozinha, onde os três vasos de gerânio continuam intocados ao lado do cinzeiro que abriga os restos carbonizados da carta do advogado e do obituário de William. Ela pega os vasos de planta e os leva até o peitoril da janela, enfileirando-os, depois joga os pedaços queimados de papel que estão no cinzeiro na lata de lixo.

— Ele disse que encontraram dois velhos espiões soviéticos. Começaram a interrogar o primeiro na semana passada, mas ele morreu meio de repente. Keith disse que provavelmente foi suicídio, mas é impossível forçar uma autópsia quando não se tem nenhuma prova de crime. Ou nenhuma prova admissível.

Ela pega um pano e limpa a terra e as cinzas da mesa. Há lama no chão também, mas Joan não consegue pensar nisso agora. Suas mãos tremem enquanto ela tira a manteiga da geladeira. Não quer pensar em

William. Nunca mencionou a Nick que o conhecia, apesar de ele ter se tornado uma espécie de figura pública nas últimas décadas e do fato de que o filho poderia ter se interessado pelo assunto. Não há motivo para Nick suspeitar de que Joan tivesse alguma ligação com ele.

— Claro, pediram ao irmão que autorizasse uma autópsia, mas ele recusou. As famílias geralmente recusam. Disse que ele devia ter permissão para descansar em paz. E foi por isso que...

Joan bloqueia a voz de Nick da cabeça e liga a grelha. Ela nunca conseguiu usar a torradeira direito. Por que ter uma torradeira quando se tem uma grelha, afinal?

— Mãe, você está escutando? O Ministério do Interior está preparando um caso contra o segundo espião agora. Eles esperam poder provar as suspeitas em relação ao primeiro, o que morreu, para que possam conseguir fazer a autópsia.

Geleia. Uma faca. Encha a chaleira. Saquinhos de chá no bule.

— Eu sei que é ridículo — continua Nick. — Ele disse que não podia me contar nada, mas falou que o seu nome tinha surgido. Ligado ao seu trabalho na guerra, quando você era secretária.

Corte o pão. Seja firme e decidida. Coloque-o na grelha. Não se vire. Não deixe que ele veja.

— Mãe, você está escutando?

Corte o pão sob a grelha. Esse cheiro. Como ela sentiria falta desse cheiro se...

Ela sente a mão de Nick no ombro. Ele faz com que o corpo dela fique de costas para a grelha, virando-a bem devagar, até Joan estar de frente para o filho. A água na chaleira borbulha furiosamente, e as mãos dela tremem quando ele as segura e aperta com força.

— Mãe — diz ele. — Eles acham que é você.

Silêncio. Por um breve instante, Joan se lembra de Nick como um menino de 7 anos, voltando da escola para revelar a descoberta inacreditável que fez naquele dia, sobre a origem dos bebês. Ela se lembra do horror no rosto dele quando Joan confirmou que, sim, aquilo era verdade, e também se lembra da sensação terrível que essa revelação lhe provocou, porque significava que a hora havia chegado. Ela e o marido tinham concordado que nunca mentiriam sobre a origem do filho, que contariam assim que ele perguntasse. Então, quando Nick colocou o dedo na barriga de Joan e perguntou se tinha saído dali, ela soube que teria de colocar seu menininho no joelho, abraçá-lo com força e contar que havia outra mamãe que o amava muito, mas que essa mamãe era jovem demais para ficar com ele, por isso eles o haviam escolhido, acima de todos os outros, porque, assim que o viram, souberam que ele era a coisa mais perfeita que já tinham encontrado.

Joan se lembra do rostinho de Nick, boquiaberto e franzido, enquanto assimilava a informação. E se lembra do telefonema da escola na manhã seguinte, pedindo que fosse buscá-lo, porque ele havia socado o rosto de um menino e não queria pedir desculpas. Ela abraçou Nick enquanto ele chorava, até o filho finalmente confessar que fizera aquilo porque o menino havia rido dele por não ter uma mãe de verdade.

Joan se arrependeu de ter contado, pensando que talvez devessem ter esperado até que ele fizesse 18 anos, conforme a agência de adoção havia aconselhado. Mas parecia um tanto desonesto. Ela se perguntou se poderia ter encontrado um jeito mais delicado de explicar, se seu marido teria feito melhor. Não sabe. Talvez. Mas, quando pensa nesse momento, sempre há um aspecto do qual se lembra com absoluta clareza: o último suspiro de inocência quando o dedo de Nick estava na barriga dela, o rosto questionador, e o milésimo de tempo pouco antes de ela responder à pergunta, quando ainda era possível ter dito ao seu amado menininho alguma coisa diferente, mais fácil; que, sim, ele era todo deles, e, sim, ele tinha saído dali de dentro.

Ela olha para ele agora.

— Eu sei — sussurra Joan.

— Como assim?

— Eles estiveram aqui ontem. Virão hoje de novo.

— Quem?

— O MI5.

Nick fica boquiaberto.

— Estou numa espécie de regime aberto. Tecnicamente, você não deveria estar aqui sem permissão.

— Você está em regime aberto? Por quê? Isso é o que fazem com criminosos, não deveriam fazer isso com você. — Ele a envolve nos braços. — Por que não me contou?

Joan não consegue responder. Seu corpo parece se derreter de tristeza, e ela se agarra ao filho, encostando o rosto em seu ombro para não ter de encará-lo.

— Eu não quis incomodar você.

Nick suspira, irritado, mas continua abraçado à mãe, balançando a cabeça e acariciando suas costas, como Joan fez tantas vezes quando ele era um menino e como ele faz agora com os filhos.

— Ah, mãe, o que há com a sua geração? Por que todos vocês pensam que é um tipo de favor não incomodar as pessoas? — Ele para. — Não entendo por que você não pediu ajuda. É isso que eu faço. É o meu trabalho. Você deve ter sentido tanto medo.

Joan assente.

— Ok, então. — Nick a solta com delicadeza e tira o BlackBerry do bolso do casaco, como se pretendesse resolver tudo ali mesmo, naquele pequeno dispositivo. — Precisamos de um plano. Primeiro, temos que ver as provas. Eles não podem mantê-la presa aqui, de fato, sem oferecer, pelo menos, uma quantidade suficiente de provas para você entender as acusações. E, quando não conseguirem oferecê-las — Nick bufa de um jeito sarcástico e continua digitando no telefone —, aí pensamos na indenização.

E lá está de novo: aquela breve pausa no tempo entre uma coisa e outra, na qual Joan só consegue olhar para Nick e desejar, de todo coração, que este momento possa ser interrompido indefinidamente, suspenso no tempo para sempre.

Mas não pode. Ela sabe que não pode. Então ouve o som de um carro parando do lado de fora, de portas se abrindo e depois se fechando com uma batida, de saltos elegantes ecoando pelo caminho. Bem na hora.

Nick se assusta com o barulho.

— Eles chegaram? — Ele vai até a janela e abre a cortina. — São eles?

— Por favor, Nick. Por favor, vá embora. — Joan consegue ouvir a própria voz, perigosamente alta, em sua cabeça. Não pode permitir que ele fique. Tem de protegê-lo disso. — Você pode escapar pelos fundos, e eu nem vou precisar contar a eles que esteve aqui. Eu ligo mais tarde, depois que tudo estiver resolvido.

Nick se vira para ela e balança a cabeça. Dá um passo para a frente e coloca a mão no ombro de Joan.

— Não seja boba, mãe. Não vou a lugar algum até que você seja liberada e que eles tenham prometido que nunca mais vão voltar.

— Mas você não tem que ir ao tribunal hoje?

— Acabei de mandar um e-mail para o escritório. Vão mandar um assistente para me cobrir.

— Por favor, Nick — sussurra Joan, a voz subitamente trêmula. — Por favor, vá embora. Vou ficar bem.

— Não.

Pegar o *Livro de poesia romântica de Cambridge* na biblioteca da faculdade é um mau sinal. Joan o leva sorrateiramente para o quarto, escondendo-o sob o livro de física, para poder ler na cama depois de tomar chocolate, o único momento que acha aceitável passar um tempo num ócio prazeroso. Ela viu Leo algumas vezes desde o incidente com a bicicleta, mas foram encontros casuais e não planejados, por isso tem se vestido melhor do que seria considerado adequado para as aulas de laboratório de ciências e mantém o pó compacto no bolso do peito do jaleco, só por garantia. Ele costuma aparecer quando termina o trabalho do dia, o que pode ser a qualquer momento a partir da hora do almoço. Em todas as ocasiões, Joan correu para terminar as tarefas e poder caminhar com ele para casa e ouvir suas mais recentes opiniões sobre planejamento econômico enquanto lhe observava a maciez da pele ao redor dos olhos e a definição perfeita, quase irreal, de seus lábios.

Ele dizia a ela:

— Não é que Stalin queira *controlar* a economia. As nuances estão todas erradas. Uma tradução melhor seria que a economia está sendo *orientada*.

E:

— As apostas estão muito altas na União Soviética para que qualquer coisa dê errado. Não há espaço para tentativa e erro. Os países pobres só podem apostar em certezas.

E:

— A variedade é um luxo para os ricos. Oferecer abundância de uma coisa para um conjunto de pessoas e, ao mesmo tempo, não oferecer comida e aquecimento suficiente para outras é um erro crasso de cálculo no planejamento.

E:

— Uma economia sem planejamento é um sistema lento e ineficiente. Nenhum indivíduo agindo sozinho pode colher recompensas suficientes para justificar os riscos da expansão. Acontece, sim. Mas não com frequência. E não rápido o bastante para dar o salto do feudalismo para a industrialização em uma geração.

Nesses momentos, seu jeito é intenso, deliberado, e é essa qualidade que convence Joan de que Leo Galich é, de longe, o homem mais inteligente que já conheceu.

Os poemas são bobos, ela sabe disso. Nunca teve interesse pela poesia. Há alguma coisa insatisfatória a seu respeito, e Joan se pergunta por que o amor impossível sempre tem de ser traduzido em rimas. Em sua opinião, há mais romance na ciência que na poesia; há mais romance em saber que os corpos sempre vão se mover em direção um ao outro no espaço, na certeza inexorável do *pi* e na possibilidade dos algoritmos iterativos em pétalas de margaridas do que em toda a poesia de amor publicada naquele pesado livro marrom-escuro que ela vai manter embaixo da cama até devolvê-lo à biblioteca. Mas, no fim das contas, ela é uma estudante. Tem 18 anos. A poesia é inevitável.

Joan não menciona as conversas com Leo a Sonya. Não que queira fazer segredo, mas ainda não está pronta para compartilhá-las com alguém que pode ser capaz de perceber quanto ela gosta de ouvi-lo. Consegue imaginar a expressão da amiga se contasse, a risada súbita que acompanharia qualquer confissão dessa natureza. Tais momentos são delicados demais, preciosos demais, para resistir a esse tipo de ataque. Além disso, ela não consegue suportar a ideia de que Sonya pode contar a Leo, e que os dois iriam rir juntos, talvez até acompanhados da garota loura com casquete que ele nunca mencionou e que Joan nunca mais viu desde os filmes, mas que, ocasionalmente, aparece nos sonhos dela; uma presença bonita mas ameaçadora.

Naquele dia, Leo está esperando do lado de fora da faculdade de ciências quando ela sai das palestras da manhã.

— Eu estava me perguntando se você estaria livre para almoçar — diz ele, levantando uma sacola de compras para indicar que havia levado comida.

Joan sorri, sem querer parecer feliz demais com a ideia, mas, ao mesmo tempo, honrada com o trabalho que ele deve ter tido.

— Eu adoraria — responde ela, e depois hesita, olhando para a faculdade de ciências. — Mas preciso estar de volta às duas. Temos aulas práticas hoje à tarde.

Ele assente.

— Temos muito tempo. — Leo se vira e começa a andar, depois olha para trás. — Venha. Tem uma coisa que eu queria lhe mostrar.

Eles caminham pelo Market Square, então ao longo do Rose Crescent até a Trinity Street. Joan não conhece essa parte da cidade, porque é onde estão localizadas as faculdades mais antigas, só para homens, nas quais só tem permissão para entrar na companhia de um. São mais nobres e menos acolhedoras que o Newnham, mas Leo não permite que ela se demore observando-as. Eles passam pela livraria e pelo correio, e ele a conduz pela portaria do St. John's no final da rua, fazendo um sinal para que Joan espere do lado de fora da guarita enquanto entra para pegar uma grande chave de ferro. Leo volta depois de alguns segundos, e então ela o acompanha por uma pequena porta na parte inferior da torre da capela, no canto distante do pátio de pedras. A chave entra com facilidade na fechadura, e, com um som metálico, a porta se abre.

— Você primeiro — diz Leo.

Joan entra. Ela pisca, e seus olhos se ajustam à escuridão do cômodo minúsculo. Há um pequeno espaço na entrada, depois uma estreita escadaria em espiral ao redor de um suporte de pedra. Ela sobe, passando por uma pena de pássaro e por fezes secas. Ali no alto está ainda mais escuro, e os degraus vão se apertando até ser impossível encaixar completamente o pé. Quando Leo fecha a porta atrás de si, ela tem de tatear o caminho escada acima até encontrar um ritmo. Joan ouve a chave girar na fechadura e se sobressalta com o som; não sabe se está nervosa pelo convite de Leo para um piquenique ali, ou porque agora está trancada numa escadaria escura com um homem que mal conhece e ninguém, sabe onde ela está.

À medida que sobem, pequenas brechas nas paredes pontuam a escuridão. Depois de alguns minutos, Joan para numa dessas aberturas a fim de recuperar o fôlego. Ela olha para fora e vê os pináculos da capela da faculdade vizinha, agora ao nível dos olhos, e, ao olhar para baixo, avista as calhas modernas dos telhados da faculdade escondidas atrás de torres do século XVI.

Seguindo em frente, eles passam por uma pequena plataforma ao lado de um telhado de ardósia e, então, mais acima, pela câmara do sino e pelo mecanismo de toque do sino até finalmente alcançarem uma minúscula porta de madeira no alto da escada. Joan quase espera ver um coelho branco surgir com um relógio de bolso. Ela ergue o pesado ferrolho e a porta se abre, revelando um telhado quadrado com quatro torres decorativas nos cantos. O brilho da luz do sol é ofuscante. Leo tem de se agachar, quase se curvando ao meio, para conseguir passar pela porta, e, quando o faz, Joan já está na beira do telhado, apoiada no muro de pedra que delimita o perímetro. O esforço a deixou com calor, e ela desabotoa e tira o cardigã que está usando por cima da blusa.

Leo para ao lado dela, e, juntos, observam o St. John's e a Trinity Great Court, cuja fonte central parece muito menor a essa distância. Atrás, fica a Biblioteca de Wren, depois o rio Cam, serpenteando ao passar pelo King's ao longo de Backs, em direção ao Newnham. Após um instante, Joan se vira para Leo e percebe que seu olhar recai sobre as parcas sardas no ombro dela antes de encontrar seus olhos. É um olhar ousado, e Joan sente a pele formigar.

— Aí está — diz ele. — O que você acha?

— É lindo — responde ela. — E tão tranquilo.

— É. Maravilhoso, não é?

Joan franze a testa. Não esperava essa resposta.

— Achei que você não aprovaria toda essa... — ela para de falar, fazendo um gesto ao redor enquanto procura a palavra certa — ... extravagância.

— De onde você tirou essa ideia?

Joan ri.

— Tudo em você. Sua tese, aqueles filmes, todas as coisas que você diz, o fato de que o local não é planejado. É uma desordem de estátuas e cumes e...

Leo sorri e balança a cabeça.

— Mas essa não é a questão. Por que todo mundo pensa que comunismo tem a ver com destruição? — Ele a encara com tanta intensidade que ela mal consegue respirar. — Eu não quero destruir isso.

Ele está tão perto que ela poderia estender a mão e tocar no rosto dele, e um tremor percorre o seu corpo ao pensar nisso.

— O que você quer, então?

Leo sorri, como se a resposta fosse perfeitamente óbvia.

— Quero que todo mundo o tenha.

Ele se senta e abre a sacola de compras. Tira dela duas ameixas, um pedaço de pão, umas fatias de presunto, alguns tomates e duas garrafas de cerveja de gengibre. Joan sorri e se senta ao lado dele. Já sabe que aquele dia vai ser diferente de todos os que viveu. Está começando agora. A vida está começando agora. Ela está fazendo um piquenique no telhado de uma capela com Leo Galich, e o céu é de um azul profundo e brilhante.

— Então — começa ele, partindo o pão ao meio e dando metade para ela —, por que você decidiu estudar ciências?

Joan toma um gole da bebida e semicerra os olhos, o rosto virado para o sol, pensando na pergunta. Confessar que escolheu porque era boa nisso não parece suficiente.

— Girinos — responde ela de repente, e se vira para ele com um sorriso. — Havia uma lagoa no jardim da escola onde cresci. Estava sempre suja e fedia, mas minha irmã e eu costumávamos pescar girinos e guardá-los em potes de vidro para ver suas transformações em sapos. Eu achava que era uma espécie de mágica. — Ela ri. Não entende a própria vontade de contar isso a ele, mas não consegue parar. Supõe que seja porque quer que ele saiba que ela é diferente daquelas garotas de Cambridge, assim como ela sabe que ele é diferente. Quer que ele a veja como *ela é*. — Certo dia, reunimos todos os sapos da lagoa e os colocamos num balde para lhes dar banho. Sais aromáticos e pétalas de rosas e água quente da cozinha.

Ele sorri enquanto ela fala, aquele raro sorriso sem reservas, e apoia a mão delicadamente no joelho de Joan. A pele dele tem o mesmo aroma cítrico de sabonete e tabaco do qual se lembra da primeira vez em que tocou nela.

— Mas, quando saímos para ver como eles estavam, todos tinham morrido — continua, meio rindo, meio desolada com a lembrança de tantos corpos de sapos de pernas para o ar. — Fervidos até a morte. Achamos que estávamos lhes dando um belo trato.

Ela toma outro gole da cerveja de gengibre e nota que Leo está olhando para ela de um jeito estranho.

— O que foi? — pergunta Joan.

— Então você decidiu estudar ciências como uma compensação por ter matado aqueles sapos?

— De certo modo. Eles me deram vontade de entender as coisas — responde ela, mais séria agora. — E eu gosto do fato de que é útil.

— Para quem?

Joan dá de ombros.

— Para todo mundo, espero.

Ela sente o calor do corpo de Leo quando ele se aproxima um pouco e decide que, se tentar beijá-la, ela não vai recuar. Sim, pensa, vai permitir, e a ideia a deixa inquieta e ansiosa.

Mas ele não faz isso. Não agora.

— Então aí está — diz ele. — Eu sabia que no fundo você era uma de nós.

— O que você quer dizer com isso?

— A ciência é a forma mais verdadeira de comunismo.

Joan toma um gole da cerveja enquanto absorve a informação, depois dá uma mordida no pão e come uma fatia de presunto.

— Sua meta é a subordinação consciente do eu para servir ao objetivo comum de toda a humanidade — continua Leo, e, embora suas palavras sejam pomposas, seu tom ainda mantém um ar brincalhão. Ele sorri para Joan, que retribui o sorriso. — Não há nada individualista nisso, o que é uma qualidade rara.

— Suponho que sim — concorda ela, tentando transmitir uma consciência de que o assunto que escolheu estudar é, de fato, uma ocupação nobre, embora nunca o tenha visto sob essa luz até agora.

Eles ficam sentados juntos, comendo ameixas e admirando a vista, até que Leo olha para o relógio de pulso e abaixa o braço.

— É melhor descermos. Você tem que ir para sua aula da tarde.

Joan sente um pequeno golpe no peito quando ele começa a arrumar tudo e se pergunta se deve confessar que, na verdade, não se importa de perder o experimento. Pode se atualizar no assunto mais tarde ou simplesmente copiar as anotações de uma das colegas de classe. Mas sente que Leo também tem um compromisso, então o ajuda a reunir os restos do piquenique. Não deve ficar chateada com ele por ser tão consciente do tempo, diz a si mesma. Devia ficar feliz pela preocupação.

Leo segue na frente enquanto ela faz uma pausa para dar uma última olhada na cidade dali de cima, e só quando chega à pequena porta de madeira é que ele se vira para ver se ela o acompanhou.

Eles descem em silêncio, os passos ecoando no chão de pedra. Os degraus são visivelmente íngremes na descida, mas a curva da parede faz com que Joan sinta um tipo estranho de vertigem ao estender a mão para se apoiar, como se estivesse sendo sugada por um túnel comprido, e isso só a deixa mais desequilibrada. É um alívio quando os degraus se alargam e ela consegue andar ereta de novo; é menos atordoante.

Leo para de repente quando chega ao pé da escada, e o movimento abrupto faz Joan ir de encontro a ele. Ela tenta desviar, mas não há espaço, e agora eles estão tão próximos que tem certeza de que Leo consegue ouvir o coração dela martelando contra as costelas. Na escuridão, ele se inclina para a frente e a beija, de maneira muito delicada — um pouco delicada demais —, nos lábios. Joan fecha os olhos e abre a boca, então sente um formigamento com o toque da pele dele, sente a dureza dos dentes, e é como se o próprio corpo se dissolvesse momentaneamente.

— Sinto muito — sussurra Leo de repente, balançando a cabeça e se virando para destrancar a porta. Joan não tem nem tempo de argumentar que não se importa que ele a beije, que ele poderia fazer aquilo de novo, se quisesse. É verdade que não foi o beijo longo e apaixonado que ela havia imaginado que seria seu primeiro beijo, mas ainda há um resquício da sensação em sua boca quando ele abre a porta, e Joan não consegue conter o sorriso no momento em que devolvem a chave para o porteiro.

— Vejo você amanhã na marcha, então? — pergunta ele, e, embora não seja o mesmo que perguntar quando podem se ver de novo, ela fica feliz de ter algum tipo de incentivo. A mão dele roça na sua. — Sonya disse que tinha convidado você. Eu realmente queria que você fosse.

A marcha é em prol da campanha Ajuda para a Espanha. Há cerca de cem pessoas reunidas na Market Square quando Joan e Sonya chegam; condutores de bonde, lojistas e trabalhadores da fábrica de eletrônicos da periferia da cidade, assim como estudantes e costureiras e algumas senhoras mais velhas. Desde que saíram do Newnham, Joan vem pensando qual seria a melhor maneira de contar sobre Leo, mas tem alguma coisa que a impede, algo que lhe diz que a amiga talvez não fique exatamente satisfeita com os acontecimentos recentes. Por isso ela decide não contar ainda e esperar até que não haja nada para interrompê-las e que tenha pensado com mais cuidado em como se expressar.

Sonya está carregando uma faixa feita por ela mesma e parece alheia às divagações mentais de Joan. Quando as duas chegam, ela desenrola a faixa e entrega a Joan uma das pontas costuradas a uma vara de madeira. UNIÃO CONTRA O FASCISMO, lê-se numa letra vermelho-sangue perfeita. Uma líder de torcida incentiva as pessoas a cantarem "La Marseillaise" e "¡Ay Carmela!", e, apesar de Joan não saber a letra toda, ela cantarola enquanto caminha. A voz de Sonya se eleva sobre a das outras, os lábios abertos numa canção estridente enquanto seguem pela King's Parade para se reunirem no Cooperative Hall, mas Joan percebe que o entusiasmo da amiga não inclui bater os pés. Quando as pessoas começam a fazer isso, Sonya se aproxima de Joan por trás da faixa.

— Bater os pés não é obrigatório. É uma coisa dos sindicatos.

Um homem vestindo um uniforme de motorista de ônibus ouve o que ela diz e se vira, lançando um olhar furioso para Sonya.

— É uma coisa de protesto, isso sim.

— Mesmo assim — retruca Sonya — é grosseiro.

O homem bufa.

— Não é da sua conta, de qualquer maneira.

— O quê?

— Essa marcha. A Espanha. Por que você se importaria?

— A Espanha é causa de todo mundo — argumenta Sonya, dando de ombros.

— Sua não é. Seu grupo está mais interessado em soletrar corretamente "barricada" que colocar a bunda nelas. Me desculpe pela linguagem. — Ele cutuca o homem ao lado, que se vira ligeiramente, mas não parece gostar da piada. — Isso também é uma coisa dos sindicatos.

— Camarada — diz Sonya, dando um passo em direção a ele, fazendo a faixa esticar. Joan acaba tendo de dar um passo à frente também para se equilibrar. — Eu li Lenin no original em russo. Meu pai morreu na Revolução. Não sei por que o meu jeito de falar ou o local onde coloco a minha bunda, como você disse, é do seu interesse.

O homem olha para ela e, por um instante, parece considerar se está falando a verdade ou não, mas o sotaque de Sonya está mais carregado do que nunca, e é evidente que ele decide acreditar. Um leve rubor se espalha por seu rosto e sua expressão se suaviza.

— Sinto muito por isso — lamenta ele, acenando com a cabeça antes de voltar sua atenção para o palanque.

Sonya lhe dá um sorriso rápido, e Joan olha de um para o outro, de repente zonza com essa conversa de camaradas e a sensação de ter escapado por um fio da ira do motorista de ônibus. Quando tem certeza de que ele não está mais prestando atenção, Joan se aproxima de Sonya.

— Achei que seu pai tivesse morrido depois da Revolução.

Sonya se apodera da faixa e a sacode onde Joan a havia deixado frouxa.

— E morreu mesmo. Mas me pareceu melhor dizer assim.

— Ah, entendi — diz Joan, irritada consigo mesma por ter ofendido a amiga. — Eu não queria... — Ela se cala quando um silêncio recai sobre o grupo, instigado por um homem que subiu num caixote de madeira para falar com a multidão. Ele está usando uma calça marrom de veludo, e alguma coisa em sua atitude deixa claro que é um estudante. Seu sotaque inglês é forte e bem desenvolvido, e sua expressão, séria, e fica ainda séria mais quando ele começa a recitar um poema escrito por um dos camaradas mortos da Brigada Internacional na Espanha. Joan sente um pouco de vergonha por ele. Quando termina de recitar o poema, ele inicia um discurso, destacando a necessidade de se levar comida enlatada para a Espanha e falando da possibilidade de que, se a Espanha ceder ao fascismo, a França e a Grã-Bretanha serão as próximas. Joan olha ao redor, mas tenta disfarçar que está procurando Leo.

Ela finalmente o vê, parado logo atrás do palanque improvisado, toda a sua atenção voltada para o orador. Ele assente de vez em quando e bate palmas com o restante da multidão ao fim do discurso. Ela observa o orador descer do palanque e apertar a mão dele, e assiste aos dois confabularem brevemente antes de Leo subir no tablado. Seus olhos se fixam em Sonya por um instante, e ele a cumprimenta com um aceno de cabeça antes de olhar para Joan. O corpo dela estremece com a súbita lembrança dos lábios dele nos dela, e ela precisa desviar os olhos, mas, quando volta a encará-lo, a atenção dele já está nas pessoas à frente do palanque, analisando a multidão. Leo não levanta as mãos nem pede silêncio; simplesmente espera.

— Eu nasci na Rússia — começa —, mas passei a maior parte da vida na Alemanha. — Seu jeito de falar é calmo e deliberado, como se intuísse a inutilidade da retórica no que está prestes a dizer. Ele vai contar uma história, e as pessoas vão ouvir, não só porque é isso que se espera delas, mas também porque é uma história que elas precisam conhecer.

Ele fala da terrível depressão na Alemanha depois da última guerra, da crescente violência nas ruas ao longo da década, coroada por uma quase anarquia na crise econômica de 1929. Descreve ainda os protestos nazistas na Universidade de Leipzig, quando ele era estudante no início da década de 1930, apontando para uma cicatriz no lábio inferior e outra na testa. Conta que um broche do Reichsbanner em sua jaqueta foi visto num desses protestos, fazendo uma tropa de assalto arrancar seus óculos do rosto, esmagá-los com o pé e jogar Leo de cabeça no rio.

Ele faz uma pausa, e Joan ouve o leve farfalhar da multidão quando as pessoas começam a se mexer em preparação ao que vem a seguir. É um ruído que ela reconhece das assembleias da escola; o som de pessoas ouvindo, reagindo. No entanto, se durante as rezas e os avisos da escola, sua mente costumava vagar, nesse momento Joan não consegue tirar os olhos de Leo nem por um segundo, nem mesmo quando Sonya sibila seu nome, tentando fazê-la puxar a faixa para deixá-la esticada, nem quando o motorista de ônibus pisa em seu pé para ver melhor. Ela agora percebe o que

Leo tem que outras pessoas não têm, a qualidade que o destaca e faz com que as pessoas ouçam quando ele fala: uma convicção absoluta de que está dizendo a verdade.

Ele conta à multidão que os nazistas chegaram ao poder um mês depois de ele ser jogado naquele rio; nem um único partido votou contra eles. A repulsa em sua voz é quase palpável. Joan sente o pescoço formigar. Ele se filiou ao Partido Comunista naquele mesmo dia, e foi essa afiliação que, pouco depois, o obrigou a deixar seu lar e seu país aos 20 anos, depois que o Reichstag foi queimado, levando consigo os últimos vestígios da democracia ainda presentes na Alemanha. Àquela altura, a meta de Hitler era destruir os comunistas primeiro e todo o restante depois.

— Isso é fascismo — proclama Leo ao se aproximar do desfecho do discurso, sem erguer a voz, mas parecendo olhar no rosto de cada indivíduo da multidão. — E, quando chegar a hora, cada um de vocês aqui terá que escolher um lado. Todos nós teremos que escolher.

Ele desce do palanque sob uma onda de aplausos e levanta uma das mãos para reconhecer a reação do público ao seu discurso, mas não sorri. Sonya pega o lado de Joan da faixa e a enrola; é evidente que está um pouco irritada pela incapacidade da amiga de segurá-la com o empenho que ela gostaria.

— O que você achou? — pergunta Leo, aproximando-se delas e colocando a mão no ombro da prima.

Sonya olha para ele, e há algo em sua expressão que lembra a Joan que essa não é apenas a história de Leo, mas também a de Sonya.

— Muito comovente — responde ela, e sua voz está mais baixa que o normal. Mais calma, talvez.

— Comovente? — Ele franze a testa, descontente com a resposta. — Eu queria que fosse inspirador.

Sonya revira os olhos e bate de leve no braço dele.

— Você é tão perfeccionista, Leo. Não está escutando? Eu diria que eles parecem bem inspirados.

Leo inclina a cabeça, concordando com relutância, antes de Sonya ser interrompida por um dos jovens com quem Joan a viu em algumas ocasiões antes. Discretamente, Leo pega a mão de Joan e a puxa para o lado.

— Você contou alguma coisa a Sonya? — Ele faz uma pausa. — Sobre ontem, quero dizer.

Joan balança a cabeça.

— Eu ia contar, mas...

— Que bom — sussurra ele. — Não conte. Ainda não. Prefiro eu mesmo contar.

Joan é pega de surpresa, mas, pensando bem, é um bom sinal que ele considere o evento importante o suficiente para ele mesmo contar a Sonya. Afinal, Leo conhece a prima bem melhor que ela. Joan olha de relance para a amiga, que agora está concentrada numa conversa com o jovem (Daniel, talvez), a mão no braço dele e a cabeça jogada para trás numa risada súbita.

— Está bem — diz ela. — Se você prefere assim.

— É só que Sonya tem um... — Ele hesita. — Bem, vamos chamar de instinto protetor.

— Protetor? — Joan quase ri ao pensar nisso. Não consegue acreditar que alguém possa achar Leo indefeso. A atitude dele é tão impassível que ela duvida de que o coração dele algum dia possa correr um risco real. Certamente não com alguém como ela.

Leo não ri. Franze a testa e olha para os dedos entrelaçados com os de Joan, as mãos fora da linha de visão porque os dois são obrigados a ficar muito próximos em meio aos empurrões da multidão se dispersando.

— A mãe dela não morreu de gripe, sabe. — Ele faz uma pausa. — Foi isso que ela disse?

— Pneumonia.

Leo assente.

— Quase acertei.

— Então ela morreu de quê?

— Ela se matou. Ácido clorídrico. — Ele solta os dedos delicadamente e deixa a mão de Joan cair. Então confere se Sonya ainda está entretida na conversa. — Um jeito especialmente doloroso de morrer.

— Por quê?

Leo olha para ela.

— Nunca se explique, nunca se desculpe. Não é isso que vocês, ingleses, dizem?

Joan franze a testa, sem entender muito bem.

Leo suspira.

— Ninguém sabe por quê. Sonya a encontrou quando chegou da escola. Tinha apenas oito anos. Foi por isso que ela foi morar conosco. Ela não dormiu direito durante um ano inteiro.

— Ah. — Joan fica em silêncio por um instante. Sente uma sensação de queimação, um nó na garganta, e fica envergonhada ao perceber que sua voz está um pouco embargada. — Não me surpreende que ela seja tão protetora em relação a você, nesse caso.

Leo ergue o olhar para ela.

— Em relação a mim? — Ele ri de repente e balança a cabeça, como se Joan tivesse dito alguma coisa muito boba e ingênua. E é, de certo modo, embora ela só descubra isso depois de dizer. Porque Leo parou de sorrir. — Ela não é protetora em relação a mim — sussurra ele, os lábios macios encostando na bochecha de Joan. — Ela é protetora em relação a ela mesma.

Segunda-feira, 10h38

Polícia do Distrito de Cambridge

Para: Comandante da Polícia

Senhor,

É meu dever relatar que uma marcha de Ajuda para a Espanha, organizada pelo Partido Comunista da Cidade & da Universidade (anunciada no *Cambridge Daily News*) aconteceu no Cooperative Hall, na Burleigh Street, em Cambridge, no sábado, 16 de outubro de 1937. Dois oradores receberam muitos aplausos das cerca de cem pessoas presentes. Eram William MITCHELL, do Jesus College, em Cambridge, que figurou relatórios anteriores para o MI5, e um segundo orador, que deu a impressão de ser profundamente antifascista, resultado dos anos que viveu na Alemanha, na juventude, apesar de ainda não ser nosso conhecido.

Foi esse segundo discurso que nos interessou mais. O orador usou sua história pessoal para inspirar a multidão, o que e teve um ótimo efeito. Teremos um relatório de identificação completo sobre ele nos próximos dias.

Em geral, vale a pena ficar de olho, mas eu não recomendaria nenhuma atitude contra os oradores ou participantes no atual momento.

Nick pega o pedaço de papel da mão de Joan.

— O que é isso?

— Um relatório policial da marcha que sua mãe acabou de descrever — explica o Sr. Adams. — Identifica Sir William Mitchell como o outro orador.

— Isso eu entendi — dispara Nick —, mas qual é o objetivo? O que tem a ver com a gente agora? Você disse que estava chegando ao ponto.

A Srta. Hart olha para ele.

— Estamos esboçando um quadro — diz ela. — Como expliquei à sua mãe no início deste processo, precisamos...

— Mas não vimos nenhuma prova. Tudo que vocês nos mostraram até agora foram relatórios policiais que não fazem menção a ela. Isso é intimidação. Eles não têm nada a ver com ela. — Ele faz uma pausa. — E há mesmo necessidade dessa câmera?

A Srta. Hart pressiona os lábios.

— Se quiser fazer uma reclamação oficial, há canais disponíveis.

— Que bom. Então eu vou...

— Ah, não, Nick — interrompe Joan, apesar de saber que isso vai irritá-lo. Ser defendida pelo próprio filho, não importa a idade dele, é de cortar o coração. — Está tudo bem. Por favor. Não faça um escândalo.

Ela sabe o que ele pensa: que poderia resolver tudo isso se Joan permitisse, como fez quando o marido dela morreu. Nick tinha ido para o enterro e depois se recusou a deixar a Austrália sem uma promessa de que ela o visitaria. A vida dele era na Inglaterra naquela época, com seus amigos e sua carreira, e ele ia se casar no outono; não entendia por que a mãe se recusava a acompanhá-lo. Implorou à mãe que comparecesse ao casamento, tentando convencê-la com o fato de que havia convidado os filhos da irmã dela, os primos que Nick conhecera no enterro da tia Lally, pouco depois de ele se mudar para a Inglaterra. Joan sempre dizia que adoraria encontrar as sobrinhas e o sobrinho, embora, é claro, eles já fossem adultos nessa época. Mais velhos que Nick.

Ela lhe dissera que isso estava fora de cogitação; que estava velha demais, que tinha medo de voar, que tinha ficado longe por muito tempo, mas só quando ele comprou uma passagem aérea de surpresa e disse que a acompanharia de volta à Inglaterra foi que ela percebeu quanto aquilo era importante para ele. Acabou sem opções. Precisava ir, mesmo com medo.

Mas o que sentia não era medo de andar de avião, como dissera a Nick. Tinha medo de chegar e seu passaporte ser inspecionado com atenção excessiva.

E também tinha medo de nunca mais querer voltar.

No fim, ela voltou para a Austrália depois do casamento de Nick, mas só ficou tempo suficiente para vender a casa e empacotar seus pertences, e então retornou à Inglaterra. Comprou uma pequena casa em Sidcup, a vinte minutos de carro do apartamento de Nick e de Briony, em Blackheath, e se sentiu mais tranquila porque tudo parecera muito fácil na primeira visita. Briony estava grávida na época, e Nick ficou feliz por ter a mãe por perto para pedir conselhos sobre cadeiras para refeição e carrinhos de bebê e amamentação, esquecendo-se de que era um assunto que ela não conhecia muito bem. Foi uma época maravilhosa, mas, ao mesmo tempo, imprudente.

Ela devia ter esperado por isso. Não pode permitir que Nick a defenda desse jeito.

— Está tudo bem, Nick.

— Mãe — o filho a repreende. — Por que você sempre faz isso? Por que não me deixa cuidar de você?

Joan levanta a mão para impedi-lo de continuar e depois a abaixa, em dúvida. Ela se vira para a Srta. Hart.

— Podemos ter um momento a sós, por favor? Apenas Nick e eu.

Há uma breve pausa enquanto a Srta. Hart considera o pedido. O Sr. Adams está no canto da sala mais uma vez, cuidando da câmera de vídeo que foi colocada num tripé com um grande microfone acoplado. Está sentado na poltrona preferida de Joan, bebericando chá em uma de suas canecas antigas de Che Guevara; é pouco provável que a ironia disso passe despercebida. Ele abaixa a caneca.

— Isso seria muito inapropriado.

Nick olha furioso para ele.

— Isso tudo é inapropriado. Vocês já disseram a que tipo de proteção ela tem direito? Ela não tem nem ao menos um representante legal.

— Ela recusou. Nós oferecemos.

— Vocês deviam ter insistido.

O Sr. Adams hesita, mas depois levanta a mão e aperta um botão, fazendo a luz vermelha da câmera se apagar. Ele se levanta e gesticula para a Srta. Hart acompanhá-lo.

— Vocês têm cinco minutos — diz ele.

Assim que ficam sozinhos, Joan se vira para o filho.

— Preciso contar uma coisa a você.

— Não precisa, não. — Ele está inclinado para a frente e, apesar de estar sussurrando, sua voz é urgente e grave. — Mãe, você não precisa fazer isso. Pode dizer tudo que quiser sobre esse Leo, mas é irrelevante. Sei que você não fez nada de errado. Não é crime ter tido um namorado russo na universidade, embora seja meio esquisito saber disso.

Joan abre a boca e a fecha de novo. Não consegue dizer as palavras.

Nick a encara e segura as mãos da mãe entre as suas.

— Simplesmente diga a eles que você precisa ver provas contundentes, alguma coisa além dessa bobagem toda. Depois que conseguirmos isso, podemos começar a limpar o seu nome. Eles vão ver que cometeram um erro.

Então, silêncio.

— Você consegue fazer isso, não é?

Joan olha para suas mãos. A testa de Nick está franzida, preocupada.

— Ou você quer que eu diga? Posso falar por você, se preferir.

Devagar, Joan balança a cabeça. Não consigo, ela quer dizer. Não consigo. Mas as palavras não saem.

— Mãe?

Até ter visto com os próprios olhos, Joan não faz ideia de que pertencer a qualquer tipo de grupo político de esquerda seja tão trabalhoso. Não tem noção do número de intermináveis reuniões obrigatórias, do volume de livros que devem ser lidos e discutidos, debatidos, agitados no ar para enfatizar e depois jogados para o lado em repulsa. Ela sabia que Leo e Sonya passavam muito tempo nas reuniões, mas achava que era porque eles gostavam de frequentá-las, não só porque são necessárias. Joan não está preparada para a seriedade que elas exigem.

Na primeira vez que participa de uma dessas reuniões, vai com Leo. Já se passaram várias semanas desde aquele primeiro beijo, e Sonya ficou sabendo do que tinha acontecido, mas sem muitos detalhes. Joan decide acompanhar Leo porque está intrigada com o motivo que o afasta dela com tanta frequência, apesar dos avisos de que pode não gostar. Ele a conduz por uma escadaria de madeira, num dos antigos pátios do Jesus College, até um pequeno cômodo no terceiro andar e abre uma porta de madeira pintada de vermelho, revelando um ambiente com o ar carregado de fumaça de cigarro e um grupo de cerca de dez pessoas sentadas no chão, conversando. Sonya está parada perto da janela, recostada numa cortina cinza. Está usando um vestido azul justo e fumando um cigarro. Ela o tira dos lábios quando os dois entram e semicerra os olhos, que vão de Joan para Leo e de novo para Joan, antes de sorrir e estender os braços em cumprimento.

— Joan! — exclama com entusiasmo. — O que está fazendo aqui?

Leo tirou a jaqueta e agora começa a seguir até a janela para pendurá--la no trinco.

— Ela veio comigo. Falei que você talvez estivesse aqui.

Sonya olha para Leo, leva o cigarro aos lábios mais uma vez e murmura alguma coisa em outro idioma — alemão ou russo, Joan supõe. Leo a responde com um ruído abrupto que mais parece um muxoxo que uma palavra.

Sonya revira os olhos e expira um sopro de fumaça quando ele se vira de costas. Há uma pausa momentânea do tempo antes de ela sorrir e pegar o braço de Joan.

— Venha — diz, com seu velho jeito conspiratório, conduzindo Joan até o outro lado do cômodo e indicando um espaço ao chão perto do seu lugar, no assento da janela, para que ela se sente.

Joan hesita e se vira para conferir se Leo não faz objeção que ela se afaste, mas ele já está apertando a mão de um homem de cabelo claro, que ela reconhece como William, o outro orador na marcha de Ajuda para a Espanha. Quando percebe que Joan está aguardando, Leo simplesmente a dispensa com um aceno. Ela fica vermelha e olha ao redor, esperando que ninguém tenha prestado atenção. Fica aliviada porque parece que a cena passou despercebida, até se virar para Sonya e ver um pequeno vinco em sua testa normalmente imaculada.

Joan reconhece a expressão. Já a viu antes, por acaso, nas poucas vezes que tentou falar com a amiga sobre Leo. É uma expressão que parece zombeteira, condescendente. Por um instante, Joan deseja não ter ido. Esse não é o seu lugar. É de Leo e Sonya.

Ela se senta na almofada ao lado dos pés da amiga. Se Leo não tivesse negado, Joan provavelmente pensaria que Sonya está com ciúmes, mas ele disse que essa sugestão é ridícula. Sonya não é ciumenta, apenas é protetora. O que quer que isso signifique. Talvez fosse mais fácil se Sonya *fosse* ciumenta, porque, pelo menos, assim, Joan saberia o que fazer. Poderia tranquilizá-la e garantir que a amiga não se sentisse excluída.

Joan olha para Sonya, que está inclinada sobre o peitoril da janela para apagar o cigarro na parede de tijolos. Ela lhe dá um peteleco e o observa descer de maneira imprudente para o canteiro de flores lá embaixo.

— O que acontece agora? — pergunta Joan, ansiosa para quebrar o silêncio que se instalou entre elas.

— Esperamos — responde Sonya de forma abrupta. Então, se acalmando, ela se inclina de maneira conspiratória, até estar tão perto que Joan quase consegue sentir o gosto do tabaco em seu hálito, e indica com a cabeça o homem que está falando com Leo, aquele que Joan reconheceu da marcha.

— Você devia ficar de olho no William, falando nisso. Ele adora o Leo.

Joan franze a testa, sem entender direito por que Sonya está sorrindo daquele jeito, mas consciente de que é uma tentativa de reconciliação. Por isso, em vez de questioná-la, ela sorri, grata e confusa, olhando de relance para William. Ela o vê dar um tapa nas costas de Leo e depois colocar a outra mão no ombro do jovem ao seu lado, que parece se assustar com o toque.

— Quem é aquele?

— Rupert — sussurra Sonya. — Você vai se acostumar com ele.

Assim que todos chegam e a porta é fechada, Leo anuncia que o objetivo da reunião daquela noite é discutir os relatórios dos Processos de Moscou, publicados pela imprensa britânica. Ele conseguiu uma transcrição do primeiro processo com seu orientador do doutorado e lê em voz alta a confissão de Zinoviev, outrora líder da Internacional Comunista, correligionário de Lenin durante a Revolução de 1917, mas que agora se declarou culpado da acusação de ter formado uma organização terrorista para matar Stalin e outros membros do governo soviético.

A leitura dura cerca de dez minutos, e é como se ninguém respirasse. Todos estão ouvindo Leo atentamente. Quando ele termina, há murmúrios entre o grupo, mas ninguém parece disposto a falar primeiro. Joan sabe que, como recém-chegada, deve ficar calada, mas não entende por que ninguém faz a pergunta óbvia. Ela morde a língua e fica inquieta até não conseguir mais aguentar. Por fim tosse e pergunta, em tom coloquial:

— Então você acha que Stalin o obrigou a dizer isso?

Assim que as palavras saem de sua boca, ela percebe que foi um erro. Joan ainda não sabe que não se fala de Stalin em público desse jeito, não como se ele fosse uma pessoa de verdade que pode ser, de certa forma, culpabilizada. Certamente não como um lobo num conto de fadas. Isso é algo que ela pode dizer a Leo quando estiverem sozinhos, mas não na frente desse grupo de pessoas que mal conhece. Leo olha para ela, e a luz do lampião se reflete de maneira desagradável em seus óculos. Ela sente o olhar frio de sua decepção e, embora esteja envergonhada por desapontá-lo dessa maneira, também está irritada com a reação. É uma pergunta razoável a se fazer, afinal.

— Claro que não — responde ele. — Essas confissões são dadas livremente, e só a imprensa ocidental diz o contrário. Parece que o único propósito dessas pessoas é desacreditar a União Soviética. — Ele dá de ombros. — A execução dele foi totalmente necessária para proteger e preservar a revolução.

Leo nunca falou com ela desse jeito, e Joan sente a pulsação acelerar com a ânsia de se defender. Não entende por que ninguém a apoia.

— Mas você entende por que dizem que algumas confissões não são confiáveis, certo?

— Quem diz isso?

Joan o encara, confusa. Tem certeza de que ele sabe a resposta tão bem quanto ela.

— A imprensa. A maioria das pessoas na Inglaterra.

Uma pausa. Leo não a encara enquanto coloca a transcrição ao seu lado, no chão, com muito cuidado.

— Eles estão fazendo o jogo dos criminosos. Qualquer coisa duvidosa nas confissões foi colocada ali deliberadamente por inimigos do Estado que estão tentando desacreditar o governo. É bem simples.

Joan se recosta na parede, tentando não parecer tão irritada quanto se sente. A discussão continua com um debate sobre até que ponto a execução de traidores é justificável para a preservação do bem maior. Até que ponto a maldade pode se estender a ponto de se tornar boa? E até que ponto o bem maior pode fazer a balança pender? Depois de quase uma hora de discussão sobre o assunto, o grupo faz um intervalo para o chá, e Joan percebe que é uma boa oportunidade para escapar sem provocar muito alvoroço. Ela começa a recolher suas coisas, mas, antes de conseguir fugir, Leo se aproxima e se agacha ao seu lado.

— Jo-jo — diz ele baixinho, de um jeito conciliador. — Você não deve levar nada do que eu digo aqui para o lado pessoal, sabe.

Joan funga. Está com raiva dele e quer que ele saiba disso. Mesmo que discorde dela, não precisa ser tão rude.

— Como posso não levar?

— Se eu discordar politicamente de você, é só isso. É apenas uma argumentação construtiva. É isso que estamos fazendo aqui, buscando um jeito que funcione. Não podemos deixar as emoções atropelarem o progresso. — Ele faz uma pausa e acaricia o rosto dela. — Esse é o objetivo dessas reuniões.

Ela dá um sorriso relutante.

— Acho que prefiro você sozinho — retruca ela, brincando, mas não totalmente.

Ele é um mistério para ela, esse homem. Joan passou tanto tempo com Leo nas últimas semanas, e ainda há episódics como esse, em que ela se pergunta se o conhece de fato. Queria pedir conselhos a Sonya, não só porque ela o conhece melhor que qualquer pessoa, mas também como amiga. No entanto, toda vez que acredita que pode abordar o assunto nos dias e semanas depois daquela primeira reunião, Joan descobre que não consegue. Não sabe o motivo, só sente que é uma má ideia. Leo e Sonya são praticamente irmãos. Talvez seja íntimo demais, pessoal demais. Ou talvez ela simplesmente não goste de falar dele, porque sabe que essa confissão a deixaria vulnerável. É um jeito de manter seu coração intacto.

Porque é isso que a preocupa. Nas poucas ocasiões em que conseguiu que ele revelasse alguma coisa sobre seus sentimentos, Leo simplesmente disse que os homens não podem ser guiados pela emoção acima do intelecto, e todas as vezes Joan acabou assentindo, concordando de maneira relutante. Afinal, era assim que ela pensava quando era mais nova. E, sendo educada na religião da razão, é no que ainda acredita. Mas então se recorda do *Livro de poesia romântica de Cambridge* escondido embaixo da cama (ela se lembra de que deve devolvê-lo antes que a multa atinja proporções ridículas) e percebe que não pensa assim de verdade.

Como consequência dessas discussões, ela decidiu que não vai dormir com Leo até ele dizer que a ama, mas essa declaração deve ser espontânea e sincera. Ele, no entanto, não sabe dessa decisão, por isso pede a ela que fique todas as vezes que passam a noite juntos, e todas as vezes ela recusa. Isso criou um impasse no relacionamento, mas não é uma situação desconfortável. Na verdade, aumenta um pouco a tensão. Mantém os dois em estado de alerta.

No fim, é Sonya quem toca no assunto primeiro. Ela vai ao quarto de Joan um dia, antes do café da manhã, ainda vestida com a roupa da noite anterior e usando o casaco de pele emprestado. Quando Joan aparece na porta em resposta à batida, a garota tira dois ovos cozidos da bolsa e lhe entrega um.

— Trouxe o café da manhã. Estão com a gema mole.

— Por onde você andou?

— Com Daniel.

Joan franze a testa. Ela volta para a cama e puxa a coberta até o pescoço. Ainda está cedo, e o quarto, frio.

— É aquele do nariz grande que estava na marcha?

— Nariz romano — corrige Sonya. — Não, aquele é Tom. Daniel é o que tem mãos perfeitas. Faz História na Pembroke. Jogador de hóquei. Acho que você o viu uma vez.

— Ah, esse. Achei que você não gostava mais dele. — De repente, Joan se levanta o olhar para ela. — Vocês...?

Uma expressão travessa passa pelo rosto de Sonya. Ela foge para a pequena cozinha de Joan e começa a vasculhar o armário sobre a pia.

— Onde estão seus porta-ovos?

— Não tenho nenhum.

Sonya levanta as mãos, como se estivesse suplicando.

— Por que não? — Ela volta para o quarto e se senta de pernas cruzadas no chão enquanto tira a casca e revela um ovo branco e perfeito.

— Você já fez antes? — pergunta Joan, hesitante.

— O quê?

— Você sabe.

Sonya se recosta na parede. Ainda está usando o casaco de pele, enrolado no corpo como uma coberta de luxo.

— Claro. Algumas vezes. Quis me livrar disso cedo. — Ela olha para Joan. — Não me diga que você está esperando.

Joan balança a cabeça.

— Não por princípio. Eu só não tive...

Sonya sorri.

— Eu não contaria com isso — diz ela.

— O que você quer dizer?

— Leo não é como os outros garotos. Ele é cheio de princípios. Incorruptível.

Joan arqueia uma sobrancelha ao ouvir isso, mas não a corrige. Não seria justo manchar a visão imaculada que Sonya tem do primo mais velho.

Sonya a observa, franzindo a testa.

— Não vai comer seu ovo?

— Está muito cedo — responde Joan. — Vou comer mais tarde.

— Fique à vontade. — Ela dá uma mordida delicada no ovo e come devagar, ocupada em descrever os coquetéis que tomou com Daniel e contar que, antes de ir embora, ele a convidou para almoçar com ele e com os pais no domingo. — Ele é muito engraçado — acrescenta ela, sem acreditar que ele achava mesmo que ela queria conhecer seus pais. — Embora eu imagine que ele não tenha a intenção de ser.

Joan sorri e vira o rosto, deitando de novo no travesseiro enquanto Sonya continua a falar. Está contente em ficar deitada ali; não quer se levantar ainda. Mas também tem consciência da sensação que se insinua em sua mente, uma que não pretende dividir com a amiga: o triunfo de que existe pelo menos uma coisa que ela sabe sobre Leo, e Sonya não.

Ao longo das semanas seguintes, Joan participa de várias outras reuniões com Leo, embora seja mais cuidadosa que na primeira vez. Ela sabe que é uma aberração ali, não sendo afiliada, por isso faz um esforço para ser educada e aquiescente e para evitar dizer algo inadequado.

Naquela noite, o assunto é a Espanha, e William está tentando convencer os outros de que eles realmente precisam ir até lá e se juntar às forças republicanas como parte da Brigada Internacional. Rupert está sentado ao lado dele, como sempre, vestido de maneira elegante, com um terno cinza-carvão e concordando vigorosamente com tudo que William diz.

— Já perdemos tantos dos nossos garotos lá — declara ele. — Cornford, Wallis... — Ele tenta se lembrar de outro nome.

— ... Yates... — complementa Rupert.

— Yates — repete William. — E muitos outros. — Ele faz um gesto amplo com o braço para se referir a esses voluntários anônimos. — Temos que garantir que esses garotos não morreram em vão.

Como ele soa infantil, pensa Joan, tão falso. Está ali, sentado num cômodo em Cambridge (no chão, é verdade, mas, fora isso, no maior conforto), sem nenhuma ameaça de violência iminente, nenhuma arma por perto, com biscoitos servidos num prato e discursando como se fosse um tipo de veterano de guerra, um herói de batalha.

Ela fica aliviada quando Leo finalmente fala.

— É uma guerra. Todo mundo morre em vão quando chegamos a esse ponto.

— Não se formos até lá e matarmos mais deles.

Leo solta um muxoxo.

— Isso não é um jogo. Não se ganha contando palitos.

Rupert se manifesta.

— Mas William está certo. Também não se ganha fugindo.

— Exatamente.

— Eu não sabia que você era pacifista — diz Sonya a Leo, cruzando as pernas compridas, cobertas por meias escuras, e espalhando cinza de cigarro por todo o carpete.

Leo dá de ombros.

— Não estou dizendo isso. Só quis dizer que eu não escolheria ir para a guerra. Quem faria isso?

— Mas acho que não temos escolha. Temos que ir — anuncia William. — É nosso dever. Você mesmo disse. Quando chegar a hora, vamos ter que escolher. O fascismo vai se espalhar pela Europa se não o determos agora. Todo mundo precisa escolher.

— Existem outras maneiras de mudar o mundo — declara Leo.

William bufa.

— Talvez — concorda. — Mas nenhuma tão rápida.

Leo não diz nada, mas tira um cigarro do bolso. Ele o acende, e Joan vê seus olhos buscarem os de Sonya.

— Vá em frente, então, Leo — a prima o encoraja, depois de hesitar por um instante. Ela se recosta e sopra uma espiral de fumaça. — Dá para ver que você está morrendo de vontade de contar.

Todos olham para Leo.

Joan franze a testa e, de repente, nota que ele está evitando deliberadamente seu olhar.

— Contar o quê? — pergunta ela.

— Ah! — Sonya olha para Joan e leva a mão à boca, como se tivesse dito algo que não devia, o vinco de preocupação aparecendo de novo em sua testa. — Ele não contou a você?

— Contou o quê?

Leo pigarreia. Ele tira o cigarro da boca e o segura entre os dedos.

— Vou a Moscou.

Joan o encara. O rosto dele está ruborizado de empolgação. Os outros se agitam e se aproximam para pedir mais detalhes, mas Joan sente o corpo começar a queimar. Por que ele não lhe contou? Por que esperou até agora?

Ela pigarreia.

— Por quanto tempo?

— Três meses. Fui convidado para fazer uma palestra na universidade, depois vão me levar para uma excursão.

— Para onde? — pergunta William.

— O de sempre, eu acho. Fazendas coletivas, fábricas, escolas, clínicas.

Joan tem uma vontade súbita de ir embora. O ar está tão abafado ali, tão sufocante. Ela se levanta e vai até a porta.

— Jo-jo, espere.

É a voz de Leo, mas Joan não espera. Abre a porta e segue para o corredor, sem parar até estar longe o bastante para se sentir sozinha. Ela coloca as mãos sobre o rosto. Passos estão vindo em sua direção. Leo. Joan conhece o ritmo, mas não se vira. Ela funga e seca os olhos.

— Eu ia contar — diz ele. — Só ontem tive certeza. Queria esperar o momento certo.

Joan não olha para ele. Ela pega o cigarro entre o dedo indicador e o polegar de Leo e o coloca na própria boca, fechando os olhos para se concentrar na sensação da fumaça se espalhando pela garganta e pelos pulmões e fazendo-a ofegar em busca de oxigênio.

— Bem, não tenho certeza se você conseguiu.

Ele dá um sorriso arrependido.

— Eu não sabia que Sonya ia tocar no assunto.

— Claro que ia. — Joan fica em silêncio, depois outro pensamento lhe ocorre. — E é claro que você achou o momento certo para contar a ela.

Leo dá um passo em direção a Joan, as mãos segurando sua cintura com firmeza.

— Me desculpe — sussurra ele. — Eu ia contar.

— Mas não contou.

Leo faz uma pausa e desvia o olhar. Ele é tão reservado. Como Joan gostaria de abri-lo e espiar lá dentro. Virá-lo de pernas para o ar e sacudi-lo até todos os pequenos segredos terem esvoaçado. Depois ele simplesmente ficaria ali diante dela, só ele, e Joan poderia envolvê-lo e abraçá-lo com força.

Como se pudesse ler sua mente, ele desliza as mãos por seu corpo até em cima e puxa seu rosto para si, beijando seus lábios.

— Fique comigo hoje à noite, Jo-jo — sussurra ele. — Por favor. Antes de eu ir.

Ela olha para ele, prendendo a respiração, esperando que diga as palavras. Ah, ela sabe que Leo não vai dizê-las. Claro que não vai. Sabe que é só uma questão de ela se render ou não.

William abre a porta e olha para fora à procura dos dois.

— Venha, Pooh, venha, Leitão. Vamos recomeçar.

Joan hesita. Sonya aparece atrás de William, ainda exibindo uma expressão complacente. Ao vê-la, Joan sente o rosto ruborizar, porque, ao que parece, ela, diferentemente de Sonya, é ciumenta. Ou, pelo menos, é isso que decide ser aquela sensação de queimação. Joan a sente pulsando no peito e subindo pelos pulmões. Está surpresa com a intensidade do sentimento.

E também está com raiva; de Leo por não ter contado primeiro a ela, por não imaginar que Joan poderia não querer que todo mundo visse sua reação, por não entender quanto ele significa para ela. Além do mais, também está com raiva de Sonya, embora suas razões para isso sejam menos claras. Está irritada porque Sonya já sabia da viagem de Leo, sim, mas também está irritada com a recusa da amiga em admitir a possibilidade de Leo querer dormir com ela, com sua implicação de que Joan não é boa o suficiente para ele, que Leo é incorruptível demais para desejá-la.

Seu sangue esquenta.

— Não — diz ela subitamente, os olhos evitando os de Sonya. — Vamos sair cedo hoje.

— Nós vamos? — pergunta Leo.

— Sim. — Ela passa o braço ao redor dele, e ele reage, puxando-lhe o corpo para si. Joan vê os olhos de Sonya se arregalarem antes de ela se virar de costas, rindo de alguma coisa no cômodo; uma risada estridente e alta demais, que ecoa pelo pátio enquanto eles saem.

91

No portão da faculdade de Leo, eles têm de se esconder do porteiro noturno. Joan coloca o sobretudo e o chapéu de Leo e marcha atrás dele, os pés levemente virados para fora nos oxfords baixos para conseguir uma passada masculina. Ninguém chama a sua atenção, e eles dão uma risadinha enquanto atravessam o pátio correndo. Leo procura a chave quando param em frente à sua porta e ele a apressa para entrar. Joan fica surpresa com o fato de o lugar ser tão arrumado. Há pesadas cortinas marrons presas perto das janelas e pilhas de livros sem poeira nas estantes. As almofadas do sofá estão alinhadas com primor, e até a colcha da cama está esticada.

Leo fecha a porta e caminha em direção a Joan, tomando-a nos braços e puxando-a para si. Ele a beija, e parece mais travesso que o normal, mais deliberado, seus dedos leves no pescoço dela, fazendo cócegas, provocando. Sua língua bate de leve nos lábios de Joan, que o beija em resposta, os braços lhe envolvendo o corpo. Leo tem gosto de tabaco, biscoitos e chá quente e doce. Ele desliza as mãos pelo corpo dela, pela cintura e, de repente, levanta a saia de algodão até as coxas. As mãos se insinuam por baixo do tecido, e os dedos tocam a parte de cima da meia dela, seguindo delicadamente a linha de seda no limite com a pele nua. Ele pressiona o corpo contra o de Joan, e as mãos dela agarram seu pescoço, o corpo arqueando em direção ao dele.

— Eu não devia estar aqui — sussurra ela, sentindo um medo repentino do que estão prestes a fazer. O que estava pensando? É cedo demais, súbito demais. Será que estaria ali se Sonya não tivesse tocado no assunto da viagem a Moscou? Ela não sabe. Joan se afasta. — Tenho que acordar cedo amanhã.

— Você pode dormir à tarde, não?

— Acho que sim.

Se ao menos ele dissesse as palavras, tudo ficaria bem. Joan não se sentiria apressada. Ela prende a respiração, balançando a cabeça — não, pensa ela, não —, mas seus pés estão saindo dos sapatos, e agora ela está parada diante dele de meia. Ele a observa, mas Joan ainda hesita, esperando alguma coisa.

Diga as palavras, pensa ela. Por favor, diga.

Ela devia ir embora. E se for pega? Seria expulsa da universidade em desgraça. Joan tenta se afastar de Leo, mas os músculos de seus pés não obedecem às instruções.

Leo dá um passo em sua direção, os olhos fixos nela. Ainda assim, Joan não consegue se mexer. Ela sente o movimento involuntário das mãos e, então, antes que tenha decidido o que fazer, descobre que seus dedos estão tremendo no pequeno fecho de metal do colarinho da própria blusa. Quando o abre, ela percebe que não vai a lugar algum. Não consegue. Quer sentir o corpo dele no seu, a pele nua na sua. Quer traçar a linha da coluna dele, beijar-lhe o pescoço e o peito, e lhe envolver a cintura com as pernas. Quer que ele seja dela, totalmente corruptível.

E sabe que, quando acabar, ela vai querer se cobrir, o corpo delicado e muito magro colado ao corpo maciço de Leo. E ele vai ficar satisfeito. De manhã, vai olhar para ela e beijá-la, depois oferecer a jaqueta enquanto a conduz sorrateiramente para fora do quarto, e ela vai desejar poder ficar ali para sempre.

Mas Joan também sabe, antes de acontecer, quando ainda está parada diante dele, com a blusa aberta no pescoço e os sapatos caídos ao lado de um jeito descuidado, que, mesmo depois de tudo isso, ele não dirá as palavras.

Segunda-feira, 11h52

Relatório da Divisão Especial ref: Visita oficial à
Rússia (partida de Hay's Wharf, Londres)

22 de maio de 1938

Segue uma lista de passageiros que deixaram este
porto em direção a São Petersburgo às 22h15 de hoje,
todos em posse de bilhetes de ida e volta entre Londres e Moscou, viajando no navio a vapor *Smolny*, e
que acreditamos fazer parte de um grupo de médicos,
cientistas e economistas em visita oficial a Moscou:

... GALICH, Leo Borisovich, Jesus College, Universidade de Cambridge, Cambs; bilhete nº 7941...

GALICH é russo e faz doutorado em economia na
Universidade de Cambridge. Recentemente, comprou
diversos livros sobre política econômica soviética,
além de alguns trabalhos técnicos sobre engenharia.
Acredita-se que vai visitar Moscou como parte de uma
delegação britânica para um congresso sobre economia

na universidade, mas, se e quando ele voltar, sua
descrição é:

Nasceu em Leningrado, em 20 de maio de 1913; altura 1,88m, constituição mediana, cabelos castanhos, olhos escuros, pele pálida, barba feita. Sotaque: alemão. Excelente inglês falado e escrito. Temos uma fotografia que será encontrada no anexo.

A fotografia de Leo é retirada da estreita pasta da Srta. Hart, que a empurra para Joan sobre a mesa.

Joan a segura com delicadeza na ponta enquanto coloca os óculos de leitura para estudá-la. Nunca a viu. Leo está usando um short e uma camisa branca aberta no pescoço, meias compridas e botas pretas de couro. Há um cigarro preso ao lábio inferior, a ponta amassada queimada e enegrecida.

Nick se levanta e olha a fotografia por cima do ombro da mãe.

— Então esse é ele, é? — pergunta, com um toque de curiosidade na voz, apesar de sua política de indiferença tática. — Camarada Leo. A caminho da Rússia para se preparar para a revolução.

— Ele só estava indo para um... — ela hesita, a palavra escapando por um segundo — ... congresso.

O rosto de Nick registra surpresa pela atitude defensiva de Joan.

— Eu estava brincando.

A Srta. Hart o ignora, olhando atentamente para Joan.

— Mas ele acreditava que a revolução ia chegar, não? Ele queria que acontecesse.

— Sim, mas... — diz Joan e depois para. — Muitas pessoas achavam que era inevitável naquela época. Se você sugerisse para qualquer um que não haveria uma revolução, diriam que você é louco.

— Quem diria isso?

— Bem, todos eles. Leo, Sonya. Os outros nas reuniões.

— William?

— Não sei. Nunca falamos sobre isso. Não diretamente.

— E a senhora?

Joan balança a cabeça.

— Eu nunca me filiei. Nunca fui membro.

— Do Partido?

— De nada.

— Acredito que a filiação deles era à Internacional Comunista, não era? — pergunta o Sr. Adams. — Comintern.

Joan dá de ombros, mas não diz mais nada.

Quando fica claro que ela não vai se estender nesse assunto, o Sr. Adams se inclina em sua direção.

— A senhora não estaria entregando nada. Essa foi uma das poucas coisas que conseguimos elucidar com Sir William antes de sua morte. — Ele encara Joan com um olhar duro. — A senhora devia estar sob pressão para se filiar. Por que não o fez?

Silêncio.

— Isso importa? — pergunta Nick, a voz impaciente. — Ela disse que não se filiou.

— As crenças políticas de sua mãe não são irrelevantes neste caso. Pode ajudar se conseguirmos estabelecer...

— Eu não estava convencida o suficiente — diz Joan. — Não concordava com tudo e não gostava da ideia de fazer parte de algo que me dizia o que eu podia e o que eu não podia pensar. — Ela faz uma pausa. — Eu poderia ter me filiado se eles não fossem tão rígidos, mas é sempre assim em todo tipo de clube, não é? Sempre existem regras. — Ela olha para Nick. — Como aquele clube de tênis que seu pai queria que frequentássemos em Sydney. Lá era a mesma coisa.

A expressão do Sr. Adams é de uma leve incredulidade.

— Não acho que possa comparar isso a frequentar um clube de tênis.

Os olhos de Joan encontram os dele.

— Você não os conheceu.

Nick inspira fundo.

— Mas você não se filiou ao Partido Comunista, não é? Ou ao Comintern, ou a qualquer outro?

Joan olha para o filho e vê em sua expressão que ele não está apenas impaciente, está implorando. Nick acha que ela não está levando isso a sério o bastante.

— Não — sussurra ela.

A ruga na testa de Nick desaparece, e ele acena sua aprovação com a cabeça antes de se virar para o Sr. Adams.

— Pronto, está vendo? Ela não se filiou. Não estava convencida o suficiente. Quando vocês vão perceber que estão desperdiçando seu tempo?

— Nós não estamos, não é, Sra. Stanley?

Silêncio. Joan se recosta na poltrona e leva a mão à testa. Há uma sensação de ardência atrás dos olhos, como se o processo de se lembrar de pensamentos e emoções tão distantes no passado tivesse um efeito físico. A pressão da mão na pele provoca uma sensação refrescante momentânea. Não, ela não se filiou, mas isso não significa que não tenha pensado na possibilidade naqueles dias, ainda mais considerando a aparente indiferença das colegas de turma. O time de hóquei do Newnham até fez uma excursão pela Alemanha na Páscoa de 1939, apesar de estar bem claro o que acontecia com os judeus na época. No entanto, mais ninguém no time fez objeções. Apenas Joan se recusou a participar desse passeio a Frankfurt e Wiesbaden, dando fim à sua carreira de jogadora de hóquei que, verdade seja dita, já estava acabando de qualquer maneira, e ela ficou impressionada com a falta de apoio da universidade à sua postura. Mais ninguém parecia se importar tanto. Exceto Sonya.

Joan quase se filiou a eles, mas, em parte, não o fez porque não era obrigada. Como namorada de Leo, detinha a posição privilegiada de poder ir e vir como quisesse, sem ser obrigada a aderir às convenções do grupo, chamando os outros de "camaradas" e lendo os textos escolhidos, sem nunca dizer realmente o que pensava. Ela sabia que, apesar de ser simpática a muitas das ideias, não era capaz de corresponder à certeza de propósito deles, à união sincera. Por isso era mais fácil continuar à margem, não sendo realmente um deles, mas aceita do mesmo jeito.

O segundo motivo para não se afiliar é mais complicado, e ela não teria admitido a ninguém na época nem agora, na verdade. Sua recusa era apenas um jeito de manter um pequeno pedaço de si afastado de Leo, porque, mesmo naquela época, antes de qualquer coisa ter realmente acontecido, de algum jeito ela sabia que isso era necessário. Ela se lembra de como costumava se sentir quando estava com ele, sucumbindo a ele, moldando-se ao redor dele — era quase física, aquela sensação de suas costas se curvando —, e achava isso desconcertante. Não era como ela se imaginava. Nem era muito científico. Mas, por outro lado, nunca havia se apaixonado. Talvez devesse ser assim.

— Pelo amor de Deus — diz Nick, quebrando o silêncio com impaciência. — Não é crime ter alguns amigos de esquerda na universidade.

— Estamos esboçando um quadro... — A Srta. Hart começa mais uma vez, mas Nick a interrompe. Ele se virou para Joan após um súbito pensamento.

— Papai sabia disso? — pergunta ele. — Não me lembro de nenhum de vocês falar de política quando eu era criança.

Joan olha de relance para a Srta. Hart e depois para as mãos, cuidadosamente entrelaçadas no colo. Ela assente.

— Claro — responde, a voz calma e controlada.

A Srta. Hart anota isso.

— Achei que, pelas circunstâncias, ele ia querer saber mais.

— Quais circunstâncias? — pergunta Nick de um jeito enfático.

— Ele sabia o bastante — garante-lhe Joan rapidamente. — Sabia tudo que precisava saber. Não menti para ele, Nick.

Ele ergue a sobrancelha.

— Espero que não.

Joan observa de novo a fotografia de Leo. Não sabe quem a tirou ou para quem ele está olhando — certamente não é para a câmera, mas levemente para o lado. Porém, reconhece a expressão em seu rosto; os olhos concentrados por trás das lentes dos óculos para dar a impressão de que está ouvindo com atenção — e provavelmente está — e, ao mesmo tempo, de que está consciente da câmera, o que fica claro pela leve curva que seus lábios fazem para cima no que é apenas uma insinuação daquele sorriso indecifrável e inocente.

Ele voltou! Ele voltou! Ele voltou! Joan rezou por isso todas as noites, todas as manhãs. Já se passaram quase três meses desde que o viu pela última vez. Nesse período, os dois trocaram cartas, mas não eram exatamente o que se pode chamar de cartas de amor. Eram mais como inventários nos quais ele fornecia detalhes de seu itinerário de visitas a fábricas e hospitais, contava do sistema metroviário de Moscou, descrevia creches em que todas as crianças tinham o cabelo cortado exatamente no mesmo estilo, de modo que não era possível diferenciar as meninas dos meninos, listava fazendas coletivizadas... A lista não acabava.

O ar aqui é mais fresco do que em qualquer outro lugar que já estive, escreve ele. *A questão central do mundo moderno — a pobreza em meio à abundância — foi resolvida, embora não totalmente, porque ainda há alguns defeitos técnicos. Mas será.*

Ele não faz menção à noite que passaram juntos em nenhuma correspondência, mas Joan pensa nisso frequentemente: como ele rolou para cima dela pela manhã, apoiando-se nos cotovelos enquanto todo o seu corpo pressionava o dela.

— Ah, minha pequena camarada de armas — disse ele, rindo da própria piada enquanto se abaixava para lhe beijar o pescoço, o pênis enrijecendo contra a coxa de Joan. — Doeu muito?

Ela se lembra de ter enterrado o rosto no pescoço dele, inspirado seu cheiro de cama e sono e de ter sussurrado:

— Não, não muito. — Em seguida, fez uma pausa, sem saber se era a coisa certa a perguntar ou não. — Doeu em você?

Ele riu.

— Claro que não. Por que doeria? Que bobinha.

Não havia nada que ela pudesse responder a isso. Leo beijou seu pescoço e seus seios, e se levantou. Jogou displicentemente uma camisa para ela vestir e beber o chá, e então a tirou sorrateiramente da faculdade.

Ele quis dizer que já fez isso antes?, pergunta-se ela. E se fez, com quem foi? A garota loura que usava casquete? Possivelmente. Que tolice a dela imaginar que não fizera. Afinal, ele é homem e é mais velho. Joan sabe que é diferente para os homens, em termos biológicos, embora os detalhes jamais tenham sido mencionados nas aulas de ciências na escola; era provável que não os machucasse, afinal. Ela não sabe e não pode perguntar, porque não quer que ele ria dela desse jeito outra vez, e não consegue falar sobre o assunto com Sonya.

Havia se preocupado enquanto ele esteve fora, pensando no que tinha significado, se tinha significado alguma coisa, e como os dois ficariam quando ele voltasse. Será que pensava nela? Será que sentia saudade? Mas Joan sabe que não deve escrever tais coisas. Leo não saberia o que fazer com essas perguntas. Ele a repreenderia e a acharia ridícula, então ela se controla, adotando o estilo de Leo nas próprias cartas que envia em resposta: prático, sem emoção e baseado em fatos. É decepcionante, mas é melhor que nada. E pelo menos significa que ele está pensando nela.

Mas agora que ele voltou, Joan consegue relaxar, porque a primeira coisa que Leo faz depois de guardar a mala é subir pela janela do depósito de roupas de cama do Newnham College e marchar pelo corredor até o quarto dela, como se tivesse permissão incondicional para estar ali. E não tem. Se fossem descobertos assim, deitados juntos na cama estreita de Joan, as consequências seriam desastrosas. Ela conhece as regras. Se um homem entrar em seu quarto por qualquer motivo, deve ser com permissão do porteiro chefe e, nas palavras da vice-diretora da faculdade, pelo menos um dos pés de cada pessoa deve ser mantido o tempo todo no chão. Sonya não leva essa regra a sério, já que, segundo ela, revela mais sobre os hábitos conservadores das autoridades da faculdade do que representa alguma barreira à copulação, mas Joan ainda não reuniu coragem para perguntar exatamente como isso é possível. Talvez ela descubra por conta própria em breve.

Joan se senta e puxa a cortina da janela atrás deles. Está quase escuro. As sombras se esgueiraram sobre a cama, e sua garganta está seca. Ela se levanta, pulando por cima da jaqueta amassada de Leo no chão, suas botas, sua calça, até chegar à pequena pia ao lado do armário. Ela o ouve se mexer e olha para trás.

— Jo-jo — murmura ele, esfregando os olhos e olhando para ela. — É você mesmo.

Joan sorri.

— Claro que sou eu. — Ela bebe o copo de água morna e volta para a cama, enfiando as pernas sob os lençóis, sentindo o calor intenso do corpo dele. Inesperado, de certa forma. Ela não esperava que essa quantidade de calor emanasse de Leo.

Ele rola na direção dela e a puxa de volta para baixo das cobertas.

— Sabe o que eu queria agora? — pergunta ele, os lábios nos dela e as mãos descendo em direção à bunda.

Ela se inclina para a frente para beijar-lhe o pescoço.

— Pode ser que eu tenha uma ideia.

— Rosbife. Batatas. O pacote completo.

— Ah — diz ela, decepcionada. — E eu pensando que as reviravoltas no seu estômago eram de desejo.

Ele ri.

— E são. Mas também estou com fome. A comida na Rússia era tão ruim quanto eu lembrava.

E aí está. Ele voltou, e nada mudou.

Eles vão a um pub nos arredores de Cambridge e pedem dois pratos de rosbife. Ficam jogando pingue-pongue na mesa verde rachada perto da lareira até a comida chegar. Diferentemente de outros estrangeiros, Leo gosta da comida inglesa. Ele acha que torrada quente com manteiga é a coisa mais deliciosa do mundo e não entende por que alguém estragaria essa perfeição com alguma coisa extravagante, como geleia ou marmelada ou algo tão nojento quanto Marmite. Mas agora ele quer mais que torrada. Quer uma fatia grossa de carne, batatas assadas crocantes, Yorkshire pudding, stuffing de cebola e sálvia, raiz-forte, cenouras, nabos, picles de repolho, e quer tudo nadando num encorpado molho quente.

Quando os pratos chegam, Joan separa uma parte da própria comida para oferecer a ele.

— Coma um pouco da minha.

— Você não quer? — Ele não para de comer mesmo enquanto fala, mas empurra o prato de volta para ela.

— Não, não. Coma. Não consigo comer tudo, de qualquer maneira. E você parece estar faminto.

Ele sorri, depois pega um pedaço do Yorkshire pudding dela com o garfo.

— Estou mesmo. Obrigado, Jo-jo. Minha doce camarada.

Ali está, ele ainda usa o velho apelido. Ela sorri.

— O que você estava comendo na viagem, afinal?

— Ah, você sabe. Isso e aquilo.

O que isso significa? Ela quer saber, de verdade. Não consegue imaginar o que ele pode ter comido.

— Mais que a maioria da população, disso tenho certeza.

Joan franze o cenho.

— Achei que você tinha dito...

Ele acena com o garfo.

— Eu disse. O problema *está* resolvido, em teoria. — Ele olha para trás e depois se inclina para a frente, de maneira conspiratória. — Mas também falei dos defeitos técnicos, não foi?

Joan assente.

— Bem — continua ele, depois hesita, parecendo avaliar se confia em Joan ou não. — Você tem que prometer que nunca vai contar isso para ninguém.

— Claro que não vou contar.

— Não, é sério. Você tem que prometer.

Joan olha para ele. Não entende o que pode ser tão importante, mas dá para ver que ele quer que ela diga as palavras.

— Eu prometo — afirma ela.

Ele assente.

— Eles me levaram para o campo para ver o que a coletivização significa na prática para a maioria dos camponeses. A maior parte das fazendas era bem administrada, mas os números da produção de alimentos que estavam apresentando simplesmente não batiam. — Ele faz uma pausa e toma um gole de cerveja. — Comentei isso com um dos economistas na universidade, Grigori Fyodorovich. Para ser sincero, eu o atormentei com isso e até peguei minha tese para analisarmos os números até que ele acabou explodindo. — Leo faz uma nova pausa. — Ele me disse uma coisa e me fez prometer que eu nunca a conectaria a ele. E eu prometi. É por isso que você não pode contar a ninguém. Não é meu segredo nem seu. É dele.

— Entendo.

— Você se lembra das estatísticas que estou usando na minha tese?

— As comparações com 1928?

— Exatamente. Bem, acontece que elas são boas demais para ser verdade. Grigori Fyodorovich me disse que os números de 1928 vêm do peso dos grãos depois de serem colhidos e ensacados. O Índice de Colheita, como é conhecido.

Joan franze a testa, confusa.

— Bem, de que outra maneira eles poderiam pesar?

— Do jeito que fazem agora. Rendimento Biológico. Eles estimam a quantidade de grãos no campo antes de serem colhidos, e usam esses números.

— Então estão mentindo?

— Não — sussurra Leo de maneira enfática. — Mentindo, não. — Ele hesita, e sua expressão se suaviza um pouco. — Induzindo ao erro, talvez. Existem muitas pessoas que gostariam que o sistema soviético fracassasse, então é natural que eles sejam cuidadosos na hora de divulgar estatísticas que podem ser exploradas pelos inimigos.

Joan reflete sobre essa afirmação antes de responder.

— Mas você vai publicar essa informação, não vai?

Leo gira o garfo na mão.

— Não sei. Ainda não decidi. — Ele faz uma pausa. — Farei isso se a guerra estourar e esses números não forem corrigidos.

— Por quê? Que diferença isso faria?

— A União Soviética dependeu muito do apoio dos Estados Unidos durante a última guerra, e vai acontecer de novo se Hitler mirar a Rússia, como deve fazer.

— E?

— É bem simples, Jo-jo. Se os números oficiais forem usados, os Estados Unidos, a Grã-Bretanha ou qualquer um que estiver em posição de oferecer ajuda vai pensar que há mais reservas no país do que de fato existem. A Rússia vai ser abandonada à fome.

— Você não acha que as pessoas têm o direito de saber a verdade de qualquer maneira, mesmo que não haja uma guerra?

Leo olha para ela.

— Acho que todo mundo tem o direito de viver numa sociedade justa. E, se é possível atingir esse objetivo fraudando alguns números, eu diria que essa fraude é justificável, você não acha?

Joan não responde. Tem alguma coisa na força dessa convicção que torna a lógica de Leo difícil de questionar. Ela o observa mergulhar uma batata assada no molho antes de levá-la à boca e então sorrir. Durante os três meses em que ele esteve fora, houve várias ocasiões em que Joan quase se esqueceu da aparência dele, em que desejou ter uma foto, alguma coisa imóvel e sólida para ajudá-la a se lembrar. Talvez uma imagem de Leo com a aparência exata de agora, segurando a cerveja em uma das mãos e o garfo na outra; distraído, o cenho franzido, perto o suficiente para ela estender a mão e tocá-lo. Ou em uma pose mais terna, ele dormindo em seus braços, como naquela tarde; ou igual a como ele estava na primeira vez em que o viu, parado diante do palco e conversando com seus camaradas de aparência séria, as mãos enfiadas nos bolsos, a jaqueta folgada sobre os quadris estreitos.

Mas, mesmo agora, quando está sentado bem à sua frente, a imagem de Leo não fica gravada em sua mente, o rosto dele não se fixa. Joan percebe que é essa qualidade que o torna tão difícil de ser lembrado com precisão: o modo como o rosto muda de uma expressão para outra em apenas uma fração de segundo, deixando as feições iguais, mas ao mesmo tempo transformadas, como se fossem páginas de um dos livretos animados de sua infância, viradas com tanta rapidez que mal se nota. Sim, ali está: ela consegue ver acontecendo agora mesmo, aquela mudança infinitesimal nos olhos dele quando percebe que está sendo observado.

— Mas lembre-se de que, não importa o que aconteça, você não deve contar isso a ninguém — sussurra ele.

Ela se inclina e dá um beijo em sua bochecha.

— Eu prometo.

Segunda-feira, 14h13

The Times, 24 de agosto de 1939

Do nosso correspondente especial, MOSCOU

Depois de assinar o Pacto de Não Agressão Germano-Soviético, Herr von Ribbentrop passou a manhã de hoje fazendo turismo e, em seguida, partiu de avião para a Alemanha. Os termos do pacto, publicados na edição desta manhã, com fotografias dos sorridentes M. Stalin, M. Molotov e Herr von Ribbentrop, mostram que a Rússia abandonou a política da Frente de Paz.

Sendo assim, a presença contínua das missões militares britânica e francesa é supérflua, e o esboço do Pacto Tripartite, negociado com tanto afinco, é apenas um desperdício de papel. Os jornais destacam o valor do pacto como uma contribuição para a paz. A Frente de Paz não é mencionada em lugar algum.

As diferenças de ideologia e o sistema político, dizem eles, não devem e não podem atrapalhar o estabelecimento e o fortalecimento das relações de boa vizinhança entre a União Soviética e a Alemanha.

★

É fim de agosto, e os jornais só falam de guerra e Chamberlain. Joan está esperando Sonya numa cafeteria da cidade. Ela voltou cedo a Cambridge para se atualizar nas leituras antes do início do período. Em circunstâncias mais amenas, diria que adora essa época do ano: as cores prateadas do céu da manhã, os vestígios de orvalho nos campos, as noites longas e quentes com rastros de nuvens cor-de-rosa. Mas esse ano é diferente. Há filas de homens fumando do lado de fora da cafeteria e mulheres empurrando carrinhos de bebê pelas calçadas, todos correndo, correndo, com a sensação de que alguma coisa está prestes a acontecer.

Joan pede um café, depois deseja ter pedido um chá fraco, mas, na verdade, não quer nada. Ela sabe que deveria comer alguma coisa, mas pensar em comida deixa todo o seu corpo lento. Ouve um zunido em sua cabeça, e uma leve camada de suor está grudada em sua testa.

A garçonete é rápida e eficiente, e está vestida toda de preto, exceto por um gorro levemente repulsivo na cabeça, de algodão branco com ponta de renda, amarrado sob o queixo. Parece nova de longe, mas, quando se aproxima da mesa com o café, Joan percebe os poros de sua pele, poros de uma mulher mais velha, e sente pena por ela ser obrigada a usar o gorro. O ar tem cheiro de gordura de bacon e leite quente e de aventais manchados de gordura colocados de molho num balde velho.

Ai, meu Deus, pensa ela, lá vem. Uma onda a atravessa, golpeando seu corpo com força, e ela tem de correr para o banheiro para não vomitar no piso de linóleo.

Sonya chega cinco minutos depois. Está usando uma capa estampada de tulipas vermelhas e pintou o cabelo com hena. Seus fios reluzem com um castanho profundo e vivo. Nem mesmo a monotonia da cafeteria consegue apagar seu brilho quando ela entra e se joga no lado oposto ao de Joan na cabine.

— O que está acontecendo com você? — pergunta ela, antes que Joan consiga dizer oi. — Está com uma cara terrível.

Joan consegue dar um sorriso irônico.

— Obrigada.

Sonya olha para ela, semicerrando os olhos.

— É só uma virose — explica Joan. — Vai passar.

— Se é o que diz... O que você está bebendo? — pergunta. — Chocolate quente?

— Café — responde Joan, oferecendo-o a Sonya, já que não consegue mais tomar um gole sequer.

Sonya recusa.

— Pode ficar com sua virose. Vou pedir um para mim.

Ela faz um sinal para a garçonete, indicando que vai querer a mesma coisa. Há uma pausa enquanto as duas mulheres — sim, pensa Joan, não somos mais meninas — se encaram.

— Leo não apareceu na reunião ontem à noite — comenta Sonya.

— Ah. — Joan olha para ela. — Você o viu? Ele disse alguma coisa sobre mim?

Sonya tira a capa e a dobra, colocando-a ao seu lado no banco.

— Então ele ainda não voltou a falar com você?

Joan balança a cabeça.

— Não sei por que ele está levando isso para o lado pessoal.

— Ele vai mudar de ideia — afirma Sonya, a voz carregada de simpatia. — É óbvio que é só uma manobra tática de Stalin. Qualquer tolo sabe que Hitler está de olho na Rússia, uma vez que a Polônia se rendeu, e a Grã-Bretanha e a França não estão exatamente oferecendo muito apoio. Ele só está ganhando tempo. — Ela faz uma pausa. — E nós precisamos de tempo.

Joan abaixa a cabeça. Ela parece pesada, e seus olhos doem.

— Nós não — sussurra Joan. — *Eles*. Não estamos mais do mesmo lado.

— É exatamente por esse tipo de comentário que o Leo está irritado com você.

— Eu sei, mas ele precisa entender que estamos na Grã-Bretanha. Sou britânica. Quando digo "nós", estou falando dos britânicos e seus aliados.

— Mas esse é o problema para o Leo. A nacionalidade é uma falsa distinção.

— É óbvio que não para Stalin. Ele ficou ao lado de Hitler. Ele escolheu. — Joan toma um gole de café e se arrepende de imediato. O sabor é nauseante. Ela o empurra para longe e respira de leve pela boca, tentando controlar a ânsia de vômito que ameaça subir pela garganta. — É por isso que Leo está irritado. Não é por minha causa. Ele só está descontando em mim porque estou aqui, e Stalin não está.

— É um choque enorme para ele. — Sonya pega a cigarreira de prata. Não a abre, mas fica girando-a nas mãos, fazendo refletir nela o cor-de-rosa aveludado de suas unhas. — Para nós. — Ela olha para Joan. — Você está bem?

Um sorvo de ar.

— Estou bem.

Sonya a observa por um instante, depois escolhe um cigarro. Ela o acende, traga e então expira um pequeno filete de fumaça.

— Foi uma época horrível, quando Leo nos deixou na Alemanha.

— Eu sei.

Sonya pressiona os lábios.

— Mas você não sabe de verdade, não é? Você não entende. — Seu tom é de desdém, condescendente. — Como poderia saber?

Joan se recosta no assento. Ela fecha os olhos, desejando que Sonya parasse de ser tão agressiva, tão competitiva. Claro que ela não sabe exatamente como foi, mas tentou imaginar com base no que Leo lhe contou. Joan entende que, para os dois, é sua falta de compreensão que a impede de se filiar oficialmente. Ela tira um fio de cabelo da bochecha.

— Não é uma virose, é? — pergunta Sonya de repente, analisando a barriga de Joan, observando como sua mão se apoia delicadamente ali.

Joan afasta a mão.

— Ah, Sonya — sussurra ela. — Não sei. Ainda não fui ao médico.

— E precisa? Há quanto tempo está atrasada?

Os olhos de Joan ficam marejados.

— Cinco semanas — murmurou ela.

Sonya hesita.

— É do Leo?

— Sim.

— Você contou a ele?

Joan balança a cabeça.

— Ótimo. Que alívio. Você não deve contar.

— Sério? Mas eu quero contar. Só estava esperando até ter certeza. E até ele parar de sentir tanta raiva de tudo.

Sonya ri.

— Jo-jo-jo-jo. O que acha que ele vai dizer? Acha que ele vai ficar todo meloso por causa disso e pedir você em casamento?

As duas ficam em silêncio. Joan reconhece que algo nela a torna suscetível a esses devaneios, apesar de alegar que não deseja ser desse jeito. Leo provavelmente diria que é fraqueza, mas Joan não chamaria assim. Ela é curiosa. Gosta de imaginar o que poderia acontecer, como sua vida poderia mudar se contasse a Leo, se eles tivessem esse bebê agora, juntos. Embora isso significasse adiar os estudos, o que desagradaria ao seu pai e à Srta. Abbott, e ela nem consegue imaginar qual seria a reação de sua mãe.

Sonya está olhando para ela e balançando a cabeça.

— Ai, meu Deus, por favor, Joan. Tenho certeza de que você não acredita nisso. Ele tem uma guerra para lutar, caso você não tenha percebido.

Joan franze o cenho.

— Mas não estamos em guerra. Chamberlain disse...

— Bobagem — interrompe Sonya. — Vocês vão estar em breve, não importa o que digam. E, de qualquer maneira, eu não estava falando da guerra da Grã-Bretanha contra Hitler. Estava falando da guerra individual de Leo. A Luta. — Ela abre a cigarreira de novo e a vira para baixo, deixando cair uma pilha de cigarros. Empurra um para Joan, depois pega uma folha fina de papel de cigarro no fundo da lata. Por fim, escreve alguma coisa no papel e o desliza por cima da mesa.

Joan o pega.

— O que é isso?

— Um endereço.

— Isso eu já percebi. — Joan relê o endereço e, depois, do nada, suspira. — Ah. — Ela sente outra onda de náusea, então levanta o olhar para Sonya. — Não posso fazer isso. Não consigo. E, de qualquer maneira, é ilegal. Eu poderia ser presa.

Sonya ri.

— Claro que não. — Ela ajeita as mangas do vestido, enrolando os punhos, distraída, e deixando à mostra a pele delicada, depois se inclina para a frente e coloca as mãos sobre as de Joan. — Todo mundo faz isso — diz ela delicadamente. — Só que ninguém fala.

— Sério? — Joan hesita antes de fazer a pergunta seguinte, mas então solta de repente: — Você já fez?

Sonya olha para ela.

— Não. Existem alguns jeitos, sabe. E eu tive sorte até agora. — Ela se recosta e dá um sorriso para Joan, reconfortante, encorajador. — Mas, sim, eu faria, se fosse necessário.

Joan não consegue falar. Sente um tipo de inércia estranha invadir seu corpo, um peso que parece flutuar para dentro de cada poro.

— É claro que — continua Sonya, a voz parecendo vir de muito longe, embora esteja bem ali, ao alcance de um braço — a decisão é sua.

Sonya sabe o caminho. Número 41, no lado esquerdo. Ela anda mais rápido que Joan, alguns passos à frente.

— Você está fazendo a coisa certa — diz Sonya quando entram pelo portão da frente. — E Leo ficaria agradecido se soubesse. Ele a respeitaria por isso. Não que eu ache que você deva contar.

A casa é pequena e apertada. Tem uma parede verde desbotada na frente e uma porta marrom. Cor de vômito, pensa Joan. Sonya toca a campainha, e elas são conduzidas por um corredor escuro. Há um crucifixo na parede e uma imagem da Virgem Maria. Joan desvia o olhar, encarando o tapete fino que cobre as tábuas irregulares.

— Quantas semanas? — pergunta uma voz do alto da escada.

— Cinco semanas e meia de atraso — sussurra Joan, e Sonya precisa repetir, porque ela não consegue falar alto o suficiente para que a mulher possa ouvir. Está com tanto medo, tão enjoada, tão arrependida. Ela volta a apoiar a mão sobre a barriga.

— Venha, então. Pode subir. — A mulher mantém aberta a porta de um quarto no alto da escada, onde há uma cama coberta com lençóis brancos engomados. O cheiro de desinfetante nas mãos dela é forte e provoca ânsia de vômito em Joan.

A mulher aponta para uma tigela de cerâmica perto da cama.

— Se vai vomitar, gostaria que você fizesse isso ali — diz, sem olhar para Joan. Ela pega uma toalha no topo de uma pilha no canto do quarto e a mergulha numa bacia. Seu jeito é energético, objetivo. Tudo isso é natural para ela. — Agora tire a roupa e suba na cama.

Ah, como está frio na cama. Mortal e glacialmente frio. Joan tira a saia e as meias, depois hesita. Olha para Sonya, mas a amiga está parada com as mãos nos quadris, observando as preparações da mulher.

— E a calcinha — acrescenta a mulher, sem olhar para ela. De algum jeito, sabe que Joan ainda não a tinha tirado. — Não faz sentido ter pudor agora.

Joan tira a calcinha. Cada átomo de seu corpo está tremendo com o desejo de se levantar de repente, descer correndo aqueles degraus escuros e horríveis e sair daquele lugar. Como chegou até ali? Ela se senta na cama por alguns segundos e então se levanta outra vez. O ar está frio contra a pele nua.

— Deite.

— Não posso — sussurra ela. Seus movimentos estão desajeitados, como se sua coordenação tivesse sumido junto com as roupas.

A mulher continua com as preparações, sem se virar.

— Está tudo bem — diz Sonya com a voz baixa e calma, se aproximando um pouco de Joan. — Você sabe que está fazendo a coisa certa.

— Estou?

Sonya a encara e assente. Seus olhos transmitem tanto desespero, tanta tristeza, que Joan quase acredita que Sonya está sofrendo mais que ela. Joan se senta de novo na cama. Leo ficaria agradecido se soubesse. É apenas o momento errado para ele. E ela tem de pensar nos próprios estudos. Seu corpo todo estremece quando ergue as pernas e se deita de costas, os antebraços cruzados sobre a parte inferior numa tentativa de se cobrir de vergonha. Leo não precisa saber nunca. As coisas podem simplesmente voltar a ser como eram.

A mulher seca as mãos numa toalha, olhando para a parte superior das pernas de Joan.

— Não, assim. — Ela ajeita seus ombros e seus quadris até virá-la de lado. Os dedos estão gélidos quando tocam a pele de Joan.

A mão de Sonya encosta em seu braço. Subitamente, Joan sente uma necessidade desesperadora de alguma coisa gentil, quente, mas a mão de Sonya está fria e úmida. Quer gritar para Sonya parar de tocá-la, para fazer a mulher parar, afastar aquele tubo — o que ela está fazendo com aquele tubo? —, parar tudo, ai!, para deixá-la em paz. Uma dor terrível penetra sua barriga, um golpe seco e um estalo e um puxão, e Joan tem vontade de encolher o corpo em posição fetal. Ela sente o cabelo da mulher roçando nas coxas, e a respiração de Sonya em seu rosto enquanto sussurra — "pronto, pronto, está quase acabando" —, e tem de afastar todos os pensamentos para não pensar em absolutamente nada, nem em Leo nem na mãe nem em mais nada que, em outras circunstâncias, poderia tê-la consolado. Joan fecha os olhos; prefere a escuridão a ter de ver o sangue vermelho lustroso que se espalha tão rapidamente pelos lençóis. Não quer se lembrar do cabelo da mulher, escorrido e seboso, algo triste para se olhar, nem do crucifixo pendurado na parede acima da cama, nem do cheiro de borracha e sangue e da sensação de toalhas úmidas pinicando a pele. Sua cabeça está apoiada na cabeceira de madeira, e agora ela está se sentindo quente, tão quente que o corpo todo está tremendo, os dentes batendo, e Sonya ainda está segurando sua mão, apertando-a, apertando-a, até que a dor nos nós dos dedos ameaça distraí-la da outra dor e lágrimas se acumulam em seus olhos, e ela quer gritar — "pare de tocar em mim!" —, mas não o faz, não consegue, e Sonya continua segurando sua mão.

Terça-feira, 5h09

Joan esfrega os olhos. Ainda é cedo — nem amanheceu —, e foi uma noite agitada. Pingos de chuva martelam contra a janela do quarto, quase como um cerco, prendendo-a, afogando-a, impedindo-a de dormir. A tornozeleira eletrônica incomoda, grande demais para sua perna fina. Ela estende a mão para tocá-la, os dedos leves sobre o mecanismo. Quase consegue tirá-la do pé. O que eles fariam, Joan se pergunta, se ela fugisse? Será que a seguiriam, a encontrariam? O que ela lhes contou, de qualquer maneira? Nada, na verdade. Nada relevante.

Poderia pegar o ônibus até a estação, e em seguida o trem para Dover. Poderia chegar a tempo para a primeira balsa. Parece quase possível, até ela se lembrar de que seu passe de ônibus e seu passaporte foram confiscados.

Coisas pequenas, superáveis.

Um táxi então, para algum lugar na Inglaterra. Poderia pedir abrigo a um dos filhos de Lally por um tempo. Não às garotas. Elas ficariam muito curiosas. O garoto, talvez. Samuel.

Joan fecha os olhos. É uma ideia idiota, desesperada. Samuel não é mais o menininho da fotografia que ainda está em sua bolsa, junto das fotos das meninas de Lally e uma antiga e desbotada da irmã, num bote em Cambridge durante a guerra. Ele deve ter 54 anos agora, cinco a mais que Nick, e esposa e filhos. Ela não pode simplesmente aparecer e esperar que ele a abrigue por tempo indeterminado. Ele provavelmente ligaria para Nick assim que ela fosse ao banheiro, preocupado que sua estranha tia, a ovelha negra da família, estivesse ficando senil, se Nick já não tivesse entrado em contato antes. Eles não são próximos, Nick e os primos, mas são zelosos em manter contato, todos dispostos a continuar o relacionamento artificial de longa distância que as mães mantiveram até a morte de Lally; duas mulheres que um dia foram, segundo lhes disseram, inseparáveis.

Mas, mesmo se Samuel concordasse em escondê-la por alguns dias, eles dariam um jeito de encontrá-la mais cedo ou mais tarde — provavelmente mais cedo —, então o plano não funcionaria. Só preocuparia Nick e a faria parecer mais culpada.

Mas culpada do quê? Eles ainda não disseram exatamente.

Joan se vira e sente um tremor de medo em sua barriga. Não há nada que possa fazer, exceto, é claro...

Mas ela não vai fazer isso. Não consegue. Precisa ser forte. Não pode deixar nada escapar.

Joan pensa em seu quarto no Newnham durante os dias posteriores à visita à casa da mulher, o teto sobre sua cama, a luz entrando pela janela. Eram tantas lembranças arrastadas de lugar algum, se acotovelando umas às outras em busca de atenção. Ela se lembra de ter ficado deitada totalmente quieta, imóvel, tremendo, tentando não pensar em absolutamente nada, tentando não pensar em Leo, mas, ao mesmo tempo, rezando para que ele fosse visitá-la, se perguntando se ela poderia ter sido mais solidária com a raiva que ele sentia em relação ao tratado de Stalin com Hitler, torcendo para que nem tudo tivesse acabado entre os dois. É claro que não se permitia pensar na coisa minúscula que achava ter vislumbrado na casa da mulher, tão pequena, e que aparecia em seus sonhos, como uma alma pobre e aflita, com olhos grandes demais e pele dourada.

De súbito, ela se lembra de Sonya levando canecas de leite quente e cobertas para o seu quarto, lendo em voz alta em russo para ela, na intenção de praticar para as provas de idioma do fim do período.

— Você tem visto Leo? — perguntava Joan toda vez que Sonya entrava. A amiga sorria e inclinava a cabeça em resposta; não exatamente um sim, mas não exatamente um não.

— Apenas descanse — sussurrava. — Não se preocupe com ele.

E então outra lembrança: Sonya chegando com braçadas de hortênsias rosas, brancas e azuis, colhidas durante a noite nos canteiros de flores do Newnham. Ela encheu vários potes de geleia com essas belas e delicadas explosões de cor. O quarto todo parecia estar lotado de joias quando ela fez o anúncio.

— Vou para a Suíça amanhã. Preciso ir embora antes que a guerra comece.

— Por quê?

— Não sou britânica como você. Tenho passaporte russo. Se eu ficar e a Grã-Bretanha acabar lutando contra os soviéticos, posso ser deportada ou presa.

Joan tenta se virar de lado, afastando o corpo do peitoril cheio de flores para encará-la, e se esforça para se sentar, embora o movimento a deixe exausta. Tem certeza de que Sonya está sendo desnecessariamente dramática. É algo do qual Leo costuma acusar a prima, e Joan percebe que guarda um pouco de verdade.

— Eles não fariam isso. Você está aqui há anos. — Sua voz soa mais fraca do que ela pretendia, mais sussurrada. Uma pontada súbita de dor na barriga a faz gritar e fechar os olhos com força, até o choque ter passado.

Sonya pega sua mão e a aperta, levando-a aos lábios para dar um beijo rápido.

— Não estou disposta a assumir esse risco. E quem sabe? Talvez eu conheça um inglês por lá e me case com ele. E assim vou ter um belo e novo passaporte britânico, como você.

Joan dá um sorriso fraco.

— Talvez.

— Além do mais, vai ser bom para o tio Boris ter companhia por um tempo. Ele ficou meio abandonado nos últimos anos. E sempre gostou de ter jovens por perto.

Ao ouvir o nome de tio Boris, Joan sente uma palpitação de alerta atravessando a névoa de seu delírio. Ela não vê Leo há mais de uma semana, desde que tentou falar com ele depois da conversa com Sonya na cafeteria. Foi uma última tentativa de lhe contar tudo, porque ela acreditava, apesar do que Sonya dissera, que tinha obrigação de fazer isso. Mas, quando o encontrou no dia seguinte, descobriu que Leo ainda estava com raiva dela, de Stalin, de qualquer pessoa que tentasse argumentar com ele. Leo disse que nada mais no mundo importava, agora que a revolução fora traída. Nada. Joan colocou a mão em seu braço quando ele disse isso, e ele sacudiu o braço para afastá-la, sem a encarar. Não foi exatamente indelicado, apenas distraído, desatento. Talvez, se ele soubesse...

Mas ele não soube. Joan não contou. Ela saiu de repente, depois que ele a afastou, com os olhos marejados, e Leo não foi atrás dela. Foi Sonya que a procurou mais tarde naquele dia, quando soube que Joan fora vê-lo; Sonya que parecia saber exatamente onde ela estaria e que teria passado a tarde toda soluçando desolada no travesseiro; foi Sonya que comprou o jantar — pão e queijo, e algumas maçãs de sabor apurado dos jardins da faculdade — e que sussurrou delicadamente em seu ouvido que a levaria para ver a mulher no dia seguinte. Joan não teria de ir sozinha.

E agora é Sonya que a está protegendo, mantendo Leo afastado até ela se sentir melhor e tudo poder voltar a ser como era.

— Leo também vai?

Sonya se levanta da cama e vai até a janela.

— Leo? Não. Ele não vai.

Joan sente uma mistura de alívio e preocupação. Alívio porque ele não vai, e ela terá a chance de consertar as coisas, e preocupação porque ele realmente pode ser preso, se o que Sonya diz é verdade. O sentimento antirrusso estaria fadado a crescer quando a guerra começasse de verdade.

— Por que não? — pergunta ela.

Sonya suspira, e Joan percebe que ela está irritada com Leo por não acompanhá-la.

— Alguma bobagem relacionada à tese. Ele tem que estar aqui para ter acesso aos documentos de que precisa. — Ela revira os olhos. — Ao que parece, vai custar a vida de milhões de soviéticos se Leo não terminar o doutorado. Eu não percebi o quanto ele estava iludido. Ele se acha tão importante. Não sei quem Leo pensa que disse que ele é a única pessoa que pode salvar a revolução.

— Grigori Fy-alguma coisa — murmura Joan, afundando de novo no travesseiro. Sua cabeça está quente e úmida. Ela sente o estômago queimando. Não devia ter ficado sentada por tanto tempo. — Ele disse que só importaria se a guerra começasse.

Sonya não responde de imediato. Ela se aproxima e pega sua mão mais uma vez.

— Quem? — pergunta, com delicadeza.

Joan balança a cabeça em delírio. O que ele dissera?

— Um homem que Leo conheceu em Moscou. Ele mostrou que estavam mentindo sobre os números dos grãos... — Ela se corrige: — Mentindo, não; induzindo ao erro.

Sonya não se mexe. Sua mão parece subitamente fria.

— Mentindo?

Ai, meu Deus. Joan agora se lembra. Ele a fizera prometer, e ela prometera com tanta facilidade, casualmente, como se não houvesse problema. Ela cobre os olhos com as mãos, tentando bloquear o brilho da luz do dia. Como desejava poder retirar aquelas palavras, desdizê-las, apagá-las. A dor na barriga a faz ofegar, só que dessa vez não para, como antes. Ela sente o estômago se retorcer e repuxar.

— Induzindo — repete ela. — Ele me pediu que não contasse a ninguém. Por favor. Por favor, não diga a Leo que eu contei.

— Sobre esse Grigori Fy-alguma coisa?

— Isso — sussurra ela.

Sonya não se mexe durante muito tempo. Até sua respiração parece diminuir, e depois parar totalmente. Ela se inclina para perto da cama de Joan e acaricia seu cabelo.

— Claro que não vou contar. Não se preocupe — afirma, aproximando-se da amiga e beijando o rosto dela. Nesse momento, Joan sente a batida suave do coração de Sonya através da blusa fina de algodão. — A propósito, trouxe isto para você.

As pálpebras de Joan tremem. Ela vê que Sonya está segurando alguma coisa nos braços, um vestido de seda azul iridescente, que coloca sobre o lençol ao lado do travesseiro de Joan.

— Quero que fique com ele — continua Sonya — para se lembrar de mim quando eu estiver longe. Sempre achei que ficava melhor em você, afinal.

— Querida Sonya — sussurra Joan, seus olhos ficando marejados enquanto sente uma súbita pontada de culpa por ter achado, ainda que por um momento, que não podia confiar um segredo a Sonya. — O que vou fazer sem você?

— Vai escrever para mim, é claro. Confio em você para me contar tudo.

Terça-feira, 8h38

A luzinha vermelha da câmera de vigilância pisca no canto do quarto. Joan rola para o lado, dando-lhe as costas. A chuva lá fora agora está mais calma, tamborilando tranquila. Ela sabe que precisa se levantar e se preparar. O MI5 vai chegar em breve, e Nick também, e eles não vão querer atrasar a retomada do interrogatório. Estão ansiosos para repassar tudo até sexta-feira, quase como se esperassem perdê-la como perderam William.

É isso? É disso que eles têm medo?

Ela veste o roupão e os chinelos e desce para a cozinha. Enche a chaleira e corta um pedaço do pão que comprou no sábado. Passaram-se apenas três dias? É como se o tempo deslizasse, o passado de repente tão claro e nitidamente definido em comparação com a nebulosidade do presente. De súbito, ela se senta.

Na imobilidade, lembra-se do som cavernoso dos corredores nos dias vazios e vagos depois que Sonya foi para a Suíça, a calma artificial da vida enquanto ela convalescia. As manhãs silenciosas como areia, pontuadas pelas explosões de cores nos potes de geleia no peitoril da janela.

Joan pensa no reencontro com Leo quando ela estava bem de novo; o segredo permanecendo oculto entre eles, algo a ser esquecido e ignorado para que suas vidas pudessem prosseguir como antes. Ela se lembra do fervor com que ele se agarrou à ideia de que o pacto de Stalin com Hitler era, de fato, uma manobra tática para ganhar tempo para os soviéticos, como Sonya dissera, e como ficou eufórico com a percepção de que sua tese realmente seria útil para a revolução, agora que a guerra era iminente. Ela se lembra de quanto ele trabalhou durante os meses iniciais da guerra, como ficou pálido por estudar até tarde da noite. E se lembra da sensação de seu olhar novamente voltado a ela, as mãos no cabelo de Joan e os lábios nos dela, uma atenção ainda mais necessária depois de ter sido negada por tantas semanas.

Um carro. Passos na entrada. Os sons agora são familiares.

Joan se levanta e coloca a fatia de pão sob a grelha.

Espera. A batida chega cinco segundos depois, como sabia que aconteceria.

Ela liga o interruptor da chaleira. Sabe que não deve deixá-los esperando, mas faz isso mesmo assim. Só por um instante. Porque percebe que, se fechar os olhos agora, ainda consegue recordar do aroma daquelas flores no peitoril da janela, inebriante e doce, com cheiro de grama cortada e mel.

Quando a guerra chega, parece acontecer em outro lugar, não em Cambridge, mas, mesmo nessa cidade relativamente intocada, há máscaras de gás e cartões de racionamento e nenhuma luva para o inverno. E que inverno longo! Joan nunca tivera frieira antes, mas naquele ano sim, nos dedos, o que considera adequado, porque frieira é o tipo de coisa que se tem durante uma guerra. Ela decide desistir das mitenes e usar luvas caseiras até a primavera, e tricota um cardigã grosso para si, só para o caso de esse inverno durar, de fato, uma eternidade.

No início, há uma sensação de espera. Todo mundo sabe que essa guerra vai ser diferente da última, mas ninguém tem certeza de como será diferente. Haverá aviões, certamente, mas, de alguma forma, parece impraticável travar uma guerra por território nos céus.

É feito um plano para escavar trincheiras no jardim do Newnham para abrigar os membros da faculdade no caso de um ataque aéreo. Esse plano é levemente protelado quando dois esqueletos de saxões são descobertos num canteiro de flores e, então, escavados com escovas de dentes e pás minúsculas; mas, depois que a empolgação com o achado se dissipa, o projeto é retomado com seriedade. A ideia é que toda a faculdade deve ser capaz de se espalhar pelas trincheiras ao som de um apito, e Joan se reveza na escavação com outras garotas de seu corredor. Uma brigada de incêndio é formada e parece que quase toda a faculdade faz parte dela. Há treinamentos de ataque aéreo, patrulhas de incêndio e práticas com bombas de água manuais, além de excursões nas noites frias até as trincheiras. Os jardins são transformados em gigantescos canteiros de vegetais, e colmeias são trazidas para produzir mel.

Raramente há reuniões para frequentar agora, já que a maioria do contingente é recrutada ou enviada para longe por algum motivo. A cidade parece estar cheia de refugiados de guerra e soldados, e alguns membros do governo abrigam-se temporariamente na universidade durante o conflito. A conversa entre os que ficaram gira principalmente em torno do esforço de guerra, que, nesse estágio inicial, parece ser um impulso coletivo de nada específico. E Joan quer fazer alguma coisa específica. Quer fazer um esforço.

Mulheres eloquentes em uniformes com botões de metal as visitam, na esperança de persuadir as garotas a ficarem em Cambridge para terminar os estudos e, então, alistar-se às forças armadas ou dar aulas ou fazer alguma outra tarefa de natureza útil. Depois de muita discussão, Joan decide que vai se juntar ao Serviço Naval Real das Mulheres ou talvez ao destacamento feminino da Força Aérea, e está empolgada com a perspectiva.

A reação de Leo a isso é brusca.

— Ora, isso é um desperdício de educação. Você devia ser mais agradecida pelo que teve.

— Você parece meu pai.

— Ele está certo. Qual é o sentido de todo o trabalho que teve e de todos os ensinamentos que recebeu se vai simplesmente jogar tudo fora para entregar mensagens ou levar um cantil aqui e acolá?

Joan sente uma leve palpitação de afeto por ele.

— Aqui e acolá? — pergunta ela.

— Está errado?

— Não, não. Está certo, tecnicamente. Só que não se diz isso nesse tipo de conversa. É meio literário.

Leo sorri.

— Vou me lembrar disso. — Ele tosse. — Mas mantenho minha opinião. Não há nada de nobre ou heroico em fazer coisas abaixo do seu valor.

— Teoria soviética do valor, é? — murmura Joan.

— É, e é verdade. Nem todo mundo é capaz de fazer o que você faz. Nem todo mundo tem as suas oportunidades e o seu cérebro. Você devia deixar de lado as tarefas que essas pessoas podem fazer, e devia fazer a coisa mais difícil de que é capaz. As pessoas precisam de incentivo. É assim que a sociedade vai progredir.

Joan suspira.

— Mas o serviço civil é tão monótono e chato. Não quero ficar usando meias grossas e sapatos confortáveis. As integrantes do Serviço Naval usam aquele chapeuzinho elegante, e eu gosto da ideia de viver num dormitório e sair em incursões. Parece divertido.

— É uma guerra. Não um acampamento de verão. E, de qualquer maneira, você não gosta de se filiar a nada. Você sempre diz isso.

— Acho que sim. Mas isso é diferente. — Ela se aproxima. — Você não ia gostar de me ver naquele uniforme bonitinho?

Leo não hesita. Ele balança a cabeça.

— Não acredito que você esteja pensando nisso.

— Não. Sim. Eu só pensei...

Ela para, sentindo-se repreendida. Sabe que ele está certo e que há muita coisa que ela pode fazer com a ciência que aprendeu. Só não quer perder a oportunidade. Esta é sua chance de ser autossuficiente e prática, de demonstrar que tem as qualidades que sempre imaginou ter; não quer desperdiçá-la sentada num escritório. Esse é o seu momento. Ela pode até receber um diploma quando terminar os estudos — ou, mais precisamente, um certificado da universidade —, mas, pensando de maneira realista, que tipo de pesquisa científica poderia realmente esperar realizar para aplicar esse conhecimento? É provável que prefiram escolher mulheres formadas em secretariado a escolher Joan, para apoiar os colegas do sexo masculino.

Leo franze a testa.

— Deixe-me perguntar aos outros pós-graduandos. Alguém deve saber de alguma coisa mais adequada para você.

E as coisas ficam por isso. Ele se compromete a procurar algo para ela, e, nesse meio-tempo, Joan vai terminar a graduação, e Leo, sua tese. Joan tem muito trabalho para colocar em dia — isso porque, graças às aulas de ciências da escola, ela é extremamente despreparada para participar dos experimentos complicados exigidos na universidade, mas também por causa de outras distrações. Ela já sabe que vai ter de trabalhar sem parar durante o feriado de Páscoa para terminar todas as leituras.

Gostaria que Sonya estivesse por perto para distraí-la do trabalho, mas a amiga se revelou uma péssima correspondente e, embora Joan mantenha a promessa de contar tudo que ela está perdendo, não recebe nada de Sonya durante quase oito meses. Quando uma carta finalmente chega, vem acompanhada de uma barra lindamente embalada do melhor chocolate que Joan já provou. A garota fica encantada e come devagar, um quadrado por vez, colocando-o na língua e deixando-o amolecer e derreter antes de engolir, relutante.

A carta que o acompanha não diz muita coisa, mas menciona que ela conheceu um homem, "um comunista encantador", como o chama, que está lhe ensinando vários truques novos. Ele é de Worcestershire e se chama Jamie, e tem *("O que foi que eu disse, Jo-jo?")* um passaporte britânico; morou em Xangai antes de ir para a Suíça, então é quase o homem mais exótico que ela já conheceu.

Espero que você esteja de olho naquele meu primo, escreve ela. *Estou surpresa por ele ainda não ter sido preso depois do que aconteceu na Polônia. Não consigo imaginar que os benefícios para a Rússia tenham passado despercebidos na Inglaterra. Mande meu amor para ele, por favor.*

Joan lê esta parte da carta em voz alta para Leo e depois se interrompe, mas ele não tira os olhos do trabalho.

— O que não entendo é por que ela não escreve uma carta para você.

Os ombros de Leo ficam tensos. É um movimento discreto, mas Joan percebe. A caneta para de se mexer, mas ele não se vira.

— Leo? — Joan sente um aperto súbito na barriga. Por que ela sempre teme o pior? — O que foi?

— Sonya e eu tivemos... — Ele hesita, procurando a palavra.

— Uma briga?

Ele vira a página do livro diante de si. Suas mãos estremecem um pouco quando a página volta, e ele tenta pressioná-la para ficar no lugar.

— Um confronto — diz ele por fim, virando-se para encarar Joan. — Tivemos um pequeno confronto quando você estava doente.

— Porque ela queria que você fosse para a Suíça com ela?

Leo pressiona os lábios.

— Esse foi um dos motivos. Não o único. — Por um instante, parece que ele vai lhe contar algo, mas seus olhos ficam vidrados, e ela percebe que esse assunto, assim como muitos outros, não é um dos que possa compartilhar com ela. Joan odeia quando ele fica assim. Apesar de dizer a si mesma que essa relutância é natural, depois da vida que ele teve, ainda fica com raiva por Leo não querer lhe contar tudo. Talvez Sonya estivesse certa. Talvez ela não o entenda o suficiente. Mesmo assim, por que ele não mencionou isso até agora? Por que tudo tem de ser segredo? Ele se vira de novo para a escrivaninha e pega a caneta-tinteiro, depois começa a rabiscar uma lista de números no papel. — Você viu o livro do meu orientador? Aquele laranja?

— Está ali. — Joan aponta para a cadeira onde ele o deixou na noite anterior, onde sempre deixa os livros, e não tira os olhos de Leo enquanto ele se levanta da escrivaninha e vai buscar o volume. — Bem, apesar disso, ela mandou lembranças — acrescenta, ainda sem querer deixar o assunto morrer.

Leo assente.

— Por favor, mande meus cumprimentos. — Ele faz uma pausa. — Diga que vou escrever em breve. — Em seguida, se inclina, beija o topo da cabeça de Joan e sai do quarto.

Terça-feira, 10h41

A Srta. Hart pega uma carta na pasta e a entrega a Joan.

— Isto é do arquivo de Leo — diz ela. — Ele parece ter conseguido convencer alguém de que havia perdido interesse na causa quando a guerra começou.

Joan não tira os olhos do papel.

— A senhora diria que isso era verdade? — pergunta a Srta. Hart.

Silêncio.

A voz da Srta. Hart é delicadamente persuasiva.

— Estou só perguntando sua opinião, Sra. Stanley. A senhora diria que a dedicação de Leo, a fé dele, como quiser chamar, vacilou nesse ponto?

— Leo não era de se expressar muito. Não sei o que ele pensava e não gostaria de falar por ele.

— Mas qual foi sua impressão?

Nick a interrompe.

— Quem vocês estão interrogando? Minha mãe? Ou esse tal de Leo? Nem a Srta. Hart nem o Sr. Adams olham para Nick.

— Eu diria — começa Joan, hesitante — que o ponto de vista dele mudou um pouco depois do pacto. — Uma pausa. — Mas não diria que vacilou. — Ela levanta o olhar. — Leo não era do tipo que vacilava.

22 de março de 1940

Leo GALICH foi detido, aparentemente por sugestão de Sir Alexander Hoyle.

Pessoalmente, acho que teremos de criar uma política em relação a estrangeiros com inclinações socialistas. Se nós os aceitamos desde o início e se não tivemos provas de que abusaram da hospitalidade estendida a eles ao se engajarem em atividades políticas extremas, não há justificativa alguma para detê-los.

Pelo que sabemos, GALICH é um caso limítrofe. Recebemos provas de um dos tutores de GALICH em Cambridge que se declara um Tory convicto. Ele acredita que o interesse de GALICH no comunismo começou por ter testemunhado o crescimento de Hitler nos primeiros anos em Leipzig, mas, como outros de seu tipo, o Pacto Nazi-Soviético acabou com todo o sentimento equivocado de lealdade que ele pode ter tido em relação a Stalin.

Não parece haver nada em suas atividades que possamos considerar exceção à exuberância juvenil, porém seria mais satisfatório se ele pudesse encontrar um emprego dentro da própria área de utilidade num dos Domínios Estrangeiros, para mantê-lo afastado de situações perigosas. Vamos pedir à Divisão Especial que investigue isso de maneira diligente.

Na minha opinião, nossa política deveria ser de deter comunistas estrangeiros apenas quando tivermos provas de que eles estão em contato com o Partido Comunista da Grã-Bretanha. Qualquer mudança drástica na política só deve ser realizada quando estiver claro que os comunistas estão do lado de Hitler na guerra contra a Grã-Bretanha.

Na primavera de 1940, os bombardeios começam — não só em Londres, Birmingham, Gateshead e Glasgow, mas também, em menor extensão, em Cambridge — e tem início uma caça aos estrangeiros inimigos. Leo é preso e levado à delegacia, junto a uma proporção significativa do corpo docente de ciências.

— Cuide dos meus artigos, Jo-jo — instrui ele, quando é levado. — E você pode entregar minha tese em mãos ao meu orientador e pegá-la quando ele terminar de ler? Guarde-a bem para mim.

— Pode deixar. — Os olhos de Joan se enchem de lágrimas e, embora saiba que precisa ser corajosa e que há lugares bem piores que um acampamento fora da linha de tiro para os quais ele poderia ser enviado durante a guerra, mesmo assim, gostaria que ele não precisasse ir. Ou, pelo menos, que ele fosse menos prosaico em relação à sua partida. Podem se passar anos antes de os dois voltarem a se ver, e ela quer algo além disso. Algo ao qual se agarrar enquanto ele estiver fora.

Diga, pensa ela. Por favor, diga.

Mas ele não o faz. Pode até pensar nisso. Ela tem certeza de que, em algum lugar lá dentro, Leo pensa nisso, mas ele diz nada. Ele franze a testa enquanto veste a jaqueta e verifica os bolsos em busca das chaves, dos cigarros e das luvas.

— Não se esqueça — pede ele.

— Não vou me esquecer.

A cabeça do policial aparece na porta.

— Vamos.

Leo assente e se vira para sair.

— Leo.

— Sim?

Sua voz é baixa e esperançosa.

— Vou sentir sua falta.

— Claro. — Ele dá um passo em direção a ela e a beija rapidamente, rápido demais para ela estar preparada, deixando em seus lábios apenas a sensação da barba por fazer. — Também vou sentir sua falta, Jo-jo.

Leo é enviado para um campo de detenção na Ilha de Man e depois para o Canadá, a bordo de um navio sob uma bandeira suástica, como sinal de que está transportando prisioneiros de guerra alemães e detentos britânicos, a maioria judeus que passaram os últimos cinco anos tentando evitar o confinamento em espaços fechados. No entanto, a bandeira é vista como uma maneira de manter o navio seguro, e a viagem transcorre sem incidentes.

Ele escreve para ela de Quebec, relatando que o acampamento é limpo e claro, e que o ar tem cheiro de caruma. Porções enormes de comida são servidas no refeitório, e ele foi convidado a fazer uma série de palestras sobre Planejamento Soviético para o grupo de discussão que formou com os camaradas a fim de manter a mente ativa. Joan consegue imaginar Leo no acampamento, assumindo sua posição de líder informal, como se não esperasse mais nada, como sempre fez.

Embora ele não diga exatamente que está gostando, não há sinais de amargura ou ressentimento nas cartas, e é um alívio para Joan saber que ele não está infeliz. Mais uma vez, ela se consola com o fato de que a frequência e o tamanho das cartas devem, pelo menos, indicar que Leo pensa bastante nela, mas gostaria que ele dissesse alguma coisa, qualquer coisa um pouco... bem... mais carinhosa.

Joan não menciona isso nas cartas que escreve em resposta. Parece algo muito pequeno do qual reclamar, quando há tantas coisas terríveis acontecendo por toda a Europa. Mais tarde, ela vai associar a atitude de Leo em relação à Grã-Bretanha ("uma nação não heroica", como ele a chama depois que tudo acaba) com a falta que ele sentia daqueles pavorosos meses iniciais da Blitz, durante os quais os aviões alemães sobrevoavam o país toda noite e a terra estremecia e tremeluzia sob o peso dos bombardeios.

Ele não ficou parado no telhado como parte da Brigada de Incêndio do Newnham, como Joan, para ver os incêndios no Vicarage Terrace, nem viu as pilhas fumegantes de escombros que, às vezes, entulhavam as ruas perto da estação em algumas manhãs, nem as fotografias das carruagens funerárias nos jornais, ou as imagens de prédios de apartamentos luxuosos explodidos e abertos como casas de bonecas, ou as mulheres sentadas com os lábios pressionados nos ônibus, determinadas a não olhar pelas janelas e sorrindo para a condutora enquanto ela — eram quase todas mulheres, naquela época — perfurava os bilhetes. E, em toda parte, em cada rachadura e poro, a poeira incansável e aderente.

Joan também não menciona nada disso. Não são coisas das quais deva reclamar, então, em contrapartida, ela conta sobre os livros que está lendo, os filmes que tem visto, os ensaios e experimentos em que está trabalhando para as provas finais. Menciona os bailes e as festas elegantes, e conta que levou Lally, agora com 15 anos, para remar no rio Cam quando a irmã foi visitá-la sozinha pela primeira vez. Conta sobre o vício em patinar no lago do moinho quando este congela durante a Quaresma, e sobre ir de bicicleta até Lingay Fen com algumas garotas da faculdade para treinar no rinque, que é muito maior e mais liso, e era onde os campeonatos nacionais costumavam acontecer antes da guerra.

Não conta a ele que sua maior alegria é o banho quente semanal, nem sobre como ela enche a banheira de água, com o gosto metálico de uma série de chaleiras e panelas, e prende a respiração quando submerge o corpo todo, fazendo com que o mundo ao redor se torne abafado e mudo. Não conta a ele que se deitar nua na água quente é o único substituto que consegue encontrar para a sensação do corpo dele perto do dela, para os braços dele, o cheiro, o peso reconfortante, nem como, por um breve instante, isso lhe permite esquecer a terrível dor do vazio em seu estômago.

*

As provas finais começam e terminam. O protesto das estudantes em frente ao centro administrativo da Universidade de Londres no dia dos resultados é abafado esse ano, já que o país está sofrendo com os esforços para se recuperar e há coisas muito piores acontecendo no mundo do que proibir mulheres de receber diplomas. Mesmo assim, as queixas existem num grau menor, um estrondo de descontentes, e são oferecidas garantias de que certamente, *certamente*, depois dessa segunda guerra, eles vão ter de ceder e permitir que as mulheres sejam admitidas totalmente na universidade.

Não muito tempo depois, chega uma carta do Laboratório de Metais de Cambridge, convocando Joan para uma entrevista na segunda-feira seguinte. Leo avisou que ela devia esperar por isso; tinha descoberto sobre o projeto com um detento do acampamento canadense, a quem ele convenceu recomendar Joan para o cargo. Aparentemente, Joan é a candidata perfeita, de acordo com Leo, embora ele não seja muito claro, tal como a carta de convocação, sobre o que o emprego envolve de fato. Ela só sabe que é essencial para o esforço de guerra, que não é um cargo de pesquisa, mas, mesmo assim, exige um conhecimento científico detalhado e que até sua tutora de Física foi abordada por seus futuros empregadores para informar se ela está apta para a tarefa.

Na manhã de segunda-feira, Joan gasta um bom tempo se arrumando, desenrolando os bobes do cabelo com mais cuidado que o normal e vestindo seu melhor terninho de lã, azul-marinho e um pouco remendado, mas iluminado por botões azul-pavão que ela espera que desviem a atenção do tecido desbotado. Procura seus melhores sapatos — cinza-carvão com salto agulha —, depois se lembra de que os emprestou para Sonya no último ano e não os usou depois disso. O quarto de Sonya ficou intocado desde que a amiga foi embora — a guerra tinha deixado vários quartos da faculdade vazios — e Joan precisa pegar emprestado um conjunto extra de chaves com o porteiro para ter acesso.

Quando entra, a primeira coisa que percebe é que a cama de Sonya ainda está com os mesmos lençóis, e os travesseiros estão apoiados na cabeceira de madeira, como se ela tivesse acabado de acordar e saído. Há um copo ao lado da cama, o interior manchado onde a água evaporou. Joan vai até o armário. Seus sapatos estão exatamente onde se lembra de tê-los visto pela última vez, na lateral da prateleira inferior. Ela se inclina para pegá-los e, ao fazê-lo, é atingida pelo aroma fraco de um odor inesquecível. Sabonete de limão e tabaco. Há uma camisa azul-clara amarrotada na prateleira acima de seus sapatos, e ela a pega, o algodão macio nos dedos, e a leva até o nariz, inspirando a fragrância. É inconfundível, esse perfume. Ela fecha os olhos e, por um instante, está em outro lugar. Leva um tempo para a pergunta que está queimando no fundo de sua mente se transformar em palavras.

Como, ela se pergunta, uma das camisas usadas de Leo foi parar no armário de Sonya?

Joan afasta a camisa e franze a testa, desconcertada. Leo normalmente é tão cuidadoso com suas coisas; tudo é dobrado e colocado no lugar, praticamente o oposto de Sonya. Ele jamais amassaria a camisa desse jeito.

Joan sente um enjoo súbito no estômago quando a resposta lhe atinge. Não, ela pensa, não é isso. Por um instante fica enojada consigo mesma por sequer ter permitido que um pensamento tão indelicado e sórdido surgisse em sua mente. O que há de errado com ela? Quando foi que se tornou tão — não consegue pensar na palavra certa — corrompida?

Rapidamente, ela enfia a camisa de volta no armário, pega os sapatos e fecha a porta. A fechadura desliza de volta para a tranca, e o quarto ficará intocado mais uma vez, seja até Sonya voltar ou até a faculdade decidir que não pode mais segurá-lo para ela. Então Joan dispara pelo corredor até o próprio quarto. Precisa sair em cinco minutos, mas seus sapatos ainda têm de ser polidos, o cabelo, escovado e preso para trás. Por que sempre se atrasa para tudo?

Ela já esteve nesses laboratórios quando era estudante, mas nunca na parte reservada onde entra agora. Lá, recebe instruções para ir até a recepção e esperar o professor Max Davis, diretor do laboratório.

Ela o vê antes que ele a veja, parando numa mesa e depois em outra para fazer perguntas, acenando em aprovação às respostas dadas. Já ouviu o nome dele sendo mencionado no departamento de ciências, sempre com um grau de respeito, como se sua precisão científica fosse um dom quase abençoado. Mas, ao vivo, ele parece mais novo do que ela esperava; deve ter uns 30 anos, está usando um terno justo e tem uma expressão entusiasmada no rosto enquanto fala com os outros cientistas. Ele olha para ela e faz um sinal com a cabeça, indicando que estará com Joan num instante. É bonito, de um jeito convencional, e tem cabelos castanho-escuros que se enrolam em tufos, apesar de ter tentado domá--los com uma pomada. Parece o tipo de homem que costumava gostar de um bom jogo de xadrez na época da escola, ou talvez pingue-pongue. Quando a encontra na sala de recepção fria, é como se disparasse até ela, insistindo, enquanto aperta sua mão, que deve chamá-lo de Max, e não de professor nem nada dessa natureza.

— Como foi sua viagem?

Joan sorri, pensando que a caminhada de dez minutos do Newnham até os laboratórios dificilmente poderia ser chamada de viagem.

— Corriqueira.

— Que coisa não inglesa. A maioria das pessoas diria que corriqueiro poderia ser algo considerado bom.

Joan sorri.

— Ahá, mas é claro. Deve ser sua perspectiva científica. Aprovada com louvor na primeira parte da entrevista. — Ele sorri. — Vou levá--la até o meu escritório, e podemos dar uma olhada no laboratório no caminho.

Há um corredor comprido de azulejos vermelhos, com portas vaivém nos dois lados, que se abrem para salas quadradas caiadas, visíveis do corredor através de grandes escotilhas. O prédio cheira a desinfetante e vidro polido. É um odor limpo e leve, acentuado pela sensação de atividade presente em cada sala.

Max está lendo um maço de papéis enquanto os dois caminham.

— Diz aqui — comenta ele, de repente — que você gostava de frequentar marchas comunistas, palestras, esse tipo de coisa quando era estudante.

Joan não interrompe o passo ao olhar para ele.

— Ah, sim — responde Joan diretamente, como havia planejado. Foi conselho de Leo, claro, que ela pensasse em como abordaria essa questão se ela surgisse. Ela havia imaginado que esse emprego exigiria algum nível de segurança, já que é classificado como emprego de guerra, e tinha decidido de antemão que admitiria interesse na causa se perguntassem, na esperança de justificá-lo como otimismo juvenil misturado a interesse acadêmico. Sabe que qualquer tentativa de dar respostas evasivas ou negar somente a deixaria ruborizada e parecendo culpada. — Sim, eu me interessava um pouco por esse tipo de coisa — responde ela. — Intelectualmente.

— E agora?

— Agora? Bem, os tempos mudaram desde então. — Ela não desvia o olhar. Ainda não.

Ele assente e, por um momento, Joan se pergunta se vai confessar que tem uma inclinação semelhante.

— Bem, imagino que o pacto Nazi-Soviético tenha garantido isso. — Ele faz uma pausa. — Péssima ideia, na minha opinião, mas é verdade que a Rússia saiu muito mal da primeira guerra, pobres coitados.

Nada de confissão, então. Mas Max parece inabalado pela conversa, e sua reação pode ser considerada quase solidária, pensa Joan. Os dois fazem uma curva no corredor, e ele se apressa em abrir uma porta de madeira, segurando-a com o braço estendido para Joan passar.

— Chegamos — anuncia, conduzindo-a até um escritório menor e apontando para uma cadeira num dos lados da mesa enquanto se senta do outro lado, olhando diretamente para ela, agora. — Mesmo assim — continua ele —, temos que experimentar tudo uma vez, não é?

Agora ele a está testando. Seus olhos são azuis profundos, azuis da cor do mar. Ela sente um leve rubor no rosto, mas sabe que precisa continuar. Precisa fingir para si mesma que é uma jovem normal que nunca conheceu Leo nem Sonya, que participou de marchas pela paz por um breve período, mas não tem interesse em movimentos políticos. Deve convencer a si mesma que não é simpatizante da causa, que pensa que os comunistas são seres brutais e cruéis que precisam de um bom corte de cabelo, e não idealistas esperançosos. Ela nota que o tom necessário de indignação se esgueira em sua voz. É a voz da mãe, percebe enquanto fala: firme, mas crítica.

— Eu não diria que fui tão longe.

— Não, não. Claro que não. Eu não quis insinuar... — Ele tosse, olhando para os papéis e os reordenando apressadamente. — Bem, estou vendo que você tem um certificado de Cambridge. Ciências Naturais, segundo lugar na Parte I, primeiro lugar na Parte II. — Ele acena com a cabeça, como se fosse a primeira vez que está vendo seus resultados. — Nada mau.

Joan assente.

— Sim, professor. Especializada em física teórica.

— Max — corrige ele. — Vamos trabalhar com os ianques, então você deve me chamar de Max. — Ele faz uma pausa. — Sua tutora em Cambridge, uma fonte segura, me disse que você vai se interessar pelo nosso trabalho. — Ele olha para ela e pousa os papéis em cima da mesa. — Sabe qual é o trabalho?

Joan balança a cabeça.

— Não me disseram nada. Eu só recebi uma carta... — Ela tenta pegá-la na bolsa, mas Max acena com a mão para indicar que não é necessário.

— Não precisa, não precisa — diz ele. — Só recrutamos com base em recomendações. Você vai saber o motivo. — Ele faz uma pausa. — Já ouviu falar de Tube Alloys?

Joan franze o cenho. Será que já ouviu? Ela balança a cabeça, tentando disfarçar sua decepção com o fato de que o trabalho envolverá ciência dos materiais.

— Mas posso imaginar o que seja.

— Vá em frente.

— Bem, suponho que seja um projeto destinado ao desenvolvimento de metais não corrosivos para perfuradoras de petróleo, tubulação de gás ou alguma coisa assim. Mas realmente não sei como isso se encaixa na guerra. Armamentos? Equipamentos aéreos?

Max assente.

— Quase isso. É um pouco mais complicado, mas é um bom começo. Parece fascinante, não é?

Na verdade, não, pensa Joan, e leva um breve e constrangedor instante para que ela perceba que ele está brincando.

— Não entendo. Não é isso?

— É um codinome. Ninguém tem permissão de saber o que estamos fazendo no Tube Alloys. Nem mesmo alguns membros do Gabinete de Guerra.

Joan sente um leve tremor de medo subindo pela coluna.

— E quanto a mim? Tenho permissão de saber?

— Depende. — Max se abaixa e abre uma gaveta na parte inferior da mesa, de onde tira um envelope marrom que desliza para Joan pela mesa. — Antes de continuarmos, preciso que você assine isto.

— O que é?

— É um acordo que a obriga, se assiná-lo, a ficar em silêncio. Você não vai poder contar à sua família nem aos seus amigos nada do que está fazendo aqui. — Max olha diretamente para ela. — Você entende o que significa, não é? Significa que não pode contar nem ao seu namorado o que faz o dia todo.

Joan retribui o olhar, recusando-se a vacilar. Ela se lembra da insistência de Leo em suas cartas para que ela negasse qualquer relacionamento com ele, se alguém perguntasse. É para o bem dela, diz ele. À lembrança de Leo, Joan se fortalece.

— Não tenho namorado.

Max se mexe levemente na cadeira.

— Ah, bem. Foi só uma figura de linguagem... — A voz dele vai diminuindo. O sol matinal inunda a sala, capturando o canto de um espelho e lançando um feixe de luz com as cores do arco-íris na lateral do rosto e pelo colarinho de Max, como se ele estivesse banhado de um delicado brilho de óleo. — De qualquer maneira, a questão é que você não precisa decidir agora. Quero que pense no assunto. Leve o envelope, leia, passe um tempo refletindo. Quero que entenda todas as implicações de assiná-lo antes de fazer qualquer coisa.

Joan pega o envelope e o abre. Puxa o maço de papel. Há um bilhete preso a uma cópia feita em papel carbono da Lei do Segredo de Estado.

— Você não pode me dizer mais nada?

— Sinto muito, mas já disse tudo que podia.

Joan assente. É evidente que o trabalho feito por essa subdivisão do laboratório é altamente significativo ou, pelo menos, eles acham que é. Ela se pergunta se Leo já sabe do que se trata. Não, claro que não. Como poderia saber? Mesmo assim, ela se preocupa consigo, com sua capacidade de ser discreta. Será que consegue manter segredo sobre o emprego? O que diria aos pais se eles perguntassem o que ela fazia?

Mas, então, Joan se lembra da visita à casa da mulher, da sensação da mão de Sonya na sua e de como havia mantido o trauma escondido de Leo, de todo mundo, como a amiga lhe dissera para fazer, falando apenas de sua "doença" enquanto empurrava a lembrança daquele dia cada vez mais para o fundo de sua mente, enterrando-a dentro de si até conseguir senti-la se encolhendo e enfraquecendo feito uma bola de seda azul brilhante.

— Leve um dia ou dois — continua Max —, não há pressa. Pode ser difícil carregar um fardo como esse por aí. Acredite em mim. Se achar que não consegue, não se preocupe. Podemos encontrar um cargo para você em outro lugar.

Ela sabe por que manteve aquele dia em segredo. Fez isso por Leo, para ele não se decepcionar com ela, não se sentir preso a ela. E agora Joan imagina a decepção de Leo se ela recusar esse emprego que ele conseguiu. E então, nesse momento, ela sabe o que deve fazer. Afinal, é tudo que sempre esperou de si mesma: ser fiel, confiável, fazer sacrifícios pelo país se assim lhe exigissem. Só não previu que isso realmente seria necessário um dia.

Ela respira fundo.

— Tem uma caneta?

Terça-feira, 14h27

Seção 1(1) da Lei do Segredo de Estado de 1911 e 1920:

1(1) Se alguma pessoa, por qualquer propósito prejudicial à segurança ou aos interesses do Estado:
se aproximar, inspecionar, ultrapassar ou estiver nas proximidades ou entrar em qualquer lugar proibido na acepção desta Lei; ou fizer algum esboço, plano, modelo ou anotação calculada para ser ou que possa ser ou que tenha a intenção de ser direta ou indiretamente útil para um inimigo; ou
obtiver, colecionar, registrar ou publicar ou comunicar para qualquer pessoa alguma palavra secreta oficial ou senha ou algum esboço, plano, modelo, artigo ou anotação ou qualquer outro documento calculado para ser ou que possa ser ou que tenha a intenção de ser direta ou indiretamente útil para um inimigo;

será acusada de traição...

*

O Sr. Adams levanta o arquivo até a câmera para que o documento possa ser registrado, depois reajusta o foco da lente mais uma vez em Joan. O dia se transformou numa tarde fria e amarela, e Joan sente um tremor de fome. Queria ter conseguido comer o sanduíche que Nick lhe preparou no intervalo do almoço, mas ele insistiu em passar abacate no pão, em vez de manteiga. Ela pediu que não fizesse isso, mas ele insistiu que ela ia gostar, apesar de a mãe dizer que realmente preferia manteiga. Abacate não combina com ela. Jamais combinou, embora não espere que Nick se recorde disso. Ela não o lembra do fato porque sabe que só vai dar início a outra preleção sobre vitaminas e carboidratos — vitas e carbos, como ele chama —, e ela está cansada demais para isso. Por que ele não pode comer normalmente, como ela faz? O que há de errado com *piccalilli*?

— Posso ver? — Nick estende a mão para pegar o arquivo da Srta. Hart. Ele olha para a assinatura na parte inferior do formulário, o semblante registrando um lampejo de incerteza antes de voltar à expressão normal de indignação por toda aquela situação. Ele coloca o arquivo na mesa de centro. — Bem, não vejo isso como especialmente significativo. — Ele toma um gole de água. — Achei que era uma prática padrão exigir que qualquer pessoa que trabalhasse com alguma coisa remotamente ligada à guerra assinasse esse tipo de documento.

Joan sente as lágrimas formarem um nó em sua garganta. Seus braços tremem ligeiramente, entregando seu desejo de estender a mão para o filho, de dizer a ele que ela não merece tamanha bondade.

Nick não vê o gesto de Joan, mas a Srta. Hart o percebe, e, por um breve instante, Joan se pergunta se esse é o seu limite. Passou a vida toda fugindo daquele momento — nunca se explique, nunca se desculpe — e agora está preocupada com a possibilidade de não ter forças para continuar. Está velha demais, cansada demais.

— E a senhora tinha a intenção de cumpri-lo quando o assinou?

Apesar da exaustão, há alguma coisa no tom de voz da Srta. Hart que faz Joan se enfurecer um pouco; uma brasa pegando fogo dentro de si. Ela olha para Nick e sabe que deve continuar. Deve proteger o filho, como sempre fez, mesmo que ele não saiba disso. Ela ergue a sobrancelha, como se estivesse ofendida.

— Claro que tinha.

— Mas a senhora entende por que estou perguntando.

Seu título está estampado no passe de segurança: assistente pessoal do diretor do Laboratório de Metais de Cambridge. Parece tão entediante. Como a decepciona usar seu conhecimento científico apenas para soletrar os elementos da tabela periódica. E nada de usar um chapéu num ângulo elegante, nada de uniforme com cintura justa e colarinho radiante para exibir pela cidade enquanto pratica seu andar à americana, mascando chiclete. Mesmo assim, pelo menos ela finalmente está fazendo alguma coisa, se esforçando e ganhando o próprio dinheiro.

Além de Max, há mais dez pessoas no departamento: nove homens e uma mulher, Karen, cujo domínio abrange a mesa telefônica e a recepção, e sobre o qual ela é claramente territorial. A primeira impressão que passa é de uma professora antiquada, arrumada e taciturna, com óculos de leitura sempre apoiados na ponta do nariz, mas essa aparência é enganosa, porque, na verdade, ela é uma fonte inesgotável de informações sobre todas as pessoas do laboratório. Tem 40 anos e é viúva; seus dois filhos estão longe, na RAF, e, apesar de não ser exatamente hostil, ela dá a impressão de estar entediada e de ser um pouco solitária. Aos poucos, Joan percebe que diversas tarefas que antes eram de Karen — fazer o chá de manhã, encher a lata de biscoitos — passaram a ser delegadas a ela, mas o lado positivo disso é que Karen divide suas fofocas mais livremente com ela que com os outros. Dessa maneira, Joan acaba sabendo mais sobre as pessoas que trabalham no laboratório que sobre a maioria dos próprios amigos e conhecidos.

Os homens são todos cientistas ou técnicos. Os dois cientistas com maior graduação do projeto são Donald, assistente oficial de Max, que nunca é visto sem sua boina marrom e seu jaleco branco, e Arthur, um professor de Oxford com nariz empinado, que dividiu um dormitório com Max quando estavam na escola, em Marlborough. O restante da equipe é formado de cientistas entusiasmados, a maioria estrangeiros, designados para trabalhar em aspectos especificamente delineados do projeto, já que é sensato restringir o número de pessoas com acesso aos planos gerais de alto nível.

— Especialmente — Karen lhe diz num sussurro — os estrangeiros.

O clima no laboratório é de urgência. Pelo que Joan pôde captar, eles estão construindo algum tipo de arma. Não imagina que seja uma arma de grande porte, levando em conta o tamanho do depósito de operações onde dizem que a construção começou. Não há espaço nem pessoas suficientes para se construir algo muito grande. Max lhe dá apenas informações suficientes para fazer o trabalho que lhe é exigido, mas não é muito expansivo. Na maior parte do tempo, ele trabalha a portas fechadas numa pesquisa teórica em seu escritório, mas, às vezes, se reúne com os pesquisadores de Birmingham, onde fica o outro laboratório principal. Isso é tudo que Joan sabe. Ela não chegaria ao ponto de dizer que está decepcionada com sua falta de envolvimento, mas admite que esperava algo mais empolgante.

Um segurança revista sua bolsa na entrada e na saída. Henry, um velho bigodudo com quem Joan tem uma breve conversa toda manhã, vasculha sua bolsa em meio a desculpas toda tarde, apalpando o tecido do compartimento fechado e verificando seu batom e seu pó compacto e a caixa dos óculos. O que ele está procurando?, pergunta-se Joan, enquanto ele relaxa, sorri e acena para ela com a cabeça. Fita de máquina de escrever roubada? Selos? Envelopes?

Depois de um mês fazendo chá e realizando tarefas corriqueiras, Max a chama no escritório e anuncia que seu período de experiência terminou oficialmente, então é hora de eles terem uma conversa séria. Joan se senta na beirada da cadeira de madeira em frente à mesa dele, se perguntando se a expressão austera de Max tem alguma coisa a ver com sua velocidade de datilografia — nunca foi muito rápida, mas, argumenta consigo mesma, é precisa — ou seus atrasos ocasionais. Ela se prepara, esperando.

No início, Joan acha que não ouviu corretamente.

— O Primeiro-Ministro vem aqui? — repete, com o caderno meio aberto no joelho.

Max assente.

— Aqui?

— Isso. — Max sorri para ela, e, por um breve instante, Joan se pergunta se tem mais alguma coisa naquele sorriso. Algum tipo de curiosidade? Então um pensamento lhe atravessa a mente: a única pessoa de quem Karen não falou muito foi Max. Precisa perguntar mais tarde. Por mais estranho que pareça, Joan imagina de repente como é a aparência dele quando dorme; ela acha que tem alguma coisa infantil nele, de um jeito cativante. Então afasta o pensamento, na esperança de que não esteja evidente em seu rosto.

— Amanhã?

— Isso.

— É segredo ou os outros podem saber?

— Ninguém de fora do laboratório pode saber. Não é segredo para o pessoal daqui, mas apenas Donald, Arthur e eu estaremos na reunião. Não podemos levar todo mundo, embora o Primeiro-Ministro queira conhecer todos, cumprimentar vocês, esse tipo de coisa. Coloquei Karen de sentinela para cuidar de tudo. Mas só nós quatro estaremos na reunião, além do Primeiro-Ministro e qualquer pessoa que ele decida trazer.

— Quatro? Achei que você tinha dito que eram apenas você, Donald e Arthur.

Max abre um sorriso.

— Quero que você também esteja lá.

— Eu? O que posso fazer? Eu sei menos que qualquer pessoa aqui.

Joan está surpresa por se sentir tão empolgada com a perspectiva dessa visita oficial, mesmo que a ideia de falar com o Primeiro-Ministro a deixe com um leve medo. Ela se sente — o quê? — deslumbrada.

Max sorri.

— Foi por isso que achei que seria útil incluir você. Chegou a hora de começar a se envolver mais. Houve um motivo para eu querer alguém formado em ciências para ocupar sua posição. E... — ele parece envergonhado — ... precisamos de alguém para fazer o chá e suavizar as coisas com sua beleza.

Joan se esforça para não ruborizar com essa explosão tacanha e inesperada de bajulação. Não é o que ela espera de Max, que costuma ser inabalavelmente correto. Ela tenta dar um sorriso irônico.

— Todas as coisas essenciais, entendi.

— Mas também acho que vai ajudá-la a saber mais sobre o que estamos fazendo aqui. Suponho que você tenha aprendido alguma coisa sobre átomos nas aulas em Cambridge.

— Claro.

— Ótimo — diz Max, fazendo um gesto com o braço para pedir que ela explique.

E ela o faz, hesitando no início, descrevendo em termos científicos a estrutura interna de um átomo, o núcleo de prótons e nêutrons orbitado por elétrons. Ela se surpreende ao descobrir que sentia falta de pensar dessa maneira. Havia notado a placa de madeira na entrada dos laboratórios, declarando que foi nesse prédio, em Cambridge, em 1932, que o átomo foi dividido pela primeira vez, por isso descreve esse processo também; conta como é possível bombardear o núcleo de um átomo com nêutrons de modo que a energia do núcleo seja redistribuída, fazendo outra partícula ser emitida e deixando para trás uma substância levemente diferente da original.

Max assente.

— Exatamente. — Ele junta a ponta dos dedos, algo que Joan reconhece como o gesto de um acadêmico, um teórico. — E há alguma exceção a essa regra?

— Urânio, eu acho.

— E o que acontece com o urânio?

— Ele se divide em dois, liberando energia. Mas ele libera dois ou três nêutrons, não apenas um. — Joan leu isso para as provas do terceiro ano, num artigo acadêmico que foi publicado pouco antes da guerra, mas só entrou no currículo quando ela estava prestes a sair de lá.

— E o que mais?

Joan franze o cenho.

— Como assim?

— Você é física. Então me conte, quais são as implicações disso? O que você poderia fazer com essa informação?

— Não me lembro de mais nada ter sido mencionado no artigo. — Ela contrai a testa. — Mas suponho que, se você tivesse átomos de urânio suficientes em isolamento e dividisse um deles, então dividir apenas um liberaria nêutrons suficientes para dividir outros, e esses, por sua vez, poderiam ser usados para bombardear outras partículas.

Max assente.

— Uma reação em cadeia autossustentável. E depois?

— Ela produziria uma quantidade cada vez maior de energia.

— Isso. Quantidades enormes. Uma fonte totalmente nova de energia. — Max faz uma pausa, como se esperasse Joan responder a uma pergunta que ele ainda não fez. — Então, para o que mais ele poderia ser usado?

Eles ficam em silêncio enquanto ela compreende as implicações da pergunta de Max.

— Uma explosão? — arrisca.

— Não apenas uma explosão. — Ele faz uma pausa. — Uma superbomba. Uma bomba capaz de acabar com a guerra.

Joan o encara.

— Isso pode ser feito?

— Por que não? É possível em teoria, embora ainda haja problemas a resolver, especialmente em relação ao suprimento de urânio. — Ele hesita. — Mas o crucial é que parece ser possível, e, se for, não podemos deixar os alemães conseguirem primeiro.

— Como sabe que eles estão tentando?

Max sorri.

— As primeiras descobertas sobre o urânio foram feitas há quatro anos. Sabe quantos artigos os alemães publicaram sobre esse assunto desde então?

Joan balança a cabeça devagar.

— Nenhum. Nem um único artigo. Silêncio total no rádio. Então, eu diria que há uma chance de noventa e nove por cento de eles estarem trabalhando nisso também. — Max faz uma pausa. Ele pega um arquivo e o entrega a Joan. — Eu gostaria que você lesse esses resumos. Preciso de um diagrama básico para amanhã, não necessariamente em escala, mas grande o suficiente para colocar na parede e apresentar essa ideia. Há alguns esboços aí dentro que você pode usar como modelo. — Ele sorri. — Você é boa em desenho?

Joan começa com o básico. Inicialmente, seu desenho assume a forma de um peixe com péssimas proporções. Um peixe grande, talvez um tubarão ou um atum. Ela desenha um círculo no meio do corpo do peixe e o divide com uma linha, o centro dividido se escondendo sob o local onde seriam as barbatanas. Em seguida, sombreia o círculo com o lápis. O sombreado representa a massa crítica de urânio, o elemento instável, ainda não unificado. Se Joan fosse de fazer metáforas, poderia descrever as partículas de urânio como se estivessem se acotovelando, se empurrando para conseguir uma posição na linha de partida — mas Joan não é de fazer metáforas. É um processo simples e científico.

No entanto, não haverá nenhuma explosão ainda.

A explosão começa com a adição de TNT, que Joan acrescenta ao diagrama, fechando o círculo de urânio dentro de um quadrado externo de explosivo amarelo, ainda dentro do estômago do peixe. Ela pinta essa parte com cuidado, não permitindo que se espalhe para o centro, pois não pode haver uma mistura fácil de substâncias. Quando o TNT for ativado, vai queimar as duas metades do centro para criar uma massa crítica. Essa explosão em si será grandiosa, mas não enorme. Nessa etapa, é mais econômica do que astronômica. Vai funcionar como um multiplicador de energia altamente eficiente.

A explosão astronômica vai ocorrer um milissegundo depois, quando a detonação ativar a fonte de nêutrons, que Joan pinta de azul, disparando nêutrons na massa crítica de urânio. É ali que a verdadeira explosão acontece. É isso que Max descreve em seus artigos como gênio da invenção: que tendo encontrado uma substância tão instável, pronta para explodir ao menor empurrão, os trilhões de núcleos são pressionados numa massa crítica e, daí em diante, a reação é descontrolada e autossustentável, catastrófica; uma explosão enorme, branca e quente de energia. É um processo de números, de reações em cadeia. Será tão rápida que vai parecer instantânea, uma explosão súbita de calor, nêutrons e luz, como se o próprio Deus tivesse puxado os joelhos até o peito, se encolhido como uma bola e se jogado na Terra.

Joan dá um nome ao diagrama, esboça as características do rabo no desenho principal e sombreia o exterior em cinza. Não quer pensar nas possibilidades do que desenhou. Ela entende a ciência, a maior parte dela, pelo menos. Suas limitações são apenas uma questão de escala.

O Primeiro-Ministro chega pontualmente às duas da tarde, sentado no banco do passageiro de um carro verde-escuro, que parece não se encaixar naquela rua estreita onde fica o laboratório. À primeira vista, se parece muito com as fotografias, mas, ao mesmo tempo, é tão diferente que Joan se pergunta se talvez não seja um sósia se esforçando demais. Certamente ele não deve ficar com aquele charuto na boca o tempo todo. Ela o observa apertar a mão de Max, Donald e Arthur, mas ainda não tem certeza. Só confirma quando ele pega a mão dela, sorrindo francamente com o canto da boca de modo que seu rosto parece se achatar, e diz, com aquela voz específica, ressonante, que ela reconhece tão bem pelo rádio:

— Ah, minha querida jovem. Com quem um homem tem que falar para conseguir uma xícara decente de chá por aqui?

Bem, pensa Joan, essa é uma imitação muito boa ou é ele de verdade. Ela sente o rosto ficar quente.

— Leite e açúcar?

Ele assente devagar, evidentemente se divertindo com alguma coisa.

— Ouvi dizer que é assim que se faz.

Ela sai da fila para fazer chá na cozinha, e descobre que suas mãos estão tremendo um pouco. A visita segue pelo laboratório e para o escritório de Max. Joan coloca o grande bule de chá marrom numa bandeja com biscoitos, açúcar e uma jarra de leite; a bandeja pesa em seus braços conforme anda devagar pelo corredor. Ela empurra a porta com as costas e tenta colocá-la numa mesa lateral sem fazer muito barulho. Serve o chá e o distribui enquanto Max começa a explicação.

Seu diagrama está preso à parede atrás dele, e Max o indica com um apontador ao mesmo tempo que também gesticula em direção a várias equações escritas em giz no quadro-negro ao lado. Joan desvia a atenção enquanto Max fala, seus olhos atraídos pela presença de Churchill na sala, a corrente do relógio pendurada no colete dele, o cenho franzido profundamente.

— Que desenho curioso — interrompe ele. — É assim que deveria parecer?

Max olha para Joan, como quem pede desculpas.

— Acho que é uma representação muito próxima — responde Max. — Embora simplificada, é claro.

— Aham — diz Churchill, em aprovação.

Joan fica ruborizada. Deixa de lado o prato de biscoitos e analisa seu desenho do outro lado da sala. Havia visto versões menores desse desenho em forma de peixe caindo do céu nos últimos meses. Vira os que não explodiram serem isolados por cordas entre os escombros de janelas quebradas em Cambridge, os policiais afastando a multidão enquanto as pessoas se amontoavam e esticavam o pescoço para ver do que se tratava o alvoroço, como se um animal feroz, mas exótico, tivesse fugido do zoológico. Em linhas gerais, é familiar o suficiente.

Max está segurando um gráfico, convidando os ouvintes a olharem de perto.

— Inicialmente, pensava-se que diversas toneladas de urânio 235 seriam necessárias para gerar algum tipo de explosão — explica ele —, e esses são os números aos quais estamos acostumados. Algo quase impossível de gerar, já que aproximadamente 99,3% de todo o urânio natural se apresenta na forma 238. — Ele respira. — Mas cálculos recentes revisaram a quantidade necessária estimada e a reduziram drasticamente. Sabemos agora que uma explosão significativa exigiria uma massa crítica de apenas alguns quilos. — Ele junta as mãos para demonstrar a quantidade. — Mais ou menos do tamanho de um abacaxi.

Churchill tosse.

— Você entende o que está fazendo aqui, professor?

Max para, encarando-o.

— Sim, senhor. Claro que entendo.

— E já pensou em como seremos julgados pelas gerações futuras?

— Já, senhor.

Churchill se recosta na cadeira e pega uma caixa de fósforos. Ele tira um, acende e pega um charuto no bolso, segurando a ponta no centro da chama.

— E você consegue dormir à noite?

Max abre um meio sorriso.

— Não durmo há anos — responde.

— Ah, você é um desses. Conheço bem o sentimento. — Churchill volta sua atenção para o charuto, colocando-o na boca e dando baforadas até ele acender.

Max pigarreia, evidentemente incomodado pela pergunta.

— Não quis amedrontá-lo — continua Churchill, com seu jeito de falar arrastado perfeitamente enunciado. — Só estou conferindo se essa coisa não está sendo construída por um monstro. Se você me dissesse que dorme bem à noite, sem pensar por um instante no produto final, eu provavelmente voltaria para Londres com sua carta de demissão no bolso.

Max dá um sorriso nervoso.

— Existem outros usos para esta pesquisa — assegura ele. — Gosto de pensar que ela vai fazer algum bem para o mundo. Depois da guerra.

Churchill olha para Max.

— Talvez. Espero que sim. Mas, por enquanto, temos que aceitar que não podemos controlar como vamos ser julgados pela história, a menos que seja escrita por nós, mas podemos considerar se seremos mais julgados por não fazer essa coisa do que por fazê-la. E estou disposto a apostar na primeira opção.

— Acredito na ideia de que ela existe como uma força dissuasora.

Churchill assente.

— De fato. Mas uma força dissuasora contra quem?

— Os alemães, naturalmente.

Uma bufada, dessa vez.

— Por enquanto — diz ele com a voz rouca, baixa. — Embora seja com os ianques que tenhamos que nos preocupar.

Max franze o cenho.

— Mas eles estão do nosso lado. Estamos trabalhando com eles nisso.

— Verdade. — Churchill dá um trago profundo no charuto e se vira para a janela para expirar, dando a impressão de que não está falando com ninguém específico. — Mas temos que ter um desses desgraçados aqui — continua com a voz baixa, ponderada —, porque, se não tivermos, os ianques vão controlar tudo quando isso acabar. Precisamos ter um, e temos que colocar nossa maldita bandeira por cima.

Joan escuta a conversa, mas não a entende de verdade. Está olhando para os números no quadro-negro e começando a encarar o cenário, o rosto subitamente pálido. Max mexe em suas anotações, tosse e termina sua explicação de como, exatamente, essa invenção pode transferir uma quantidade enorme de energia de uma fonte para outra e como, depois que começa, pode continuar a fazer isso repetidas vezes, criando energia numa velocidade desumana.

E lá está, finalmente: a sugestão de metáfora que ela não consegue mais impedir de explodir em seu cérebro; a palavra que ela afastou várias vezes, não querendo pensar no que eles estão criando ali.

Porque não é só a velocidade que é desumana, não é?

Terça-feira, 16h02

A Srta. Hart está lá fora, falando com alguém pelo celular, e o Sr. Adams saiu para comprar mais café. A câmera de vídeo foi desligada durante o intervalo. Nick está parado ao lado da janela, olhando para a rua à frente do jardim enquanto escurece. Ele balança a cabeça, ainda abalado pela recente revelação.

— Não acredito que eu nunca soube disso — diz ele por fim. — Minha própria mãe trabalhando na bomba atômica. Eu nunca teria imaginado... — Ele hesita. — Você nunca deu nenhuma pista. Eu me lembro de perguntar o que você fazia durante a guerra e você me enganou com a história de ser secretária.

— Mas eu era secretária.

Nick olha para ela com os olhos semicerrados.

— Talvez, mas não *apenas* uma secretária, como você me dizia.

— Eu não podia contar mais nada além disso. Ainda era confidencial. Eu tinha assinado a Lei do Segredo de Estado.

— Como se isso importasse, naquela época. A bomba não era exatamente um segredo, depois que todo mundo soube dela. Aprendi sobre isso na escola, pelo amor de Deus! — Ele para e se vira para encarar a mãe. — E você nunca me contou que conheceu Winston Churchill. Nem quando eu fiz aquele projeto da escola sobre ele. — Nick explode em uma súbita gargalhada incrédula. — Quero dizer, quem conhece Winston Churchill e nunca mais fala no assunto?

Joan se inclina para a frente, querendo estender a mão para o filho, mas recua quando vê sua expressão.

— Ninguém falava o que fazia durante a guerra. Era uma época diferente.

— Eu sei. Não estou com raiva por você não ter me contado. É só um choque. Você nunca deixou escapar que fez uma coisa dessas. Nem uma vez. Parece que não sei quem você é.

Joan olha para ele. Nick não pensa que ela poderia dizer o mesmo sobre ele, ou qualquer outra pessoa, na verdade? Mas é claro que ela jamais diria uma coisa dessas. E talvez a comparação não seja justa. Ele sempre se saiu tão bem em tudo, foi tão bom que ela chegou a se preocupar por ele ter se saído bem demais. Não é isso que se diz das crianças adotadas, que elas acham que precisam ser perfeitas para compensar o fato de que um dia foram rejeitadas? Mas na única vez que ela tentou abordar essa teoria, Nick a rejeitou, julgando-a como psicologia barata.

— Ainda sou eu, Nick — diz Joan baixinho. — Ainda sou sua mãe.

Ele balança a cabeça, e Joan vê, pela primeira vez, que ele está sofrendo. Seus olhos brilham de um jeito incomum, e ele evita encará-la. Ela sente uma dor no coração.

— Mas você não é quem *eu* achava que era. Quando alguém me perguntava o que você fazia ou do que gostava, eu sempre dizia que você era bibliotecária na minha escola e que meus papais gostavam de jogar tênis, e eu achava que essa era a verdade. Eu achava que isso era tudo que havia para saber.

— E é — sussurra ela. — Ou era, naquela época.

— Mas, em vez disso, você passou anos trabalhando em algo que era tão extremamente... — ele procura a palavra certa — ... maligno. E eu nunca soube. — Ele faz uma pausa, depois balança a cabeça. — Como pôde? Por que não abandonou tudo, quando soube o que era?

Joan baixa os olhos.

— Pode parecer maligno agora, mas não era tão branco no preto naquela época. Tínhamos que conseguir primeiro, antes da Alemanha.

— Mas eles nem estavam perto. Claro que isso era óbvio, até mesmo naquela época. Todos os físicos teóricos eram judeus e tinham imigrado ou sido encarcerados. Eles estavam começando do zero.

— Como poderíamos ter certeza? Não podíamos arriscar. Além do mais, achávamos que estávamos fazendo algo relevante.

Nick revira os olhos.

— Ah, me poupe. Você não pode esperar que eu acredite nisso.

— Mas é verdade. Era assim que víamos.

— Uma superbomba? Como isso pode ser relevante?

Joan balança a cabeça.

— Não a bomba. A ciência envolvida. — Ela se lembra disso com muita clareza, da crença compartilhada entre os cientistas envolvidos no projeto de que, depois da guerra, haveria benefícios incalculáveis por causa de suas descobertas; não apenas em fontes de energia, mas potencialmente na medicina também. Até aquele momento, a física nuclear nunca fora uma ciência aplicada, como a biologia e a química, e havia uma empolgação em relação às possibilidades aparentemente ilimitadas que isso implicava. Joan não espera que Nick entenda. Ninguém mais entende. Há tanta névoa na história que separa o passado do presente, uma barreira tão terrível de conhecimento, que é quase impossível descrever o idealismo da época a essa distância. — Eu quis contar a você antes — diz finalmente. — Mas foi há tanto tempo. — Ela faz uma pausa. — Achei que você não ia acreditar em mim.

— Essa não é uma boa desculpa. Eu podia até ter ficado impressionado. Eu sabia que você tinha estudado em Cambridge, mas nunca pensei em como isso devia ser incomum naquela época. Sempre vi você como, bem, apenas uma mãe. — Ele faz uma pausa, pressionando os nós dos dedos na palma da mão. — Eu queria que você tivesse me contado.

— Isso estava no passado. Seu pai e eu... — ela suspira. — Bem, ele não queria que falássemos sobre isso, nem eu, na verdade. Eu prometi a ele.

Nick inclina a cabeça, mas perde a calma de antes.

— Quer dizer que ele sabia, então?

Joan assente.

— Ele sabia, sim — responde Joan, hesitante. — Foi por isso que nos mudamos para a Austrália.

— Mas eu achei que vocês tinham se conhecido no navio, indo para a Austrália.

— Bem, nós nos conhecíamos antes disso, mas decidimos que seria mais fácil se fingíssemos...

Nick faz um ruído exasperado.

— Não acredito nisso. Alguma coisa que você me disse era verdade?

— Tudo que eu disse em relação a você é verdade, eu juro.

Nick fica em silêncio enquanto considera essa declaração.

— Como pode me dizer que *isso* não é relacionado a mim?

— Concordamos em não falar sobre o assunto. Fiz uma promessa ao seu pai. Era um novo começo. Você era um novo começo.

Ela já contou essa parte a Nick, que ele era um novo começo para eles, mas nunca entrou em detalhes: quanto ela o desejara, sonhara com ele, sofrera por ele, antes de o pedido de adoção ser aprovado. Ela sempre achou que saber quanto era desejado seria um fardo muito pesado para o filho, por isso não revelou a esperança e a angústia daqueles anos logo que chegaram à Austrália, antes de o médico finalmente confirmar que, não, não havia nenhuma chance de engravidar com o útero danificado de Joan, e já haviam considerado adoção?

Isso deu início a outro longo processo, incerto, durante o qual com frequência recebiam a informação de que havia alguma coisa errada nos documentos de ambos, embora a irregularidade nunca fosse especificada. Os dois foram deixados de lado várias vezes, até que um dia Joan recebeu uma carta dizendo que o pedido fora aceito e que eles deveriam ir ao Royal Victoria Hospital dali a três meses para pegar o bebê.

Ela nunca vai se esquecer da súbita emoção que a atingiu quando o pegou pela primeira vez nos braços e sentiu a mãozinha macia de Nick segurando seu dedo. Nada podia tê-la preparado para isso. Ela se lembra disso como uma época mágica; o cheirinho fresco, de leite, o modo como seus olhos mudaram de azul para uma cor mais profunda e mais intensa, quase verde por um tempo, depois finalmente cor de mel, tão impressionante quanto uma folha no outono. Ela se lembra de ficar encantada com sua cabecinha cor de pêssego, seus pezinhos, pensando em como ele era pequeno, delicado, tão diferente do menininho de pele dourada que ela imaginara para si mesma e, ao mesmo tempo, tão perfeito. Um novo começo.

Mas agora Nick está parado diante dela, com os braços cruzados, sua descrença inicial transformada em cinismo.

— Ainda acho que você poderia ter me contado.

A voz de Joan é quase um sussurro.

— Como eu disse, ninguém falava o que fazia durante a guerra. Todos sabíamos que não era permitido. Eu nem contei à minha família.

Nick olha para ela.

— Mas Leo sabia, não sabia?

Joan o encara. Ela sabe que nada foi provado. Não precisa falar nada.

— Não — responde, mas a hesitação é longa demais.

Trecho de "Organização Tube Alloys"

14 de abril de 1941

Os objetivos do projeto Tube Alloys são dois: primeiro, a fabricação da arma militar mais formidável já concebida e, segundo, a liberação de energia atômica para gerar força.

A formação científica para esse trabalho era bem conhecida antes da guerra, e nada é mais certo que o fato de que os mesmos objetivos estão sendo industrialmente perseguidos na Alemanha. Portanto, há uma corrida contra o tempo entre as forças dos Aliados e do Eixo pela primazia dessa arma militar. Qualquer que seja a perspectiva de sucesso num tempo razoável, está claro que esse objetivo deve ser perseguido com velocidade absoluta, independentemente do custo.

O alojamento de Joan fica numa pensão para mulheres solteiras administrada pela Sra. Landsman, situada num local nada glamoroso da Mill Road. Ela visita os pais sempre que pode, agora que há menos coisas para ocupar seu tempo em Cambridge, com tantas pessoas sendo mandadas embora ou realocadas. Sua mãe havia se associado ao Serviço Voluntário Feminino e estava ajudando a administrar uma cantina móvel até ser obrigada a parar, depois que um enorme barril de metal caiu em seu pé na cozinha. O pé vai se recuperar, garantiu o médico, mas, por enquanto, ela sente dor ao colocar qualquer peso sobre ele quando se atrapalha para pegar e apoiar as muletas nos móveis.

Além de tudo isso, o pai de Joan envelheceu absurdamente nos três anos desde que Joan saiu de casa. Ele se aposentou no ano anterior, mas, em vez de sua saúde melhorar com o descanso, essa inatividade forçada parece ter apenas acelerado seu declínio. Seu cabelo, antes denso e branco, está mais ralo, e suas sobrancelhas escuras se destacam mais claramente na nova palidez. Até seus olhos parecem ter perdido um pouco da cor. Quando ele tira o paletó do terno e afrouxa o colarinho à mesa de jantar, seus dedos tremem um pouco, suas garfadas são pequenas, e ele mastiga com dificuldade.

— Como está Lally? — pergunta Joan, querendo se distrair da ideia súbita e alarmante da impermanência dos pais.

— Vagando por aí com soldados — responde o pai de Joan, empurrando a garfada parcialmente mastigada para a bochecha e fazendo uma careta.

— Ela não está *vagando*, Robert. Está trabalhando alguns dias por semana na casa judaica para crianças alemãs.

— Refugiados. — O pai de Joan a corrige.

— Exatamente. Foi isso que eu quis dizer. Mas é uma pena ela não poder estar aqui hoje. — A mãe empurra as batatas em direção a Joan, incentivando-a a pegar mais uma. — Você precisa se esforçar mais para vê-la, sabe. Ela se divertiu tanto com você em Cambridge.

Joan não levanta o olhar, mas pega uma batata e a coloca no prato.

— Eu também, mas é difícil, porque trabalho seis dias por semana. Vou convidá-la de novo, eu prometo.

— Depois que a guerra acabar — diz a mãe.

O pai balança a cabeça.

— Isso não vai acontecer tão cedo quanto você pensa.

— Claro que vai. Tenha fé.

Seu pai bufa com uma mistura de desdém e diversão, um ruído que Joan reconhece como prenúncio de uma das discussões amigáveis mas veementes das quais se lembra tão bem da infância, e nas quais a argumentação é tratada como uma forma de esporte.

— Não sei como isso vai nos ajudar a vencer a guerra.

— Porque estamos do lado certo. Moralmente certo. — A mãe espeta uma cenoura com o garfo. — E isso tem que valer para alguma coisa. É apenas bom senso.

Em circunstâncias normais, esse comentário faria o pai de Joan criticar a esposa por ser tão incoerente, e ele teria prazer em argumentar com ela do jeito mais loquaz possível. Mas, naquele dia, ele está cansado demais para argumentar, como esteve nas últimas ocasiões em que Joan o viu, e apenas ri e se recosta, fechando os olhos.

Joan se levanta, pensando que precisa descobrir se o pai foi ao médico.

— Deixe que eu tiro os pratos.

— É o coração dele — confidencia a mãe de Joan quando as duas chegam à cozinha e ele não pode ouvi-las. — Pediram que ele descansasse e parasse de fumar, mas não existe muita chance de isso acontecer.

— Ele não é tão velho, mãe.

A mãe pega seu braço e o aperta enquanto Joan enche a pia com água e sabão.

— Ele não é jovem. De qualquer maneira, estamos bem. E você? Conheceu algum jovem interessante do qual devo saber? Ou ainda estamos sofrendo por causa daquele maldito russo?

Aquele maldito russo ainda está no Canadá. Sim, diz à mãe, ela escreve para ele toda semana, e, não, não há nenhum jovem competindo com ele por seu afeto. Mas ela não está sofrendo. Está gostando do emprego, não só do trabalho, mas também do dinheiro e da independência que ele proporciona. Gosta da proximidade do laboratório, do sentimento de urgência e empolgação. Além disso, gosta da vida social, dos infinitos jantares e jogos de bebida nas noites em que Karen a incentiva a participar. Há longos jogos de pôquer à noite, acompanhados por caixas de xerez e uísque tiradas do porão dos laboratórios. Max raramente participa, obrigado a manter distância como cientista mais graduado entre eles, mas a maioria dos outros comparece regularmente, e são noites divertidas e estranhas, nas quais o assunto da pesquisa é deliberadamente evitado, muito diferente das discussões calorosas da época da faculdade. Ela não conta à mãe sobre essas noites, porque sabe que ela não aprovaria, mas, no geral, Joan não considera que tenha tempo suficiente para sofrer, especialmente com Leo fora de perigo, o que é mais do que a maioria dos homens da idade dele pode dizer, no momento.

Na verdade, o único do antigo grupo de Cambridge que ainda está por lá é William. Está morando perto o suficiente de Cambridge para fazer algumas visitas, e entra em contato sempre que tem tempo livre. Quando retorna da visita aos pais naquela noite, ela o encontra esperando na soleira da porta de seu alojamento.

— Ah — diz ela, lembrando-se de repente que eles tinham planos para ir ao cinema naquela noite. — É hoje à noite, não é?

Ele sorri, se aproxima e a beija no rosto.

— Você não se esqueceu, não é? Já comprei os ingressos.

— Claro que não. — Ela coloca um sorriso no rosto. — O que vamos ver?

— *Como era verde o meu vale.*

— Como era verde o seu o quê?

Ele começa a explicar que esse é o título do filme, mas Joan o interrompe.

— Eu estava brincando.

— Ah, certo. Sim.

Os sentimentos de Joan em relação a William são ambivalentes. Ela acha irritante quando ele tenta ser encantador, como faz com frequência. Parece deliberado demais, forçado demais, e, mesmo assim, de algum jeito, ele consegue se safar. Em geral, as pessoas gostam dele porque ele cita o *Ursinho Pooh* em momentos inadequados e é rico o bastante para ter sempre uma atitude despreocupada. Joan se sente um pouco irritada por saber que isso é suficiente para ele ter uma carreira bem-sucedida no Ministério das Relações Exteriores quando finalmente se decidir, assim como seu pai antes dele.

Mesmo assim, ela gosta de como ele a faz se lembrar de épocas passadas, de Leo.

O filme se passa durante as greves nos povoados mineradores galeses do vale de Rhondda. É um filme longo que mostra comidas sendo carregadas em lindos cestos de vime e os olhos do pequeno Huw Morgan cintilando no rosto coberto de carvão ao som de uma trilha sonora clássica estridente, fazendo-a se lembrar das fileiras de mineradores de carvão que um dia ela vira marchando por St. Albans.

A noite está quente e úmida quando eles caminham de volta, atravessando Parkers' Piece em direção ao alojamento de Joan. William lhe oferece o braço, e Joan desliza a mão na curva de seu cotovelo, apesar de não querer. Parece íntimo demais, tátil demais.

— Então? Gostou, Jo-jo?

Joan estremece. Só Leo a chama de Jo-jo, e William sabe disso. Bem, talvez Sonya também. Ele provavelmente só está tentando ser simpático.

— Foi triste — responde ela. — E um pouco americano. Todo mundo era bonito demais. Não havia imundície genuína suficiente.

William ri.

— Acho que o diretor queria filmar no País de Gales, mas a guerra atrapalhou.

— Ela tem esse hábito — murmura Joan.

— Também vai atrapalhar os ianques em breve. Roosevelt quer participar. Só o povo americano é que está relutante.

— Achei que isso seria suficiente para impedi-lo.

— Essa guerra não é como a anterior. Eles não podem esperar ficar de fora só porque estão cercados por oceanos. Alguma coisa vai acontecer para fazê-los entrar na guerra.

Joan olha para ele com ceticismo, mas não diz nada. Como ele pode falar sempre com tanta segurança? O que o torna tão confiante da própria opinião?

William olha de esguelha para ela.

— Afinal, como estão as coisas? Está gostando do emprego?

— Estou. Muito.

— No que é mesmo que você está trabalhando? Acho que você não me contou.

— É pesquisa.

— É, isso eu sei. Que tipo de pesquisa?

Joan dá um soco no braço dele.

— Você sabe que não posso contar.

— Conversas imprudentes, blá-blá-blá. Eu vi os cartazes. Mas estou interessado mesmo assim.

— Bem, não posso dizer porque não sei. Sou só uma secretária. Eles não me contam nada.

— E você não lê, só datilografa. É isso?

— Exatamente.

William franze os lábios e olha para ela.

— Mas deve ser agradável saber que você está contribuindo para o esforço de guerra. — Ele pensa por um instante, depois sorri de repente. — Que tal um almoço amanhã? Ou jantar? Não tenho muita coisa para fazer, e um cara precisa aproveitar ao máximo sua folga, atualmente. Eles ficam dizendo que vão nos mandar para algum lugar.

Por quê?, pensa ela. O que você quer de mim? Não nos sentimos confortáveis juntos.

— Não posso — responde ela, tentando parecer decepcionada.

— Por que não? — pergunta William. — Encontro você no laboratório. Pode dizer a eles que vai fugir para almoçar. Ou posso encontrá-la depois do trabalho.

Joan ri.

— Sou secretária. Não tenho permissão para fugir. Além disso, não tenho tempo. Só termino às sete e tenho muito trabalho a fazer para sair na hora do almoço.

— Seu chefe deve gostar de você.

— Por que diz isso?

— Se não gostasse, ele não lhe daria tanta coisa para fazer. Não ia querer você por perto.

Joan assente. Concorda que há certa cumplicidade entre ela e Max, uma calma no canto deles no laboratório, mesmo que haja uma porta entre os dois. Ela gosta do fato de ele perguntar como ela está toda manhã e de como lhe agradece pela xícara de chá pela manhã, diferentemente do restante, e parece grato e envergonhado ao mesmo tempo.

— Acho que sim — concorda ela. — Por que você está interessado em tudo isso, afinal? É entediante.

— Para mim, não é. Vou ser enviado a qualquer momento. É interessante poder imaginar como estão as coisas em casa.

Ela se encolhe um pouco.

— William, não quero que você tenha uma ideia errada.

— Ideia errada sobre o quê?

— Bem... — Ela faz uma pausa. — Sobre nós.

Ele ri e aperta o braço dela.

— Não seja tola, Jo-jo. Eu sei. Somos amigos. Só isso. Sei que você está esperando por Leo.

— Não estou esperando. — Ela o corrige, mas depois olha para ele e permite que veja o rubor subindo por seu rosto.

— Claro que não. Além do mais, achei que você sabia.

— Sabia do quê?

— De mim.

Eles caminham pela rua dela, uma fileira de casas vitorianas grudadas, maiores por dentro do que parecem da calçada, com sótãos e porões. Joan olha para ele e franze o cenho. Não consegue imaginar sobre o que ele está falando.

— Saber o que sobre você?

Ele a encara, estupefato.

— Quer dizer que você realmente não sabe?

Joan tenta não soar frustrada.

— Não sei o quê?

William acena o braço, como se dissesse a ela que deixasse para lá.

— Pergunte ao Leo na próxima vez que o vir.

— Está bem — concorda Joan, irritada porque ele não quer simplesmente lhe contar. — Vou fazer isso. Bem, de qualquer maneira, chegamos. Obrigada por me trazer em casa.

— Por nada. — William se aproxima e dá um beijo molhado em seu rosto.

Joan sente os lábios dele se demorando na pele. Ele sorri, recua e bate uma continência ridiculamente dramática enquanto Joan vasculha a bolsa em busca da chave. Ela quer limpar o beijo, mas sabe que deve esperar até estar dentro de casa para fazê-lo. Quando encontra a chave, sorri e bate uma continência envergonhada no alpendre antes de entrar.

Terça-feira, 18h13

— Então a senhora diria que William, Sir William, sabia o que estava fazendo no laboratório? — pergunta a Srta. Hart. Ela está inclinada para a frente na cadeira, a voz revelando um pouco da falta de fôlego. O Sr. Adams e a Srta. Hart trocam um olhar, e fica claro que essa pergunta fora planejada.

— William? — pergunta Joan, enrugando os olhos como se estivesse confusa.

A Srta. Hart não hesita.

— Sim, William.

Joan fica em silêncio e, de repente, percebe aonde eles querem chegar. Ela se lembra do alerta de Nick, de que estão tentando fazê-la incriminar William, ali, agora, enquanto ainda há tempo de emitir um mandado para fazer uma autópsia. Antes que seu corpo seja cremado na sexta-feira. Mas ela fez uma promessa. Balança a cabeça, pensando no colar com o amuleto de São Cristóvão escondido na gaveta ao lado de sua cama, dado casualmente a ela na última vez que o viu, tantos anos antes.

— Não. — Sua voz está tensa e firme. — Ele não sabia de nada. Ele só era um pouco intrometido e gostava de provocar.

A Srta. Hart franze o cenho.

— Então a senhora não acha que ele estava deliberadamente tentando conseguir informações?

— Não.

— E ele nunca fez nenhum tipo de abordagem desse tipo?

— Não.

— Lembre-se de que tudo a que a senhora quiser recorrer posteriormente no tribunal...

Joan a interrompe, sem querer ouvir isso de novo.

— Eu sei.

The Times, 23 de junho de 1941

AUXÍLIO TOTAL PARA A RÚSSIA: DECLARAÇÃO DO PRIMEI-RO-MINISTRO SOBRE A POLÍTICA BRITÂNICA

Sr. Churchill disse:

"Às quatro horas da manhã de hoje, Hitler atacou e invadiu a Rússia. Todas as suas formalidades comuns de perfídia foram observadas com uma técnica escrupulosa. Um tratado de não agressão tinha sido assinado solenemente e estava em vigor entre os dois países. Não foi feita nenhuma reclamação sobre seu descumprimento. Sob o manto da falsa confiança, os exércitos alemães formaram uma imensa força ao longo de uma linha que se estendia do mar Branco até o mar Negro, e as frotas aéreas e divisões armadas assumiram suas posições lenta e metodicamente. E depois, subitamente, sem uma declaração de guerra, sem sequer um ultimato, as bombas alemãs choveram do céu sobre as cidades russas.

Ninguém foi um oponente mais persistente ao comunismo do que eu nos últimos vinte e cinco anos. Não vou desdizer nenhuma palavra que já falei sobre o assunto, mas tudo isso se esvai diante do espetáculo que está se descortinando.

Temos apenas um alvo e um único propósito irrevogável. Estamos decididos a destruir Hitler e todos os vestígios do regime nazista. Nada vai nos desviar disso. Todo homem ou Estado que lutar contra Hitler terá nosso apoio. Essa é a nossa política e a nossa declaração.

Segue-se, portanto, que devemos dar toda ajuda possível à Rússia e ao povo russo. Oferecemos ao governo da Rússia soviética todo auxílio técnico ou econômico que estiver ao nosso alcance e que possa lhes servir."

Esse discurso de Winston Churchill foi transmitido em russo pela estação GRV na noite passada.

O quarto de Joan no alojamento é pequeno, e o pé-direito, baixo. Cheira a tabaco velho e não tem água quente pela manhã. Há flores sobre a penteadeira, recém-colhidas e bagunçadas, e a cama é coberta por um edredom cor-de-rosa. É domingo à tarde, e Joan está sentada na cama, esperando, as molas do colchão afundando sob si. Ela se vira de bruços e destranca a janela para poder se inclinar para fora e ver o jardim no canteiro lá embaixo. Alface-de-cordeiro, em grandes moitas adubadas, brota de uma fileira de vasos azuis de cerâmica. As placas que pavimentam a calçada estão rachadas e cobertas de musgo, e ela consegue sentir o aroma fraco de tomilho e alecrim, apesar da umidade do papel de parede. O arco do abrigo dos Anderson sobe da terra na base do jardim, e, no quintal ao lado, três meninas brincam com um pedaço velho de corda. Joan conhece o jogo e observa os pés das crianças: sol, sombra, sol, sombra.

Ela pega o cartão-postal e o lê mais uma vez.

Para minha pequena camarada, escreveu ele. Não fique empolgada demais. Estou voltando para casa (Casa!, pensa ela. Ele está falando de mim? Eu sou sua casa? Ou está apenas se referindo à Inglaterra?), *mas é só para uma visita rápida. Fui chamado para assumir um cargo de pesquisa na Universidade de Montreal durante a guerra, e estou voltando para pegar meus artigos. Imagino que ainda estejam com você. Entro em contato quando chegar à Inglaterra. Não responda essa carta. Não vou receber, se o fizer.*

Fraternalmente,

Leo

O cartão-postal é pequeno e surrado, e a foto mostra um alce numa montanha coberta de neve. Leo havia sido brusco, como sempre, mas ela leu o bilhete repetidas vezes desde que chegara, duas semanas antes. Ela se enrola bem nos lençóis e, por um breve instante, imagina que são os braços de Leo envolvendo-a, aquecendo-a. Seu coração bate mais rápido, a lembrança dele se espalhando pelo corpo. Ela fecha os olhos e imagina o rosto dele, aqueles olhos escuros sérios e os lábios perfeitos.

Mas não; é a mesma coisa toda vez. A imagem não fica parada. Vacila e esvanece e se recusa a voltar. Joan se senta e devolve o cartão-postal à pequena mesa de madeira ao lado da cama. Ele vai chegar logo. Ela precisa estar preparada em todos os sentidos, pronta para garantir que não vai deixar nada escapar sobre o projeto, porque ele deve perguntar. Passa por sua cabeça, mais uma vez, que o amigo dele do acampamento já deve tê-lo informado, mas ela descarta o pensamento. É impossível; Max lhe dissera que nem mesmo alguns membros do Gabinete de Guerra sabiam.

Ela disse à Sra. Landsman que o primo vem visitá-la, decidindo-se por essa história porque homens geralmente não têm permissão para dormir no alojamento, mas, às vezes, são abertas exceções para membros da família. Ela se lembra do estardalhaço que fizeram quando descobriram um homem no quarto de outra garota durante a madrugada. A garota foi denunciada como uma Jezebel enquanto seus pertences voavam do guarda-roupa para um baú aberto diante de toda a casa. Joan não quer se tornar o próximo objeto de tamanho escrutínio. Portanto, eles serão primos, por enquanto.

Há uma batida no andar de baixo, na porta da frente. Ela ouve a porta abrir e, depois, uma voz masculina seguida de passos subindo a escada. A respiração de Joan fica presa na garganta. Ela imaginou esse momento tantas vezes: abrir a porta do quarto, pegá-lo pela mão, puxá-lo para dentro. Ela se levanta e alisa o vestido azul — o que Sonya lhe deu — enquanto atravessa lentamente o quarto até a porta e coloca a mão na maçaneta.

O som das crianças lá fora de repente fica muito mais alto, mais rápido. Joan ouve a batida dos pés na grama dura e quente. A música se tornou um cântico crescente, e a brincadeira de corda é furiosa, ritmada, um redemoinho de barulho e som e luz, e lá está Leo, entrando em seu quarto sem sequer lhe abraçar, tirando os sapatos e dobrando a jaqueta metodicamente para colocá-la sobre eles. Depois se vira, pega Joan no colo, atravessa o quarto em duas largas passadas e se joga na cama com ela, fazendo o colchão ranger e gemer sob o peso súbito, e, embora saiba que deve alertá-lo de que precisam evitar fazer barulho, senão a Sra. Landsman vai jogá-los na rua, ela descobre que não se importa mais e, em vez disso, está caindo com ele. Caindo e caindo e caindo.

— Não é difícil. É só ligar para Lally e dizer que está doente, e que por isso não pode jantar com ela. Sua irmã não pode esperar que você largue tudo só porque ela decidiu, por conta própria, vir visitá-la.

Ele está deitado de costas, a cabeça de Joan apoiada no peito dele, os braços a envolvendo. Joan sabe que precisa se levantar para trabalhar, mas, no momento, não parece possível desgrudar do corpo dele. Deitados assim, os pés dos dois ficam exatamente no mesmo nível; o dedão de Joan está preso entre dois dedos do pé de Leo, e eles parecem se encaixar com perfeição.

— Ela não fez isso. Eu a convidei há séculos. E ela já comprou a passagem de trem. — Joan hesita. — Eu queria que ela viesse, então, se cancelar agora, ela vai desistir de vir novamente.

Leo fica calado, sem se impressionar com seus argumentos.

— Você não pode fazer nada se está doente.

— E se ela descobrir que eu não estava doente de verdade?

— Você vai ter que dizer a ela que estava doente de amor.

— É assim que estou?

— O quê?

Ela mal consegue dizer as palavras.

— Doente de amor.

— É — diz ele abruptamente, sem olhar para ela. — E eu estou um pouco doente de camarada. É uma aflição muito pior.

Suas palavras são como uma facada nas costelas, mas não é como se fossem vazias de sentimento. Joan não acha que está sendo ingênua ao acreditar, só um pouco, que ele a ama de verdade, mas também sabe que o desejo dela de ouvir uma declaração de amor do jeito antiquado e pomposo é muito mais ridículo que a recusa de Leo em fazer isso. Talvez esse seja seu jeito de dizer. São palavras, no fim das contas. Palavras para guardar e manter atadas ao coração enquanto ele estiver fora.

Ela força um sorriso.

— Como você é engraçado.

— Eu sei. — Ele prende o dedão do pé dela com o dele, depois se aproxima para sussurrar. — Por favor.

Ele não costuma implorar. Tudo bem, isso não é implorar. E a situação é diferente. Ele não vai ficar ali por muito tempo, e ela não pode faltar ao trabalho, então tem de ser aquela noite. Claro que não é ruim contar uma pequena mentira para a irmã nessas circunstâncias.

— Ainda não sei por que não posso dizer a verdade a Lally. Acho que ela entenderia.

— Você não deve ser vista comigo — explica ele. — É mais fácil não contar sobre isso para ninguém, assim você não vai se esquecer.

Joan se obriga a rir, apesar de ter ficado confusa por um momento com a seriedade do tom dele.

— Você não é perigoso de verdade, sabe. Foi só uma detenção de rotina. Você mesmo disse isso.

— Só uma detenção de rotina? — repete ele.

— Não foi?

— Digamos assim: se eu fizesse uma tese sobre os hábitos de polinização das abelhas, acho que ninguém me veria como ameaça suficiente a ponto de ser mandado para o Canadá.

— Ah.

— Mas isso é irrelevante, agora. Pelo menos eu saí e posso ser de alguma ajuda assim que pegar meus artigos. — Ele se vira para ela e lhe dá um beijo. — Obrigado por mantê-los em segurança, Jo-jo.

O cômodo está mal iluminado, num tom rosado da luz da manhã, e repleto de sombras tremeluzentes. Leo está aninhado ao pescoço dela. Se aquilo fosse um filme, agora haveria música, cigarros e uma diminuição na luz. Nada disso acontece, mas há alguma coisa exuberante nesse momento, uma sensação de pausa no tempo, como um sopro de vento numa folha pouco antes de se soltar e flutuar para o chão.

Joan se mexe, permitindo que o braço dele a envolva e que a mão pouse levemente em sua lombar.

— Está bem — sussurra ela. — Vou ligar para Lally do trabalho, mas não vou mencionar você. Nos encontramos no restaurante às sete.

— Você não pode me contar nem o básico? Só quero saber o que você está fazendo.

O restaurante é decorado com fileiras de cabines forradas de madeira escura e toalhas de mesa vermelhas, e há um burburinho baixo de conversas. Um longo bar no centro do salão, decorado com taças penduradas pela base acima de garrafas reluzentes de bebida, permite que a conversa dos dois fique protegida da visão geral. Leo está segurando a mão dela por cima da mesa, e Joan sorri ao pensar que qualquer pessoa olhando em sua direção pode pensar que eles formam um belo casal, que parecem tão próximos e atenciosos um com o outro.

Joan balança a cabeça. É a mesma conversa que teve com William, repetidas vezes, e sua resposta é sempre a mesma.

— Não vou lhe contar nada. São as regras.

— Mas por que precisa ser segredo? Achei que a transparência era o orgulho e a alegria do Ocidente.

— Estamos em guerra, caso você não tenha percebido.

— E eu estou do seu lado, caso *você* não tenha percebido. Até Winston Churchill disse isso. — Se Leo está desconcertado com sua recusa em lhe contar tudo, não demonstra. Ele pega o cardápio e estuda a lista de vinhos, em grande parte riscada porque os rótulos estão fora de estoque, e seu reabastecimento é impossível. — Tinto? — pergunta ele.

Joan olha para o cardápio. Não há preços, mas ela sabe que vai ser caro.

— Você pode pagar?

— Ocasião especial. — Ele não olha para ela ao dizer isso, mas se vira para trás, levantando a mão para chamar o garçom.

Ele pede um clarete, e os dois esperam enquanto as duas taças são colocadas de maneira solene diante deles sobre a mesa, e o vinho é aberto e servido primeiro na taça de Leo, que a gira, então cheira a bebida e a aprova, e depois na de Joan.

— Então — começa Leo quando o garçom se afasta. — Acho que chegou a hora de eu confessar algumas coisas. — Ele pega o guardanapo e o sacode, abrindo-o no colo. — Para começar, já contei que deixei o Partido, não foi?

— William me contou. Não você.

Leo assente.

— Bem, não importa quem foi. Não é bem verdade em nenhum caso. Me pediram que saísse.

— Como eles puderam fazer isso? Você foi preso por causa deles...

— Não. — A expressão de Leo é austera. — Não fui preso por causa deles. Foi pelas minhas crenças. E também não fui expulso. Sugeriram que eu renunciasse temporariamente à minha afiliação.

— Quem sugeriu?

Ele não levanta o olhar. O garçom reaparece com um prato de pão branco macio, e há uma pausa enquanto o coloca na mesa. Leo pede carne de cervo e purê para os dois.

— Mas eu ainda não decidi o que quero.

Ele faz um gesto de desdém com a mão.

— Você vai gostar. É o melhor prato do cardápio.

— Na sua opinião.

— É.

O garçom se afasta. Leo continua de onde parou.

— Fui instruído pelo Comintern. Posso ser mais útil, entende, se não estiver oficialmente associado a eles. Posso continuar trabalhando na minha tese na Universidade de Montreal e não ser visto como um risco à segurança. — Ele olha para ela. — Alguma pergunta?

Sim, ela tem uma pergunta evidente, mas não sabe como fazê-la porque ele acabou de revelar a informação tão casualmente que ela sente que vai parecer tola se questionar exatamente o que ele quer dizer com ser "útil". Mas tampouco tem certeza se quer saber a resposta a essa pergunta, então começa com uma mais fácil.

— Você pediu a William que me levasse ao cinema?

Leo pega um pedaço de pão e o coloca no prato.

— Pedi.

— Mas você sabe que eu não gosto dele.

— Eu queria ter certeza de que você estava no lugar certo. — Leo sorri. — Ele disse que você é impermeável.

— Sou mesmo — concorda Joan, embora a percepção de que essa é a fonte do interesse de William a faça hesitar, lembrando que havia confundido a atenção dele com outra coisa. — Isso me lembra algo. Teve uma coisa que William disse que eu devia perguntar a você. Sobre ele.

— É?

— Eu disse que não queria que ele tivesse uma ideia errada sobre nossas idas ao cinema... — Ela para, envergonhada pelo sorriso que se abre lentamente no rosto de Leo. — O quê? Foi exatamente assim que ele reagiu.

— Ah, Jo-jo, como você consegue continuar sendo tão inocente? — Leo se inclina em direção a ela e sussurra por cima da mesa. — William não se interessa por garotas.

Joan olha perplexa para ele.

— O que você quer dizer? Ele é...? — Ela para. Não sabe como dizer isso. Descrevê-lo como homossexual parece ser mais uma condição que uma descrição adequada. Tem uma lembrança súbita de ver Rupert com a mão apoiada no braço de William em uma das reuniões, não apenas por um instante, mas durante uma reunião inteira. — Rupert também?

— Ah, minha doce camarada. Dê-lhe tempo suficiente que ela vai entender.

Joan desvia o olhar, irritada pelo tom condescendente.

— Eu só não tinha pensado nisso. — Ela analisa o assunto por um instante antes de arquivá-lo no fundo da mente. — De qualquer maneira, você estava dizendo que queria ter certeza de que eu estava no lugar certo. No lugar certo para o quê?

— Essa é a segunda coisa. Preciso da sua ajuda. É por isso que estou aqui.

Joan olha para ele. Sente o rosto ficar quente e depois esfriar.

— Achei que você estivesse aqui...

— Sim, sim, eu sei — interrompe ele. — Para pegar os meus artigos. Será possível que ele não perceba quanto suas palavras a magoam? O corpo todo de Joan formiga com as ferroadas.

— Na verdade, achei que você tivesse voltado porque queria me ver — sussurra ela. — Afinal, eu poderia ter mandado seus artigos pelo correio.

— Bem, essa é a terceira coisa. — Sua expressão muda quando ele diz isso, um toque de afeto cintilando na superfície e, depois, simplesmente desaparecendo com a mesma rapidez. — Como pude ficar tanto tempo sem ver minha pequena camarada?

Joan sorri, mas de repente não está convencida. Sua mente se distancia, consciente de um certo desconforto se insinuando na conversa.

— Então você vai me ajudar? — Ele a encara com uma expressão séria. — Precisamos de desenhos, documentos, pesquisas.

Ela semicerra os olhos.

— Como você soube?

— Soube o quê?

— Sobre o... — ela olha ao redor e cobre a boca com a mão antes de continuar — ... sobre o projeto?

— Não importa. A questão é que Churchill prometeu, na Câmara dos Comuns, que todos os avanços tecnológicos seriam compartilhados entre a Grã-Bretanha e a União Soviética. Ele não está mantendo essa promessa. — Leo se recosta. — Isso não diz respeito a você. Seus sentimentos são irrelevantes. Isso diz respeito a salvar a Revolução. Salvar o mundo. Compartilhar com a Rússia o que você sabe sobre o projeto é a única maneira de garantir que teremos uma chance. Simples assim.

Joan o encara. Claro que ele não está pedindo o que ela acha que está. Não pode ser.

— Você quer que eu desvie as pesquisas? Quer que eu roube?

— Roubar não — rebate ele numa voz suave, como se pudesse ouvir o que ela está pensando. — Reproduzir. Compartilhar.

Joan não se mexe. Não consegue acreditar que Leo esteja pedindo a ela que faça isso. Passa pela sua cabeça que esse é o motivo de ele ter escrito esse tempo todo, porque tinha planos para ela. Porque acha que consegue persuadi-la a fazer tudo que ele exigir.

Ela afasta esse pensamento. Claro que não, pensa. Ninguém pode ser tão cínico, planejar com tanta antecedência.

A mão dele está apoiada sobre a dela, em cima da mesa, a voz baixa e urgente.

— Você não entende, Jo-jo? Essa é a sua chance de *fazer* alguma coisa pelo mundo, de fazer a diferença.

— Eu não sabia que você era tão... — Ela hesita. Ia dizer que não sabia que ele era tão comprometido com a causa a ponto de fazer algo assim, mas percebe, quando está prestes a falar, que, se não sabia, era pela própria estupidez. Ele sempre foi bem franco em relação a quanto a causa significa para ele, então por que ela está surpresa ao confirmar isso? Será que nunca acreditou de verdade que ele falava sério? Joan percebe que ele ainda está esperando uma resposta. — Não, Leo — sussurra ela. — Não vou fazer isso.

A expressão dele é de paciência forçada.

— Já tivemos essa conversa, Jo-jo. Ser fiel a um país é uma falsa lealdade. Não significa nada. Você sabe disso. Divisões verticais entre países só existem na imaginação. São as divisões horizontais que importam. E, como membros do proletariado internacional, devemos defender e ajudar o estado soviético de todas as maneiras possíveis.

Joan balança a cabeça enquanto ele fala. Sabe que faz parte do charme dele, essa capacidade de persuadir as pessoas a ponto de elas quererem pensar como ele, ver o mundo exatamente como ele o vê.

— Não — repete ela. — Não estou num dos seus comícios, neste momento. Não é culpa minha se minhas mãos não são calejadas por anos nas minas de carvão soviéticas. Não escolhi nascer em St. Albans, mas não vejo por que a minha lealdade deve ser menos legítima do que a sua.

— Não se trata de onde você nasceu. Não há mais lados, uma vez que essa coisa exista. Esse não é o tipo de arma que apenas um *lado* deve ter. Uma nação inteira pode ser destruída num único ataque. Isso é desumano.

Sua persistência é impressionante. Claro que ele devia saber que ela não faria isso. Ela é sincera demais, fiel demais. Se ele não sabe nem isso sobre ela, como pode conhecê-la? Joan o encara.

— Deve haver um motivo para Churchill não estar compartilhando isso com Stalin. Talvez até esteja, pelo que sabemos.

Essa é a coisa errada a dizer. Ela percebe isso enquanto fala, e vê a expressão de Leo endurecer, mas, pela primeira vez, não se importa.

— Você não entende? Churchill *quer* os alemães em Moscou. Trinta mil russos morrem na Frente Ocidental toda semana, e essa é a única coisa que impede Hitler de chegar a Downing Street.

Joan abaixa o olhar.

— Sinto muito, Leo. Não vou fazer isso.

Ele balança a cabeça.

— Eu esperava mais de você, Jo-jo. Pensei que você, entre todas as pessoas, seria capaz de ver que a lealdade é mais do que ser fiel a um lugar ou estado arbitrário.

Joan sente o peito inchar e os olhos arderem, mas não se mexe.

— Stalin não pensou assim quando assinou o pacto.

Leo se inclina para a frente, as mãos pressionadas sobre a mesa, e sua expressão de repente se torna firme e indecifrável. Ela sabe que acertou o alvo.

— Aquilo foi tático.

— Se é o que você diz...

— E é.

Há uma pausa.

— De qualquer maneira — diz ela —, achei que os soviéticos estavam desenvolvendo suas próprias armas.

— Sim. Mas está demorando demais. Estão começando em desvantagem. — Ele suspira e estende a mão mais uma vez por cima da mesa. — Por favor, Jo-jo. Você não vê? Você está na posição excepcional de mudar a história do mundo.

Joan cruza os braços.

— Por que você sempre tem que ser tão dramático? Você é pior que a Sonya.

— Porque é verdade.

— Bem, eu não vou fazer isso. Você não devia ter pedido. Eu gostaria que não tivesse feito isso.

Leo suspira. Percebe que o assunto está encerrado, pelo menos por enquanto. O garçom traz o jantar, e eles comem em silêncio. A carne está macia e num ponto perfeito, o purê, cremoso e leve.

— Bom, não é? — pergunta ele, a voz monótona, numa tentativa desanimada de mudar de assunto.

— É razoável. — Joan não vai lhe dar a satisfação de pensar que está gostando. O sabor é amargo, metálico, e, de repente, ela sabe que acabou. Esse é o fim, nesse instante. Ela engole uma garfada de comida, sentindo um nó na garganta. Seu peito se comprime, aflito. — Não estou com muita fome — completa, numa voz que pretendia que fosse forte e despreocupada.

Leo olha para Joan, estende o próprio garfo e pega metade da carne de cervo do prato dela. A boca de Joan se abre, mas Leo não hesita.

— Não posso deixar que vá para o lixo.

O garçom volta para encher as taças de vinho, servindo o voluptuoso turbilhão vermelho-sangue em silêncio. Quando ele sai, Leo levanta a taça e pigarreia de um jeito conciliador.

— Um brinde, de qualquer maneira.

Joan balança a cabeça. Como ele pode pedir algo assim e, depois, quando ela se recusa, simplesmente seguir em frente como se fosse um pedido perfeitamente razoável? Como se nada tivesse acontecido. Por que ele nem pede desculpas quando percebe quanto a perturbou?

Ela quer se levantar, girar nos calcanhares e bater a porta do restaurante ao sair, tão forte que a janela rache e se estilhace. Quer fazer uma cena. Quer que ele corra atrás dela, pegando-a nos braços e beijando-a sob a luz do sol, como se ela fosse uma princesa num conto de fadas, e declare que a ama e que sempre a amou. Quer obrigá-lo a dizer as palavras.

O silêncio entre os dois é latejante e doloroso. Joan levanta os olhos para encontrar os dele e, nesse momento, percebe que é inútil. Sempre foi. Por mais de um ano ela esperou por Leo, sonhou com ele, escreveu para ele, e, durante todo esse tempo, ele nunca disse que a amava porque — o motivo de repente é gritante e ofuscante de tão óbvio — ele não a ama. Ou não ama o suficiente. Não do jeito que ela quer. Ele não está interessado no amor. Emoção sem intelecto, foi o que ele disse uma vez. Por que ela não entendeu naquela época? Como pode ter sido tão cega? Agora percebe que ele nunca vai pegá-la nos braços e beijá-la como um príncipe num conto de fadas, porque esse não é o tipo de conto de fadas de Leo. Seus contos de fadas são campos dourados, cheios de rendimento biológico e estatísticas.

Joan levanta sua taça, entorpecida. De repente, é atingida pela consciência de que ele não veio vê-la porque a ama, mas para convencê-la a fazer isso por A Luta. Porque Leo pensa, porque todos eles pensam, que ela vai fazer qualquer coisa que ele pedir.

— Ao futuro — diz Leo.

Joan balança a cabeça. Seu peito dói enquanto ela leva a taça até a dele. Não sabia que podia doer tanto.

— Não vou mudar de ideia.

— Ah, por favor, Jo-jo.

Ela quer apoiar o rosto nas mãos e chorar. Joan balança a cabeça. Não vai chorar. Ainda não. Vai chorar mais tarde — vai se deitar na cama, se encolher e seu corpo vai tremer com a força de seu desespero —, mas não vai chorar na frente dele.

— Ao passado — murmura ela.

— Ah, não — nega ele, e Joan registra o conhecido reluzir de suas lentes quando ele sorri para ela. — Há uma diferença entre nós. Eu não sinto que este é o fim. Você vai mudar de ideia. Eu sei que vai.

— Não, Leo. — Joan está inflexível. — Eu não vou fazer isso. Você não devia ter pedido.

Ela levanta a taça até a dele, e os dois bebem, em silêncio, os olhos grudados um no outro. E uma gota de vinho tinto cai em seu vestido.

Terça-feira, 19h32

No banheiro de sua casa, longe do interrogatório e sozinha apenas por um breve instante, Joan abre a torneira fria. O choque da água gelada na pele a faz tremer. É quase como ser tocada, e a sensação desperta uma antiga ânsia, à qual ela acabou se acostumando nos últimos tempos. Até o marido morrer, não percebia quanto era importante tocar e ser tocada, mas agora sente falta do conforto físico dos braços dele, do cheiro da pele, do hábito que ele tinha de bater a colher na tigela entre as colheradas de cereais. Pensa no corpo dele, entubado, deitado no leito do hospital na véspera de sua morte, estendendo a mão para ela e sorrindo, dizendo que estaria perfeitamente bem no dia seguinte.

Não deveria ter sido tão chocante quanto foi. Ela sabia que ele estava doente. Só não achava que iria tão cedo. Não esperava ser deixada tão abruptamente, ficar à deriva sem ninguém para conversar, ninguém que entendesse o que ela *queria dizer* sobre alguma coisa.

Ela se lembra de repente de que é terça-feira e que normalmente teria passado a tarde na aula de aquarela no salão da igreja, dando os retoques finais em seu cenário de neve, em preparação para a exposição que sua turma está planejando para o fim do mês. Joan gosta dos colegas de turma, as rugas no rosto deles refletem as dela. É um consolo saber que todos estão no mesmo barco, nesse negócio de ser velho, cúmplices no acordo tácito de tirarem o máximo do que lhes resta e não serem muito mórbidos em relação a isso.

A exposição vai se chamar "Neve: um estudo de branco sobre branco", um título que eles acharam bem divertido na época, mas agora ela considera um pouco pretensioso. O que eles diriam se soubessem? Joan sente um tremor subindo pela coluna quando os imagina lendo sobre ela no jornal noturno de sexta-feira, o medo se transformando em pavor ao imaginar como eles reagirão se um dia a virem de novo. Ela não podia voltar. Não seria justo. Joan pensa em seu cenário de neve inacabado, descartado num canto do salão enquanto os outros estão emoldurados para a exposição, e depois sendo jogado fora quando fica claro que ela não vai voltar.

Mas, por outro lado, o terceiro dia de interrogatório está quase no fim, e ainda não conseguiram nada para usar contra ela. Talvez...?

Não. Ela não pode se permitir ter esperança. Eles devem saber mais do que estão divulgando, senão por que William teria feito o que fez? Eles estão segurando as informações para que a confissão dela não seja forçada, lhe dando espaço para comprometer William também.

Joan olha de relance para a prateleira sobre a pia e observa a pilha de comprimidos para pressão arterial, tireoide e vitaminas, que ela mantém à vista para não se esquecer de tomar. Os acessórios do declínio controlado. Aspirina, suplementos de cálcio, zinco. Ela tomou algum desde que tudo começou? Não consegue se lembrar. Os dias estão passando e se transformando um no outro e em tantos dias há muito esquecidos. Ela pega os comprimidos para tireoide, separa um e, ao mesmo tempo, percebe um pequeno frasco escuro com soníferos no fundo da prateleira — parece cheio, quando ela o sacode —, e seu coração estremece. Rapidamente recoloca a caixa de comprimidos de tireoide na frente do frasco de soníferos. Sabe que não pode pensar assim.

O batom e o rímel permanecem intocados ao lado da escova de dentes, e, por um instante, Joan se permite uma distração, pensando que deve se lembrar de onde estão quando for se arrumar para a declaração à imprensa, na sexta-feira. *Sempre passe ruge, sempre um tom escuro, sempre dê tapinhas,* Sonya costumava dizer. *Nenhuma situação jamais piorou por que alguém se embelezou.* Era isso que Sonya faria se estivesse nessa situação no lugar de Joan? Será que ela se vestiria com peles, agitaria as mãos no ar e negaria tudo?

Só de pensar em Sonya, Joan se sente entorpecida de repente. Ela se pergunta, como faz com frequência, se a amiga conseguiu voltar para a Rússia como havia planejado. E, se conseguiu, será que foi feliz lá? Será que ainda está viva? Joan fecha a torneira e analisa seu reflexo no espelho, os olhos azul-gelo na pele pálida. Que coisa horrível envelhecer. Não tem certeza se recomendaria isso a alguém; sobreviver a todos com quem se importava, o marido, a irmã, os amigos; vê-los todos desaparecendo um a um, um desfecho lento da vida e dos risos.

Exceto Nick, claro, e sua família.

Ela já vivenciara a solidão, mas não desse jeito. Nunca o isolamento. Ela se lembra daqueles longos dias depois que Leo voltou para o Canadá, quando ficava deitada na cama, chorando, se permitindo soluçar como nunca fez antes, e nunca faria depois. Tinha esperança de que ele voltasse para vê-la outra vez, depois daquela discussão, e implorasse pelo seu perdão, mas ele não o fez. O dia de sua partida para o Canadá chegou e se foi sem nenhuma comunicação por parte dele, e Joan passou a semana seguinte se sentindo doente e desesperada e mortalmente fria.

A guerra tinha continuado a se arrastar do seu jeito sombrio e aterrorizante; anos agitados e irrequietos de noites insones e longas horas no laboratório, pontuados por bailes, bingos e toques de recolher. Ela não escreveu para Leo, e ele não escreveu para ela, e as cartas de Sonya também diminuíram mais ou menos na mesma época, embora Joan tivesse continuado a escrever para a amiga durante um tempo antes de decidir que não fazia sentido. Ficou claro que Sonya havia sido informada da separação de Joan e Leo e escolhera um lado, e Joan ficou surpresa de ver a facilidade das revelações.

Com o tempo, no entanto, ela começou a sentir que talvez não estivesse morrendo. Foi um alívio não ter notícias dos dois, porque isso significava que não precisava pensar neles com tanta frequência. Começou a prestar mais atenção ao trabalho, e até a fazer planos para voltar à academia depois da guerra, talvez como pesquisadora em Cambridge ou mesmo como professora. A decisão de Sonya de cortá-la não a angustiava mais como antes, já que Joan acabou aceitando o que sempre soube, desde o início do relacionamento com Leo: se um dia fosse necessário fazer uma simples escolha, ela seria a pessoa descartada. Era de se esperar. Afinal, os dois eram parentes.

Esse até poderia ser o fim de tudo se Sonya não tivesse voltado, aparecendo no fim da primavera de 1944 com Jamie, o jovem sobre o qual Joan havia lido nas primeiras cartas (*Ele é tão limpo, Jo-jo! E tem um cabelo lindo!*), depois de se casar com ele em Genebra e tê-lo convencido a morar com ela numa fazenda em Ely. Quando Joan e ele se conheceram, Sonya a apresentou como sua melhor amiga, surpreendendo-a, porque, embora um dia pudesse ter sido assim, aquilo não era mais verdade. No entanto, havia alguma coisa no tom de voz de Sonya que Joan reconheceu como um tipo de apelo, para apoiá-la, não ficar zangada por tê-la ignorado por tanto tempo e por escolher Leo, então Joan simplesmente riu, assentiu e apertou o braço da amiga. Depois disso, a mentira pareceu criar forma, e a antiga amizade foi recuperada como se Sonya nunca tivesse se afastado, ainda que Joan fosse mais cautelosa dessa vez, consciente de que poderia ser descartada com facilidade.

Quando Sonya foi a Cambridge para pegar seus pertences no antigo quarto no Newnham, foi Joan quem a ajudou a empacotar tudo. Elas conseguiram encaixar a maioria das coisas num único baú, e um dos porteiros ajudou a arrastá-lo para o carro de Jamie. Era um dia quente e ensolarado, um dos últimos dias de sol do ano, e, quando pensa nisso, Joan se lembra de que a única coisa que o arruinou foi a súbita lembrança da camisa que encontrara no armário depois que Sonya partiu. A camisa de Leo. Ela sabe que, se não tivesse acompanhado Sonya até o quarto para ajudá-la a empacotar suas coisas, talvez nunca tocasse no assunto, e, mesmo agora, ela se encolhe ao pensar em como o abordou. Não conseguiu evitar. Como aquilo deve ter parecido suspeito. Indelicado.

Aconteceu quando elas estavam prestes a sair. Joan tinha ido até o armário e puxado a camisa descartada da prateleira com um floreio acusador. Não tinha mais nenhum traço de Leo, mas exalava um odor embolorado.

— De quem é isso? — perguntou, segurando a camisa contra a luz, a outra mão no quadril.

Sonya olhou de relance para a camisa e deu de ombros, voltando-se para o baú que estava esvaziando, numa tentativa de arrumar as coisas de novo de um jeito mais eficiente. Seu rosto permaneceu totalmente impassível, como se Joan estivesse lhe mostrando um pano de prato rasgado.

— Não sei.

— Você não acha que parece do Leo?

— Parece uma camisa. E você parece a Srta. Strachey, quando fica assim.

— Mas Leo usava camisas como esta — insistiu Joan, ignorando o comentário.

Mesmo agora, depois de tantos anos, não conseguiria explicar exatamente o que achou que Sonya diria. Afinal, era só uma camisa. Só que ela tivera tanta certeza quando sentiu o cheiro pela primeira vez, tanta segurança, que não conseguia afastar da mente a ideia de que havia alguma coisa estranha naquilo que ela não conseguia identificar. Pensando bem, por que Sonya não fez piada sobre uma camisa masculina ser encontrada em seu armário, como normalmente teria feito, ou aproveitado a oportunidade para se lembrar do jovem ao qual pertencia?

— Mas você não está curiosa? Por que uma camisa como a de Leo...

— Ah, por favor, Jo-jo. Por que você está tão esquisita? — Seu rosto se abriu num sorriso. — Não venho a este quarto há anos. Como posso me lembrar de quem é?

— Mas você ia deixá-la aqui.

— Não posso levar camisas de outros homens para o meu lar de casada. Meu marido ia querer uma explicação. — Ela ergueu as sobrancelhas, olhando para Joan, e seu rosto se abriu numa risada súbita e radiante, tão familiar que Joan começou a rir também, e acabou enfiando a camisa de volta no armário e seguindo Sonya até o carro, sem saber por que insistira tanto na necessidade de uma explicação. Elas dirigiram até a cidade, e o restante do dia se passou numa névoa exuberante de sol, longas caminhadas e chá gelado com fatias de limão.

— Como nos velhos tempos — declarou Sonya antes de ir embora, apertando o braço de Joan e beijando-a abruptamente na bochecha.

Nenhuma das duas mencionou a camisa outra vez e, depois de um tempo, Joan se convenceu de que estava errada. Não gostava de pensar nisso, não só porque tinha vergonha de como havia agido mas também porque era desconfortável se lembrar daquelas suspeitas antigas. Mais uma vez, era com Sonya que ela bebia chocolate nas raras noites em que não estava trabalhando no laboratório, era com Sonya que pegava roupas emprestadas para ir ao cinema com jovens incompatíveis e sérios, era Sonya que dava um jeito em seu cabelo quando ela o descoloria por muito tempo e ele ficava verde em vez de louro, Sonya que era sua melhor e mais querida amiga. E, quando Joan descobriu que seria mandada para a Universidade de Montreal numa viagem para uma pesquisa naquele verão, Sonya foi a primeira a saber.

A viagem para o Canadá era, de acordo com Max, uma oportunidade para a instalação de pesquisa britânica combinar seus resultados com o laboratório de Montreal, e para as duas seções trabalharem numa estratégia de colaboração futura. Não devia ser comentada com absolutamente ninguém. Joan não precisava que lhe dissessem isso. Já sabia. Sabia em quais aspectos específicos do projeto os canadenses estavam trabalhando, e sabia como essa viagem podia ser importante para o projeto. Também sabia que havia perigos em atravessar o Atlântico nessa fase da guerra, e que Max deixara instruções de como seu trabalho deveria ser retomado se eles não conseguissem voltar, mas ela não se deixou intimidar pelo perigo. Muitas pessoas estavam enfrentando ameaças bem maiores que essa. Afinal, era uma época sem precedentes. Além disso, ainda acreditava, assim como o restante dos funcionários do laboratório, que eles estavam trabalhando contra a Alemanha, que seu projeto agiria como uma força dissuasora, que era algo seguro e inteligente e pelo qual valia o risco de atravessar o Atlântico. Então, é claro que não contaria a absolutamente ninguém. Por que Max sequer pensou que precisava lhe dizer isso?

Quando Joan mencionou a viagem, Sonya expirou fumaça pelo nariz e inclinou a cabeça, lançando-lhe um olhar travesso.

— Você vai ver Leo quando estiver lá?

— Não — respondeu Joan, tentando parecer chocada com a ideia, como se isso nem tivesse passado por sua cabeça.

— Sério? — Sonya desviou o olhar, um leve sorriso brincando nos lábios.

— Como está a tese dele, afinal?

Sonya olhou de esguelha para Joan.

— Por que você estaria interessada nisso?

Joan deu de ombros.

— Ouvi falar tanto dela. E era importante, não era?

— Bem, depende de para quem você pergunta. Se perguntar a Leo, teria a impressão de que ele inventou a cura do câncer.

— Quer dizer que ele terminou?

Sonya assentiu, embora seus olhos revelassem certo grau de irritação.

— Ele está aconselhando os governos americano e canadense na questão do auxílio à Rússia.

— Mas isso é maravilhoso! Era o que ele queria.

Sonya inspirou profundamente a fumaça e balançou a cabeça.

— Existe uma coisa chamada orgulho, Jo-jo. O Império Soviético não precisa da ajuda dos americanos. — Ela fez uma pausa. — Leo acha que eles vão ficar agradecidos, mas... — Sonya hesitou, desistindo de dizer o que estava prestes a falar. — De qualquer maneira, só você e Max vão nessa viagem?

— Aham.

Sonya abriu um sorriso lento e amplo.

— Qual é a graça?

— Bem, você sabe como pode irritar Leo de verdade... — disse Sonya, fazendo um sinal com a cabeça para Joan daquele jeito perceptivo e levemente condescendente do qual ela se lembrava das reuniões tarde da noite na universidade — ... se quiser.

— Não quero.

Sonya pegou o batom e o passou levemente na parte carnuda do lábio inferior, depois juntou os lábios, de modo que, quando sorriu de novo, a boca toda tinha ficado vermelho-vivo.

— Nada mais justo.

Joan suspirou.

— Está bem. Como?

— Ah, por favor, Jo-jo, é óbvio. Você tem que dormir com Max.

— Mas ele é casado.

— Ah, sim, minha querida, mas, se não fizer isso, você vai aparecer e ver Leo...

— Não vou vê-lo.

Sonya balançou a cabeça.

— É inevitável. Leo não vai conseguir resistir a encontrá-la quando descobrir que você vai à universidade dele, e simplesmente vai enrolar você de novo. O único jeito de isso não acontecer é dormir com outra pessoa antes. De preferência, com alguém como Max.

— Como você sabe como Max é?

Sonya baixou o cigarro.

— Porque, se ele fosse feio, você já teria me contado. — Ela fez uma pausa, avaliando essa teoria. — Além do mais, você deve sentir falta. Não?

— Falta do quê?

— Você sabe. — Sonya a encarou. — Sexo.

Joan se lembra de ter ficado chocada com essa pergunta. Era uma das qualidades que admirava na amiga: o fato de dizer coisas que ninguém mais tinha coragem de falar. Seu talento natural.

— Às vezes — sussurrou ela, e percebeu, ao falar, que era verdade e que não teria dito isso a mais ninguém no mundo, exceto Sonya. — Mas não é pessoal. Só sinto falta da sensação, do... — Ela hesitou, em dúvida quanto à palavra. — Do conforto.

Sonya sorriu ao ouvir a confissão.

— Então pronto. Além disso, o que mais você vai fazer todos esses dias presa num navio rumo ao Canadá? Acho bom considerar a opção.

— Bem, pensei em ser convencional e levar um livro ou dois.

Sonya baixou os olhos e encarou Joan através dos cílios, como tinha ensinado a amiga a fazer.

— Ah, Jo-jo. Será que um dia eu consigo acabar com essa sua peculiaridade? Enfim, faça o que quiser. Eu sei o que eu gostaria de fazer.

Há uma batida na porta do banheiro.

— Hora de recomeçar. — A voz do Sr. Adams é abrupta e impaciente.

Joan se assusta com a interrupção e percebe que está chorando. Está parada diante do espelho do banheiro, as mãos entorpecidas pela água fria e as lágrimas acumuladas nos olhos. Fica feliz porque o Sr. Adams não pode vê-la. Não seria bom que vissem como ela desaba com facilidade sob a pressão do interrogatório. Não deve deixar que saibam como é cansativo se lembrar de tudo em detalhes tão nítidos. Precisa ser mais forte do que isso, se não por si mesma, pelo menos por Nick.

Ela pega uma toalha e seca as mãos. O cabelo está ralo e branco, e a pele parece delicada sob a luz fraca. Já faz tempo, pensa ela, desde que foi *abraçada* por alguém. E, sim, ela sente falta, mas com quem pode falar sobre isso agora?

Joan se pergunta mais uma vez sobre Sonya, se ainda está viva, se pensa nela, se está sozinha num banheiro em algum lugar, passando os dedos na superfície da pele, observando como ela descama e fica flácida, e se perguntando como foi que ficou tão velha.

O navio parte ao anoitecer. É grande e cinza e está decorado com bandeiras civis. Há um contingente de órfãos sendo mandados para Quebec, onde o navio atraca; as crianças, organizadas em fileiras duplas, seguem pelo longo convés de madeira até beliches distantes dos outros passageiros, agarradas a ursinhos de pelúcia e cobertores. As cabines de Joan e Max ficam no mesmo corredor, na segunda classe, mas não são adjacentes. O navio só deve partir dali a uma hora, mais ou menos, mas já parece lotado.

Max sobe ofegante até o alto da escada e anda de lado pelo convés em direção a Joan, as duas malas deles batendo na amurada de madeira.

— O que você colocou aqui dentro? — pergunta ele, sem parar, mas fazendo uma careta de falso desespero.

Joan sorri.

— Todas as minhas coisas quentes. E alguns livros.

— Só vamos ficar fora durante cinco semanas.

— Exatamente. Cinco semanas. E o Canadá é frio.

— Não em julho.

— É sempre frio nas montanhas. Já vi em cartões-postais.

Max revira os olhos e pega as malas de novo.

— Está bem, está bem. Vou levá-la até seu quarto. Vejo você no jantar?

— Não vai ficar para a grande despedida? — grita ela atrás dele.

Ele chega à porta que leva até as cabines e se vira, balançando a cabeça.

— Nunca gostei de despedidas.

Depois que ele se afasta, Joan continua no convés. A orla já parece intocável, efêmera, apesar de as cordas ainda estarem amarradas e de um pelotão de soldados estar esperando para embarcar, usando botas pretas e carregando bolsas de lona. As nuvens no horizonte brilham em azul-escuro, e a fraca luminosidade do sol as atravessa. Ela pensa em Leo partindo deste mesmo porto e sente um crescente mal-estar ao pensar em vê-lo de novo. Seus dedos estão frios, e seus lábios, secos no ar marítimo, e ela descobre, em meio a uma espiral de irritação, que Sonya está certa. Até mesmo a ideia de estar perto dele a deixa subitamente consciente da atividade frenética de seu coração, e ela sabe que não deve tentar vê-lo. Seria tudo igual a antes; ela teria de ser forte de novo, e a ideia a deixa pesada e cansada.

Joan se retira para a cabine e troca a roupa por um vestido leve de algodão. A luz na cabine é fraca e a deixa bonita enquanto prende o cabelo. Ela hesita por um instante, pensando se deve ou não se maquiar. Tem certeza de que não vai dormir com Max — por que faria alguma diferença se Sonya dormiria ou não? — e não quer que ele pense que ela é uma meretriz, aparecendo para jantar com batom e ruge. Ela calça os sapatos e, ao se virar para sair, tem um vislumbre do próprio reflexo no espelho. Inglesa insossa, Sonya poderia chamá-la assim se a visse descendo para jantar desse jeito. Ela hesita, depois volta à penteadeira. Talvez seja tolice pensar que Max sequer vai notar se ela está maquiada ou não. Que diabos, pensa. Ela vai usar batom se quiser. Vai jantar à mesa do capitão e beber vinho e ouvir uma música animada e se esquecer de tudo por um breve instante. Qual é o problema?

Max já está na sala de jantar quando Joan chega. Ele se levanta ao vê-la se aproximar, e puxa a cadeira para ela.

— Roubei um pãozinho para você.

— Que cavalheiresco da sua parte. — Ela se senta ao lado dele e coloca o guardanapo sobre os joelhos. Max está observando-a, sorrindo de um jeito estranho enquanto ela registra o fato de que eles nunca ficaram juntos desse jeito. — Então, você acha que veremos um urso no Canadá? — pergunta Joan, para quebrar o silêncio.

— Claro que não. Eles não andam pelas ruas. Não nas cidades. Teríamos que ir até as montanhas para ver um urso.

— Ah. Que decepção. Sempre quis ver um.

Max se recosta na cadeira, segurando a taça de champanhe, e sorri.

— Não tenho certeza se eles são fofinhos como você imagina. Ou também os viu em cartões-postais?

— Que cartões-postais? — Sua resposta é rápida demais.

— Os que você mencionou mais cedo, com as montanhas cobertas de neve.

— Ah, esses. — Ela expira devagar. — Não. Só alces.

A sala de jantar é opulenta, mas ao mesmo tempo passa a sensação de segurança. As mesas e cadeiras são aparafusadas no chão e decoradas com toalhas de mesa engomadas e porta-guardanapos de prata, e há uma pilha de coletes salva-vidas ao lado do palco refletido no candelabro de cristal acima deles. Uma mulher usando um vestido de festa brilhante passa por ela. Há marinheiros em uniformes azuis e brancos com faixas nos chapéus, um contrabaixo apoiado grandiosamente no suporte, instrumentos de percussão e um piano de madeira escura. Um grito vem da cozinha, e uma súbita espiral de fumaça se torna visível por trás das escotilhas das portas vaivém pretas.

De início, Joan e Max conversam principalmente sobre o trabalho; assuntos seguros e comuns. O foco da viagem é garantir a cooperação das organizações científicas de cada país, especificamente na área da separação eletromagnética, e também permitir que eles analisem a adequabilidade da usina e a possibilidade de transferir algumas operações do Reino Unido para o Canadá.

— É uma questão de espaço — informa Max, enquanto esperam o jantar ser servido. — O único lugar na Grã-Bretanha que seria grande o suficiente para abrigar todas as operações é Billingham, mas os alojamentos de lá são terríveis e, sinceramente, seria difícil encontrar um lugar menos adequado em termos geográficos.

— Onde fica Billingham?

— Teesside. É longe demais de outros locais de pesquisa para ser viável. E, mesmo se fosse adequado, eu não conseguiria convencer todo mundo que já está trabalhando no projeto a se mudar para lá.

— É mais perto que o Canadá.

Ele inclina a cabeça em concordância.

— É diferente.

Os dois continuam a conversa até o primeiro prato chegar: salmão defumado com endro, trazido do Canadá na viagem até a Grã-Bretanha e armazenado em gelo. Joan sorri quando o garçom se afasta deles, as pernas ainda desacostumadas ao balanço do mar. Ela não estava esperando esse nível de luxo.

— Já falei que minha irmã se chama Joan? — pergunta Max de repente. Ele se inclina para a frente e espreme um quarto de limão no salmão de Joan, depois faz o mesmo no dele. — E nunca conheci uma Joan da qual eu não gostasse.

Ela sorri, distraindo-se por um instante do prato de comida diante de si. Como a mente humana é estranha, pensa. Misteriosa e imprevisível, com seus pensamentos zumbindo como elétrons dentro de um átomo. Invisível para o olho humano.

— Eu queria me chamar Margery — comenta ela. — Achava mais glamoroso que Joan.

Max ri, e é uma risada surpreendentemente simpática, profunda e contagiante.

— Talvez você esteja certa. Mas eu gosto do mesmo jeito. Combina com você. — Ele olha diretamente nos olhos dela ao dizer isso, e Joan sente um formigamento no pescoço, pois tem uma sensação súbita de que nunca foi olhada desse jeito. É um sentimento bom, mas também intimidante, a sensação de ser totalmente transparente. Nem Leo jamais conseguiu isso. Ela era sempre mais cautelosa com ele, consciente demais da própria vulnerabilidade.

Depois do salmão vem um prato principal de bife feito na manteiga e perfeitamente macio. Eles bebem o champanhe: Max é rápido, Joan, devagar. Ela nunca bebeu champanhe e não pretende desperdiçar. Quer se lembrar do gosto: os sabores efervescendo na língua, explosões adocicadas de minúsculos flocos de neve cor-de-rosa.

Max bebe a taça toda, se recosta e estica os braços para o alto, depois se joga, relaxado, na cadeira.

— Ah, eu poderia me acostumar a isso.

Joan assente.

— Mas é uma pena tantos submarinos alemães. Se não fosse a possibilidade constante de ser afundado com violência, eu me sentiria num cruzeiro de luxo.

— Não, não, isso é melhor. Pelo menos estamos indo a algum lugar. Cruzeiros são horríveis. Estão cheios de pessoas que usam demais o verbo "navegar". *Você navega com frequência?* Esse tipo de coisa.

— Ah. — Joan sorri. — E você faz isso?

— Faço o quê?

— Navega com frequência.

— Não. Só naveguei na minha lua de mel. — Ele sorri. — Foi horrível.

Max não costuma falar da esposa, mas Joan sabe por Karen, zeladora da mesa telefônica, que as relações entre eles são, na melhor das hipóteses, civilizadas. Quando ele a cita, nunca é pelo nome, só pelo título. Joan sabe que ela se chama Flora, mas somente porque Karen lhe disse. Com Max, é sempre "minha esposa". Há alguma coisa distante nisso, mesmo agora, quando ele se vira para ver três rapazes de terno escuro e finas gravatas-borboletas subirem ao palco. Ouve-se uma batida quando o contrabaixo é movimentado, uma rápida alegoria com um pincel no tarol, um tinido das teclas do piano. O baixista puxa uma corda e ajusta a afinação. Uma contagem regressiva precede uma explosão de jazz no piano, no contrabaixo e na percussão.

Max se vira de novo para Joan, mas agora precisa gritar para ser ouvido.

— Escolha dela. Eu queria ir à Cornualha.

O café é servido em grandes bules de prata, e, quando a banda começa a tocar melodias mais delicadas, eles continuam sentados à mesa e conversam — não sobre trabalho e ciências, mas sobre a infância, a família; iniciam uma discussão sobre o que seria melhor perder, um braço ou uma perna, caso tivessem a escolha. Joan escuta Max descrever a visita a uma fazenda quando era criança, e como sua irmã tentou enfileirar um rebanho de cabras para poder alimentá-las uma por uma com os biscoitos quebrados de uma sacola. Ouve Max contar como elas se apinharam ao redor da menina, balindo e se chocando, mas que ela continuou determinada a colocá-las em fila, mesmo quando estava em perigo mortal de ser pisoteada, e só foi salva por um transeunte que gentilmente se meteu na confusão de cabras e a pegou no colo.

— Ela é diretora de uma escola para meninas agora — revela ele. — Combina com ela.

Max conta que foi mandado para o internato aos 7 anos, que nasceu em Dundee, apesar de não ser traído pelo sotaque, que sua família era parente de um conde de algum lugar do qual Joan jamais ouvira falar e não gostaria de precisar soletrar, mas que houve alguns deserdamentos pelo caminho, então agora não havia nenhuma herança realmente importante. Há um padrão xadrez escocês da família e uma cabana de caça nas terras baixas escocesas.

Não, pensa Joan. Nada importante.

Max sorri, como se conseguisse ler sua mente.

— É fria e sombria — diz a ela. — Você não ia gostar. Acredite em mim.

Joan olha por cima do ombro de Max para a pequena escotilha atrás dele, por onde pode ver a luz da lua se espalhar pela água, dividida em centenas de minúsculos fragmentos. Ela imagina uma sala de estar com painéis de madeira, pinturas de lagos e montanhas nas paredes, e vasos antigos com raminhos de lavanda no aparador. Imagina uma lareira, taças de cristal, um tapete com padrão xadrez escocês. Max pega um cigarro no bolso e o equilibra levemente entre os lábios.

Joan percebe que está pensando naqueles lábios.

Eu não teria tanta certeza disso, pensa, depois desvia o olhar, na esperança de que ele não tenha visto o lampejo de pensamento atravessar seu rosto.

A viagem passa mais rápido do que Joan tinha previsto, e sua esfarrapada cópia de biblioteca de *A estranha passageira* permanece fechada ao longo dos seis dias no mar, embora ela a leve consigo toda manhã, na intenção de começar a leitura. Mas parece nunca haver uma chance. Ela e Max fazem palavras cruzadas juntos e caminham pelo convés, e, quando não estão fazendo nada disso, estão comendo. Às vezes eles se sentem enjoados ou apenas conversam. É um tipo estranho de cumplicidade, como se tivessem sido jogados juntos num passeio exótico sem realmente se conhecerem.

Ela consegue imaginar a expressão no rosto de Sonya se contasse que não tocou em nenhum dos livros que levou: intrigada no início, depois irritada quando descobre que os dois estavam fazendo palavras cruzadas.

Depois do jantar na última noite, a música é interrompida para o anúncio de terra à vista. Algumas mesas aplaudem, e há uma nova explosão de música, mas Max franze o cenho e se inclina para a frente, analisando a borra de café em espiral no fundo da xícara.

— Que pena — murmura ele, ainda sem levantar o olhar. — Eu estava começando a achar que isso poderia durar para sempre.

Eles ficam em silêncio. Ambos sabem que, assim que saírem do navio, as coisas vão voltar a ser como eram antes, e não haverá horas livres para quebra-cabeças, caminhadas e longos jantares. Joan toma um gole de vinho tinto. Bebeu mais que o normal e sente uma leve tontura subindo à cabeça. Ela olha para Max.

— Acho que sua esposa se incomodaria com isso.

Max dá de ombros.

— Acho que não. — Ele faz uma pausa. — Ela mora em Londres, e eu moro em Cambridge. Não nos vemos muito, nessas circunstâncias.

Joan soubera disso por Karen, mas decide fingir que não sabia. Não entende totalmente por que faz isso. É o instinto, supõe, que a faz baixar os olhos e dizer:

— Sinto muito por isso.

— Não sinta. Nós nos casamos muito jovens. Nossos pais queriam isso. Era o que esperavam de nós. Não tive coragem de contrariar o desejo deles. — Sua voz está insuportavelmente triste.

— Você a amava quando se casou?

Ele revira os olhos.

— Só uma mulher faria essa pergunta.

— Muitas mulheres já a fizeram?

Ele desvia o olhar.

— Não. Na verdade, não.

— Então? Você a amava?

— Eu tinha 18 anos. — Ele olha para Joan. — Sim. Não. Não sei. Acho que não.

— Ela amava você?

— Acho que ela pensava que eu era impetuoso ou alguma coisa assim. Eu podia ter dito a ela que não fui talhado para ímpetos por muito tempo. Ela queria que eu trabalhasse no mercado financeiro, como os maridos das amigas. Ou fosse oficial do Exército. Ela odeia essa coisa de cientista. Sente vergonha na frente das amigas. — Os dois ficam em silêncio, depois Max pergunta: — E você, se não se importa que eu pergunte? Acho difícil imaginar que não tenha um bando de pretendentes tentando se casar com você. Nenhum está à altura?

Joan suspira. Pensa em Leo, em seus olhos no restaurante, naquela última noite, firmes, reluzentes e indecifráveis. Ela afasta o pensamento para bem longe. Não vai pensar nele, não nesse momento.

— Houve um, certa vez. Eu o amava e acho que ele também me amava, apesar de nunca ter dito. Pensei que ia me casar com ele.

— E?

— Ele nunca me pediu em casamento.

Max pega a garrafa de vinho tinto — a segunda da noite — e serve o restante na taça dela e depois na dele, sem dizer nada.

— Bem, se serve de consolo, ele parece um idiota — comenta, apesar de não olhar para Joan ao falar. Então, um jovem de uniforme de marinheiro lhe dá um tapinha no ombro e diz alguma coisa. Max ri e se inclina em direção a Joan. — Esse rapaz gostaria de saber se dou permissão para você dançar com ele.

Joan olha para o marinheiro. Deve ter pelo menos cinco anos a menos que ela, a idade de Lally, talvez 19 ou 20 anos, com olhos azuis brilhantes e aparência de — como pode descrever? — limpeza extrema, como Sonya diria. Parece cintilar, como se tivesse sido passado a ferro e polido antes de ser mandado para o serviço. Ela sorri e olha para Max.

— E você vai permitir?

Ele cora levemente.

— A escolha não é minha. É sua.

Joan o encara e percebe, de repente, que ele está ansioso porque ela pode aceitar. Ela sente uma agitação súbita de desejo no peito e se pega pensando em como seria beijá-lo, beijá-lo de verdade, com seus braços ao redor dele e as mãos dele em seu cabelo. Joan respira fundo.

— Então diga a ele que não, que você não permite de jeito nenhum.

Max se vira para o marinheiro, que fica totalmente desconcertado pela resposta. Ele sorri para Joan antes de rumar para uma mesa seguinte, que parece ter um excedente de mulheres.

— Ele aceitou bem?

— Espero que se recupere. — Max faz uma pausa. — Claro que eu tive que inventar alguma coisa. Não podia rejeitá-lo diretamente.

Joan sorri.

— E o que você disse?

Max se aproxima um pouco, os olhos grudados nos dela, e, por um breve instante, Joan percebe que a batida de seu coração é quase dolorosa no peito.

— Falei que queria você para mim.

Ele estende a mão, e Joan a aceita. Ela se levanta e segue-o até a pista de dança, ambos balançando um pouco com a combinação de vinho e do movimento do navio. Os braços de Max são fortes e confortáveis quando ele a gira e roda, e, de repente, os dois estão dançando. Joan sente o corpo se movendo no ritmo do dele, cintilando sob as luzes fortes do palco e o brilho amarelado do horizonte. Os dedos dele roçam na seda do seu vestido, o vestido de Sonya, que ela guardou para a última noite da viagem porque é o melhor que tem. Joan se lembra de Leo certa vez dizer que combinava com seus olhos e, quando pensa nisso, percebe que essa foi a coisa mais romântica que ele lhe dissera. Por que ela aturou isso? Tantos anos e ele nunca disse que a amava, nem mesmo para deixá-la feliz.

A música muda para uma mais lenta, e eles param, sem fôlego, sorrindo um para o outro. Ela ajeita a mão no ombro de Max a fim de ficar mais perto dele, como por acidente. Será que consegue fazer isso? É errado? Será que vai se arrepender de manhã? De repente, percebe que tudo que precisa fazer, agora, é olhar para ele através dos cílios, como Sonya a ensinou, e tudo vai mudar entre os dois. Joan acha que sabe por que está fazendo isso. Está fazendo isso para se fortalecer. E está fazendo isso — agora admite para si mesma — porque quer.

Ela ergue os olhos, devagar, devagar, e os dois estão se beijando, exatamente como Joan sabia que fariam, e, embora no início se arrependa de ter começado aquilo, em poucos segundos está feliz por tê-lo feito, porque é o melhor e mais perfeito beijo de sua vida. Ela sente o coração acelerar, a respiração também. As mãos de Max descem pelo corpo dela, e ele a segura delicadamente pela cintura.

Joan encosta a bochecha na dele.

— Venha à minha cabine.

Max olha para ela.

— Sério? Tem certeza?

Ela assente.

— Não quero causar nenhum... — Ele hesita, procurando uma expressão adequadamente vaga. — Não quero causar nenhum incômodo.

Ela sorri e entrelaça os dedos nos dele, sentindo-se subitamente ousada.

— Acho que posso gostar de ser incomodada por você.

Terça-feira, 20h09

Max está certo. Não há ursos em Quebec, e está causticante e ofuscante-mente quente. A cidade é clara e tranquila, com pirâmides coloridas de frutas empilhadas nas vitrines de mercearias. O aroma de pão recém-assado e de pólen paira constantemente nas ruas. A Inglaterra era assim antes da guerra? Joan não se lembra. Acha que nunca viu tantas cores em toda a vida.

Eles se hospedam num hotel elegante perto da orla, e Taylor Scott, o novo chefe da usina de energia atômica em Chalk River, se junta a eles para jantar. Era diretor-assistente da seção de pesquisa teórica na Universidade de Montreal, mas foi promovido para chefiar a nova instalação e se envolverá mais com o experimento que antes. Passa pela mente de Joan que Taylor Scott deve conhecer Leo de seu tempo na universidade, e ela fica imediatamente irritada por se permitir pensar nele.

Taylor Scott é um homem alto e magro, com óculos de armação de metal e um forte sotaque canadense. Está usando uma jaqueta marrom e uma calça de flanela cinza, e ambas precisam ser passadas. Parecem emprestadas, como se tivessem sido feitas para alguém mais entroncado. Nesse sentido, ele se parece muito com vários outros cientistas a quem Joan acabou se acostumando no laboratório, só que sua voz é mais alta e sua camisa é mais branca.

— Acabamos de receber uma daquelas máquinas de lavar giratórias na instalação — anuncia ele, desabotoando os punhos e enrolando as mangas brancas. — É incrível.

Joan imagina que ele está dizendo isso para ela, com base na suposição de que todas as mulheres se interessam por lavanderias.

— Ah é?

— É uma coisa incrível — continua ele. — A física envolvida é extraordinária. — Ele balança a cabeça. — Bem extraordinária.

Joan olha de relance para Max e ergue as sobrancelhas, mas a expressão no rosto dele continua impassível. É assim que ele tem estado desde a chegada ao Canadá: educado mas cauteloso. Tirando o aviso sussurrado mais cedo de que Taylor Scott é conhecido por ser terrivelmente entediante, mas um físico excepcional, houve poucos outros momentos de comunicação normal entre eles, e a presença desse canadense de fala mansa só o deixou ainda mais reservado. Na verdade, em alguns momentos, depois que chegaram a Quebec, ela se perguntou se realmente aconteceu, se Max realmente foi até a cabine dela e tirou suas roupas, peça por peça, desabotoando o vestido e deslizando-o por sua cabeça, depois passou os dedos sob a linha das meias de modo que elas se enrolaram cuidadosamente e lhe saíram dos pés numa teia reluzente de seda. Ela se lembra da cor da pele dele sob as roupas, rosada feito concha de ostra, totalmente diferente do corpo escuro e bronzeado de Leo, de como ele beijou o pescoço dela e dormiu a noite toda com o braço (que era mais pesado do que se imaginaria) sobre o quadril de Joan, de como eles acordaram de manhã assustados, ambos saltando com o choque de se encontrarem um ao lado do outro, depois rindo como crianças. Não se lembra de já ter rido assim com Leo. Ela suspeita de que Max seria fácil de amar, de um jeito que Leo nunca foi, mas depois afasta o pensamento, repreendendo a si mesma por ter permitido que ele surgisse.

Eles comem peixe e bebem um gim-tônica forte enquanto Taylor lista os motivos para o laboratório de Montreal na universidade não ter sido bem-sucedido.

— Os malditos ianques simplesmente não compartilham — diz Taylor num sussurro acalorado. — Eles colocaram na cabeça que queremos a Rússia no projeto.

— Há um motivo para isso — rebate Max de um jeito desligado, a atenção focada no enorme prato branco de comida diante de si. — Eles só vão ficar mais paranoicos se mantivermos tudo em segredo.

Taylor olha para ele, e um franzido se insinua em seu cenho.

— Eu não deixaria os outros escutarem isso.

Max levanta o olhar.

— O quê? Não, claro que não. Eu só queria dizer que não vamos continuar em guerra para sempre. Existem implicações de longo prazo... — Sua voz vai morrendo, e ele volta a atenção para o prato de filé de linguado feito num refinado molho amanteigado de riqueza pré-guerra.

— Os americanos estão procurando qualquer desculpa para nos desativar. Estão até falando em cancelar o projeto canadense em certo ponto. Temos trezentos caras trabalhando como loucos na parte teórica, mas não podemos testar porque eles não nos mandam material suficiente. É impossível construir um reator com esse orçamento.

Max se aproxima de Joan enquanto Taylor continua a falar, e coloca a mão em seu braço.

— Você trouxe a agenda da viagem? — pergunta.

Joan assente e procura na bolsa pelo maço de papel. Ele pega os papéis da mão dela e rabisca na folha de cima enquanto Taylor continua falando. Apesar de não estar dizendo nada de interessante, nada que eles já não saibam, Max parece estar prestando uma atenção exagerada. Ele só tira os olhos das próprias anotações vez ou outra, franzindo a testa quando escuta algum aspecto da política interna ou algum outro que Taylor apenas mencionou ou para pegar uma garfada de comida. Depois que os pratos são recolhidos, Taylor pede licença, e, por um instante, Joan e Max ficam sozinhos. Max não a encara, mas empurra um papel pela mesa em sua direção. É a agenda, mas foi tão rabiscada que não está mais legível.

— Estou certo? — pergunta ele.

Lei de Bode, rabiscou no papel, junto a um diagrama com sol, Mercúrio, Plutão e um círculo com setas dissecando umas às outras em ângulos retos, sob as quais há uma série de números. *Força centrífuga da massa (m) girando numa velocidade angular (w) à distância (x) do centro: m + w². Assim, se a velocidade for v, então w = v/x, portanto a força centrífuga é...* Há uma soma complicada na parte inferior.

Ela franze a testa. Parece fazer sentido, mas não tem muita certeza.

— O que é?

Ele sorri.

— Uma máquina de lavar giratória.

Ela fica em silêncio. E então cai na gargalhada.

Na manhã seguinte, eles enfrentam um trajeto de doze horas para noroeste pelo rio Ottawa até a nova instalação de Chalk River nas profundezas de Ontario. A viagem de carro é quente e úmida, e eles param nos arredores montanhosos de Montreal para almoçar sanduíches de filé com queijo derretido. Joan se arrepende assim que termina de comer, por causa da sensação da gordura no estômago e do enjoo. Daquela altura, é impossível ver uma única pessoa nos cruzamentos da cidade, mas, de repente, Joan fica apavorada com a sensação de estar muito visível, como se Leo só precisasse olhar para cima para vê-la, uma formiga sob uma lente de aumento. Ela se vira e volta para o carro para esperar os outros terminarem, sentando-se no lugar vazio de Max e apoiando a cabeça em sua jaqueta. Fecha os olhos e espera. Não, ela não vai pensar nele.

A instalação de pesquisa atômica de Chalk River fica numa intocada área verde, cercada de pinheiros e álamos e colinas cobertas de abetos que abrigam um coro pungente de cigarras. O solo está quente, apesar de já ter anoitecido quando chegam, e de os raios solares já terem sumido completamente no horizonte. Eles são conduzidos até seus respectivos bangalôs, pequenas cabanas de madeira, pintadas em um tom verde-exército, espalhadas entre passadiços lamacentos sobre os quais os cabos de eletricidade se acumulam, indicando uma instalação feita às pressas e perigosa. Há diversas construções feitas de aço corrugado que abrigam as máquinas e somente uma casa de tijolos, uma antiga escola de antes da guerra, compartilhada entre as divisões administrativa e teórica da instalação, e onde moram a esposa e os filhos de Taylor Scott, no andar superior.

Os dias em Chalk River são cheios, consistindo basicamente em turnos de dezoito horas sem folgas, à exceção dos domingos. Joan e Max vão ficar ali três semanas, mas, durante esse tempo, são obrigados a conhecer completamente todos os aspectos da instalação. Max vai trabalhar diretamente com Alan Kierl, um físico taciturno e pálido, encarregado de desenvolver amostras de urânio 235 e outro isótopo fissionável artificial, urânio 233, enquanto Joan vai ajudar nas tarefas menores: tirar cópias, arquivar, fazer anotações.

Aos fins de tarde, uma grande refeição comunitária é servida na casa de Taylor Scott, e todos ocupam um salão enorme que costumava ser o refeitório da escola. Há uma grande mesa de madeira no centro do salão, e a conversa gira principalmente em torno de ciências e xadrez. Mesmo depois que o vinho é servido, não há folga na seriedade. Naquela noite, Joan está sentada ao lado de Max, que está questionando Kierl para saber se ele acha que o isótopo 233 é viável. As respostas de Kierl são, como sempre, curtas e precisas, não expansivas o suficiente para serem classificadas como conversa. Max já reclamou disso, frustrado com seu progresso lento em conseguir o que precisa do homem; as informações não são oferecidas, e sim extraídas.

Depois que a sopa da entrada é retirada, Kierl pede licença, dizendo que precisa pegar suas anotações para responder a uma das perguntas, e Max se vira para Joan com um suspiro exagerado.

— Ele é exaustivo — sussurra. — Não sei por que não conversa normalmente. Ele só responde quando faço uma pergunta direta, mas às vezes me sobrecarrega. É por isso que ele foi pegar as anotações.

Joan sorri.

— Ele é tipo aquelas máquinas de caça-níqueis.

— Em que sentido?

— Você usa uma moeda de um centavo para fazer as roletas girarem, e às vezes tem uma sorte inesperada.

Max olha para ela por um instante, então começa a rir, deixando Joan desconcertada. Logo os dois estão rindo como fizeram no navio, tossindo, bufando e tentando disfarçar a risada, embora não tenha sido um comentário muito engraçado. Certamente não *tão* engraçado. Taylor Scott olha para eles com a testa franzida, e Max consegue recuperar sua expressão séria depois que Kierl volta com o arquivo, mas Joan percebe seus olhos cintilando.

Ela se recosta, tentando abafar a súbita explosão de culpa e de atração que sente sempre que está com ele. Parece que não consegue afastá-lo dos próprios pensamentos, nem a lembrança de seus dedos desabotoando a camisa dele, devagar, devagar, depois puxando o nó da gravata (a mesma que ele está usando agora) e tirando-a pela cabeça. Seu corpo queima só de pensar nisso. Mas, ao mesmo tempo, também se sente culpada, porque ele é casado (apesar de ser infeliz), e ela não devia tê-lo encorajado, não importa o que Sonya dissera. Mas pareceu tão natural. Tão inevitável.

Nas noites anteriores, os homens haviam ficado para trás depois do jantar para fumar e beber uísque no andar de cima, na sala de visitas de Taylor Scott, e Joan voltara sozinha pelos passadiços até seu bangalô, mas naquela noite Max recusa um charuto e declara que precisa dormir. Em vez disso, sai com Joan, e os dois caminham juntos, ambos levemente tontos de vinho. Ela tem a sensação de que ele saiu mais cedo para ficar com ela.

Isso é perigoso, pensa Joan. Ela olha para Max, que está com a testa franzida, calado, e ela sabe que ele também está sentindo. Está começando agora. Alguma coisa irreparável está começando agora.

— Joan — diz ele, e depois para, prendendo a respiração.

— Sim?

— Quero lhe dizer uma coisa.

Ela se vira para encará-lo. Seu corpo todo está formigando. Ela aguarda, mas Max não diz nada, e, de repente, Joan percebe que ele não vai dizer o que achava que diria. Vai dizer que foi tudo um engano, que as coisas têm de voltar a ser como eram.

— Tudo bem — sussurra ela, com dificuldade. — Não precisa dizer nada. Foi culpa minha. — Ela tenta respirar mais devagar. — Me desculpe. Prometo que não vou contar a ninguém o que aconteceu.

— Não — diz ele rapidamente. — Não é isso.

— O que é, então?

— Quero lhe dizer... — Ele para. — Eu amo você.

A declaração é tão inesperada que, no início, Joan acha que ele não está falando sério. Max está tentando provocá-la? Ela bate de leve no peito dele.

— Não seja bobo — pede ela.

— Não estou sendo bobo. Amei você desde que disse que queria que seu nome fosse Margery. Eu me lembro do segundo exato.

— Isso é tolice. — Joan ri e leva a mão até o peito dele. — Mas foram as palavras cruzadas que fizeram isso comigo.

Ela se move em direção a ele e lhe dá um beijo nos lábios. Espera. Então o beija de novo. De um jeito ousado, mas leve. Parada diante dele, Joan espera que Max retribua o beijo, mas ele não faz isso. Alguma coisa não está certa. As mãos dele continuam nas laterais, e Max parece triste e resignado.

Ela se afasta, subitamente quente de vergonha.

— Me desculpe. Achei que você queria... ai, meu Deus. — Ela se vira para o bangalô e começa a andar, meio marchando, meio trotando, os olhos de repente ardendo com a própria tolice. Ela o ouve começar a correr atrás dela, mas não diminui o ritmo para que a alcance. Como ela o interpretou tão mal? Mas ele não disse que a amava? Ela não entende e não quer entender. Só quer ficar dentro da pequena cabana com a porta fechada para não cometer outras gafes como essa. Por que ele não a interrompeu quando viu que ia beijá-lo? Por que a deixou continuar daquele jeito?

Delicadamente, Max pega a mão dela e a gira para encará-lo.

— Você não estava ouvindo direito — diz ele. — Eu amo você. Não consigo parar de pensar em você. Estou assim há semanas. Quero estar com você o tempo todo. Quero... — ele levanta as mãos num gesto de desespero e, por um instante, parece que vai dizer algo bizarramente romântico — ... *conversar* com você. Para sempre.

Joan sorri, embora ainda não consiga acompanhar sua lógica.

Ele agora parece desesperado.

— É por isso que não quero ter um caso com você. Não desse jeito. Você entende? Eu amo você.

Max pega a outra mão dela e lá está de novo: a sensação crescente de pânico de que alguma coisa está começando agora. Algo perigoso. Porque ela percebe que o que ele acabou de dizer provavelmente é a coisa mais romântica que alguém lhe dirá em toda a sua vida.

— Sim — sussurra ela. — Acho que entendo.

— Você merece mais que isso. E, talvez, um dia... — Ele hesita, deixando a frase incompleta, pairando entre os dois. Em seguida, muito lentamente, se inclina para a frente, e Joan sente o leve roçar dos lábios dele nos dela. Naquele breve instante antes de os dois se virarem para seus respectivos bangalôs, esse parece o jeito mais triste que se possa imaginar de uma pessoa tocar na outra.

E é isso. Nada mais é dito sobre o assunto. Não há constrangimento entre os dois, como Joan teme, e sim paz. Ele é tão franco, tão inabalavelmente gentil que é impossível guardar qualquer rancor. E, mais que isso, é cuidadoso com ela. Max faz café para Joan, leva almoço do refeitório e instala um rádio no bangalô para que ela possa ouvir música de manhã. Talvez seja isso o que significa ser amada, pensa ela, e se permite o luxo de agarrar esse pensamento só por um instante antes de bani-lo.

Eles trabalham juntos, rápido e com zelo, e terminam antes do prazo, por isso decidem parar em Montreal por uma noite no caminho de volta a Quebec. Taylor Scott combina com seu colega, o professor Marsh, de acomodá-los em sua casa e de lhes mostrar o departamento teórico da universidade antes do retorno, e insiste muito para que os dois não recusem o convite.

— Vão nos levar para conhecer a universidade? — repete Joan, que só é informada desse aspecto do itinerário quando as malas estão fechadas, e eles, prontos para deixar os bangalôs.

Taylor assente e continua, explicando que a visita será meramente política, um certo desperdício de tempo, mas necessária para manter tudo funcionando entre os dois departamentos canadenses. Ainda há uma tensão em relação a qual departamento faz o que e como o financiamento deve ser dividido, por isso, de acordo com os interesses diplomáticos, eles devem fazer uma visita simbólica ao outro lado.

Joan sente calor. Tira o cardigã e se inclina para abrir a mala e guardá--lo no bolso lateral, consciente de que não vai precisar dele na viagem de carro. Está aliviada pela distração, pois não quer que alguém veja o rubor em seu rosto. Como odeia a própria fraqueza. Está sendo boba, é claro. É muito improvável que ela esbarre em Leo num lugar tão grande. O departamento dele provavelmente fica numa parte diferente da universidade, talvez até numa parte totalmente diferente da cidade. Não há motivo para ter medo; nenhum motivo para seus dedos tremerem desse jeito.

Kierl a está observando quando ela se levanta de novo.

— Deixe que eu levo a sua mala. — Ele levanta a mala de Joan e a carrega com esforço até o carro.

Max coloca a própria mala em cima da de Joan na parte traseira do carro e enrola as mangas para se preparar para a viagem.

— Vamos passar apenas a manhã na universidade. Podemos fazer um passeio turístico à tarde, se você quiser. O que você recomendaria, Kierl? Alguma coisa imperdível em Montreal?

Kierl franze a testa e fica um tempo em silêncio, tentando formular uma resposta.

— Vocês podem caminhar até Mount Royal — sugere ele, por fim.
— É agradável lá em cima. — Ele encara Joan e abre um intenso sorriso, que ela supõe ser uma tentativa de gesto de despedida, depois se vira de repente e se afasta.

Max fica observando-o ir embora, em seguida dá de ombros e entra no carro.

— Camarada estranho. — Ele olha para Joan e, por um instante, um sorriso surge em seu rosto. — Minhas moedas de um centavo acabaram.

Eles chegam à casa do professor Marsh tarde da noite, depois da longa viagem de Chalk River, e Joan é acomodada no quarto do sótão. É o quarto de uma criança, decorado com imagens de montanhas e cavalos, e Joan cai num sono inquieto e irregular. No início, sonha com o mar, se estendendo no horizonte, azul a distância e amplo. Está andando pelo convés com Max, mas ele se vira de costas e, quando o procura de novo, ele sumiu. O mar agora está mais próximo, mais frio. O borrifo não é azul, e sim incolor. De repente, a silhueta ao lado dela não é de Max, e sim de Leo, e Joan descobre que, pela primeira vez desde que ele foi embora, consegue vê-lo com exatidão: seus lábios com um contorno perfeito e a expressão iluminada enquanto explica estatística para ela, seu cheiro de sabonete de limão e de tabaco, sua expressão enquanto se inclina por cima da mesa de um restaurante e rouba um corte de carne de cervo do prato dela. Quando acorda, Joan se pega soluçando como quando ele partiu, chorando e apertando as mãos em punhos, as unhas deixando pequenas marcas de meia-lua na pele macia. Chorando porque ele não a amava como ela acreditava, porque ela não tinha nem percebido o que era o amor até Max parar do lado de fora do seu bangalô e lhe dizer que não conseguia parar de pensar nela e que queria conversar com ela para sempre, então a beijou com tanta delicadeza que ela achou que seu coração poderia se partir.

De manhã, Joan se veste com cuidado antes de descer para o café da manhã, aplicando pó compacto nas bochechas e um batom claro. Espera que, ao fingir que está perfeitamente bem, consiga se convencer de que é assim mesmo que se sente. Eles só vão ficar na universidade por algumas horas. Só isso. Algumas horas e depois voltar para casa.

Max está sentado no banco dianteiro do passageiro do carro do professor Marsh, e o calor do dia já é evidente.

— Você parece cansada — comenta ele, virando-se para encarar Joan.

Ela abre um sorriso nervoso, de repente horrorizada com a ideia de que ele pode tê-la ouvido soluçando no quarto do andar de cima. Seria ridículo.

— Acho que estou mesmo. — Ela destrava a janela e a abre, e, enquanto o carro acelera, Joan fecha os olhos e sente o frescor da brisa na pele, fazendo os cabelos à nuca se eriçarem e a presilha que ela colocou com tanto cuidado naquela manhã se soltar.

Depois que chegam, Joan pede licença para ajeitar o cabelo antes da reunião e fica feliz ao descobrir que está sozinha no toalete feminino. Está num reservado quando ouve outra pessoa entrar. Os passos no chão de azulejos a fazem hesitar. É um ritmo que ela reconhece.

Não. Não pode ser. Não no toalete feminino.

Os passos param; a pessoa parece observar a fileira de reservados a fim de ver quais estão ocupados. Ela sabe que há quatro reservados vazios, mas os passos não se afastam. Eles simplesmente viram, se arrastam um pouco e depois voltam. A sola é pesada demais, baixa demais para uma mulher. Ela vê a ponta de dois sapatos marrons à sua frente.

Não pode ser ele. Claro que não.

Ela sente seu corpo todo coçar e esquentar demais de repente.

— Jo-jo? — sussurra uma voz.

A respiração fica presa na garganta. O que ele está fazendo ali? Como soube onde ela estaria? Joan sente uma queimação súbita no peito e percebe que não é raiva nem medo, nem nenhuma das outras emoções que esperava sentir quando o visse outra vez. É tristeza. Não, pensa ela. Não é nada disso. Suas mãos tremem enquanto dá descarga. Ainda não penteou o cabelo, então passa os dedos rapidamente por ele. Respira fundo antes de abrir a tranca da porta e sair.

— Minha pequena camarada — cumprimenta Leo, beijando-a de um jeito seco no rosto, sem prestar atenção ao fato de que ela não se derrete contra seu corpo, mas enrijece um pouco e se afasta. O antigo apelido não a sensibiliza como ela temia que fizesse. — Como você está?

— Muito bem. — Joan tenta ser ligeira ao contorná-lo em direção à pia. A estranheza da situação torna mais fácil lidar com a proximidade de Leo. — Como você sabia onde eu estava? Por que não deixou uma mensagem em vez de espreitar desse jeito?

Leo dá de ombros.

— É melhor que ninguém nos veja conversando. Sou conhecido aqui. Meu trabalho é conhecido. — Ele dá uma toalha para ela. — Aqui.

— Obrigada. — Joan seca as mãos, virando-se de costas para ele e tentando domar a confusão de sentimentos dentro de si. Pega um pente na bolsa, os dedos trêmulos, e o passa no cabelo. Quando vê que ele a observa, Joan nota que a antiga cautela que ela sentia retornou. É um choque perceber como essa sensação se tornou desconhecida. Sempre supôs que era normal se sentir assim em qualquer relacionamento, mas agora não tem mais tanta certeza. Ela prende o cabelo de novo e se vira para ele, guardando o pente na bolsa. — Como estou?

Leo franze o cenho.

— Penteada — responde. Ela se lembra disso: a descrição é o mais próximo que ele chega de qualquer tipo de comentário sobre a aparência dela. Leo pega um cigarro na lata de prata. — Cigarro?

Joan aceita. Ela coloca o filtro na boca, permitindo que ele proteja a ponta com a mão enquanto o acende, e seus dedos roçam o rosto dela. Aquele dia ele está com um cheiro diferente; Joan fica aliviada. Nenhum traço de limão.

— Quer dizer que você está aqui numa viagem para uma pesquisa? Ela assente.

— Aham.

— Posso ter a ousadia de perguntar que pesquisa seria essa? — Ele dá um sorriso lento. Deve conhecer o efeito desse sorriso. Deve funcionar com outras como funciona com ela.

— A mesma velha pesquisa. E a resposta ainda é não. — Joan se pergunta quantas outras mulheres existiram desde que o viu pela última vez, e, por um instante, agradece a Sonya por ter incutido a ideia de Max em sua cabeça. Como ela sempre parece saber essas coisas?

— Está bem, está bem. Não vou perguntar. — E ele não pergunta. Vai até a janela e a destranca, abrindo-a com força e revelando um pátio de concreto vazio exceto por algumas latas de lixo. Ele se inclina para fora e bate a cinza do cigarro enquanto olha primeiro para um lado e depois para o outro. Ele se vira de novo para ela. — Escute, Jo-jo. Eu vim porque tinha que ver você. Achei que você podia... — ele hesita — ... ter mudado de ideia. Você ainda tem uma chance, sabe.

— Não — sussurra ela. — Já disse que não vou fazer isso. — Ela faz uma pausa. — Esse é o único motivo pelo qual você queria me ver? Não tem mais nada para dizer? — Sua voz revela mais sentimentos do que gostaria, mas ela não está mais disposta a disfarçar a raiva. Claro que está irritada com ele pelo modo como as coisas acabaram entre os dois, e quer que ele saiba disso.

A expressão de Leo é de dor.

— Claro que não, Jo-jo. Eu penso em você... — Ele para.

— É só isso? Você pensa em mim?

— Eu penso muito em você. — Ele estende a mão para tocar no rosto dela, e Joan não recua. Ele passa o dedo com delicadeza ao longo do rosto antes de deixar a mão se afastar. — Você é minha pequena camarada. Sempre vai ser.

Joan sente o coração acelerar, mas não vai se permitir acreditar nele. Não é tão ingênua quanto ele pensa.

— Não mais.

— Eu sei que você concorda comigo, na verdade. Você pensa o mesmo que eu. A bomba deveria ser compartilhada. Os russos deveriam ser incluídos.

Joan abre a boca e a fecha de novo, irritada pela recusa de Leo de ver a história de ambos como algo separado da política. Quer empurrá-lo, com as duas mãos no peito dele, e fazê-lo entender que não vai ser persuadida.

— Não, isso não é verdade — sussurra ela.

Leo não recua.

— Supostamente, somos aliados — continua ele. — Se eles não compartilharem agora, o que vai acontecer depois da guerra?

— Como posso saber? — retruca Joan. — Não consigo ver o futuro. Estamos fazendo isso agora para que Hitler não consiga fazer antes.

— Mas vocês não vão soltá-la em Hitler, vão?

— Claro que não. É uma força dissuasora.

Leo sorri.

— Ah, Jo-jo. Sempre tão crédula, não é mesmo?

Joan olha furiosa para ele, embora se sinta aturdida.

— Mas é verdade.

Ele a pega pelos ombros.

— O que eu quis dizer é que vocês não vão soltá-la em Hitler porque essa bomba não é um projétil. Ela é feita para... — Ele faz uma pausa, fingindo calcular alguma coisa na cabeça. — Você provavelmente sabe disso melhor que eu. Quantas pessoas moram numa cidade, em média? Quantos bebês, mães, pais, irmãos, irmãs...

— Mas é por isso que ela é uma força dissuasora — sussurra Joan, irritada.

Leo suspira e balança a cabeça.

— Eu realmente achava que você era mais corajosa que isso.

Só que ele não diz *realmente*. Ele diz *vealmente*. E houve uma época em que isso teria feito o coração de Joan se derreter um pouquinho.

— Não. Não vai funcionar.

— Ótimo. Escreva para mim se mudar de ideia. Aliás, diga a Sonya, na próxima vez que a vir.

Joan não responde. Não confia em si mesma para falar. Seus olhos estão marejando, as lágrimas se acumulando.

— Tenho que ir. Estão me esperando. — Ela pisca e se vira para a porta então, por um instante, acredita que a hesitação dele é porque está reunindo coragem para dizer algo que nunca disse, pegá-la nos braços e beijá-la da maneira certa. Mas, se isso acontecesse, ela tem certeza de que o empurraria para longe. Joan definitivamente faria isso. Mas ele não o faz.

Depois de alguns segundos, Leo simplesmente sussurra:

— Pode ir primeiro. Eu saio daqui a cinco minutos.

— Achei que você ia sair pela janela.

Leo dá uma pequena bufada de surpresa.

— Não seja ridícula. Sou pesquisador. Trabalho para o governo. Não posso ser visto saindo pelas janelas no Departamento de Ciências. Saio depois de você. — Ela se vira, mas ele pega seu punho. — Sei que você vai mudar de ideia, Jo-jo. Eu a conheço melhor do que você pensa.

Ela balança a cabeça.

— Não conhece, não.

— Eu sei que você consegue. Só não quer fazer porque está com medo.

— Esse não é o único motivo. Mas, sim, é claro que tenho medo.

O aperto de Leo em seu punho se intensifica.

— Então você está com medo da coisa errada. É muito mais perigoso para o mundo se isso continuar um segredo para nós. O Ocidente odeia o comunismo. Fariam qualquer coisa para destruí-lo, não importa o custo, e agora eles podem. A Rússia precisa de uma bomba para a própria proteção.

Joan balança a cabeça.

— Não posso, Leo. Estou sob juramento. — Ela faz uma pausa. — E não quero.

Ele não desvia o olhar, mas solta seu punho, depois dá um passo para trás.

— Você vai mudar de ideia, Jo-jo — diz ele, baixinho.

— Não vou. — Ela segue até a porta e a abre, olhando para trás apenas brevemente para vê-lo apagando o cigarro no peitoril da janela e jogando-o lá fora. Seu corpo todo treme quando ela sai para o corredor, fechando a porta. Quanto tempo ficou ali? Que diabos Max vai pensar que estava fazendo?

213

Ela se apressa pelo corredor, e, quando chega à porta da sala de reunião, Max a abre.

— O que aconteceu com você? Eu estava começando a achar que tinha se afogado. — Ele funga. — Você estava fumando no toalete?

— Eu só estava... — Joan hesita. Ela se sente tonta, como se estivesse à beira de um grande precipício. Max olha para ela, a expressão passando de incrédula para entretida e, então, suavizando e se tornando algo totalmente diferente. Ele estende a mão para ela. É um pequeno gesto, nada de mais, mas, para Joan, é como se estivesse à beira de um precipício, e alguém lhe oferecesse ajuda para puxá-la. Ela aceita a mão dele e a aperta.

— Não importa. Estamos prestes a começar.

Quarta-feira, 9h03

— Preparando Prova A — anuncia a Srta. Hart para o gravador.

— Não podemos acabar com isso agora? — pergunta Nick. — Ela já disse tudo que vocês precisam saber. Passamos por tudo ontem. Eles pediram, e ela disse não. Duas vezes.

A Srta. Hart ignora Nick e pega um documento fino na pasta. Joan registra um lampejo de triunfo no movimento. Está acontecendo agora. Estão pegando a carta trunfo. Ela percebe isso na expressão do Sr. Adams e na avidez da Srta. Hart.

Joan se levanta. Precisa ver o documento antes de Nick. Precisa saber o que é.

— Por favor, sente-se. — A voz da Srta. Hart é alta e inflexível. — Estou passando a Prova A para a acusada — anuncia, direcionando a voz para o microfone e entregando o papel para Joan.

Ela o pega e leva ao peito, protegendo-o da vista enquanto coloca os óculos de leitura. Precisa semicerrar os olhos para entender as palavras. A data do documento é de 2 de setembro de 1945, e o título é: *Flutuações na eficiência de uma usina de difusão, Partes I-IV*. Nick se levanta e para atrás de Joan para ler, mas ela vira rapidamente o papel.

— E então? — pergunta a Srta. Hart.

— E então o quê?

— A senhora o reconhece? Significa alguma coisa?

Joan fica em silêncio por um instante.

— Não — responde finalmente.

A Srta. Hart age como se não a tivesse ouvido. Pega o arquivo e aponta para o documento.

— Este relatório foi produzido pela divisão de Cambridge dos Tube Alloys em 1945. Era material confidencial naquela época. E, de alguma forma, foi parar em um arquivo da KGB em Moscou, atribuído ao agente Lotto.

— Quem é o agente Lotto? — pergunta Nick.

Joan não levanta o olhar, mas sente os olhos da Srta. Hart lhe sondando.

— Identificamos essa informação como vinda da senhora — continua a Srta. Hart. — Demoramos a recebê-la. Foi desviada do país por um ex-espião da KGB que a entregou ao Serviço de Segurança Britânico em troca da nossa assistência para efetuar sua deserção. Ele copiou centenas de arquivos à mão e os escondeu sob as tábuas do piso da sua *dacha* na zona rural nos arredores de Moscou. Dedicado, não acha?

Silêncio. Os pulmões de Joan latejam.

— E, por um golpe de sorte, o seu era um deles. Agente Lotto. Há muita coisa aqui para garantir uma condenação. O suficiente, tenho certeza.

Joan abre a boca para negar, mas muda de ideia. Nunca se explique, nunca se desculpe; as palavras de Leo, ditas há muito tempo, ecoam em sua mente, oferecendo um brilho fraco de esperança.

— Claro que deve haver algum questionamento sobre a confiabilidade de documentos vindos de um desertor da KGB.

— Nós confiamos nele — interfere o Sr. Adams. — Totalmente.

— Mas não é admissível como prova, é? Vocês não poderiam usar isso no tribunal, mesmo que soubessem quem é o agente Lotto. — Joan aponta para o documento que está segurando e tenta parecer desdenhosa. — Ele nem diz muita coisa. Não é possível construir uma bomba com isso.

Ela olha de relance para Nick, na esperança de uma confirmação desse argumento, mas o filho não a encara. Ele pegou a pasta da Srta. Hart, e seus olhos estão percorrendo o índice de documentos.

A Srta. Hart não hesita.

— Essa não é a questão. Era material confidencial. E não é o único. Como você pode ver, há muitos outros com a mesma origem. — A Srta. Hart aponta para o arquivo nas mãos de Nick. — Existem mais quatro pastas exatamente assim, todas atribuídas ao agente Lotto.

— Mas o agente Lotto pode ser qualquer pessoa. Pode ser vinte pessoas diferentes. — Joan faz outro apelo silencioso para Nick, esperando que diga alguma coisa, qualquer coisa, mas ele não olha para ela. Está virando as páginas do arquivo, lenta e deliberadamente, a palidez súbita do rosto contrastando com o rubor do pescoço.

— Eu já lhe disse. Nossa fonte é totalmente confiável. Sabemos com certeza que há cópias idênticas desses arquivos armazenadas nos depósitos da KGB. — Há uma pausa. A Srta. Hart se levanta e gesticula para o Sr. Adams fazer a mesma coisa. — Café?

— Certo. Sim.

— Vamos reiniciar daqui a trinta minutos, e, quando voltarmos, vou perguntar mais uma vez se a senhora reconhece o documento que está segurando. Aconselho a senhora que pense com cuidado na resposta.

O Sr. Adams desliga a filmadora e segue a Srta. Hart para fora, fechando a porta ao sair.

Há um relógio na cornija da lareira, e Joan consegue ouvir o tique--taque suave do tempo passando. Ela aperta o cardigã no corpo. Entende agora por que William fez o que fez. Deve ter pensado que não tinha chance. Há uma bela quantidade de evidências somente nesse arquivo. Ela pensa na declaração da Srta. Hart no início, de que as acusações implicam um máximo de catorze anos na prisão. Sua mente é levada até os soníferos no banheiro, e ela se imagina engolindo um punhado atrás de outro. O pensamento é quase reconfortante.

Joan fecha os olhos. Sabe que não pode fazer isso. Ouve Nick virando as páginas do arquivo. Ainda pode insistir que nunca viu esses documentos. Afinal, ela não admitiu nada. Não de verdade. Mas, se tentar negar, o que vem em seguida? Supostamente, seria levada ao tribunal e julgada, sua vida seria aberta para um escrutínio público. Ela teria de ficar em pé no banco dos réus e continuar a negando tudo, mesmo quando lhes mostrassem prova atrás de prova, como a que acabou de ver. Haveria um juiz e um júri, testemunhas, policiais, jornalistas.

E Nick teria de assistir. Será que ele a defenderia se fosse necessário? Será que ficaria ao seu lado, como fez por tantas pessoas ao longo de sua carreira, e falaria a favor dela? Claro que sim, se acreditasse que era o certo a se fazer. Mas será que faria isso se acreditasse que Joan fez o que dizem?

Ela não sabe. E, de qualquer forma, é pedir demais. Imagina as manchetes se eles fizessem a ligação entre ela e Nick. *Mãe de CR revelada como espiã soviética.* Seria o fim da carreira dele. É dever dela proteger o filho, não o contrário, e Joan entende que só há um jeito de evitar um julgamento extenso e toda a atenção que ele inevitavelmente atrairia por parte da mídia.

— Você fez isso, não foi? — sussurra Nick. — Você fez isso.

— Shhh — diz Joan, as mãos estapeando o ar num gesto nervoso. Seu corpo todo está encolhido de medo.

— Não acredito nisso. — A voz dele, de repente, parece tensa, e o brilho em seu olhar é como uma forte lanterna branca caindo com frieza no peito de Joan. — Não acredito. Como você pôde?

Ela olha para o carpete. Ainda não consegue dizer as palavras. De súbito, Joan pensa que, se ao menos conseguisse explicar os motivos, talvez ele entendesse, então isso não pareceria uma coisa tão terrível. Pelo menos seria explicável.

— Por quê? Por que você fez isso? — A expressão em seu rosto é de incredulidade enquanto absorve a enormidade da acusação. O rubor do pescoço subiu para o rosto, e Joan percebe que há lágrimas se acumulando em seus olhos. Lágrimas de verdade, dessa vez, não apenas uma sugestão, como antes.

Joan desvia o olhar. Como poderia explicar? Ela tem uma teoria de que todo mundo cultiva uma certa visão de si mesmo, do que faria ou não faria em determinada circunstância, e é a combinação dessas escolhas que forma uma personalidade. Pense em Nick, por exemplo. E se ele tivesse sido convocado para o Exército alemão em 1942, designado para Auschwitz — é terrível pensar nisso —, e lhe dissessem que tudo que ele precisava fazer era ligar um interruptor, esperar uns vinte minutos e depois desligá-lo? Ah, sim, ele é um homem corajoso. Mais corajoso que a maioria. Joan consegue imaginar sua indignação se ela sugerisse isso. Ele diria que os teria enfrentado, que se sacrificaria se fosse necessário, que colocaria o próprio nome na lista.

E talvez realmente se sacrificasse. As pessoas faziam isso. Algumas pessoas. Não a maioria.

Então, que tal apresentarmos algumas ambiguidades? E se, ao fazer um trabalho desse, seus filhos — Joan consegue imaginar os dois, com seus cachos castanho-claros e grandes sorrisos ofegantes, os joelhos sujos de lama ficassem em segurança? Não é suficiente? Sua mãe, velha e precisando de cuidados. Sua esposa Briony? Uma prima? Um primo de segundo grau?

Distante demais?

Tudo bem, talvez ele tivesse menos certeza agora, mas ainda estaria inflexível quanto à existência de uma brecha. Talvez — ahá — talvez ele fizesse aquilo só até encontrá-la. Talvez oferecesse um momento de bondade para algumas das pessoas naquele acampamento, rações extras, conversas, um sorriso de incentivo, e poderia começar a dizer a si mesmo que isso compensava, pelo menos um pouco, o fato de ter ligado aquele interruptor. Um sopro de humanidade naquela floresta fria e sombria onde até mesmo os pássaros se recusavam a cantar. Ele podia até descobrir como desligar a culpa que sentia, ignorá-la.

Como Milgram chamava isso? Os perigos da obediência. Alguma coisa assim.

Porque, não importa o que mais aquele experimento mostrou, também mostrou que pode ser difícil se manter fiel ao que você acredita saber sobre si mesmo, às coisas que pareciam tão definitivas quando não há mais nada ali para testá-las. A vida real não é tão simples. Existem infinitas ambiguidades. É impossível ter certeza do que você faria e do que não faria.

— Por quê? — pergunta Nick mais uma vez. Sua expressão é suplicante, vulnerável, como se induzisse a mãe a lhe dizer algo diferente daquilo em que ele acredita, a proclamar que é óbvio que ela jamais vira nenhum dos documentos do arquivo e que isso tudo é um grande mal-entendido, e que ela precisa ir a uma reunião da associação. Atrás dele há uma fileira de antigas fotografias da escola, que Joan trouxe da Austrália, e que agora são um motivo de diversão nas visitas dos filhos de Nick. As molduras estão empoeiradas e com aparência desgastada, mas o menino sorrindo nas imagens é jovem e otimista e cheio de energia, crescendo a cada foto, mais inteligente e mais confiante a cada ano. Em uma delas, Nick está saindo da escola, em outra, está na formatura, o nariz vermelho por ter passado a véspera numa marcha de estudantes em Sydney; outra ainda é de quando foi convocado para a ordem dos advogados em Londres, usando peruca e beca, parecendo um pouco envergonhado. Diga, pensa Joan, diga que você não teria feito o mesmo no meu lugar.

Mas essa não será sua resposta. Porque o único jeito de dizer a verdade é dizê-la rápido e de uma só vez. Nunca se explique, nunca se desculpe. Leo estava certo.

Joan levanta o olhar para o filho, desejando, com cada célula do corpo, que pudesse responder outra coisa nesse momento. Mas não pode e, então, muito baixinho, ela sussurra uma única palavra.

— Hiroshima.

O primeiro teste da bomba atômica acontece nos Estados Unidos em 1945, durante o auge do verão, pouco depois do fim das hostilidades na Europa. Ela explode pouco antes da alvorada, num céu sem nuvens, e, mesmo à distância de trinta quilômetros, a luz que produz é impressionante, uma bola de energia pairando sobre a planície, apequenando as montanhas distantes e gerando uma nuvem em formato de cogumelo no céu noturno.

— Eles a fizeram — anuncia Max naquela tarde, depois que a notícia chega e ele convoca todo mundo para uma reunião em sua sala. — Os ianques a fizeram.

Não é surpresa que os americanos tenham conseguido primeiro, mas a resposta à notícia no laboratório é um suspiro coletivo. Não exatamente de surpresa, mas de espanto ou talvez de orgulho de descobrir que funciona — realmente funciona! — e que é possível, afinal, criar energia do nada ou com muito pouco. Não é exagero dizer que algo novo surgiu no planeta, reescrevendo todos os preceitos básicos da ciência no processo, e é incrível saber que eles e os colegas americanos lhe deram vida. É a história da Criação reescrita para os tempos modernos. Faça-se a luz! E assim se fez, ao toque de um botão. Nenhum outro processo teve tanta eficiência ou tanto potencial. Mas potencial para quê?

Joan se vira e olha para fora, e nota uma fina camada de nuvem flutuando no azul-escuro e profundo do céu. Dizem que a luz emitida pela explosão é mais forte que o sol, mas, ali em Cambridge, andorinhas voam de galho em galho na árvore sob a janela. Parece tão calmo que é quase impossível acreditar que uma explosão de tamanha magnitude aconteceu do outro lado do oceano. Como algo tão grandioso pode deixar tão pouco vestígio? Não tivera esse pensamento em nenhum momento durante a guerra, quando havia inúmeros ataques aéreos e explosões que poderiam ter tido esse efeito — e isso porque, dessa vez, fora apenas um teste. Ninguém se machucou. Nenhuma casa foi destruída, nenhum meio de vida foi eliminado. Então, por que essa explosão, acima de todas as outras, faz seu coração desacelerar como se estivesse bombeando melaço?

Donald é o primeiro a falar com Max.

— O que vai acontecer agora?

A expressão de Max ainda é de incredulidade.

— Vão usá-la no Japão, imagino.

Joan levanta o olhar, sobressaltada.

— Mas não vão simplesmente jogá-la, vão? Quero dizer, eles têm que ser alertados. É para ser uma força dissuasora, não é?

Max dá de ombros.

— Estamos em guerra. Não há muita oportunidade para conversar.

A secura da resposta surpreende Joan. Não é o que esperava dele. O gentil e ponderado Max, que com frequência ela pega observando-a em silêncio enquanto Joan trabalha, que diz que a ama e depois se recusa a beijá-la porque ela merece mais que isso, que consegue fazê-la rir como uma criança.

— Claro que há — argumenta Joan, e sua voz está mais alta que o normal. — Eles podem encenar outra demonstração e convidar o Japão, e isso lhes daria a chance de se render.

Donald bufa.

— Eles não vão se render. Não o Japão.

— Mas eles precisam ter a chance.

Max olha para ela.

— Você consegue imaginar Hitler oferecendo o mesmo a nós se a Alemanha tivesse vencido essa corrida?

Joan fica em silêncio por um instante.

— Acho que não. Mas isso não significa que não devíamos fazê-lo. Hitler não era um paradigma de justiça.

— Ha! — O ruído vem de Arthur, dessa vez.

— De qualquer maneira, é tudo hipotético — diz Max. — Não se pode esperar que os Estados Unidos não a usem, agora que eles têm a chance de acabar com a guerra.

Joan abre a boca e a fecha de novo. Não entende como todos podem estar tão calmos em relação àquilo. Eles não têm a mesma sensação de responsabilidade que ela? Agora entende por que essa explosão tem um efeito tão forte. Ela não se sentia responsável por nenhum daqueles ataques anteriores — ou não mais responsável que qualquer outro cidadão de uma nação envolvida —, mas se sente responsável por esse. Sim, teria acontecido mesmo sem ela (Joan tem alguma perspectiva dos limites de sua contribuição), mas não consegue entender como os outros conseguem estar tão despreocupados.

— Mas Joan está certa num ponto — interpõe Arthur. — Agora que já não é segredo nos Estados Unidos, provavelmente vão divulgar que estamos fazendo uma aqui. — Ele faz uma pausa. — Stalin vai saber. A Rússia também vai querer uma.

Donald assente, depois ri.

— Stalin vai ficar furioso.

— Exatamente. Eles vão ter que incluir a Rússia agora.

Max balança a cabeça.

— Acho que não. Podemos ser aliados no momento, mas não seremos quando a guerra acabar.

— Mas não seremos inimigos.

— Essa não é a questão. A questão é que não queremos que Stalin tenha uma arma como essa.

— Por quê? Para o caso de usá-la?

— Exatamente.

— Então, qual é a diferença? Vamos usá-la contra o Japão. Por que importa quem sofre as consequências? — Joan faz uma pausa, subitamente consciente de que já ouviu essa argumentação, só que, dessa vez, ela parece ter mudado de lado. Mas quais são os lados, agora? Não parece claro.

Arthur suspira.

— Mas vamos usá-la para terminar uma guerra. Para salvar vidas.

— Nós não — corrige Max. — Os Estados Unidos.

Joan olha para ele e sente tudo girar dentro de si, como se uma mola contida tivesse se rompido de repente. Karen está sorrindo, a expressão resignada e triste, como se dissesse que é inútil argumentar essas coisas quando há homens envolvidos.

— Ah, não fique chateada — diz Donald por fim. — Convidar os japas para uma demonstração não faria nenhuma diferença. Eles não são do tipo que se rende. A questão é que funciona. A ciência está correta. — Ele sorri. — Vamos beber e comemorar. Almoço no pub, pessoal?

— Não vejo por que não — responde Max.

Joan desvia o olhar. Não consegue sufocar a sensação crescente de histeria.

— Mas essa não era a ideia original, era? Era para ser uma força dissuasora contra a Alemanha. E agora vai ser usada contra o Japão. E quem vem depois? — Ela abre os braços. — Vocês fizeram todos os cálculos. Se vinte quilotons podem matar, digamos, cem mil pessoas no Japão, o que vem em seguida? Eles revidam, mas não ficam só nos quilotons. Eles usam um megaton...

Arthur bufa ao ouvir isso.

— ... e isso mataria... — ela faz uma pausa, pensando, multiplicando na cabeça — ... cinco milhões. E depois?

Max balança a cabeça, como se essa fosse uma proposição ridícula. E é, mas essa superbomba também era, dez anos antes, e agora ela existe.

— Isso não vai acontecer.

Joan o encara. Não consegue acreditar que ele está discordando dela, que todos estão discordando dela, que vão sentar no pub e comer fish and chips para comemorar essa terrível força destruidora. Onde está a perspectiva deles? Até então, ela teria dito que todos compartilhavam a mesma sensação de ambiguidade em relação a esse aspecto do projeto, até Max. Especialmente Max. Mas, agora, não tem tanta certeza. Ela se vira para ele.

— Mas como você *sabe*?

Três semanas e um dia depois, uma bomba de urânio 235 é lançada sobre a cidade de Hiroshima. É assim que a imprensa noticia, como um fato simples e incontestável. Talvez seja o caso de essas palavras serem suficientes, de um ponto de vista puramente narrativo, para explicar os eventos do dia para o restante do mundo, que não estava lá e não viu. Mas nunca serão suficientes para descrever a realidade daquele dia.

Claro que as pessoas tentarão descrever, mas vai ser impossível. Haverá fotos nos jornais com uma explosão brilhante e uma grande nuvem de cogumelo sobre a cidade enquanto a poeira aumenta e regurgita, enfiando as garras na terra ao subir. Os relatórios dirão que ficou tão quente que algumas pessoas simplesmente desapareceram, arrastadas num redemoinho de poeira, cinzas e escombros. Mas não existe um idioma que consiga transmitir com exatidão a realidade de tamanha destruição. As palavras não existem. Ou, se existem, são incompreensíveis, porque a empatia humana é incapaz de absorver tamanho sofrimento. Essa capacidade é limitada pela própria imaginação. Além desse limite, são só números.

Mas a população de Nagasaki está condenada a entender. Três dias depois, uma bomba de plutônio atinge a cidade, e o Japão se rende. Joan ouve a notícia no laboratório com todos os outros e sente o golpe da responsabilidade no estômago mais uma vez. Ela se lembra das histórias da mãe de como a última guerra terminou, um súbito silêncio fatigado cortando o impasse, o som dos sinos das igrejas ecoando pelo campo de batalha. Uma guerra terrível, momentaneamente redimida pela natureza civilizada de seu fim. Não essa chuva indiscriminada de destruição. Onde estão os pássaros cantando dessa vez? Onde estão as papoulas? Onde estão as pessoas que levavam suas vidas simples nessas cidades malfadadas? E o que acontece agora?

O que os Estados Unidos decidirem.

Ao redor dela, as pessoas falam alto e riem. Garrafas de champanhe e cerveja são trazidas da adega, onde ficaram armazenadas, esperando o fim da guerra. Uma fileira de conga se forma com Karen na frente, liderando a procissão dançante ao longo do corredor até o escritório de Max e voltando. Arthur arruma uma lata de lixo e um violão, que geram barulho suficiente para fazer essa ocasião terrível parecer uma comemoração. E é, de certo modo. A guerra acabou. Ela devia pelo menos tentar ficar contente. Joan força um sorriso, pega uma taça de champanhe com Karen e bebe tudo de uma vez. É enjoativo de tão doce.

Joan sente uma mão no ombro e se vira de repente. É Max.

— Dança comigo? — pergunta ele, gritando para ser ouvido apesar da algazarra e tentando girá-la em sua direção. Seus olhos estão brilhando.

Joan balança a cabeça.

— Por favor. Só uma dança.

Ela não consegue. Se realmente tentar, pode se mover como os outros, colocando as mãos na cintura de Karen e chutando as pernas no ritmo da música, beber mais champanhe quando lhe oferecerem e falar como é maravilhoso o fato de a guerra ter acabado. Pode obrigar a boca a sorrir e abafar a sensação estonteante e de enjoo provocada pela noção de que fizeram parte de um ato terrível e maligno. Mas não pode dançar com Max.

Ele devia saber desde o início, pensa ela. Devia saber o que iam fazer.

Quando as bebidas acabam, todos saem para continuar as comemorações. As ruas já estão lotadas de pessoas, cantando e assobiando. Por que ninguém mais parece se sentir como ela? Será que não estão pensando no assunto? Ou simplesmente não se importam?

Joan percebe que ninguém vai notar se ela escapar agora, desaparecer na multidão e fugir para o alojamento, onde vai poder se sentar no quarto, sozinha com o conhecimento de sua própria contribuição, e ninguém sequer vai pensar onde ela está; vão supor que encontrou alguns amigos e saiu com eles para comemorar. Ninguém vai sentir falta dela, exceto Max. Sabe que ele vai procurá-la se ela sumir, mas, no momento, quer ficar sozinha.

Porém, quando entra em casa, Joan encontra um telegrama instruindo-a a ir para a casa dos pais imediatamente.

O pai está dormindo quando ela chega; desabotoado, o paletó do pijama revela um peito branco como leite, claramente delineado sob o colarinho avermelhado no pescoço. O ataque cardíaco não foi inesperado, mas a fragilidade do corpo dele e o tom cinzento de sua pele a chocam. Ele parece oco, como se tivesse prendido a respiração durante anos e finalmente houvesse decidido deixar tudo sair.

Joan sai do quarto na ponta dos pés e desce para a cozinha, onde a mãe está fazendo um guisado. A casa cheira a cebolas fritas e ossos de frango fervidos. É a única solução que a mãe consegue ver para esse problema: que o marido deve ser confortado de dentro para fora. Ela diz num sussurro que se culpa por não ter previsto o ataque. Devia ter prestado mais atenção aos indícios. Devia ter feito mais xícaras de chá para ele, mais guisados.

— Claro que não foi culpa sua! — Joan tenta tranquilizá-la, tirando a faca das mãos da mãe para evitar que a use no desespero. — Ele está velho. Não estava bem fazia um tempo, mas agora está se recuperando.

Essas são as palavras do médico, e Joan as repete para a mãe, mas também sabe que, se alguém deveria assumir a responsabilidade por não cuidar o suficiente dele, deveria ser ela mesma. Joan não o visitou com a frequência que deveria e, embora quase consiga se convencer de que tem uma desculpa por conta das longas horas de trabalho no laboratório, também sabe que é exatamente isso. Uma desculpa. Sabe que não se esforçou para pegar o trem da manhã de volta para casa aos domingos por escolha; preferiu passar os dias com Sonya em Cambridge, ir a festas, beber chocolate e dar longas caminhadas até os pubs em Grantchester.

Ela olha para a mãe agora, observando o cabelo grisalho caindo ao redor dos olhos.

— Ele estava no andar de cima, fazendo barulho. — Ela está contando mais uma vez, embora Joan já tenha ouvido isso duas vezes. — Disse que precisava arrumar suas velharias no sótão. Esvaziar tudo. Estava com o rádio ligado, e, de repente, houve um baque estrondoso. Subi até lá, mas não consegui trazê-lo para baixo... — Ela começa a chorar, as mãos agarrando as de Joan. — Tive que deixá-lo no sótão e ir buscar um médico, e ele estava com uma dor horrível... — Ela aponta para o peito. — Eu nunca o vi com tanta dor, nem mesmo quando amputamos a perna dele.

É a primeira vez, pelo que Joan consegue se lembrar, que a mãe fala da amputação da perna do marido sem simplesmente torná-la parte incidental da história de como eles se conheceram. Quando era mais nova, Joan às vezes se perguntava se os pais sequer se conheciam antes de se casarem, mas agora percebe que a amputação da perna do pai foi um ato íntimo demais para eles compartilharem com outras pessoas, até mesmo com as filhas. Era algo que mantinham como um segredo entre os dois, o terrível momento da imolação, do enfraquecimento, que os uniu e agora ameaçava se desfazer com esse súbito vacilo do coração do pai.

— Onde está Lally? — pergunta Joan, subitamente.

— Está a caminho. — A mãe faz uma pausa. Seca as lágrimas com o dorso da manga e funga, endireitando o pescoço, criando uma armadura. — Suba e veja se ele está acordado. É melhor eu cuidar dessas cheruvias.

— Joanie — cumprimenta o pai quando ela entra no quarto, estendendo a mão para ela. É áspera e roliça, a mão de um velho. Joan não lembra quando foi a última vez que a segurou. Deve ter sido quando era criança. Atravessando uma rua. Aprendendo a nadar no rio atrás da escola. Tem uma vaga lembrança de ser balançada por essas mãos, os ombros subindo e descendo, e as pernas voando mais rápido que o restante dela, de modo que o corpo parecia estar se enrolando no ar.

— Como está se sentindo?

— Já estive melhor. — Sua voz está baixa e rouca, mas ele tenta sorrir, como de costume. Fechou os botões do paletó do pijama, mas não foi tão bem-sucedido. — Eu ouvi bem? — pergunta ele, levantando a cabeça do travesseiro de um jeito conspiratório. — Eles lançaram outra bomba no Japão?

Joan olha para ele. Sabe que a mãe não ia querer entrar nesse tipo de conversa com o pai naquelas condições, mas não pode mentir. Ele deve ter ouvido no rádio antes do ataque, e ocorre a Joan que talvez o choque da notícia tenha provocado o enfarte. Ela assente devagar.

Ele balança a cabeça.

— E disseram que o nosso tempo era uma época sem precedentes — comenta ele, pensando na fala da esposa.

Joan sente a pressão da mão dele aumentar. Como gostaria de lhe contar, pedir seu conselho, buscar seu — é essa a palavra? — perdão. Ele sempre teve tanto orgulho da filha, ficou feliz com seu progresso científico, diferente da desaprovação e da vergonha que a mãe sentia. Como ele ainda poderia sentir orgulho se descobrisse o que ela estava fazendo?

O que ele diria se soubesse o que a manteve distante por períodos tão longos quando, na verdade, ela deveria ter estado ali, ajudando, cuidando dos dois, se casando e tendo filhos para deixar a mãe feliz?

Estávamos em guerra, pensa na defensiva. Não havia escolha.

Mas o pai ainda não terminou. Está olhando para ela com os olhos cinzentos e agora aperta sua mão.

— Sua época deveria ser melhor que a nossa.

— Ah, pai. — Ela coloca a mão livre sobre as mãos entrelaçadas dele.

— Não seja bobo. Esta também é a sua época.

Ele sorri e balança a cabeça, e ela percebe, ao falar, que as palavras foram difíceis para o pai expressar, e que ele não queria que ela questionasse o tempo verbal delas. Ele não quer ter nada a ver com aquela época. Fez a parte dele, deu tudo que podia, e não foi suficiente. Outra pessoa deve fazer isso agora. Ter sucesso onde ele fracassou.

Joan leva a mão do pai aos lábios e a beija. Normalmente, ela não beija o pai, e por isso é um gesto inesperado e magnífico que pega os dois de surpresa. Ela se senta ao lado da cama dele até a mãe subir com três tigelas de guisado numa bandeja, deixando a de Lally no forno, e eles sentam juntos e comem, observando o céu se transformar de um cinza prateado num azul profundo e impenetrável.

Ele sofre outro ataque cardíaco uma semana depois, muito mais forte que o primeiro. Joan recebe um telegrama no laboratório, entregue a ela por Max e escrito pela mãe nos espasmos do luto, de modo que não há nenhuma tentativa de aliviar o golpe. POR FAVOR VENHA, diz. PAI MORREU.

A guerra acabou, e a maioria das pessoas perdeu alguém — nem um pouco sem precedentes, essa época —, mas, até aquele momento, ela nunca havia conhecido o vazio que surge com esse fim. Saber que nunca mais vai falar com ele, nunca mais vai ouvir sua voz ou saber o que ele está pensando ou enterrar a cabeça em seu peito, como fazia quando era criança. Esse conhecimento provoca nela a estranha sensação de que está se desintegrando, de que o luto está se acumulando num grande oceano de tristeza compartilhada.

E agora?, pensa. O que acontece agora?

Max a observa, olhando para ela do jeito que faz de vez em quando. Devagar, ele se vira e fecha a porta e os dois ficam sozinhos por um momento. Max a pega nos braços, e ela sente a pressão sólida de seu corpo contra o dela. É familiar e estranho ao mesmo tempo. Tanta coisa mudou desde que eles se tocaram pela última vez que ela nem tem certeza se reconhece a pessoa que achou que ele era.

— Sinto muito — sussurra ele. — Sinto muito por tudo.

Tudo?, pensa Joan. Sobre meu pai morrer, tudo bem; sobre sua esposa, talvez. Mas *tudo*?

— Eu queria poder acompanhá-la e cuidar de você.

— Vou ficar bem — sussurra ela, e, embora sinta-se grata por Max tentar ser gentil, não consegue olhar para ele. Ela sabe o motivo, mas não vai explicar. É um pensamento tolo, irracional, mas não consegue afastá-lo totalmente e sente o coração endurecendo, escurecendo, mesmo enquanto apoia a cabeça no ombro dele. Porque foi Max quem chefiou o projeto ali, não foi? Ele forneceu as principais contribuições da Grã--Bretanha para o projeto americano em termos de desenvolvimento do plutônio. Se não fosse por ele, poderia nunca ter acontecido. Seu pai talvez não tivesse tido aquele primeiro ataque cardíaco no sótão com o rádio ligado. Poderia ter vivido mais uns dez anos.

Onde começa a responsabilidade e onde termina?

Sentada no trem para St. Albans, Joan fecha os olhos e se lembra da voz do pai, profunda e clara, do seu jeito de olhar para ela durante as conversas esquisitas entre a mãe e a irmã, sorrindo e revirando os olhos só um pouco. Lembra-se dele sentado na escada dos fundos antes da sua entrevista na universidade, polindo os sapatos dela até brilharem, de que ele a beijou na cabeça, contente quando descobriu que ela conseguira uma vaga. Joan está apavorada com o discurso fúnebre, por ter de ir até o altar e falar. A mãe não vai querer fazer isso, e Lally é jovem demais, então a responsabilidade é dela. Ela terá de bloquear a terrível verdade do que fez e fingir ser a garota que ele acreditava que ela era. O que o pai teria pensado, se soubesse? Teria orgulho dela? Ele dissera certa vez que todos tinham o dever de transformar o mundo. Cada um de acordo com seus dons. Era isso que ele queria dizer?

A lembrança dessas palavras faz seu coração titubear. Ela se lembra da promessa de Churchill no parlamento e dos terríveis relatórios da guerra na Frente Ocidental, das imagens que os boatos diziam ser de Stalingrado durante o cerco. Pensa em Leo, parado diante das pias no toalete feminino da Universidade de Montreal, dizendo que Joan estava com medo da coisa errada, e, pela primeira vez, ela entende que Leo estava certo. A percepção a atinge com tanta força que ela não consegue afastá-la. A guerra acabou, mas Joan sabe que não pode haver esperança de paz no futuro se apenas um lado tiver uma arma como essa.

Reconhece agora o que ele quis dizer sobre ela estar numa posição única de tornar as coisas mais justas. De tornar o mundo um lugar mais seguro. De cumprir seu dever, como seu pai certa vez lhe dissera que devia.

A área rural passa pela janela do trem. Tudo que Joan tem a fazer é entregar as informações a Sonya. Foi isso que Leo deixou implícito. Sonya a repassaria a quem as exigisse e, depois disso... Ela hesita. Depois disso, Joan não consegue imaginar. Parece tão simples, tão fácil. Ela sente uma terrível pontada de arrependimento ao saber que, para fazer isso, a pessoa que vai ter de trair é Max. Sabe que, para ele, a bomba não é só uma coisa. É o trabalho de sua vida. Joan não poderá voltar atrás depois disso. Ele nunca mais vai segurar suas mãos e dizer que a ama e que quer conversar com ela para sempre. Não haverá um "talvez" pairando entre os dois, nenhuma esperança de beijo perfeito como o que aconteceu no navio.

Mas ele também não a enganou? Não mentiu para ela?

Joan pega um caderno e uma caneta na bolsa. Sabe que o que está prestes a fazer vai quebrar seu juramento sob a Lei do Segredo de Estado, mas não vai pensar nisso. Agora não. De memória, anota o processo básico envolvido na fabricação de uma bomba atômica. Seria mais fácil fazer isso no laboratório, onde tem acesso aos números, mas, nesse ponto, ela quer dar uma ideia, ver se eles estão interessados nas informações como Leo acredita que estão. Ela dá os detalhes das dificuldades na produção de urânio e acrescenta diversas sugestões de como podem ser resolvidas, especificamente com o uso do plutônio. Descreve o refletor de reator nuclear e a cápsula usada para manter a bomba unida enquanto a reação em cadeia se inicia, os materiais a serem usados na etapa de implosão, e desenha um diagrama do produto final, ainda não construído, incluindo as dimensões projetadas.

Com cuidado, ela rasga as folhas do caderno e dobra as páginas, guardando-as no bolso enquanto o trem para na estação. Não quer perder tempo por medo de que a indecisão vença. Na estação, vasculha a bolsa em busca de moedas, então caminha até a cabine telefônica mais próxima, coloca uma moeda na abertura e espera a telefonista atender. Seu estômago está embrulhado. A conexão é feita com clareza e calma, e Joan recita o número de Sonya.

— Vou fazer a transferência.

Há uma breve pausa no outro lado da linha, depois um clique.

— Oi, sou eu — diz Joan. — Estou em St. Albans. Eu... preciso ver você.

— É? — A voz de Sonya é suave, musical, como se estivesse sorrindo. — É urgente?

Joan faz uma pausa. Não é tarde demais. Ainda pode mudar de ideia.

— É, muito. Tenho uma coisa para você.

— Eu estava me perguntando se teria — responde Sonya, sem perguntar o que é, mas recebendo as instruções calmamente, como se estivesse esperando essa ligação. — Certo. Vou pegar o carro de Jamie emprestado. Se eu sair agora, posso chegar aí no fim da tarde.

Uma respiração profunda. Inspirar e expirar. Joan tenta fazer a voz parecer leve e animada, fingindo para si mesma que esse plano nada mais é que duas amigas se encontrando para bater papo.

— Me encontre na cafeteria ao lado da catedral às quatro e meia.

Ela coloca o fone no gancho e sente um tremor frio lhe percorrer o corpo. Espera um instante, a mão apoiada no gancho. Pode desistir de tudo agora mesmo. Pode ligar para Sonya de novo, dizer que não a procure porque mudou de ideia. Mas então ela se lembra da perna do pai, do modo como ele costumava pular pelo quarto de manhã antes de prender o apoio de madeira no cotoco enfaixado, o ruído no chão do quarto. Pensa nos pacientes da mãe, gritando por morfina no hospital, corredores e mais corredores deles, e no terrível redemoinho de calor e cinzas em forma de cogumelo nas fotos de Hiroshima, e entrelaça as mãos à frente do corpo num tipo de prece. Só que não é uma prece. É uma súplica, um apelo, uma promessa. É um fluxo de convicção que percorre seu peito e a faz inspirar fundo, involuntariamente, até os pulmões estarem cheios de ar.

Depois da enchente, um pacto.

Quarta-feira, 11h42

Joan afunda de novo na cadeira ela vê a expressão de incredulidade de Nick.

— Não, mãe, não. Parem a fita. Ela não sabe o que está dizendo. Só está dizendo isso porque está com medo, porque acha que é o que vocês querem ouvir. — Nick se lança em direção à filmadora, a mão seguindo em direção ao botão de parar. O Sr. Adams o impede, estendendo o braço para desencorajá-lo de tocar em alguma coisa. Por um instante, os dois homens se encaram, presos num impasse dramático, até que Nick baixa a cabeça e recua. Virando-se para trás, ele se ajoelha diante de Joan e coloca as mãos nos joelhos dela. — Por favor, mãe. Você não precisa dizer isso. Você não fez aquilo. Eu sei que não.

Joan estende a mão para pegar as dele. Como deseja poder se levantar, abraçar o filho e sentir seu calor se espalhando pelo próprio corpo como o perdão, mas não tem coragem.

— Sinto muito, Nick — sussurra ela. — Sinto muito mesmo.

— Você tem que parar de falar — recomenda ele, e agora está sussurrando, os lábios perto do ouvido de Joan. — Você vai ser presa por uma coisa que não fez. Você sabe como é lá? Você tem 85 anos. Preciso cuidar de você. Eu *quero* cuidar de você. Como posso fazer isso se você estiver na prisão?

Joan coloca a mão sobre a dele.

— Posso me cuidar sozinha.

— Não pode, não.

Ela o encara, seu menino querido, de quem sempre teve tanto orgulho, que trabalhou tanto e se saiu tão bem, que é forte, generoso e gentil com a mãe, e ela sabe que não o merece. Seu coração se parte ao ver quanto ele quer protegê-la, convencido de que ela precisa que o filho faça isso, que a mãe não consegue enfrentar tudo sem ele. Joan entende por que Nick pensa assim. É o papel que ela sempre representou. Mas não vai permitir que ele a proteja agora, não nesse caso. É seu dever protegê-lo. Ela balança a cabeça devagar, devagar.

— É tarde demais — sussurra Joan. — Eles já sabem.

Todos os papéis produzidos pela equipe de pesquisa são duplicados e numerados em série, então armazenados no resistente arquivo de metal de Max. Joan sempre fez isso na sala de reunião no fim do corredor, e agora concorda com Sonya que simplesmente pode fazer uma cópia a mais de tudo que pareça importante: uma para ser arquivada e outra para lhe entregar no encontro mensal das duas, para que Sonya possa passar as informações adiante.

— Mas para quem? — pergunta Joan quando Sonya descreve essa etapa do processo.

Sonya ergue uma sobrancelha.

— Não vou dar nomes.

— Não quero nomes. Quero saber no geral.

— Para um contato no centro em Moscou.

— O Lubianca? — Os olhos de Joan se arregalam. Já ouvira falar desse lugar. É a sede da unidade soviética de inteligência estrangeira, frequentemente mencionada em tons sussurrados durante aquelas reuniões no início da universidade. Ela costumava imaginar o local como um prédio soviético cinzento, parecido com um labirinto, até Leo corrigi-

-la, explicando que, na verdade, era bem majestoso e foi originalmente construído para a Companhia Russa de Seguros antes da Revolução, depois requisitado por Lenin para abrigar sua polícia secreta. Ela sabe que as condições devem ser diferentes agora, os pisos de parquê sem polimento e as paredes verdes pálidas manchadas pelo tempo, mas ainda é assombroso de imaginar. Quando visitou Moscou antes da guerra, Leo descreveu as obras de acréscimo de um andar ao topo do prédio a fim de abrigar o serviço policial sempre em expansão, cobrindo as características barrocas que o tornaram um prédio grandioso em primeiro lugar. Ele disse que havia celas de prisão no porão, onde inimigos do Estado eram presos e interrogados, e foi assim que nasceu a velha piada soviética de que o Lubianca era o prédio mais alto da Rússia, porque dava para ver a Sibéria do porão. Joan tenta imaginar seus documentos chegando até lá. — Você vai mandar por correio?

Sonya ri.

— Não seja tola. Vou mandar por rádio.

— É seguro? As pessoas não conseguem escutar?

— Vou criptografar antes. Aprendi a fazer isso na Suíça. — Ela morde um pedaço de sanduíche e torce levemente o nariz com o gosto do ovo em pó. — Você não sabia? Jamie era meu instrutor. Foi assim que nos conhecemos.

Não, Joan não sabia disso, mas muitas vezes se perguntou o que ele fazia, já que Sonya só o descrevera como "em atividade".

— Então você manda por rádio para um contato. Um agente?

Sonya dá de ombros.

— Um oficial, geralmente. Embora nem sempre seja a mesma pessoa. Eles vêm e vão.

Joan franze a testa, sem entender.

— Vêm e vão para onde?

Sonya suspira e balança a cabeça.

— Há vários traidores em Moscou. Se alguém desaparece, você não pergunta o que aconteceu. Simplesmente aceita o novo.

— O que você quer dizer com "desaparece"? Está falando que eles ficam presos no porão?

— Para começar.

— E depois? — Ela se lembra da piada soviética de Leo. — São mandados para a Sibéria?

— Se tiverem sorte.

— E se não tiverem?

Sonya abre um sorriso. Ela coloca um dedo na lateral da têmpora e o polegar imita o ato de puxar um gatilho.

Joan a encara.

Sonya ri.

— Tudo bem, Jo-jo. Não vai acontecer com você. Eles teriam que levá-la para Moscou antes, e não vão fazer isso. Você só está ajudando. Não pode traí-los porque não sabe quem eles são.

— Mas você sabe.

Sonya dá de ombros.

— Sei.

— E eles conhecem você.

Ela assente.

— Então, como você sabe em quem pode confiar e em quem não pode?

Sonya olha para ela e sorri.

— Eu confio em mim mesma.

Há um silêncio enquanto Joan espera que ela continue.

— E?

— E é isso. A regra mais importante de todas. Não confie em ninguém.

— E Leo?

Sonya acena com desdém, como se a pergunta fosse ridícula. Claro que é. Não há tempo para insistir nisso, porque Sonya passou a dar instruções gerais, avisando a ela que deve tomar cuidado para que ninguém a siga; deve andar de táxi sempre que estiver carregando material confidencial e precisa mudar sua rota todas as vezes. Nunca deve ir diretamente a um ponto de encontro.

— Por quê?

— É a única maneira de ter certeza de que você não está sendo seguida.

— Parece um jeito caro de se movimentar.

— Você vai ser reembolsada — afirma Sonya. — E mais.

— Não quero dinheiro. Só que prefiro pegar o ônibus.

Sonya ignora o comentário.

— E, se achar que está sendo seguida, atravesse a rua algumas vezes e veja se eles vão atrás.

— E se forem?

— Bem, aí você está encrencada. — A expressão de Sonya está impassível quando diz isso, mas depois ela joga a cabeça para trás e cai na gargalhada. — Estou brincando, Jo-jo. Você não vai ser seguida. E sempre vamos nos encontrar em locais grandes e movimentados, só para garantir. Lojas de departamento, estações, Market Square. Se achar que alguém está seguindo você, entre numa loja onde será difícil a acompanharem sem serem óbvios. Se for um homem, vá a uma loja de lingerie ou uma loja de sapatos femininos. Ele nunca irá atrás. Só se lembre de que cada movimento que fizer deve ser justificável, aí você vai ficar bem.

— Quer dizer que eu devo comprar um par de meias toda vez que achar que estou sendo seguida?

Sonya sorri.

— Bem, meias nunca são demais. — Ela estende a mão para segurar a de Joan e a aperta. — Mas esta é a parte importante: se achar que está sendo seguida e estiver indo ao meu encontro, segure a bolsa pela alça com a mão esquerda e finja que não me conhece. Não no ombro. Não na mão direita. Na esquerda. Assim eu vou saber.

Joan assente, com os olhos arregalados e, de repente, começa a sentir medo por ter concordado com isso. Será que Sonya só está sendo dramática? Ou está falando sério?

— E se *você* achar que está sendo seguida?

Sonya pensa por um instante.

— Se eu estiver sendo seguida, vou usar um lenço de cabeça no cabelo. Se estiver ao redor do pescoço, você vai saber que está tudo bem. — Ela faz uma pausa. — Mas não se preocupe. São só precauções. Contanto que sejamos cuidadosas, não há motivo para ninguém suspeitar de nós. Afinal, temos o disfarce perfeito.

— Temos?

— Claro que sim — responde Sonya, lançando um olhar recatado na direção de Joan. — Quem suspeitaria de que estamos fazendo esse tipo de coisa? Somos mulheres.

Joan fica com a mãe por uma semana depois do enterro antes de voltar para o laboratório, onde sua primeira tarefa é levar uma pilha dos papéis de Max até a sala de reunião para arquivar. Há mais documentos que o normal por causa de suas faltas ao trabalho, e ela diz que vai ficar na sala de reunião a manhã toda. Ver a caligrafia dele nos papéis a deixa um pouco enjoada, as voltas e curvas agora tão familiares quanto as suas. Joan vira a primeira página.

Há uma ferramenta para fazer cópias em papel carbono, e a única diferença agora é que ela faz duas cópias, em vez de uma, quando considera o documento significativo. Quando lhe dão algo breve para datilografar naquela tarde, ela simplesmente datilografa uma cópia a mais na própria mesa, dobra e a coloca dentro de um dos livros que mantém na bolsa, para acrescentá-la à crescente pilha de documentos que juntou num envelope e guardou nos fundos de um arquivo de metal na sala de reunião.

Ela coloca a pequena câmera Leica que Sonya lhe deu no fundo de uma antiga lata de chá, escondida sob uma fina camada de metal, porque pode haver desenhos ou documentos que seria melhor fotografar. Esses filmes podem ser colocados no envelope com as duplicatas, e a câmera deve ser devolvida à lata de chá, que Joan vai encher toda segunda-feira de manhã para garantir que o esconderijo seja seguro. A cozinha é seu domínio, de qualquer maneira, e os outros raramente a perturbam ali. Nem Karen se atreveria a bagunçar a pilha de latas no fundo do armário embaixo da pia nem mesmo se voltasse a cuidar da ronda do chá matinal como fazia antes de Joan assumi-la, então a segurança do esconderijo está garantida.

Ela trabalha mais árdua e diligentemente que antes. Ainda conversa com Karen, com os cientistas e com os técnicos, embora não tanto quanto fazia, e toma cuidado para manter a lata de biscoitos abastecida. Sua datilografia continua lenta e imaculada, como sempre, mas alguma coisa está diferente, embora ninguém saiba identificar o quê. Ela pinta o cabelo num tom mais escuro que o normal, quase castanho-avermelhado, e até Max comenta, dizendo que está parecida com Joan Crawford.

— Estou?

— Será que é dela que estou falando? A bonita.

Joan ri, mas não fica ruborizada como teria ficado um dia. Sua mão não está mais disponível para ser tocada acidentalmente, do modo que estaria antes.

Ela sabe que Max atribuiu a mudança à morte do pai, mas Karen rejeita essa ideia sempre que conversa com qualquer pessoa que lhe dê ouvidos; para ela, Joan arrumou um jovem. E, embora se sinta envergonhada por esse súbito interesse geral em sua vida particular, Joan considera um bom disfarce. Não nega completamente, portanto as pessoas supõem que seja verdade. Karen parece genuinamente empolgada por ela — tinha se desesperado durante os quatro anos que Joan está no laboratório, se perguntando se ela um dia encontraria um marido — e fica igualmente feliz por ter uma bela fofoca nova para espalhar quando a conversa acaba durante o intervalo da manhã para comer biscoitos.

— Quem é ele, então, esse rapaz que roubou seu coração? — pergunta Donald quando estão tomando drinques numa sexta-feira à noite, depois de várias semanas de especulação.

Joan fica ruborizada.

— Donnie! — exclama ela, em pretensa timidez. Max está de costas para ela, mas Joan consegue ver a lateral de seu rosto no espelho e nota um leve rubor se espalhando pelas bochechas.

— Não, me conte. Quero saber tudo sobre ele.

Joan toma um gole de sua limonada com vinho do Porto.

— Não há nada a dizer.

— Hmm, bem, não acredito nisso. Mas não me importo se não quiser me contar.

Joan ri.

— Prometo que conto quando for a hora. Mas não agora. Ainda não.

— Não quer atrair o azar. Eu entendo. — Ele pega o copo dela. — Mais um?

Ela dá de ombros.

— Tudo bem. — Joan o observa desaparecer na multidão a caminho do bar e se vira para um pequeno espelho na parede ao lado. Um fio de cabelo se soltou da presilha e, quando ela estende a mão para ajeitá-lo, percebe que Max a está observando.

Nada acontece de imediato ou, pelo menos, nada que alguém possa identificar com alguma certeza. Alguns segundos se passam antes de ele dar um passo para a frente, virá-la para que o encare e pegar a presilha da mão dela.

— Espero que esse homem, quem quer que seja, mereça você — diz Max com delicadeza.

Devagar, com cuidado, ele recoloca a presilha no cabelo dela e inclina a cabeça para ver se está no lugar certo. Uma sensação violenta, ardente, sobe por todo o corpo de Joan. Ela o observa se virar de costas e sair do pub, deixando a bebida pela metade na mesa ao lado dela, e se sente perdida.

Mas é assim que tem de ser. Ela fez uma escolha.

No fim do mês, Joan pega um trem para Ely, conforme havia combinado com Sonya, com um envelope marrom debaixo do braço. O envelope está selado e endereçado a um nome que Joan pegou na lista telefônica do laboratório e guardou na memória caso alguém lhe pergunte. O endereço é uma mistura de diferentes endereços de encanadores na área de Cambridgeshire. Ela se senta perto da janela com a bolsa agarrada no colo, esperando que um sinal atrasado seja corrigido para que eles possam sair da estação. Ela se abaixa para ajeitar os sapatos e, quando se recosta de novo, fica tonta ao ver um policial nos portões. De repente, deseja ter pegado um táxi, como Sonya instruiu.

Por favor, pensa ela. Por favor acabe logo e vá embora. Suas mãos estão agarrando a bolsa, e o tecido da alça está quente e pinicando a pele. Precisa segurá-la com a mão direita. Está tudo bem. Não está sendo seguida. Ela verificou isso a caminho da estação, refazendo seus passos e entrando no farmacêutico para comprar um pacote de pastilhas para tosse, uma tarefa justificável deixada para aquele dia. Uma tarefa convincente. Ela tosse e aperta a alça da bolsa com mais força.

O compartimento está meio cheio, movimentado com passageiros habituais usando jaquetas leves de verão e gravatas com cores pálidas, homens que olham de relance para ela, como sempre fazem quando Joan usa esse tom específico de azul, na esperança de atrair seu olhar distraído e questionador. Não é nada suspeito. Normalmente, ela evitaria os olhares, mas naquele dia também está olhando para esses homens, observando-os, se perguntando se algum deles suspeita dela. Há algum indício que possa entregá-la? Será que Joan parece diferente de antes, quando era apenas mais uma pessoa indo para o trabalho como todo o restante, se recompondo, participando do esforço de guerra e usando luvas por cima das frieiras?

Um apito toca no mesmo instante que a porta do compartimento se abre. Uma senhora usando um elegante vestido cor de vinho coloca a cabeça para dentro do vagão, olha ao redor e fixa os olhos em Joan. A mulher está acalorada, sem fôlego, com uma mala numa das mãos enquanto segura o chapéu na cabeça com a outra, de modo que o cabelo está amassado e bagunçado. Joan sente um aperto no estômago.

— Este trem vai para Ely? — A mulher pergunta diretamente a Joan. Seu instinto é desviar o olhar, mas ela não o faz.

— Vai.

— Maravilha. — A senhora entra no vagão e bate a porta bem no momento que o trem começa a se mover. Ela se senta ao lado de Joan, embora esteja um pouco apertado e haja mais espaço ao longo do banco. Está com a respiração ofegante e pesada e tira o chapéu para se abanar.

— Bem na hora — diz ela, cutucando Joan.

Joan assente, sorri e desvia o olhar, aliviada. Ninguém parece ter notado algo incomum. Não há policiais seguindo o trem, os saltos e apitos ecoando pelo ar abafado do vapor, nenhum detetive usando sobretudo com colarinho alto deslizando pelo corredor envidraçado. Ela sabe que não parece suspeita. Parece inocente e respeitável. Não necessariamente uma fiel de igreja — quem é, hoje em dia? —, mas as unhas estão pintadas e limpas, o cabelo está preso com capricho. Sonya está certa. Ela é o tipo de pessoa ao lado de quem os outros escolhem se sentar nos vagões de trem. Quem suspeitaria dela?

Joan sente um leve tremor de empolgação pelo que está começando. Sabe que não há mais ninguém que possa fazer o que ela está fazendo, mais ninguém com o mesmo nível de acesso e conhecimento.

Exceto Max, claro.

Ela está com medo de ser pega? Claro que está. Quando para e pensa no que está fazendo, fica apavorada. Se fosse pega, não falaria nada, e sabe o que isso significaria para ela.

"Por favor", eles diriam quando fossem atrás dela. "O que uma bela garota como você está fazendo, metida numa coisa dessas? Alguém deve ter convencido você a fazer isso. Só precisamos de um nome." Mas ela não daria um nome, porque os únicos nomes que tem são os de Leo e Sonya.

Portanto, não pensa nisso, na maior parte do tempo. Porque sabe que, depois que uma coisa é feita, nunca pode ser desfeita. Não há como voltar. É isso.

Quarta-feira, 12h02

Evidências reunidas para a Acusação no caso de R vs Kierl, dezembro de 1946

Entre 1943 e 1946, o réu participou de diversas reuniões com um homem que ele descreveu, mas não foi identificado. Essas reuniões aconteceram numa estrada rural nos arredores de Ottawa, Ontario, exceto em algumas ocasiões em que se encontraram numa cafeteria em frente à Estação Central de Ônibus. As reuniões normalmente aconteciam à tarde, nos fins de semana, e os horários eram organizados para se encaixar com os horários dos trens vindos de Montreal. O homem sempre chegava e partia de trem.

Ele declarou que esse homem era, na sua opinião, estrangeiro, apesar de falar inglês bem, sendo este o idioma em que as transações de espionagem eram realizadas. Ele o descreveu como um homem magro, atlético, com 30 e poucos anos.

O material entregue a esse contato desconhecido consistia exclusivamente em cópias em papel carbono de seus próprios artigos, datilografados por ele ou manuscritos, e disse que não repassou nenhum trabalho preparado por outras pessoas ou que tenha feito em colaboração com alguém.

Embora tenha visto uma grande quantidade de possíveis fotografias, ele não foi capaz de identificar nenhum deles como o homem em questão e, sem mais informações, parece improvável que esse contato seja identificado.

Nick não falou desde o desabafo de Joan. Sua expressão está impassível, paralisada de choque. Ele começa a se mexer e estende a mão em direção ao arquivo.

— Posso ver?

Joan observa os olhos do filho enquanto ele examina a folha de papel que a Srta. Hart lhe deu. Deseja poder ter apenas um momento sozinha com ele. É impossível decifrá-lo quando está assim, fechado. Se ao menos pudesse falar com Nick longe da filmadora e dessas perguntas incessantes, talvez tivesse uma chance de se explicar. Queria que ele olhasse para ela, só de relance, mas seus olhos estão grudados na folha de papel.

— A senhora mencionou que conheceu Kierl no Canadá. Tinha alguma ideia de que ele era simpático à causa russa?

Joan balança a cabeça.

— Eu nem falei com ele de verdade. Era bem na dele, mas muito respeitado como cientista. Eu me lembro disso.

A Srta. Hart assente, pressionando os lábios naquele jeito de representante de turma que às vezes adota.

— É verdade, e um espião muito competente. Ele roubou amostras de isótopos de urânio que foram pessoalmente transportadas até Moscou pelo embaixador.

— Eu me lembro.

— A senhora deve ter ficado meio assustada. Prisão perpétua.

As palavras pairam no ar entre as duas.

Joan hesita. Ela se lembra das manchetes expostas nas bancas de jornal quando pedalou até o laboratório naquela manhã. ESPIÃO ABRE O BICO! CONTA TUDO!

Ela havia freado abruptamente e largado a bicicleta na calçada, fazendo a bolsa e o guarda-chuva caírem da cesta presa ao guidom. Um homem parou para ajudá-la a pegar suas coisas, tirar a bicicleta da rua e apoiá-la numa vitrine de padaria para que Joan pudesse comprar um jornal na banca. Ela se lembra de como seus dedos vasculharam a bolsa em busca de moedas, de maneira desajeitada e sentindo calor, e se lembra de reconhecer Kierl na fotografia sob as manchetes gritantes. De acordo com os artigos no jornal, o MI5 e a polícia canadense tinham sido informados pelo presidente Hoover de que havia um vazamento vindo de algum lugar em uma das unidades de pesquisa atômica, e ele havia pedido, tanto aos britânicos quanto aos canadenses, que investigassem; Kierl foi escolhido por meio de um processo de eliminação. Depois vinham os detalhes da prisão, a batida na porta de seu bangalô, o oficial de polícia canadense querendo saber se podia lhe fazer algumas perguntas.

Ah, sim, Joan certamente se lembra de ter lido sobre isso.

Kierl foi preso naquela noite. Na manhã seguinte, confessou o crime de enviar informações para a União Soviética. Uma sorte inesperada. Houve protestos de que a sentença foi dura demais. Afinal, ele não estava entregando segredos para um inimigo. A Rússia era aliada, na época. Embora, em 1946, essa posição fosse um pouco mais ambígua.

Joan olha para a Srta. Hart. Sua cabeça lateja de exaustão. Não há folga na sequência implacável de perguntas. Ela olha para o relógio de pulso. Quarenta e sete horas até seu nome ser liberado para a Câmara dos Comuns e até a cremação de William. Quarenta e oito horas até ela ter de fazer uma declaração para a imprensa. Supõe que seja por isso que estejam mencionando Kierl agora. Para prepará-la para o que vai acontecer com ela.

— Sim. — Ela acaba dizendo, com a voz fraca e instável. — Fiquei um pouco assustada.

Quando chega ao laboratório, todos já estão lá, reunidos na sala de Max, em pé, conversando, lendo trechos dos jornais em voz alta. Donald está gritando alguma coisa sobre os malditos russos. Karen está na porta, gesticulando para que Donald baixe o tom. Joan deixa a bolsa na chapelaria e entra. Max está parado atrás da mesa de trabalho, a camisa amassada e o cabelo desalinhado, o rosto com olheiras. Seus olhares se encontram, e, por um breve instante, há uma insinuação da proximidade que eles perderam, provocada por essa lembrança da viagem ao Canadá, antes de ele tossir, desviar o olhar e levantar as mãos numa tentativa de chamar a atenção de todos.

— Vocês todos sabem por que estamos aqui. Vocês leram os jornais. — Ele abaixa a cabeça e esfrega os olhos com a palma das mãos. — Não sei o que dizer. Eu me sinto... — Ele para.

— Irritado? — arrisca Donald.

Max assente, mas não sorri.

— Isso seria um eufemismo.

O silêncio paira na sala. Há uma tensão no ar, como se estivessem sob cerco, como se estivessem sendo escutados, o que significa que ninguém sabe o que dizer. Por fim, Karen fala:

— Eles virão aqui também? Estamos sob investigação?

Max ergue o olhar.

— Suponho que sim. — Ele levanta as mãos de novo para acalmar o burburinho que essa resposta provoca. — Acho que todos devemos agir normalmente na medida do possível. Vamos atrair a atenção da imprensa, e acredito que a polícia esteja a caminho daqui agora, mas vai passar. Será pior nos laboratórios em Brum.

— Tudo é pior em Brum — interrompe Karen, da porta.

— Então vamos continuar como se nada tivesse acontecido? — pergunta Donald de um jeito irritado.

— Bem, nada aconteceu, na verdade — argumenta Arthur. — Eles não podem fazer a bomba com base nas informações dadas por Kierl. Nós mesmos ainda nem a fizemos.

— Não. Mas qual é o sentido de fazê-la se eles também a terão? Stalin vai nos explodir antes de termos a chance de impedi-lo.

— Está bem, está bem, Donnie. Já basta de desgraça por hoje — grita Karen. — Joan, venha até aqui. Vamos fazer o chá.

Max sorri agradecido para Karen.

— Tudo bem, reunião encerrada, então. O lema do dia é cooperar com a polícia, mostrar que não temos nada a esconder e continuar trabalhando muito. Acho que é tudo que podemos fazer. — Ele faz uma pausa. — E sermos extravigilantes, extracuidadosos. Quero os armários trancados, nenhum documento deixado de fora durante a noite, nenhuma conversa aleatória. Todas as normas de guerra ainda se aplicam a nós.

— Certo, chefe.

Há um alívio palpável da tensão quando todos se viram para sair e voltar ao trabalho normalmente.

Ah, que esforço Joan precisa fazer para se mover devagar, para dar a impressão de que está tão abalada quanto os outros (e está, de certo modo) e que não tem motivo para correr. Mas é difícil se impedir de andar rápido. Ela se sente tonta e descontrolada, como se estivesse galopando ladeira abaixo, a grama escorregadia, íngreme demais para frear. É quase um reflexo, essa vontade de estender as mãos para se proteger. Há tantas coisas que precisa fazer. Ir para a sala de reunião. Encontrar o envelope marrom que já endereçou para o encanador fictício e deixou, de maneira estúpida e descuidada, no aparador embaixo de uma bandeja, lotado de documentos duplicados. E tem a câmera, escondida na lata de chá, como sempre. Sim, ela sabe que eles provavelmente não vão procurar ali, mas, se o fizessem, seria uma bela descoberta: uma pequena câmera contendo um rolo de filme com fotos em close do desenho do reator.

— Joan, você se importa de ficar aqui um minuto?

O coração dela para no peito.

— Eu... hmm... tenho umas coisas para organizar.

— Não vai levar nem um minuto.

Ela não tem escolha. Espera os outros saírem enfileirados enquanto seus pensamentos disparam do envelope de documentos à câmera. Como pode ter sido tão descuidada? Tão imprudente? Ela se achava invencível? Quando todo mundo sai e a porta se fecha, ela se senta na cadeira em frente a Max. Ele está sentado à mesa de trabalho, rabiscando distraidamente num arquivo com a caneta-tinteiro.

— Então, nosso amigo Kierl era mais máquina de caça-níqueis do que pensávamos — começa, levantando o olhar e abrindo um meio sorriso triste antes de voltar a rabiscar. — É um golpe inesperado.

De perto, sua pele continua pálida feito concha de ostra, como ela se lembra. A lembrança se choca, de maneira desconfortável, com seus pensamentos em relação ao envelope e à câmera.

— O que você queria falar comigo?

Ele levanta o olhar, a mente claramente distraída. Alguns segundos se passam antes que consiga falar:

— Me pediram que enviasse um relatório do que achamos de Kierl no Canadá. Todas as conversas que tivemos com ele, todos os comentários que fez, todas as alusões aos seus contatos. — Ele faz uma pausa. — Fiz um rascunho e gostaria que você desse uma olhada. — Ele empurra um papel para ela por cima da mesa. — Não diz nada que eles já não saibam, mas pode acrescentar qualquer coisa que você lembrar.

Joan assente.

— Certo.

— Precisa estar finalizado o mais rápido possível, então antes do meio-dia seria ideal. Pense em qualquer coisa que ele possa ter falado. Não estou esperando nada dramático.

— Eu mal falei com ele.

— Eu sei. — Max faz uma pausa. Seus olhos estão grudados no rabisco diante de si, e ele não os levanta para encontrar os dela quando fala. — Tem mais uma coisa.

Joan respira de maneira fraca.

— Sim?

— Recebi uma lista de suspeitos em potencial identificados no Canadá que podem ter sido o contato de Kierl. — Ele bate com a caneta na mesa.

— Um dos nomes, Leo Galich, era associado a você quando começou aqui. Sinto muito, Joan, mas tenho que perguntar: você o viu quando estivemos no Canadá?

O coração de Joan congela no peito, e então volta à vida com uma batida quase dolorosa. Será que ele já sabe? É por isso que está perguntando? Será que viu Leo procurá-la no toalete feminino? Não, pensa ela, Max não teria reconhecido Leo. Mesmo se ele visse uma fotografia agora, não faria nenhuma diferença. Devagar, ela balança a cabeça.

Max a observa com cuidado.

— Mas era ele, não era?

Parece que a língua dela está inchada de ar, uma grande bola de carne estufada.

— O quê?

— Aquele que você mencionou no navio. O que não fez o pedido.

Joan leva alguns segundos para se lembrar e, quando o faz, a percepção é destruidora e doce ao mesmo tempo. Ela assente.

— Sim, mas isso foi há muito tempo. Estou surpresa por você se lembrar disso.

Max inspira fracamente.

— A propósito, continuo achando que ele é um idiota.

Os olhares deles se encontram, em silêncio. Naquele instante, ela deseja de todo coração nunca ter se envolvido nisso, porque, de repente, é insuportável a sensação de cansaço e o medo de chorar.

Max parece ver isso no rosto de Joan, pois sua expressão demonstra uma leve preocupação.

— Não mencionei Leo Galich em nosso relatório — acrescenta ele, rapidamente — e parece não haver necessidade disso. Concorda?

Joan assente, grata por ele não ser capaz de decifrá-la como ela achava que era, ou por ele confiar o suficiente nela para não tentar fazer isso.

— Obrigada — sussurra Joan. Ela se levanta, sentindo o olhar de Max ainda queimando levemente sobre si. — Devolvo o relatório antes do almoço.

Ela sai apressada do escritório para a cozinha e fecha a porta. Seu coração está martelando. Não foi feita para isso. Ela se recosta na porta enquanto levanta o fundo falso da lata e tira a câmera, deslizando-a da palma da mão para as profundezas da bolsa. Sabe que não está segura ali, ou não está segura o bastante. Vai ter tempo para inventar um plano melhor mais tarde, embora não saiba qual.

A maçaneta gira atrás dela, e Joan se afasta da porta com um pulo.

Uma voz grita:

— Quer ajuda com o chá?

Joan pula e se vira. É Karen. Claro que é Karen. Quem mais poderia ser?

— Estou bem. — Sua expressão está vidrada. Ela está segurando a lata, e a chaleira ainda não está ligada, e Joan vê os olhos de Karen se alternarem entre o objeto em sua mão e a bancada. — Só estou enchendo a lata. — Ela desvia o olhar, depois olha de novo para cima, subitamente consciente do perigo de sua posição, da necessidade de agir normalmente.

— É meio perturbador, não é?

Karen assente e se aproxima de maneira conspiratória.

— Não sei se é o estresse disso tudo, mas estou com cólicas terríveis hoje.

Joan sorri de maneira solidária e, ao fazer isso, percebe que a hora chegou. Essa é a sua chance. É o seu disfarce. Sonya estava certa. Ela enche a chaleira de água e depois se vira para Karen.

— Me desculpe por perguntar — começa, hesitante —, mas você tem algum absorvente sobrando? Os meus acabaram...

— Claro. Vou deixar uma caixa no toalete para você.

*

A polícia chega pouco antes do meio-dia. Eles entram em silêncio no laboratório, à paisana e sem fazer alarde. Joan está na sala de reunião com a porta fechada quando escuta vozes desconhecidas no corredor. Não levanta o olhar. Não há tempo. Precisa terminar o que começou.

Ela tem um sistema. É imperfeito, mas não consegue pensar num jeito melhor de esconder as duplicatas extras, já que não podem ser destruídas. Não ali. Não naquele dia. Ela as arquiva com os originais, depois de decidir que seria uma defesa satisfatória dizer que havia copiado uma pilha de documentos duas vezes por engano na véspera. Não é algo que já tenha feito, mas também não é um erro improvável. Para olhos não treinados, a maioria dos documentos produzido por cada cientista é muito parecida com todos os outros já produzidos. Se for identificada, essa repetição, sem dúvida, seria atribuída a um descuido dela ou até mesmo a uma suposta falta de conhecimento de Joan. E isso, claro, não é algo ruim.

Ela está se movendo com rapidez. Seus dedos são habilidosos e precisos, e os pelos curtos de sua nuca parecem totalmente arrepiados. Sua bolsa está apoiada na perna da mesa, meio escondida, mas ainda visível. Joan ouve passos no corredor do lado de fora do cômodo. Eles param, voltam e refazem o caminho. Rapidamente, ela coloca os papéis nos respectivos arquivos até o envelope sobre o aparador estar completamente vazio.

Os passos se aproximam de novo, e dessa vez não param. A maçaneta da porta gira.

— Desculpe interromper, senhorita. O professor disse que você estaria aqui. — Um policial está parado à porta. — Preciso levar alguns desses arquivos.

Joan dá um passo para o lado e faz um gesto para que ele pegue o que quiser.

Ele avança e começa a ler as etiquetas de cada arquivo. Assente e sinaliza para outro policial vir pegar os que ele selecionou, e o homem faz isso, enchendo tanto os braços que se reclina enquanto anda para contrabalançar o peso. Ele para quando vê o envelope no aparador e coloca os arquivos numa mesa; pega o envelope, o sacode e o examina antes de deixá-lo de lado, então recolhe os arquivos outra vez e sai.

Quando ele some, o primeiro homem se vira para Joan.

— Essa bolsa é sua?

Joan olha para a bolsa aos seus pés. Faz que sim com a cabeça.

— Se importa se eu der uma olhada?

— Claro que não. — Ela a pega e lhe entrega. Suas costas estão suadas. O policial pega a bolsa e abre, vasculhando o rolo desorganizado de recibos no compartimento de trás. Ele sacode um lenço de pescoço, um livro, um guarda-chuva, um batom. Pega cada item e o inspeciona, virando de todos os lados e passando os dedos sobre qualquer fresta capaz de disfarçar alguma coisa.

— Me desculpe, senhorita — diz ele. — Sinto muito, mas é rotina.

Então abre mais a bolsa. Está quase vazia, exceto por um item que parece estar escondido no fundo do forro. Ele levanta a bolsa e a vira de cabeça para baixo, depois a sacode até a minúscula Leica cair.

Só que não tem mais a forma de uma câmera. É uma câmera disfarçada. É uma câmera quebrada pelo salto fino de um sapato no banheiro feminino, estilhaçada em pequenos pedaços e depois escondida dentro de dez absorventes, todos abertos, embalados e depois dobrados com capricho, simetricamente, de volta à embalagem original. O homem pega a caixa e a inspeciona, sem perceber imediatamente o que é. Ele franze a testa quando lê a embalagem e fica vermelho quando percebe do que se trata, pede desculpas e a coloca de volta na bolsa.

Essa foi por muito pouco. Foi imprudência, burrice. Joan está pedalando rápido, as bochechas queimando e o corpo todo tremendo ao pensar em como eles chegaram perto. Sente que acabou de ser impedida de cair embaixo de um trem, duas mãos em seus ombros puxando-a para trás. Ela passa pela estação e continua ao longo de ruas idênticas com pequenas casas geminadas, surradas pela guerra e descascadas, com flores se enroscando no peitoril das janelas, até chegar à própria rua e entrar ali, aliviada.

Há carros que não reconhece estacionados na rua, mas, por outro lado, por que reconheceria? Ela raramente olha. Só depois que Sonya lhe diz que essa é uma das precauções que precisa tomar é que começa a observá-los. Mas o que deveria procurar? Um homem de sobretudo fumando charuto e parecendo suspeito?

Qualquer coisa incomum, Sonya lhe disse. Você precisa saber o que é comum para poder identificar se alguma coisa é incomum.

Verdade, mas ela não fez isso. Naquele dia, Joan passa por oito carros antes de chegar ao prédio de tijolos vermelhos no fim da rua, e não sabe se já viu algum deles. Mais uma vez, decide fazer um registro adequado das placas dos carros. Sonya lhe deu um caderninho para isso quando ela se mudou para o novo apartamento, mas Joan ainda não começou a usá-lo. Está morando lá há mais de um ano. Saíra da pensão por insistência de Sonya, pouco depois de tomar sua decisão. Na verdade, foi inclusive Sonya quem encontrou esse novo apartamento para ela; tinha ligado para o seu trabalho a fim de anunciar que a localização era perfeita, com adoráveis cômodos claros, pé-direito alto e uma cozinha aconchegante, e Joan dera permissão para que fechasse o negócio em seu nome. Mas Sonya não mencionou a umidade nem a falta de aquecimento central, muito menos o fato de que não havia água quente no banheiro, mas esses detalhes eram insignificantes, e Joan não queria parecer ingrata reclamando.

Ela apoia a bicicleta na cerca da frente do prédio, abre a porta e rapidamente vasculha o aparador do corredor em busca de correspondência. Há uma conta de gás e uma carta da mãe, ambas jogadas numa pilha de circulares e cartas para os outros moradores do prédio. Joan pega as dela, verifica o restante da correspondência e sobe correndo os 64 degraus até seu apartamento. Há duas fechaduras: uma tranca a ser aberta por uma grande chave de bronze e uma trava de segurança menor. Ela se abaixa até a tranca e pega um único fio de cabelo escuro pintado, dela mesma, e o puxa delicadamente. É um truque que Sonya lhe ensinou, para verificar se a fechadura não foi adulterada durante sua ausência. Joan insere a chave, e a tranca clica três vezes antes de abrir. Isso se deve a um defeito na fechadura: se ela clica três vezes quando a porta está trancada, também precisa clicar três vezes antes de soltar a tranca. Não é uma forma de trancar melhor a porta, e sim uma precaução a mais para complementar a do cabelo.

O apartamento continua escuro quando ela entra, do mesmo jeito que o deixou. As cortinas estão fechadas, numa tentativa de afastar intrusos, embora ela não consiga imaginar alguém escalando um cano até o quarto andar. Joan tira o casaco e o pendura no gancho. Fica parada ao lado da cômoda de madeira no corredor, apoiando a cabeça na lateral do espelho. Seu coração ainda está batendo um pouco rápido demais. Estende a mão para acender a luz do corredor e, quando o faz, ela vê o braço de um homem refletido no espelho, preguiçosamente pendurado na lateral do sofá atrás da porta da sala de estar.

O estômago de Joan se contrai. Um grito sobe pela garganta e fica preso ali, de modo que o único ruído que ela emite é uma expiração silenciosa e apavorada. Ela se vira devagar, devagar. Estende a mão para a porta da frente, mas está longe demais. Seus pés se arrastam em silêncio na direção da saída, e Joan fica dividida entre a vontade de correr e o desejo de saber quem diabos está sentado em sua sala escura, em silêncio. A polícia? O MI5? Alguém relacionado a Sonya?

No silêncio, ouve o som de alguém respirando.

Ela estende a mão para se equilibrar, segurando o cabideiro e recuando lentamente até ele. Sua mão se curva defensivamente ao redor do poste de madeira. Os ganchos na parte de cima são pontudos o suficiente. Ela segura a maçaneta da porta e, de repente, percebe que quem quer que seja deve ter procurado o cabelo na fechadura, já que o apartamento não tem outra entrada. A quem Sonya poderia ter falado sobre esse truque? E por que ela contaria a alguém?

E, então, uma voz:

— Não tenha medo, minha pequena camarada. Sou apenas eu.

Quarta-feira, 15h16

Joan permite que ele fique por cortesia, porque, quando terminam de conversar e comer alguma coisa, já é tarde, e Leo perdeu o último trem de volta para Londres. Ela prepara uma cama com almofadas e lençóis na sala de estar e, enquanto sobe numa cadeira para pegar uma coberta extra na prateleira mais alta do guarda-roupas, fica desconcertada ao perceber que, na verdade, acha a presença dele reconfortante. Foi um alívio poder falar abertamente uma noite inteira, sem ter de fingir e esconder seus verdadeiros sentimentos o tempo todo, sem ser obrigada a explicar nada. Claro que ela sabe que ele não mudou. As pessoas não mudam. Leo a magoou tanto no passado que ela não consegue acreditar que um dia vai alimentar esses pensamentos outra vez, mas também sabe que está mais forte que antes. Sabe como é a sensação de ser amada.

Ela pega a coberta e desce da cadeira. Não vai pensar nisso agora. Foi um dia cansativo. Um dia assustador.

Leo mantém a porta da sala de estar fechada enquanto ela prepara uma bolsa de água quente e usa o banheiro. Mesmo quando está parada de camisola e bate na porta dele para lhe desejar boa-noite, lembrando-se de avisar que não há água quente no banheiro e que ele pode usar a chaleira no fogão, Joan diz a si mesma que está aliviada por ele não ter tentado nada. Sua mão se demora na maçaneta ao ter esse pensamento, até ela cair em si e voltar para o quarto, e então começa a trançar o cabelo com um cuidado feroz. Joan pula na cama e dá as costas para a porta, para ele. Não é que queira que alguma coisa aconteça. Está inflexível em relação a isso. Só está tendo esses pensamentos porque ele está ali agora, em seu apartamento, atrás de um fino painel de madeira cuja umidade vai até em cima, e seu coração não consegue se acalmar.

Seu sono é irregular, os sonhos cheios de policiais e envelopes marrons explosivos. Está amanhecendo quando Leo finalmente vai até o quarto dela, deixando a porta entreaberta e parando, parcialmente vestido, no escuro. Ele não emite nenhum som, mas Joan sente sua presença e se mexe. Suas pálpebras piscam, e, por um instante, os dois estão de volta, no mesmo velho impasse, e ela sabe o que deve fazer. Deve dizer a ele que vá embora, depois se virar para o lado e voltar a dormir. Abre a boca para dizer exatamente isso, mas a fecha de novo porque também sabe que não há nada que ela gostaria mais do que sentir o calor de outro corpo ao lado do dela, protegendo-a. É tão solitário ter um segredo como o dela. Joan quer ser abraçada por alguém que possa lhe assegurar que está fazendo a coisa certa. Que está segura. E com quem mais ela pode falar tão abertamente?

Bem, talvez com Sonya. Mas, nesse exato momento, Sonya não serve.

Na escuridão, Leo inclina a cabeça.

E, bem devagar, Joan levanta uma ponta da coberta e a puxa.

Ela o flagra observando-a enquanto se veste naquela manhã, abotoando a blusa macia de algodão que faz seus seios parecerem maiores do que de fato são — ele também diz isso a ela — e sacudindo a toalha para abri-la como uma flor antes de amarrar o cabelo molhado num turbante elaborado. Ele a observa enquanto Joan coloca a manteiga na mesa para a torrada dele e passa a mão sob a grelha para verificar se está quente o suficiente antes de encher a chaleira com água e colocá-la no fogão. Ela pega a torrada pela crosta quente, apertando-a e jogando-a no prato ao lado.

— Ai! — reclama ela sem se virar para trás. — Quer geleia?

— Só manteiga.

Claro, pensa Joan. Como pode ter se esquecido?

— Diga, então — diz ela por fim, colocando a torrada e o chá na mesa diante dele.

— O quê?

Joan faz um gesto ao seu redor.

— Isto. Você aqui. O que você realmente quer?

Leo fica em silêncio por um instante.

— Queria ver como você estava. Fiquei preocupado.

— Foi Sonya que mandou você?

Ele franze o cenho. Pequenas folhas douradas passam pela janela.

— Ela ainda não sabe que estou aqui.

Joan não sabe se deve acreditar nele. Quer saber o que está acontecendo.

— Mas ela deve ter comentado com você sobre as minhas precauções. O cabelo na porta.

Leo dá de ombros.

— Eu sabia o que procurar. — Ele olha para Joan. — Quem você acha que ensinou esses truques a Sonya?

Joan olha com os olhos semicerrados para ele.

— Poderia ter sido Jamie. — Ela se levanta e lhe dá um beijo no alto da cabeça enquanto ele come. — Não precisa se preocupar. Eu sei o que estou fazendo.

— Kierl também sabia. Eu queria alertá-la sobre ele.

— Meio tarde.

— Eu sei.

Joan olha para Leo.

— Quer dizer que você conhecia Kierl? Você o alertou?

Leo fecha os olhos e coça a cabeça. Ele assente.

— Eu o conhecia.

— Você o...? — Ela pretende dizer "recrutou", mas sabe que a palavra é errada. É formal demais, na opinião dela. Não descreve o processo.

— Eu o conheci em Montreal, na universidade. — Ele toma um gole de chá. — Ele se rendeu com mais facilidade que você. Afinidades pró-soviéticas, ex-membro do Partido, raiva por excluírem a Rússia do projeto durante a guerra. Ele era algo certo. Foi assim que eu soube que você ia ao Canadá.

— E onde seria a nossa reunião na universidade. — Joan faz uma pausa. — Eles estão atrás de você, sabe. Você está numa lista. Max... isto é, o professor Davis... me disse.

Leo assente.

— Eu sei.

— E? Não está com medo?

Ele ri.

— Eles não têm recursos ilimitados para seguir todo mundo que desperta alguma suspeita. Vou ficar bem. Além do mais, eu estava trabalhando para o governo durante a guerra. Faço parte do sistema agora. Eles iam parecer muito negligentes se não tivessem me identificado antes, então dificilmente vão se esforçar muito para me investigar agora. Só preciso não meter o nariz onde não sou chamado. — Ele sorri. — Essa é a expressão correta?

Joan assente, mas não sorri.

— Ah, Jo-jo, não fique tão séria. Estou fazendo isso há muito mais tempo que você. Vim aqui porque queria alertar *você*. — Ele pega as mãos dela com as duas mãos. — Você precisa ser cuidadosa.

— Eu *sou* cuidadosa — afirma Joan com um toque de indignação na voz, tentando disfarçar o prazer pela preocupação dele.

— Mais cuidadosa, então. — Ele aperta as mãos dela. — Você é a melhor que eles têm agora. Você é mais importante do que imagina. Sua segurança é a maior prioridade deles.

Joan estremece.

— Não seja tolo. — Ela tira as mãos das dele e se vira para o lado. Não gosta de ouvir esse tipo de coisa. Não combina com o que diz a si mesma, que o que está fazendo não é tão significativo. É assim que ela justifica, tomando cuidado para garantir que nenhuma parte da inteligência que passa adiante inclui informações que ela buscou ativamente; e sim informações que lhe são dadas, de um jeito ou de outro, que caem no conhecimento dela e fogem em seguida. Ela as compartilha, em vez de roubá-las, e essa é uma distinção importante para Joan. Verdade, sua posição significa que ela sabe quase tudo que acontece na usina, mas, a partir do momento que é conhecimento *dela*, está na cabeça *dela*, tecnicamente não é roubar, é? Não quer ser considerada especial nem importante para nenhum deles. Exceto, pensa Joan num cantinho da mente, para Leo.

— Tudo bem, tudo bem. *Eu* quero que você seja cuidadosa — diz ele.

— Sempre sou cuidadosa. Pode perguntar a Sonya. Já fizemos treinamentos de incêndio. Tomamos precauções para ficar em segurança...

— É isso que eu quero dizer. Sentir-se segura é perigoso. A rotina é perigosa. — Ele pega a caneca de chá e toma um gole. — Só estou dizendo isso porque me preocupo com você. Eu sei qual é a sensação de ter um segredo.

Claro. Joan sabe disso. Tentou imaginar como deve ter sido para ele quando foi embora da Alemanha, deixando o pai e Sonya, talvez para sempre, sabendo que era improvável que voltasse. Será que ele hesitou?, Joan se pergunta. Ou será que simplesmente seguiu em frente, sabendo que não ganharia nada se olhasse para trás? Ela sabe que ele rejeitaria esses pensamentos, alegando que eram sentimentais demais, mas tem alguma coisa grandiosa nesse momento, tão melancólica que ela é incapaz de não se sentir atraída. Joan se pergunta se teria essa mesma capacidade para o estoicismo, para a coragem diante do exílio, se fosse colocada na mesma posição. Não consegue imaginar.

Mas também sabe que esse foi o momento que o ligou irrevogavelmente à prima, forjando o vínculo que Sonya protege tão bem, nascido daquele passo para o outro lado da fronteira. Sabe que ele tem orgulho do fato de ter mantido a promessa ao pai, mandando buscar Sonya três anos depois, quando encontrou um internato para ela em Surrey e uma família quacre solidária para acolhê-la nos feriados. Ele contou a Joan que combinou de encontrar Sonya nas docas em Dover e apareceu zelosamente no desembarque, onde vasculhou a multidão em busca da menininha triste que chegara ao apartamento deles oito anos antes, depois da morte súbita da mãe; uma menininha que não conseguia comer sem incentivo e a quem ele deu a própria cama, dormindo na sala de estar para que ela pudesse dormir no quarto perto do poste de luz, porque tinha medo do escuro. E que ele não percebera quanto tempo tinha ficado afastado até ver Sonya sair do navio.

Ela devia ter 16 anos na época, mas Joan consegue entender por que ele a teria imaginado do mesmo jeito de antes. Sonya teria lhe dado aquele leve aceno meio tímido — o mesmo movimento que faz agora, quando vê de longe alguém que conhece —, e ele teria estendido os braços para abraçar a prima, mas o abraço que se seguiu teria sido constrangedor e estranho, porque ela não era mais a menininha de quem ele se lembrava, e sim uma jovem mulher esbelta com olhos escuros e brilhantes e lábios vermelhos.

É quase como se ele estivesse pensando a mesma coisa, porque, de repente, Leo olha para Joan e diz:

— Você não deve contar a Sonya que me viu. Digo a ela quando for a hora certa.

— Como nos velhos tempos, então?

— Isso.

Joan lhe dá as costas, irritada. Por que permite que ele faça isso? Entrar de novo em sua vida e recomeçar como se nunca tivesse partido, como se eles não tivessem passado os últimos quatro anos — faz tanto tempo assim? — em desavença, embora a distância. É um tipo de atração estática, a dela com Leo, como pelo de gato num carpete áspero, que provoca irritação e repele, mas que também é brilhante e grudento.

Ele a encara sem pestanejar, tão misterioso e ao mesmo tempo tão vulnerável. Ela sabe que Leo nunca vai olhar para ela como Max fez no navio, e como ainda faz quando pensa que ela não está vendo. Sabe que eles nunca vão acordar nos braços um do outro e cair na gargalhada sem nenhum motivo. Mas as coisas com Max nunca mais serão iguais, e ele não está livre para amá-la, então, quando Leo se inclina para beijá-la com suavidade no pescoço, por um instante Joan se pergunta se poderia ser feliz o suficiente com ele. Ela já o amou. Poderia voltar a amá-lo, e talvez as coisas pudessem até ser diferentes entre os dois dessa vez, depois de tudo que aconteceu.

Leo vai até a janela, depois volta para onde Joan está parada e abraça sua cintura. O queixo se apoia no ombro dela.

— É para o seu próprio bem — diz ele. — Sonya pensa que a vida é um jogo. Sempre pensou.

— Ela não é burra, Leo — argumenta Joan, provocando, sorrindo, sentindo o calor do corpo dele. Ela levanta o rosto para encará-lo, mas ele está distraído, os olhos fixos em alguma coisa do outro lado da janela.

— Não — nega ele por fim —, ela certamente não é burra, mas não parece perceber que há uma diferença.

— O que você quer dizer?

Ele a solta, deixando os braços caírem, e dá um passo para longe, para trás, sem olhar de novo para Joan.

— Os jogos têm regras.

Quarta-feira, 17h40

Por volta de 13h20 do dia 5 de janeiro de 1947, o detetive Peter Wood, do regimento local, me acompanhou ao The Warren, em Firdene, Norfolk.

Quando entramos na casa de fazenda — uma construção quadrada de pedra contígua à rua, portões duplos na lateral que dava para um estábulo com celeiros anexos —, percebemos o Sr. Jamie WILCOX sentado na sala de estar, lendo um jornal. A porta foi aberta pela Sra. Sonya WILCOX, que é uma pessoa impressionante, com cabelos escuros, provavelmente pintados, e uma aparência bem-cuidada. Ela confirmou sua identidade, e fomos levados à sala de estar. O marido tentou fugir, mas foi impedido pelo detetive Wood.

Nós nos apresentamos, e ela imediatamente perguntou se nossos interesses estavam relacionados ao marido e o empurrou para a frente. O Sr. WILCOX parece desconfortavelmente jovem até mesmo para seus 33 anos, mas era completamente ofuscado pela esposa, que controla a família.

Eu disse que tínhamos informações que tornavam necessário interrogar a Sra. WILCOX sobre suas atividades passadas e ligações familiares, e ela imediatamente solicitou a nossos distintivos para ter certeza da nossa legitimidade. Depois que isso foi resolvido, fui direto ao ataque e falei à Sra. WILCOX que tínhamos uma grande quantidade de informações em nossa posse e pedíamos sua cooperação para nos ajudar a esclarecer ambiguidades e para resolver a posição em que se encontra no momento presente.

Ela deixou bem claro, desde o início do interrogatório, que "achava que não podia cooperar". É justo dizer de imediato que, pela posição que assumiu, ela admitiu tacitamente que houve época em que trabalhou para a Inteligência Soviética. O modo como fez isso deve ser creditado ao treinamento que ela deve ter recebido, pois todo tipo de adulação, ardil e perspicácia que poderia ser usado foi usado, mas sem nenhum sucesso. Ela não negou absolutamente nada, sempre se protegendo atrás da fachada da "não cooperação".

Chegamos à conclusão de que o Sr. WILCOX poderia ser o indivíduo mais fraco e, depois de interrogarmos os dois juntos, liberamos a Sra. WILCOX. Quebramos o silêncio do Sr. WILCOX, mas, apesar de todas as induções possíveis, não conseguimos nada além de arrancar que ele encontrou a Sra. WILCOX mais ou menos por acaso, na Suíça, em 1940, depois de serem apresentados por um amigo em comum na Inglaterra, "esbarrando nela como alguém esbarra em pessoas na Marks and Spencer". Ele tinha ido para a Suíça porque não estava gostando da situação na Inglaterra na época.

Não se sentiu à vontade para discutir os detalhes mais intricados da conquista e do casamento. Quando perguntamos se eles tinham filhos, ele respondeu: "Não. Na verdade, não." Quando o pressionamos para esclarecer essa resposta, ele disse: "A Sra. Wilcox e eu não tivemos filhos juntos."

Depois de um longo intervalo, a Sra. WILCOX voltou, ainda num estado de espírito não cooperativo. Ressaltamos que sua recusa em falar poderia ser uma desvantagem positiva para algumas de suas conexões. Essas pessoas, dissemos, poderiam estar sob suspeita, o que seria esquecido se ela fosse sincera. Por inferência, ficou implícito que essas suspeitas poderiam ser direcionadas a pessoas próximas e queridas para ela — especificamente Leo GALICH, seu primo e economista pró-soviético que recentemente assumiu um cargo acadêmico no King's College de Londres —, mas ela manteve uma indiferença eslava a essa linha de argumentação.

Perto do fim dessa segunda etapa do interrogatório, a Sra. WILCOX parecia estar arrasada em termos psicológicos. Nessa etapa, enfatizamos que havia uma evidência muito clara de que a lealdade que ela sentia em relação ao governo de seu país de origem não seria recíproca se ela pedisse a ajuda deles, mas, em resposta, ela simplesmente afirmou que era leal a ideais, e não a pessoas.

Concluindo, conseguimos poucas informações positivas. Ela é claramente uma antifascista fanática e concordou, até certo ponto, que estava decepcionada com a política russa em 1939/40, comentando que muitas pessoas perdem a fé no governo, mas mantêm suas

crenças políticas, e que ela não seria convencida a
entregar mais nada. Como resultado desse interrogatório, confirmamos nossas crenças, mesmo que ainda
não tenhamos uma confissão explícita.

— Então eles já estavam em cima de Sonya — comenta Nick.

— De Leo também — acrescenta o Sr. Adams. — O arquivo do MI5 sobre ele é bem extenso.

Os olhos de Joan se levantam, subitamente atentos. Foi um dia exaustivo. Ela se vira para o Sr. Adams.

— Posso vê-lo?

Ele balança a cabeça.

— É confidencial. Sem dúvida, a senhora vai poder ver uma parte quando isso for a julgamento, mas não posso deixá-la ficar com o arquivo.

Joan está tentada a perguntar por que não, mas também percebe que é inútil argumentar. Ele não parece ser um homem aberto a súplicas. E, de qualquer maneira, ela não precisa ver o arquivo. Nada disso é novo para ela. Joan soube do interrogatório de Sonya na época, apesar de ser estranho vê-lo descrito de maneira tão impessoal.

Foi Leo que lhe contou. Ela se lembra de que ele estava morando em Londres nessa época, depois de conseguir um cargo acadêmico no King's College que lhe permitiu continuar a pesquisa sobre a Política de Planejamento Soviético enquanto, ao mesmo tempo, supervisionava alunos de doutorado com inclinações semelhantes às dele. Caça-talentos, como Leo chamava. Além de ter uma acomodação na universidade, Joan tinha lhe dado uma chave do seu apartamento, de modo que ele podia entrar e sair quando quisesse, e Leo adquiriu o hábito de aparecer sem avisar sempre que conseguia escapar do dever acadêmico para ficar com ela.

Ele tinha ido a Cambridge na noite da visita do MI5 a Sonya, depois que Jamie lhe mandou a notícia por rádio, e Joan sentiu o suor nas palmas dele quando Leo pegou-lhe as mãos e disse, mais uma vez, que ela não deveria, sob nenhuma circunstância, mencionar o nome dele para ninguém; nem para Sonya, nem para a mãe, nem para absolutamente ninguém. A relação entre eles deveria ser irrastreável, pelo bem de Joan.

— Eu sei. Já tivemos essa conversa dezenas de vezes. Não comentei com ninguém sobre você. — Ela teve de resistir à tentação de dizer como era difícil mantê-lo em segredo além de todo o restante, mas sabia que isso não ia ajudar. Além do mais, as coisas já pareciam ruins o suficiente do jeito que estavam. — De qualquer maneira, você disse que contaria a Sonya sobre nós.

Leo estremeceu.

— Eu tentei.

— E?

— Ela disse que não devíamos nos ver. Disse que isso comprometeria você como fonte. — Ele fez uma pausa. — E talvez ela esteja certa.

— Não, Leo. — Joan balançou a cabeça, o lábio subitamente trêmulo ao pensar em não o ver. Pelo menos, quando estava com ele, ela conseguia relaxar sem se preocupar em revelar alguma coisa. — Por favor. Eu não aguentaria. Estou tão cansada. Eu não sabia que era possível ficar tão cansada. Eu não conseguiria continuar sem você.

— Conseguiria, sim, Jo-jo. Se tivesse que fazer isso.

— Não — sussurrou ela. — Por favor, não vá embora.

Ele deu um passo à frente e a abraçou. Ela se lembra de que o aperto foi forte, um pouco apertado demais.

— Não se preocupe. Vamos continuar assim. Não precisamos contar a ela por enquanto, desde que sejamos cautelosos. Você só precisa estar ciente de que as pessoas estão vigiando.

— Quem está sendo vigiado?

Ela sentiu o pulso de Leo acelerar.

— Eu.

— Você? Você também está sendo vigiado? Mas você disse...

— Eu sei, eu sei. Não achei que fariam isso. — Ele mudou um pouco de posição, afrouxando o aperto. — Mas eles perguntaram a Sonya sobre mim. Não devem ter encontrado alguma coisa ainda, senão... bem, senão eles teriam me prendido. Só precisamos esperar que essa questão do Kierl termine. Temos que ser pacientes.

— Mas e se tiverem seguido você até aqui?

— Não fizeram isso.

— Como você pode ter certeza?

— Eu verifiquei.

— Mas...

— Jo-jo, me escute. Pode confiar em mim. Estamos juntos nisso.

Joan encostou o rosto no peito dele, de modo que sua voz estava abafada quando falou:

— E você vai continuar encontrando Sonya?

— Claro. Nosso relacionamento já é conhecido, então não faz sentido escondê-lo.

E o que ela poderia dizer ao ouvir isso? Era verdade. O relacionamento dos dois era estabelecido e familiar. Invencível, pensou Joan, e depois se repreendeu pela falta de generosidade.

Ela se lembra do peso dos braços de Leo ao seu redor, do som suplicante do próprio apelo sussurrado.

— Me abrace. — Como estava cega naquele momento. Os dois estavam cegos. Com medo da coisa mais que errada.

Joan percebe que o Sr. Adams está falando com ela, encarando-a com uma expressão de expectativa. Todos estão olhando para ela. Sua cabeça parece quente.

— Terminamos por hoje? — pergunta Joan.

— Vamos só fazer um intervalo. — O Sr. Adams estende a mão e desliga a filmadora. — Voltamos daqui a trinta minutos.

— Mas está tarde — protesta Joan. Sua garganta está seca. — Estou cansada.

A Srta. Hart se inclina para a frente e coloca a mão no braço de sua poltrona, num gesto solidário.

— Sinto muito, mas ainda não podemos parar. — Ela olha para o Sr. Adams. — Temos muita coisa para repassar antes de sexta-feira.

O Sr. Adams se levanta.

— Exatamente. Vou sair para comer um kebab. Alguém quer algo?

Nick balança a cabeça, pronto para recusar a oferta, mas então dá de ombros.

— Está bem. Quero, sim, por favor. — Ele faz uma pausa, distraído demais para pensar direito. — Aceito o mesmo que você.

— Mais alguém?

A Srta. Hart balança a cabeça. Tinha levado uma salada caseira naquela manhã. Ela segue para a cozinha para comer, deixando Joan sozinha com Nick na poltrona perto da janela, encarando a rua fria e escura. A porta da sala de estar está aberta e, embora Joan saiba que a Srta. Hart pode ouvir a conversa dos dois se quiser, parece que ela não está prestando muita atenção. E por que deveria? Eles agora têm a sua confissão, e ela não pode ir a lugar nenhum sem a tornozeleira eletrônica. Tudo que Joan quer é conversar com Nick, fazê-lo entender. Essa pode ser sua única chance, mas ela sabe, pelo modo como as costas dele estão curvadas, que o filho não está triste. Está zangado.

Joan olha para os pés.

— Me desculpe, Nick.

Silêncio.

— Pelo quê? Pelo que você fez? Ou por ter sido descoberta?

A expressão de Joan é de dor.

— Por isto. — Ela faz um gesto expansivo com a mão, exprimindo seu pesar pelo tempo precioso que roubou dele, por envolvê-lo em problemas com o MI5, por não ter lhe contado nada disso, pelo julgamento que deve acontecer, por ser uma péssima mãe. — Por tudo.

Nick balança a cabeça.

— Pedir desculpa não é suficiente, sinto muito.

Joan abre a boca e a fecha de novo. Conhece essa voz. É a voz de trabalho; a voz de meu-ilustre-colega-está-tremendamente-enganado.

Essa voz não é direcionada a ela há anos, mas agora faz com que Joan se lembre de um período durante a adolescência do filho, quando começou a chamá-la pelo primeiro nome, recusando-se a chamá-la de "mãe" porque ele não era um impostor e Joan não era sua mãe de verdade. Nick decidiu que eles podiam fingir que ele era seu sobrinho, se Joan preferisse, mas ele não queria viver uma mentira. Essa foi a primeira vez que Joan percebeu tal característica específica na voz do filho. Se não tivesse sido tão doloroso, Joan poderia ter achado essa pretensão adolescente divertida em sua sinceridade dramática, mas não havia nada de engraçado, naquela época. A fase durara quase seis meses, e ela ainda se lembra do golpe dessas palavras, da ferroada metálica e do modo como tentou não demonstrar quanto elas magoavam, sem querer que ele sentisse alguma responsabilidade pelos sentimentos dela. Seu marido queria repreender Nick por ser petulante, como ele o chamou, mas ela disse que ele não deveria fazer isso. O filho logo se cansaria de sentir raiva e, de qualquer maneira, ela sabia que isso fazia parte de ser mãe. É meu privilégio me importar tanto, dissera a si mesma na época, sentada sozinha na casa deles no subúrbio de Sydney, a porta da varanda ainda balançando depois da saída de Nick. É meu privilégio amá-lo tanto.

Ninguém diz nada por um momento.

— Nick. — Joan hesita. — Tem uma coisa que quero lhe perguntar.

— O quê?

— Você poderia... Quero dizer, você me defenderia? Quando isso chegar aos tribunais.

Silêncio.

— Vou me declarar culpada. Não estou pedindo que minta por mim.

Nick bufa.

— Claro que não posso mentir por você. Eu seria expulso, e nós dois iríamos para a cadeia. — Ele faz uma pausa. — Suponho que sua única chance seja mostrar que havia circunstâncias atenuantes, mas...

— Exatamente — interrompe Joan. — Preciso de alguém que entenda.

— O que faz você pensar que eu entendo? Eu não entendo. Simplesmente não entendo.

— Você teria feito o mesmo, Nick, se estivesse lá. Você se tornou advogado porque queria lutar por justiça. É a mesma coisa.

Os olhos dele se arregalaram.

— Não é, não. Não acredito que você sequer pensa...

— Não, eu quis dizer que você se tornou advogado porque se importava. Achava que podia mudar as coisas. — Uma pausa. Ela sabe que ele está ouvindo. — E eu também. O mundo era diferente naquela época. Muitas pessoas pensavam como eu.

Nick levanta as mãos, como se suplicasse, depois as deixa cair.

— Mas isso não é suficiente. Você pode ser solidária a uma causa sem entregar o maior segredo do seu país.

— Mas eu estava numa posição privilegiada de mudar as coisas, de tornar tudo mais justo. Achei que era a coisa certa a fazer.

— Ah, quanta nobreza. — Ele balança a cabeça. — Não me diga que você nunca parou para pensar no que realmente fez. O que a fez pensar que tinha o *direito*? Que cabia a você tornar tudo belo, agradável e igualitário? Não é um jogo de críquete, onde se pode simplesmente dizer para todo mundo jogar com honestidade.

Joan sente as lágrimas subindo pela garganta, sufocando-a, fazendo-a engasgar.

— Nick, por favor.

— Mas é isso que não entendo. Que arrogância enorme e estupenda a fez pensar que cabia a você? Quanta audácia você precisa ter para acreditar que pode consertar o mundo todo e que tem que ser feito do seu jeito?

— Eu só estava tentando fazer o melhor possível.

— Enviando informações secretas para um ditador assassino?

Joan balança a cabeça.

— Nós não sabíamos disso naquela época.

— *Nós? Nós* quem? Os camaradas? Como você pode dizer essa palavra sem ficar ruborizada? Você não tem vergonha? Não leu as notícias dos últimos sessenta anos?

— Claro que li. Eu só estava falando de mim, de Leo e de Sonya. Todos nós. Como poderíamos prever como tudo se desenrolaria? Achávamos que estávamos fazendo algo bom.

Nick bufa.

— Nem agora você não consegue enxergá-los como eram. Eles estavam usando você.

— Não. Leo me amava. Eu sei disso, mesmo que ele não tenha dito. E Sonya era minha melhor e mais querida amiga.

Nick bufa.

— Então você vai fazer isso por mim?

Silêncio de novo.

Agora as lágrimas transbordam e escorrem pelo rosto de Joan.

— Estou com tanto medo, Nick. Não quero ir para a prisão. Não quero morrer na prisão.

Nick não a encara, mas Joan sabe que ele também está chorando. Ele pega um lenço no bolso e seca o canto dos olhos, depois apoia a cabeça na vidraça gelada.

— Não sei — diz ele, e há uma longa pausa antes de voltar a falar. Ele escolhe as palavras com tanto cuidado que Joan sente a punhalada precisa delas quando diz: — Não sei se consigo, Joan.

Quarta-feira, 18h43

Ref: Leo GALICH

Os movimentos detalhados do supracitado nos últimos dois dias são os seguintes:

Domingo, 25 de maio de 1947

GALICH saiu de casa às 10h55, comprou um jornal e foi dar uma volta em Camberwell Green. Em seguida, pegou um ônibus para a Kensington High Street, onde seus sapatos foram engraxados, e, às 11h55, foi até a Ballerina para tomar uma xícara de chá. Reapareceu uma hora e meia depois, às 13h30, para dar uma caminhada em Kensington Gardens e Hyde Park. Encontrou uma mulher que corresponde à descrição da sua prima, Sonya WILCOX, na esquina de Cromwell Road com Exhibition Road e seguiu com ela até a Serpentine Gallery.

A mulher supracitada é descrita a seguir: idade em torno de 28 anos; altura de 1,65m; cabelo castanho-avermelhado (aparentemente pintado), rosto meio de menina com batom vermelho, usando um vestido vinho e uma boina, e sapatos pretos de salto alto. Carregava uma bolsa de couro preta e parecia estar grávida.

Às 17h10, GALICH seguiu de metrô até a estação de King's Cross acompanhado da senhora supracitada. Houve uma discussão entre os dois, a mulher chorou e o homem demonstrou certa relutância em consolá-la. Nossos agentes não estavam próximos o suficiente para ouvir a natureza da conversa, mas ficou implícito que ele acreditava que ela estava agindo de maneira irracional e não ia ceder à vontade dela. Quando finalmente foi persuadida a embarcar num trem para Ely, ela o beijou nos lábios de um jeito que parecia romântico, e, apesar de ele não ter resistido, pareceu desconfortável com a demonstração de afeto.

Às 18h40, GALICH apareceu sozinho e andou pela Farringdon Road até o Bear Hotel, onde jantou desacompanhado. Quarenta minutos depois, ele pegou um ônibus até o Marble Arch e entrou no saguão do Odeon. Ali, descobriu que a última exibição de César e Cleópatra já havia começado e não estava esgotada, então comprou um ingresso e ficou sentado nos fundos do teatro semivazio até tarde. Depois que o filme terminou, GALICH seguiu de metrô até Elephant and Castle e depois foi de ônibus até Camberwell.

Ao longo do dia, GALICH tomou todas as precauções para descobrir se estava sendo seguido. Quando caminhava, olhava constantemente para trás e, quando pegava um ônibus, esperava até o último instante, entrava e ficava na plataforma para ver se conseguia reconhecer alguém. Parece provável que ele tenha, de fato, visto um dos nossos homens.

— Escute com atenção. Vai ter um concerto no Royal Albert Hall no sábado à tarde. Seu ingresso está na bilheteria. Os outros vão pegar os deles, então só pegue o seu e vamos nos encontrar lá dentro.

— Os outros?

— Sim. — Ele faz uma pausa. — Eu contei a ela, Jo-jo. Eu fiz isso.

Joan dá um sorriso largo e satisfeito. Finalmente! E já era hora. Ela tem 28 anos, pelo amor de Deus. Não deveria ficar se escondendo por aí com um namorado secreto.

— Ela não ficou feliz — diz ele —, mas eu disse que precisava aceitar.

Há tantas coisas que Joan gostaria de poder falar.

— Ah — murmura, tentando deixar a voz leve e graciosa por causa dos grampos que Leo disse que poderiam estar interceptando a conversa dos dois. — Que notícia maravilhosa!

— Seremos nós quatro, desta vez. Reservei seu ingresso com o nome que combinamos, então não se esqueça. Pegue um trem de manhã, no horário de grande movimento.

Como ela gostaria de falar direito com ele, abertamente, sem todos esses códigos e instruções. Ainda está sorrindo e espera que isso esteja evidente em sua voz.

— Mal posso esperar para ver você — sussurra.

Leo tosse de maneira estranha.

— Eu também — diz ele. — Jo-jo?

— Sim?

— Tenha cuidado.

Ele desliga. Joan coloca o fone no gancho e espera um instante. Não gosta quando ele fica assim. Isso a enerva. Está satisfeita por Leo ter contado a Sonya, mas também sabe que não vai dormir aquela noite. Sabe que o sensato seria não ir ao seu encontro, é claro, esperar até eles terem certeza de que não estão mais sob nenhuma suspeita, de modo que ela não se comprometa ao ser vista com ele, mas Joan precisa vê-lo. Precisa do apoio dele para continuar. Precisa ir até o fim. Está quase lá.

Ela pega o trem para Londres no sábado, conforme foi instruída, chegando ao meio-dia com os viajantes diurnos e os trabalhadores. A estação de King's Cross está cheia de pessoas apressadas, se amontoando, se acotovelando e criando confusão, e ela desce os degraus até o metrô com determinação, consciente de que Leo quer que ela faça parte dessa massa de pessoas para chamar menos atenção.

Algumas pessoas formam uma fila na bilheteria quando ela chega, e Joan dá o nome de Jean Parks, conforme combinado com Leo. Depois de pegar o ingresso, vai até uma lanchonete em South Kensington e pede um sanduíche de presunto e um copo de leite para almoçar. Senta-se a uma mesa no canto do salão, que tem uma boa vista da entrada e dos outros clientes, e os observa, invejando a facilidade com que vão e vêm. Estão tão relaxados, do jeito que ela era antes de isso tudo começar, embora mal consiga se lembrar, agora. Como seria maravilhoso se sentir assim de novo.

Por um instante, imagina ir a um concerto como esse com Max, em vez de Leo e Sonya. Eles poderiam combinar de se encontrar ali antes para comer alguma coisa, e ele chegaria na hora, sorrindo e descomplicado, pronto para desenhar diagramas de máquinas de lavar giratórias em guardanapos e fazê-la rir. Ela sente um cansaço súbito cair sobre os ombros ao pensar que agora isso nunca será possível.

Mas nunca foi possível, foi? Além do mais, ela está com Leo. O relacionamento dos dois não é mais segredo. Só porque ele não diz as palavras, não significa que eles não se amam. As comparações são injustas. Não funcionam, racionalmente.

Ela se levanta e vai até o balcão para pagar. Ninguém levanta o olhar. Ninguém a segue. Joan abre a porta e sai sob sol da primavera, voltando para o Albert Hall e chegando atrasada, conforme combinado. O saguão está lotado. Os homens estão elegantes, usando chapéu e terno, e as mulheres usam vestido longo e salto alto. Ela percebe por que Leo decidiu marcar o encontro ali, em um lugar escuro e agitado, com tantos corredores e escadarias interconectados. Joan mostra o ingresso ao lanterninha, que indica o local reservado com uma lanterna, e ela tem de passar por cima de bolsas e pés para chegar até lá.

— Sinto muito — sussurra. — Com licença. Me desculpe.

Seu assento é no meio de uma fileira, perto dos fundos. Ela pega o binóculo e o coloca no joelho. Há uma correria quando as luzes se apagam e a orquestra começa a afinar os instrumentos. Onde eles estão?, pergunta-se ela. A que horas planejam chegar? Ela se ajeita no assento, envergonhada por estar sozinha, mas tentando dar a impressão de estar tranquila. Quando o regente ergue o braço para calar o som da orquestra afinando os instrumentos, ela vê três pessoas vindo na direção de sua fileira, depois de entrarem no auditório pela porta oposta.

Leo, Jamie, Sonya. Joan reconhece a silhueta de cada um deles. Ela sorri, subitamente tomada pelo prazer da perspectiva dessa noite, de simplesmente estarem juntos como se nunca tivesse havido nenhuma complicação. Talvez, só por aquela noite, eles possam fingir que são normais.

O regente da orquestra pede silêncio enquanto os três atrasados chegam aos seus assentos. Leo se senta silenciosamente ao lado de Joan, seu aroma familiar envolvendo-a. Jamie se inclina para a frente para acenar para ela, e Sonya sopra um beijo exagerado. Em seguida, desabotoa o casaco.

Joan sente o corpo retesar. O inchaço da barriga de Sonya sob o casaco é duro e redondo, projetando-se levemente na estrutura esguia dela. Não está enorme, talvez seis meses, mas é inconfundível. Joan tem de colocar a mão na boca para abafar uma arfada, e o pensamento sobre aquele quarto terrível em Cambridge atravessa sua mente. Ela se lembra do cabelo da mulher e da mão de Sonya agarrando a dela com força demais enquanto o sangue vermelho forte transbordava dela. Afasta a lembrança. Não deve pensar nisso. Deve ficar feliz pela amiga. Deve segurar a mão dela e lhe dar parabéns, depois beijar o rosto sorridente de Jamie.

— Ah, Sonya — sussurra ela —, que maravilha! — Até esse momento, ela não tinha percebido como essa lembrança doía. Era um soco no estômago.

— Shhh — a mulher na frente deles se vira para sussurrar —, já vai começar.

Sonya ergue as sobrancelhas, com humor, e as duas são obrigadas a afundar de volta no assento em silêncio temporário, com Leo e Jamie bloqueando a visão uma da outra. Joan nunca havia imaginado que poderia se sentir tão agradecida por alguém lhe mandar calar a boca em público. Sabe que, se o momento tivesse se prolongado, ela teria caído no choro, e não quer fazer isso. Não com Sonya, sua querida amiga. Não na frente de Leo.

O regente apresenta a primeira música, e, enquanto ele está falando, Leo estende a mão e pega a de Joan no escuro. Eles ficam sentados assim durante toda a primeira parte, ambos perfeitamente imóveis. Joan fecha os olhos, sentindo a calma da música tomar seu corpo enquanto vai crescendo e aumentando, mas nunca se interrompendo nem se tornando dissonante. Ela se sente enjoada e tonta. O som do aplauso quebra o feitiço, fazendo-a piscar.

Os lábios de Leo roçam sua orelha.

— Como você está, Jo-jo?

Ela se obriga a sorrir para ele.

— Feliz de ver você.

Ele dá um sorriso rápido. Leo se inclina em direção a ela, e, por um instante, Joan acha que ele vai sussurrar algo doce para ela em resposta, mas ele não o faz. Tem outra coisa para lhe contar.

— Tenho uma novidade.

— Sonya está grávida — sussurra Joan, querendo acabar logo com o momento. — Não sou cega.

Leo franze a testa.

— Ah, isso. Você não sabia?

— Claro que não. Não a vejo há meses, e você não me contou.

— É, acho que não contei. Bem, de qualquer maneira, não é isso. — Ele faz uma pausa. — Fui convidado para voltar a Moscou.

— Moscou? Você não falou nada por telefone.

— Só soube hoje. — Ele sorri. — Sonya acabou de me contar.

Ele está evidentemente satisfeito com a notícia, mas Joan sente uma súbita pontada de medo.

— O Partido quer ver você? — sussurra ela.

Leo assente.

— Claro. Eles me convidaram.

— Mas por que não convidaram você diretamente, em vez de mandar recado por Sonya?

Ele dá de ombros.

— É mais rápido assim. Querem que eu apresente a minha pesquisa num congresso em Moscou na próxima semana. Não haveria tempo para mandar um convite pelo correio. — Ele fica um pouco radiante enquanto fala, e Joan sente os pelos dos braços e do pescoço se arrepiarem.

— Mas se eles estivessem... aborrecidos com você, não teriam contado a Sonya, teriam? Eles sabem que ela lhe avisaria. Simplesmente contariam a mesma história para ela.

Leo balança a cabeça.

— Ela foi bem clara. Eles estão muito interessados na pesquisa. Até disseram que posso ganhar uma medalha. — O regente está se virando para o público e levantando as mãos. — E você sabe como isso irritaria Sonya. Ela não transmitiria uma mensagem dessas se não fosse obrigada.

Joan desvia o olhar. Pede-se silêncio mais uma vez no salão para a segunda parte. Um corista sai de formação e se adianta. É muito jovem, talvez tenha uns 11 ou 12 anos, e seus olhos estão arregalados de medo. Um silêncio cheio de expectativa cai sobre a multidão. Ele começa a cantar sem acompanhamento, a voz alta e pura, e uma série de notas crescentes e perfeitamente emitidas cortam o silêncio do Albert Hall e parecem deslizar pelas rachaduras do prédio, como água numa esponja, enchendo-as com um calor profundo e esplêndido.

Joan fecha os olhos, sua mão ainda entrelaçada à de Leo. Ela diz a si mesma que está sendo tola, mas não consegue afastar da mente a convicção de que algo não está certo. Sente uma cólica súbita, um impulso irracional que a faz querer se agarrar a Leo, implorar a ele que não vá, fazê-lo dizer a Sonya que agradece a oferta, mas que está ocupado demais para participar de um congresso em Moscou.

A voz do menino fica cada vez mais alta, até chegar a um crescendo de tensão, quase vacilante, quase se rompendo, mas não exatamente, e ele segura perfeitamente a nota até o regente levantar a batuta para pedir silêncio. Não há nenhum som no auditório.

O menino sorri, os olhos arregalados e a pele dourada sob as luzes fortes do palco, enquanto os aplausos se irrompem e enchem o salão, e, naquele instante, Joan sabe que nunca mais haverá um momento como esse e, se ela não disser as palavras agora, talvez nunca mais as diga. E ela precisa dizê-las. Precisa saber como elas soam. Joan se inclina na direção de Leo e sussurra alguma coisa em seu ouvido. Ele se vira para ela, sorri e a beija lentamente nos lábios, e, por aquele breve segundo, Joan pensa que seu coração pode realmente explodir.

Quarta-feira, 19h35

Três semanas depois do concerto, Joan e Sonya estão do lado de fora do recém-construído Guildhall, no centro de Cambridge, as mãos de Sonya entrelaçadas às de Joan. A barriga protuberante obriga as duas a ficarem a uma estranha distância uma da outra, e por isso, quando Sonya diz as palavras, ela não consegue se inclinar o suficiente para abraçar a amiga, e Joan é obrigada a ver o rosto todo de Sonya, olhando para o chão e depois voltando.

— Um tiro? O que você quer dizer com um tiro? — Joan não consegue entender. — Com uma arma?

Sonya assente.

— Sinto muito, Jo-jo. Ele foi declarado inimigo do povo e executado com um tiro.

Um tiro? Ela imagina o corpo de Leo, jogado no chão de concreto, o sangue se espalhando pelo piso. Um ruído escapa de sua boca; não é um grito nem um soluço, mas uma explosão alta e estranha de dor. Joan leva a mão à boca para impedi-lo, mas não consegue. Seu corpo todo parece desabar.

Não sabe se quer ouvir os detalhes que Sonya conseguiu com seu contato em Moscou. Não quer o peso desse conhecimento terrível. É verdade que, desde a partida de Leo, muitas vezes ela ficara acordada à noite, deitada e temendo que algo pudesse ter acontecido a ele, achando estranho não ter recebido notícias. Ela entrelaçava as mãos em oração com tanta força que a pele ao redor dos nós dos dedos se partiu onde as unhas se fincavam, mas não era capaz de imaginar a cena. Pelo menos, não até agora. E não sabe se consegue aguentar a dor.

Mas ela ouve do mesmo jeito. Não deixa Sonya ir embora até ter ouvido o último detalhe. E, mais tarde, quando está sozinha de novo, Joan imagina a cena inteira várias vezes seguidas. Ela se repete em sua cabeça, passando na mente como um noticiário, misturando as coisas que Sonya lhe contou com sua própria imaginação. Imagina Leo chegando a Moscou e descendo para jantar no restaurante do hotel na primeira noite, como Sonya descreveu. Ela o imagina voltando para o quarto e descobrindo a porta pendurada pelas dobradiças. A fita esticada na entrada; não aquela fita oficial, mas fita isolante. Ao entrar no quarto, ele teria visto a lâmpada quebrada sobre a cama, o papel de parede rasgado e suas roupas jogadas no chão de tábuas de madeira. Até o colchão e os travesseiros estavam cortados. Ele poderia ter recuado nesse momento, pensa Joan. Poderia ter recuado e corrido, mas a confusão teria superado o medo que ele deve ter sentido. Leo teria presumido que houvera um engano. Mesmo quando viu dois homens sentados à pequena mesa ao lado da janela, bebendo a garrafa de vinho tinto que ele havia levado de Londres e jogando as cinzas do cigarro em cima da mesa, ele ainda não teria entendido.

— Cidadão — teria dito um dos homens. — Pegue suas coisas.

— Sou membro do Partido, camarada. — Joan consegue imaginar essa resposta. Ele estaria confuso, mas ainda se sentiria orgulhoso e fiel. — Que diabos...? — ele poderia ter dito, depois parado, se lembrando, de repente, que ia precisar das anotações para o congresso. Ele teria aberto a gaveta onde as colocara. Vazia. — Onde estão minhas anotações? E meu passaporte? Todos os meus artigos?

Os homens teriam se entreolhado.

— Sinto dizer que você não tem mais direito a esses documentos, cidadão.

— Por que você está me chamando de cidadão o tempo todo? Sou membro do Partido. Tenho um cartão. Fui convidado para falar... — E só então ele poderia ter hesitado, os olhos disparando entre os dois homens ao compreender tudo. Ele teria dado um passo para trás. Ela consegue imaginar a sensação, seu corpo subitamente pesado, como se estivesse se movimentando na água. Ele poderia ter se virado para fugir, e, mesmo se não tivesse visto a arma, teria ouvido o barulho metálico e, depois, sentido o estalar do punho ao bater na parte de trás de sua cabeça.

Ela o imagina acordando com uma dor de cabeça latejante num pequeno quarto de concreto no porão do Lubianca, a cela escura, exceto pelo pequeno rastro de luz que entrava pela grade da porta. O odor rançoso da cela teria lhe provocado ânsia de vômito e feito com que vomitasse no balde de resíduos. Ainda estaria usando o terno, mas o colarinho estaria coberto de sangue seco. Ele poderia ter se apalpado em busca da carteira e descoberto que os bolsos estavam vazios, exceto pelo ingresso do concerto. Ela o imagina pegando o ingresso e o observando por um breve instante — será que pensou nela nesse momento? — antes de guardá-lo de novo no bolso do peito do paletó, onde seria encontrado intocado, dias depois. Ele teria se levantado e começado a esmurrar a porta, pedindo água.

Mas ninguém foi ajudá-lo. Nada aconteceu. A cela fedia a mofo. Ele não teria como saber a hora nem há quanto tempo estava ali. Impossível dizer, num cômodo sem luz do sol, sem janelas, sem lâmpadas para acender e apagar, comida intermitente e nenhum lugar para se lavar. Sua boca teria ficado seca e ferida, e devia ser doloroso engolir.

Por fim, a porta deve ter sido destrancada e aberta, e a luz do corredor o ofuscado temporariamente, de modo que ele só teria conseguido ver a silhueta de um guarda em pé sobre ele com um cassetete. Leo teria se sentado, protegendo o rosto da luz com o braço.

— Houve um engano. Se eu pudesse falar com alguém sobre isso e explicar...

Mas não. Isso nunca teria funcionado. Agora ele está no sistema. Ela imagina o silêncio do guarda enquanto pega o braço de Leo e o arrasta com brutalidade para fora da cela e ao longo do corredor claro demais. Seus membros devem ter doído com o movimento, e seus lábios, formigado de secura. Seu corpo todo devia estar fraco e encolhido, e ele teria sido levado para outro cômodo semelhante, só que, dessa vez, haveria uma lâmpada elétrica e ele seria jogado lá dentro.

Ainda sem água.

Sonya lhe disse que o interrogatório durou cinco dias. Joan fica arrasada ao pensar na dor que eles devem ter provocado em Leo. Ela já leu sobre as "medidas especiais" permitidas durante interrogatórios. Os ossos quebrados, os deslocamentos, as luzes fortes e os barulhos altos. O terror.

Depois de três dias, outro homem foi levado para a cela, mas Sonya diz que não reconhece o nome. O outro acusado levou um tiro alguns dias depois dele.

Um tiro?, pensa de novo. Uma palavra tão clara e abrupta.

Joan não consegue imaginar quem poderia ser esse outro homem, mas ele invade seus sonhos à noite. Ela vê um rosto tão surrado e machucado que Leo também não o reconhece.

— Você conhece esse homem?

— Não. — Nem a mãe do homem reconheceria o filho depois do que fizeram com ele. — Eu nunca o vi.

— Você está mentindo. — Uma vara de madeira teria caído sobre o braço esquerdo de Leo, causando uma dor súbita e aguda no cotovelo e um enjoo no estômago.

— Eu não o conheço! — Leo teria insistido.

— Está disposto a jurar que nunca viu esse homem? Que você nunca...

Na mente de Joan, Leo não ouve o fim dessa frase. Acontece toda vez que ela imagina a cena, as palavras de Sonya disparando sem esperança por sua cabeça. Ela imagina Leo encarando o homem, e há algo em sua expressão que diz a Joan que ele conhecia, sim, aquele homem, embora Joan não o conhecesse, e que ele se lembrava da cor específica dos seus olhos, do formato da cabeça. As poucas feições ainda reconhecíveis no rosto inchado. A próxima pancada teria sido no braço direito de Leo. E depois nas costas, nas costelas e na lombar. Ele teria sentido a pulsação diminuindo, o coração subitamente incapaz — ou sem vontade — de bater com a força de antes.

Na manhã seguinte, Leo foi arrastado para fora e levou um tiro na parte de trás da cabeça.

Joan não consegue falar. Seu coração martela no peito.

— Mas por quê? — sussurra.

Sonya balança a cabeça.

— Quem sabe? Ele era muito crítico do regime. Às vezes passa pela minha mente que essa pesquisa minou todo o sistema.

Joan a encara.

— Você não acredita neles, não é? Ele não fez nada de errado. Você sabe que não. Ele só publicou aqueles resultados para evitar a fome durante a guerra.

A voz de Joan está alta, e Sonya coloca as mãos em seus ombros, tentando acalmá-la e fazê-la abaixar o tom.

— Shhh, Jo-jo, aqui não. As pessoas podem ouvir.

Mas ela não consegue ficar quieta.

— Ele não era um traidor. Você sabe que não. Essa causa era sua vida inteira. Ele só queria que funcionasse.

Sonya balança a cabeça e coloca o dedo nos lábios.

— Eu também pensava assim — sussurra, a voz suave e reconfortante; calma demais, Joan pensa mais tarde. — Mas é como eu lhe disse. Não confie em ninguém.

Nick a encara, a descrença evidente no rosto.

— É verdade? Eles realmente o mataram?

Joan assente devagar. Seus olhos agora estão secos, mas há uma dor se alastrando pelo corpo todo com a lembrança. Ela se obriga a pensar em algo calmo e comum — uma nuvem flutuando num céu azul-claro —, numa tentativa de acalmar o coração agitado.

— Não acredito nisso. — Ele olha para a mãe, e, por um breve instante, Joan detecta um lampejo de simpatia misturada com raiva. — Mas por quê?

— Com todo respeito — interrompe a Srta. Hart —, Stalin ordenou a execução de milhões de pessoas. Acho que ele não era particularmente meticuloso. — Ela pega um papel no arquivo e o leva ao peito. — No entanto, neste caso, o relatório da KGB com o interrogatório de Leo foi incluído em um dos outros arquivos desviados pelo nosso desertor. Quer vê-lo?

Nick se inclina para a frente.

— Quero.

Joan não fala. Tudo aconteceu há tanto tempo. Saber disso não vai mudar nada. Não pode trazê-lo de volta. Não pode tornar sua morte menos terrível. E não vai fazer Nick perdoá-la.

— Posso ler em voz alta para você — oferece a Srta. Hart. — É curto.

Joan balança a cabeça.

— Acho que não...

Nick parece não perceber a objeção da mãe.

— Sim, leia em voz alta.

A Srta. Hart olha de relance para Joan que, dessa vez, não protesta.

— Tudo bem — diz ela. — "Hoje, o cidadão Leo Galich foi considerado culpado por tentativas de minar o Império Soviético com sua campanha de desinformação em relação às políticas agrícolas soviéticas e seu trabalho com o governo canadense durante a Grande Guerra Patriótica." — Ela faz uma pausa. — "Sua conexão com o cidadão Grigori Fyodorovich..."

Ao ouvir isso, Joan deixa escapar um pequeno grito. A Srta. Hart olha para Nick e depois para Joan, que está sentada com a mão sobre a boca.

A Srta. Hart olha para baixo e continua a ler, sua voz mais alta agora.

— "Sua conexão com o cidadão Grigori Fyodorovich foi negada até o fim amargo, mas as evidências que recebemos do agente Silk são totalmente confiáveis, e, por esse motivo, sabemos que o cidadão Galich é um mentiroso e também um traidor. Pela presente, ele recebe a sentença de morte imediata por um esquadrão de fuzilamento."

Joan abre a boca e a fecha de novo. Tem uma coisa que ela precisa desesperadamente perguntar, mas sua voz não parece confiável. Falha e fica rouca quando tenta falar.

— O que é? O que a senhora está tentando dizer? — pergunta a Srta. Hart.

Nick pega o papel da Srta. Hart.

— Quem é agente Silk? — sussurra Joan, e as palavras se aglutinam de alguma forma quando ela fala. Ela tenta se inclinar para a frente enquanto a onda de enjoo passa, mas descobre que não consegue mexer o corpo. Na verdade, consegue mover uma parte dele, mas o restante parece desconjuntado e frouxo. Está preso, suspenso no tempo.

Ela ouve a voz da Srta. Hart, mas, na verdade, não precisa que lhe digam. Sonya. Sonya era a única outra pessoa que sabia de Grigori Fyodorovich. Sonya deve ter contado sobre o encontro de Leo com ele. Mas por quê?

Joan imagina Leo negando tê-lo conhecido, embora isso não fosse salvá-lo, de qualquer maneira. Sempre tão estoico, tão corajoso. A causa acima de todo o resto. Talvez ele ainda estivesse convencido de que era um engano terrível e que eles perceberiam que estavam com o homem errado antes que fosse tarde demais, e que ele havia sido convidado para um congresso. Para ganhar uma medalha. Se fechar os olhos, ela ainda consegue se lembrar do rosto dele enquanto lhe confidenciava a esperança de uma medalha. A lembrança é momentaneamente reconfortante até que, com ela, vem uma lembrança anterior, de seu retorno triunfante depois da primeira viagem a Moscou, quando lhe contara o que havia descoberto e insistira que ela nunca, jamais, deveria contar a ninguém. Joan é atingida pela compreensão de que, quando Leo foi arrastado para o pátio de execução tantos anos antes, deve ter acreditado que foi ela quem o traiu, porque não saberia quem mais poderia tê-lo feito.

Não, grita ela, embora sua boca não se mexa mais, então o grito só ecoa em sua cabeça, e ela não sabe se Nick ou a Srta. Hart ou o Sr. Adams e sua filmadora conseguem ouvi-lo. Há uma escuridão se erguendo dentro dela. Joan consegue vê-la. Quase consegue tocá-la. Estende a mão para Nick. Como dizer a ele o que está acontecendo? Meu coração, pensa. Ah, meu coração. Ela sente uma dor lancinante na cabeça e uma vertigem que faz tudo girar enquanto seu coração parece afundar no peito. Em seguida, nada.

Quarta-feira, 22h44

— Ela teve sorte. — A voz é profunda e parece jovem. — Foi pequeno. Felizmente você estava com ela quando aconteceu, porque, se não forem tratados, os pequenos costumam ficar muito maiores. Mas esse não deve deixar nenhuma sequela.

Pequeno o quê?, pensa Joan. Está deitada numa cama estranha num quarto estranho, e é difícil distinguir a voz de Nick por causa do barulho. Ela abre os olhos, mas o processo é trabalhoso, e sua mente parece estranhamente distante. Onde ela está? O que está fazendo ali? Por um instante, Joan não se lembra de absolutamente nada. Há flores ao lado da cama, alguns raminhos de dedaleira num vaso que parece de plástico. Devem ser de Nick. Quem mais teria lhe dado flores? Ela se lembra, de repente, que ele estava zangado com ela, embora não consiga imaginar o motivo, e, por um instante, acredita que talvez tenha sido perdoada pelo que fez, e é uma sensação quente e aconchegante, como se o curativo que colocaram no local onde bateu a cabeça quando caiu não fosse medicinal, mas uma mão macia acariciando, ungindo-a.

As flores no vaso fazem com que ela se lembre de outra cama de hospital muitos anos antes, e, com a lembrança, vem o retorno da consciência, se espalhando lentamente pelo cérebro, como sangue coagulando. Ela pensa em Leo, e seu coração dispara.

— Ah, olá — cumprimenta o médico, percebendo que ela acordou. Ele se aproxima da cama e se inclina. Os olhos de Joan tremem, e ela vê um lampejo do homem. Não é tão jovem quanto soa. O cabelo recuou na cabeça, e os olhos dão a impressão de que ele está acordado há horas. — Bem, Joan, não se preocupe, você vai ficar bem. Foi um pequeno derrame, um ataque isquêmico transitório, se quiser o nome correto, mas eu cuidei de você, e você vai se recuperar totalmente.

— Um derrame? — sussurra Joan. Sua mente está entorpecida.

— Foi leve. Nada para se preocupar. Você pode sentir alguns sintomas prolongados, mas eles devem desaparecer nas próximas horas. — Ele se endireita, limpa as mãos no jaleco e olha para Nick. — Ela não pode ficar ansiosa — avisa. — Aperte este botão se precisar de mim ou de uma das enfermeiras. Volto daqui a mais ou menos uma hora para ver como ela está.

O médico sai por entre as cortinas, e Nick o observa se afastar. Ele se vira para Joan e tenta sorrir, embora não seja o sorriso fácil de sempre.

— Bem — diz Nick por fim. — Por um instante, achei que você tinha partido.

Joan não se mexe.

— Sinto muito por assustá-lo — sussurra ela, e a expressão dele se suaviza momentaneamente.

— Não sinta. Briony e os meninos mandaram beijos. Eles queriam vir, mas eu disse que as visitas eram restritas porque... — Ele hesita e faz um gesto abrangente, incerto. — Bem, eu ainda não contei aos meninos.

Joan assente. Ela entende.

— Obrigada pelas flores — sussurra.

— Que flores? Ah, essas. Não fui eu. Foram os nossos amigos do MI5.

— Ah. Achei... — Que idiotice pensar que ele seria conquistado com tanta facilidade. Quem é ela para exigir esse perdão? Que direito ela tem de querer isso?

— Eles estão aguardando do lado de fora. Podem estar pensando que eu vou ajudá-la a fugir. — Ele ri disso, uma risada penetrante, alta demais, mas não exatamente indelicada. Sofrida, talvez.

O coração de Joan se despedaça ao ouvi-la.

— Acredito que você não tenha mudado de ideia, então... — comenta ela, hesitante.

— Sobre o quê?

— Sobre ser meu advogado.

Há um breve silêncio. Nick se senta e pega uma revista que foi deixada pelo ocupante anterior do cubículo.

— Não vamos falar nisso agora. — Ele vira uma página da revista, solta um muxoxo, vira outra página e solta outro muxoxo. — Até que ponto meu pai sabia disso? — pergunta ele, de repente.

Joan fecha os olhos. Sua cabeça parece confusa por causa dos medicamentos.

— Quero dizer, você e ele eram tão próximos — continua Nick. — Muitas vezes penso em como vocês dois eram unidos... teve uma época em que cheguei até a pensar que faltava alguma coisa no meu relacionamento com Briony. — Ele para. — Eu não contei isso para ela. Não contei para ninguém. Mas é que não me lembro de você perder o controle com meu pai como ela faz comigo. Ou de ele ignorar quando você dizia alguma coisa. — Ele dá um meio sorriso. — Aparentemente, eu faço isso com ela.

Joan estende a mão e segura o braço de Nick. Fica tocada por ele se lembrar assim da própria infância, embora tenha consciência de que havia outro motivo para ela nunca ter perdido o controle com o pai dele, mesmo que tivesse vontade, o que, para ser sincera, não acontecia com muita frequência: a gratidão que sentia por ele; o cuidado que sempre teve em tentar merecê-lo.

— A Austrália ficava muito longe de casa — diz ela por fim. — Nós só tínhamos um ao outro. E eu não ocupava um cargo de grande poder, como você. É muito mais fácil não perder o controle quando você não está tão ocupada.

Nick balança a cabeça, movendo levemente o braço, de modo que a mão de Joan cai.

— Era mais que isso. Vocês dois riam das piadas um do outro mesmo quando não eram engraçadas. Vocês simplesmente pareciam tão... — Ele para. — Tão felizes.

— É. — Joan pensa na mão do marido se estendendo para ela no leito do hospital e sente uma dor no peito. — Nós éramos felizes.

Há uma pausa. Nick se inclina para a frente.

— Mas até que ponto ele sabia?

Joan fecha os olhos. Não consegue falar.

— O suficiente — sussurra ela.

Quinta-feira, 10h00

Depois de um deprimente café da manhã de hospital com torrada fria, margarina e uma tigela de mingau aguado, Joan recebe a informação de que teve alta. A Srta. Hart aparece na porta nesse momento, e está claro que ela ficou ali a noite toda, cochilando no corredor do lado de fora do quarto de Joan, depois que o horário de visita terminou, e ficando de olho em tudo. A enfermeira, que evidentemente desconhece a natureza do relacionamento das duas, está falando com a Srta. Hart como se ela fosse filha de Joan ou algum parente próximo, explicando o que a paciente deve comer, quantas aspirinas tem de tomar, e o tempo todo afirmando que Joan vai se recuperar totalmente se for bem cuidada.

A Srta. Hart assente, sua expressão indica que está ouvindo com atenção, mas Joan sabe que sua preocupação não é, como a enfermeira acredita, o bem-estar dela, mas o fato de que o anúncio na Câmara dos Comuns está marcado para dali a pouco mais de 24 horas, e eles ainda não têm nada sobre William. Joan pede à enfermeira que feche a porta enquanto se veste, e ela fica confusa por um breve instante até perceber que Joan quer ficar sozinha e deseja que a mulher que ficou sentada do lado de fora guardando seu quarto a noite toda também seja levada embora.

Assim que Joan está pronta para ir para casa, o médico entra para falar com ela. Joan observa os olhos dele descerem até a tornozeleira eletrônica na perna fina, visível acima do chinelo que ela estava usando quando teve o derrame, e que ninguém pensou em trocar seus sapatos de modo que ela pudesse estar mais bem-vestida quando saísse do hospital. Ele desvia o olhar de novo, a curiosidade não satisfeita, mas escondida sob uma máscara de calma profissional. O médico parece ter uma ideia de quem a Srta. Hart é e por que está sendo tão dedicada, mas Joan percebe, na expressão de pena e bondade em seu rosto, que ele não sabe de nenhum detalhe. Ele não sorriria desse jeito se soubesse o que ela fez. Ela se pergunta se ele a reconheceria se visse sua foto no noticiário à noite. Possivelmente. Provavelmente. Joan sente uma dor palpitante no estômago.

— Descanso, descanso e descanso — anuncia ele. — Só vou prescrever isso. E aspirina.

Ele olha para a Srta. Hart ao dizer isso, mas ela está preocupada em tirar a tampa de plástico de um enorme copo de café sem derramar o conteúdo, e não parece estar escutando.

O médico tosse e continua:

— Não deve haver sintomas duradouros, mas, se sentir alguma coisa, venha direto para cá. Qualquer coisa mesmo. — Ele faz uma pausa. — Tem certeza de que está se sentindo bem?

Joan olha para ele e sabe que o médico está lhe dando uma chance. Se dissesse que estava tonta agora, ele acreditaria nela. Joan teria permissão para ficar ali. Poderia adiar a entrevista coletiva à imprensa, talvez até adiar sua declaração na Câmara dos Comuns, pelo menos até depois da cremação de William.

Mas também entende que não faz sentido adiar. Nada disso vai desaparecer. E é o que ela sempre soube. Quem faz algo errado merece punição.

Seus ossos parecem giz quando ela se levanta, e suas pernas roçam umas nas outras enquanto ela caminha até a porta.

— Estou bem — sussurra. — Quero ir para casa agora.

*

Aqueles primeiros meses depois da morte de Leo se passam como um borrão para Joan; passagens de tempo vazias e insones, nas quais ela anda às cegas, pedalando até o laboratório todas as manhãs, esquecendo-se de comer os sanduíches, trabalhando tanto que sai do prédio até meio tonta, e depois pedala de volta para casa. Sair da cama todo dia se parece com entrar no mar do Norte numa manhã gelada, mas sem os benefícios dos efeitos revigorantes. Ela está mais magra, fuma demais, bebe xerez sozinha quando volta para casa. Não há mais convites dos jovens com quem costumava sair. A maioria agora está casada ou se mudou, mas Joan se sente, em grande parte, indiferente a essa falta de interesse romântico. Não tem a menor vontade de ir ao cinema com homens com os quais não consegue conversar. Como poderia conversar com alguém quando não há nada que ela possa dizer? Ou nada verdadeiro, pelo menos.

Há coisas das quais vai se lembrar mais tarde sobre aquela época. Sentar-se à mesa da cozinha e comer torrada queimada. Ouvir o telefone tocar e tocar e se surpreender com o tempo que as pessoas (Sonya, sua mãe, Lally) continuam na linha, ainda esperando que ela atenda. Como não percebem que não estou aqui?, pensa. E fica momentaneamente irritada com isso até notar que ela está ali. Sempre está ali. Coloca um cigarro na boca, mas não o acende. Simplesmente o segura. Esperando.

No laboratório, continua a fazer cópias de tudo, mas não as entrega a Sonya. Sente os olhos de Max sobre ela enquanto trabalha, e, às vezes, ele lhe pede um conselho sobre algo em que está trabalhando, como escrever alguma coisa ou apresentá-la com mais clareza, mas não faz perguntas. Ele simplesmente observa.

— Seu pescoço não dói de datilografar tão encurvada assim? — indaga ele certa tarde, quando estão apenas os dois na sala.

Ela se recosta e massageia o pescoço. Sempre sentou assim ou começou a fazer isso recentemente?

— Acho que sim.

— Talvez devesse comprar óculos.

Ela não olha para ele.

— Não ficariam bem em mim. Eu ia parecer um porco-espinho.

Há uma pausa. A chuva cai em silêncio na janela. Como ela queria poder lhe contar tudo. O que será que ele diria?

Provavelmente não seria isto:

— Compre uma armação de tartaruga. Os porcos-espinhos sempre usam as de metal.

Ela tem vontade de rir.

As cópias que faz são arquivadas num ficheiro separado no escritório de Max, etiquetadas e empilhadas com capricho nas prateleiras. É o hábito, supõe, que a mantém fazendo isso, mas sabe que esse não é o único motivo. Ela faz isso porque está com medo. Medo de que eles venham atrás dela em seguida. Se Leo pôde ser acusado de traição, ela também poderia. Qualquer um poderia. Ela quer poder mostrar que pretendia continuar repassando as informações, mas só estava esperando até ser seguro desviá-las do laboratório para as mãos de Sonya.

Mas, quando chega a hora do encontro seguinte com Sonya, ela não aparece. Nem telefona para dizer que não vai. Acontece a mesma coisa na vez seguinte e na outra. Joan recebe algumas cartas de Sonya, mas simplesmente passa os olhos nelas e então as joga fora. Chega um cartão anunciando o nascimento do bebê da amiga e de Jamie. Há uma fotografia anexada ao cartão. Uma menina com grandes olhos redondos e minúsculas covinhas, chamada de Katya em homenagem à mãe de Sonya. Joan queima o cartão. Apoia a fotografia na cornija da lareira e depois a retira e a guarda numa gaveta.

E, então, tem as histórias que estampam os jornais quase diariamente, descrevendo como a Rússia está consolidando seu domínio sobre a Europa Oriental, ampliando sua zona de influência sobre os Estados infestados pela guerra e esmagando qualquer vislumbre de oposição democrática. As farsas judiciais das quais Joan se lembra tão bem na Rússia da década de 1930 estão sendo repetidas em Varsóvia, Budapeste, Praga, Sófia. Será que ainda são justificáveis, como Leo costumava alegar na primeira vez que aconteceram? Ela não tem mais certeza. Obviamente, o brilho do heroísmo ligado ao esforço de guerra russo está começando a perder seu encanto. Está se tornando opaco e enevoado, e Joan acha essas dúvidas opressoras. Apesar de antes se sentir confortável com a crença de que compartilhar esses segredos, cumprindo a promessa de Churchill, era a coisa moralmente correta a fazer, não consegue mais se agarrar a isso com tanta convicção.

Dito de forma bem simples, ela quer sair do esquema. Mas qual é o procedimento para sair? Se tentar, será que irão buscá-la, como fizeram com Leo? Joan não sabe. Então tudo o que ela faz é recuar em silêncio e esperar que ninguém perceba.

Depois de um tempo, Sonya vai visitá-la numa manhã de domingo. Ela fica esperando na porta do prédio até um dos outros moradores permitir sua entrada. Deixa o carrinho de bebê no início da escada e sobe ofegante até o quarto andar com Katya nos braços, batendo na porta de Joan de modo triunfante.

Joan está dormindo quando ela chega. Tinha descoberto que dorme com mais facilidade depois do amanhecer, por isso adquiriu o hábito de compensar o sono perdido nos fins de semana. Ao ouvir a batida, ela se senta num salto. Podem ser várias pessoas: a mãe, Lally, Karen, outros amigos que vê ocasionalmente, mas Joan não pensa em nenhuma dessas pessoas. Não consegue dizer exatamente o que teme. Dois homens vestidos de preto com chapéus de aba curta. Homens grandes e musculosos que podem levá-la do mesmo jeito que levaram Leo. Ou um policial baixinho e simpático com algemas presas no cinto.

— Sou eu, Jo-jo. Você está aí? — grita Sonya.

Joan expira. Veste um roupão, passa uma escova no cabelo, tira a fotografia de Katya da gaveta e a coloca de novo sobre a lareira. Em seguida, corre até a porta e a abre.

— Que bom ver você! E olá, Katya. — Ela aperta o queixo da menininha. — Finalmente nos conhecemos!

A menininha nos braços de Sonya sorri, e Joan fica surpresa de ver que ela não é mais um bebê, e sim uma criança pequena, apesar de ainda não ter 1 ano, mas quase isso.

— Jo-jo, você não está vestida.

— Eu estava dormindo.

— Mas já passa de meio-dia.

Joan dá de ombros.

— Eu estava cansada. — Ela dá um passo para trás, para que Sonya e a filha possam entrar.

Sonya entra na sala de estar e analisa o ambiente. Há um sofá com uma poltrona combinando e uma estante de livros velha, e ela passa o dedo ali, franzindo a testa ao ver a poeira. Abre as cortinas enquanto Joan vai até a cozinha para fazer um bule de chá.

— Você não tem ido aos nossos encontros — grita Sonya para ela da sala de estar.

Joan não responde de primeira. Coloca água quente no bule e o gira devagar. Pega uma bandeja — canecas, açúcar, leite — e a carrega lentamente até a sala de estar.

— Não é seguro — diz ela por fim.

— É tão seguro quanto antes.

— Mas eu não me *sinto* segura.

— Você sabe que o Leo não ia querer que você parasse.

Joan olha para ela.

— Como posso saber? Depois do que fizeram com ele... — Ela se interrompe, sem querer pensar nisso com Sonya ali. Não quer uma testemunha para seu sofrimento.

— Você me disse que Leo acreditava na causa. Se acredita nisso, sabe que ele não ia querer que você parasse.

Tem alguma coisa na construção dessa frase que faz Joan franzir o cenho.

— Você não acha que ele acreditava?

— Claro — responde Sonya, e sua voz está estridente de entusiasmo. — Não que importe o que eu penso. O que conta é o que você pensa. E, se você acredita nisso, precisa continuar.

— Mas estou com medo.

— Não tenha. Há menos coisas com que se preocupar agora, acredite.

— Como assim?

Sonya hesita.

— Agora que Leo se foi, quero dizer.

Joan a encara.

— O quê?

— O MI5 estava em cima dele, Jo-jo. Você sabe disso. Era só uma questão de tempo até a encontrarem, especialmente se vocês se casassem.

— Casar? Ele falou isso?

Os olhos de Sonya se arregalam, e ela desvia o olhar para que Joan não veja seu rosto quando responde.

— É só uma figura de linguagem — diz baixinho.

— Não é, não — retruca Joan, embora se pergunte o que teria respondido se ele a tivesse pedido em casamento. Dependeria do modo como ele formulasse a pergunta.

Sonya se abaixa e pega Katya.

— Mas é irrelevante de qualquer maneira, porque ele não a pediu em casamento, não é? — Katya joga os braços ao redor do pescoço da mãe e agarra seus cabelos. — Sinto muito, Jo-jo, isso foi indelicado. — Ela balança a cabeça, tentando soltar a mão da filha. — Eu só quis dizer que você está mais segura agora do que antes. Todos estamos. O MI5 me esqueceu, o que significa que a KGB também.

Joan a encara. É a primeira vez que ela menciona a KGB pelo nome.

— Então você está dizendo que foi melhor assim? Que, com o Leo morto, podemos continuar tudo normalmente?

Sonya coloca Katya no chão e vai até Joan, que está perto da janela. E a abraça.

— Claro que não é isso que estou dizendo. Eu o amava mais do que qualquer pessoa no mundo todo. Exceto Jamie, é claro. E Katya. Só estou dizendo que você está segura. Não quero que se sinta vulnerável. Mas eles perguntam sobre você. Querem saber por que parou. — Ela faz uma pausa, depois diz: — Não é bom deixá-los irritados.

Joan a encara.

— Por quê? O que eles fariam? Mandariam alguém para me pegar?

— Ainda não, Jo-jo. Só estou avisando. Tudo que ouvi é que eles estão muito perto de terminar e que os documentos que você envia são muito úteis. Você pode sair, eu prometo, depois que o projeto acabar.

— O que você quer dizer com sair?

Ela dá de ombros.

— Vou dar um jeito de eles saberem que você não está mais disponível.

— Você não pode fazer isso agora?

Sonya olha para ela e balança a cabeça.

— Só mais um pouco, Jo-jo.

Joan hesita.

— É melhor jogar de acordo com as regras — diz Sonya, fazendo Joan levantar o olhar subitamente ao repetir as palavras de Leo.

Mas quais são exatamente as regras? E até que ponto elas se estendem? Até ela? Até sua família? Não há como saber. Ela só sabe que, se parar agora, eles podem enviar alguém atrás dela, assim como mandaram alguém atrás de Leo.

Sonya se afasta de Joan e se abaixa para pegar alguma coisa na bolsa. É um envelope marrom grosso.

— Me pediram para entregar isso a você.

— O que é?

Sonya dá de ombros.

— Abra e veja.

Joan o pega e o coloca na estante de livros. O que quer que seja, ela não quer. Não quer nada deles. Senta-se no sofá ao lado de Katya e vê a expressão de alerta da menina pela súbita proximidade, os grandes olhos marrons virando-se para Sonya em súplica, seguindo todos os seus movimentos. Tem alguma coisa impressionante nessa adoração, alguma coisa apavorante. Tantas expectativas a cumprir.

— A maternidade lhe cai bem — diz ela por fim, querendo mudar de assunto. — Não achei que seria assim.

300

Sonya sorri.

— Sou um camaleão. Devia saber disso a esta altura.

Joan sorri. Ela se lembra de uma época anterior, muitos anos antes, quando Sonya entrou em seu quarto no Newnham, usando um vestido cor de pêssego, a caminho de um encontro com um de seus admiradores em Cambridge.

— Nós duas somos atrizes, você e eu — dissera ela, e Joan tinha rido, surpresa com o pensamento de que alguém a considerasse adequada para uma coisa tão glamorosa quanto atuar. Mas, lembrando-se disso agora, Joan se pergunta se, talvez, Sonya tivesse visto sua capacidade de trair já naquela época, e o pensamento a deixa tonta.

— Enfim, quais são as suas notícias? Algo empolgante?

— Que tipo de empolgação você espera que eu tenha? — A aspereza na voz de Joan faz Sonya olhar surpresa para ela, mas a amiga não fica ruborizada. Tem alguma coisa obstinada em sua animação.

— Não sei — responde ela. — Achei que talvez eu não tivesse notícias suas há tanto tempo por causa de um grande romance. — Ela sorri, a boca se abrindo de repente, fingindo espanto. — Na verdade, talvez seja *esse* o motivo para você ainda estar na cama ao meio-dia.

Joan balança a cabeça.

— Não.

Sonya se inclina em direção a Joan e coloca a mão com delicadeza no joelho da amiga.

— Você precisa esquecê-lo, Jo-jo. Ele morreu. Já faz mais de um ano.

— Já?

Sonya assente.

— E você não é mais uma garota.

Quinta-feira, 11h14

A filmadora e o equipamento do interrogatório foram instalados no quarto do andar de cima. Joan está sentada na cama, bebendo água; o Sr. Adams, inclinado para a frente, batendo com a caneta no joelho enquanto fala.

— E William? — pergunta ele, quando ela para.

A menção ao nome de William a faz levantar o olhar de repente e cuspir um pouco de água no edredom.

— O que tem ele?

— Ele tentou persuadir a senhora?

Os óculos de Joan estão pendurados no pescoço, mas ela não quer colocá-los. Não quer enxergar bem, pois sabe que não teria coragem de continuar se pudesse ver a expressão no rosto de Nick. Que sentimento ela demonstraria? Raiva? Decepção? Indignação? Joan balança a cabeça.

— Por favor, fale para a câmera.

— Não.

— Tem certeza?

— Absoluta.

— Você o via muito?

— Já disse que não o conhecia tão bem. — Ela faz uma pausa. — Eu o via de vez em quando.

— E ele não mencionou isso?

— Não.

O Sr. Adams franze o cenho.

— E ele lhe disse o que estava fazendo? Ele *insinuou* alguma coisa?

Joan hesita.

— William estava sempre insinuando coisas. Era assim que ele conversava. Tagarelava muito. Eu não ouvia metade do que ele dizia.

— Preciso de exemplos.

— Não me lembro. — Ela faz uma pausa. — Isso foi há setenta anos.

— Então pense.

— Esperem um pouco — interrompe Nick, a voz penetrante e subitamente séria. — Ela acabou de ter um derrame. Vocês precisam ir com calma.

— Não foi exatamente um derrame — argumenta Joan, dividida entre o desejo de garantir a Nick que ela é forte o suficiente para lidar com isso sozinha e sua necessidade de parecer esquecida perante esse interrogatório.

— Mesmo assim, foi um derrame.

O Sr. Adams respira fundo.

— Já perdemos tempo o bastante. Se sua mãe pretende entrar com um pedido de leniência, precisamos dessa informação antes de apresentar o nome dela à Câmara dos Comuns.

— Ela precisa descansar. Olhem para ela. Não estão vendo que está exausta?

Joan se ajeita nos travesseiros, tentando encontrar uma posição mais confortável. Ela apoia o copo na mesa de cabeceira e puxa o edredom por cima dos ombros. Seus dedos se entrelaçam sob os lençóis.

— Tudo bem. Vamos fazer um intervalo. — A Srta. Hart olha para o relógio no punho. — Vinte minutos.

Joan fecha os olhos. Ouve Nick falando ao telefone com a esposa do lado de fora do quarto, a voz tensa e artificial. Há muita coisa para ele explicar, e Joan o ouve hesitando enquanto escolhe as palavras com cuidado. Como ela pode ter feito isso com ele? Não é o que queria.

Está aliviada por ter conseguido o intervalo. São as mentiras que mais a deixam exausta.

Mas, de qualquer maneira, ela não vai lhes dar o que querem. Não vai dizer a eles que William também tentou persuadi-la, que ele foi ao laboratório pouco depois da visita de Sonya e esperou por ela do lado de fora, com seu terno cinza de lã formal e imaculado sob o sol de inverno. Ela não o encontrara desde que ele havia aceitado o emprego no Ministério das Relações Exteriores, e se lembra de como sentiu um fluxo inesperado de nostalgia ao vê-lo, como se alguém puxasse a terra firme sob seus pés.

— O que você está fazendo aqui?

— Estou só de passagem — disse ele, sem convencer. — Posso caminhar com você?

— Não posso impedir.

Ela se lembra do hábito que ele tinha de envolver sua mão e conduzi-la pela calçada; os dedos suaves, mas firmes.

— Sonya me disse que você perdeu o interesse na causa. — Como não houve resposta, William se aproximou mais um pouco. — Escute, Jo-jo, não vim aqui para forçá-la a fazer algo que não queira. Você sabe que é a melhor que Moscou conseguiu. Me disseram que todas as mensagens que vêm do Centro ultimamente perguntam sobre você, para onde você foi, o que está fazendo. — Ele fez uma pausa. — Você percebe que está abrindo mão da chance de tornar o mundo um lugar mais seguro? Você entende o que está fazendo?

Joan não soube o que responder, mas também se lembra que não sabia mais no que acreditar.

— Mas estou cansada, William. Depois de Leo. — Ela parou. — Quero sair.

Ele olhou para ela e balançou a cabeça.

— Não estrague tudo por causa do Leo. Você não entrou nisso por causa dele. Você sabe que não é certo permitir que um país ou um sistema de poder detenha todo esse potencial de destruição. Não é seguro. Então esqueça o Leo. Isso não diz respeito a ele.

— Eu sei que não — sussurrou ela em resposta, e era verdade, ou pelo menos tinha sido, no início de tudo. Mas também descobriu que não conseguia mais pensar nas próprias ações de maneira tão racional. A Rússia não era mais o lugar distante e afastado pelo qual sentira tanta simpatia, mas que não conseguia imaginar de verdade. Ela sentia sua existência dentro de si agora, apertando seu estômago com frias garras de aço, recusando-se a soltá-la. — Você não sente falta dele, William? Você sempre gostou dele, não foi?

William hesitou.

— Tudo bem. Não tem problema você ter gostado.

— Claro que eu gostava. E claro que sinto falta dele agora. Mas é por isso que é tão importante continuar. Além do mais, você só está repassando coisas que deveriam ser repassadas de qualquer maneira. Não é roubo. É só compartilhamento. — São as palavras de Leo, ditas por William.

— Não somos aliados agora. A guerra acabou. E se eu for pega?

William continuou a conduzi-la.

— Você não vai ser pega. Mas, se tiver a impressão de que alguma coisa está para acontecer, posso ajudá-la. Saberei de antemão se você levantar suspeitas do MI5, e posso enviá-la... — ele acena com a mão — ... para o Canadá, a Austrália, qualquer lugar. É só pedir.

— Como diabos você faria isso?

Ele deu de ombros e sorriu satisfeito.

— Tenho um cargo alto no Ministério das Relações Exteriores atualmente. Por algum motivo desconcertante, eles parecem gostar de mim. E contrainteligência é a minha área. Eu seria o primeiro a saber.

Joan ergueu as sobrancelhas. Desconcertante mesmo, embora ela tenha mantido esse pensamento para si.

— Leo sempre disse que você era a esperança do futuro, jovem e brilhante.

William colocou a mão no braço dela.

— Ah, não sei, não — disse ele, embora parecesse satisfeito ao ouvir esse elogio de Leo. — Certamente ajuda ter os, digamos, *interesses* que eu tenho. Aparentemente, somos mais comprometidos. — Ele fez uma pausa enquanto Joan absorvia seu comentário. — Se bem que eu ainda não mencionei isso para a minha noiva.

— Sua noiva? Você vai se casar?

William assentiu.

— É uma das secretárias. Ela é encantadora, minha Alice. Adoro ela.

— Mas você é...

William levou o dedo aos lábios, pedindo a ela que se calasse.

— Alguém sugeriu que eu precisava de uma esposa para abafar alguns boatos.

— Mas e Rupert? E Alice? Você não acha injusto com ela?

Joan se lembra de William inclinando a cabeça para o lado enquanto pensava.

— Rupert entende. Eu pensei muito em relação a Alice — respondeu ele finalmente — e cheguei à conclusão de que ela deve saber. Acho que a garota também entende. Acho que só quer um companheiro para caminhar com ela na Escócia, montar armadilhas para elefantes e coisas assim.

Joan lhe lançou um olhar cético quando ele disse isso, mas William simplesmente sorriu, e ela não soube se ele a estava provocando ou não.

— Então, vou dizer a Sonya que você vai encontrá-la, está bem?

— Não sei — disse ela. — Talvez.

— Ah, por favor, Jo-jo. Só mais um pouco. Em breve tudo acaba e você vai ter feito a sua parte. Salvado a revolução. Salvado o mundo da aniquilação nuclear pelos Estados Unidos. — Ele fez uma pausa. — Só se lembre de quando você começou. Nada daquilo mudou.

É verdade, Joan pensou. Nada daquilo mudou e nunca vai mudar. Será impossível esquecer as fotografias daquele dia terrível, as imagens da poeira engolindo e subindo em espiral e a sensação da mão do pai entrelaçada com força na dela. Mas, naquele momento, algo também estava diferente dentro de Joan. Porque ela também descobriu o que acontecia com as pessoas que não faziam o que eles pediam, e sentiu o peso desse conhecimento sobre o peito à noite, pesado como uma rocha.

Joan lembra que não respondeu a William de imediato. Mas ela não era burra. Sabia quando estava encurralada.

— Tudo bem — sussurrou. — Vou fazer isso.

Quinta-feira, 12h15

O intervalo acabou, e todos estão reunidos no quarto de Joan. A essa hora, ela normalmente estaria se preparando para a aula de dança de salão, mas naquele dia não. Fica incomodada por não poder nem ligar para pedir desculpas por deixá-los com um número ímpar, pois qual desculpa poderia dar? Se falasse sobre o derrame, talvez recebesse visitas depois da aula, como fizeram com seu parceiro de dança depois que ele removeu os calos, e ela não podia dizer nada além disso. Não aguentaria dizer a verdade em voz alta.

— Vamos voltar ao pacote — começa a Srta. Hart, a voz calma e deliberada.

Nick fica imediatamente em alerta.

— Que pacote?

— O pacote que Sonya deu à sua mãe.

— Ah, sim.

Joan está sentada na cama, recostada em várias almofadas e travesseiros. Não pensava que isso pudesse ser um elemento especialmente importante para a história, mas agora vê que o Sr. Adams a observa mais atentamente que antes e está fazendo um sinal com a cabeça, como se já soubesse o que ela vai dizer.

— Então?

— Mil libras — sussurra ela.

— Mil libras? Em 1947? — Nick se levanta e vai até a janela. — Isso devia valer...

Joan assente.

— Muito.

Nick apoia a cabeça na janela. Seu corpo todo desmorona apoiado no vidro.

A Srta. Hart olha para o Sr. Adams, e ele faz um sinal com a cabeça, como se dissesse para ela continuar pressionando com as perguntas.

— Deve ter sido útil — comenta a Srta. Hart.

Joan dá de ombros.

— Teria sido, se eu tivesse ficado com o dinheiro.

— O que você fez com ele?

— Doei. — Ela faz uma pausa. — Eu não o queria. Não o merecia. Por isso doei.

— Tudo?

— Sim.

O Sr. Adams franze a testa.

— Por quê? Não precisava? A senhora não devia ganhar muito como secretária.

Joan suspira e desvia o olhar. Havia uma medalha também, uma Ordem do Estandarte Vermelho, mas decide não mencioná-la. Ela se lembra do peso da medalha na mão, um bloco de metal precioso, com uma bandeira vermelha encobrindo parcialmente um martelo e uma foice de aparência robusta contra um fundo dourado. Joan a levara até a margem de um rio, nos campos fora de Cambridge e a enterrara, então agora não sabia exatamente onde estava. Mas não havia enterrado o dinheiro. Não conseguiu se obrigar a fazer isso. A economia tinha sido destruída pelos anos implacáveis da guerra e deixado a Grã-Bretanha arrasada e faminta. Não havia o suficiente para viver. Ela só fez o que qualquer pessoa teria feito em sua posição.

— Para quem a senhora doou? William? Sonya?

Joan balança a cabeça.

— Havia um fundo para órfãos japoneses estabelecido em Londres — diz ela. — Doei para eles.

Todos ficam em silêncio. Nick olha para ela.

— Espero que você tenha guardado o recibo.

— Encontro você lá fora — diz Max.

— Certo, vou levar só um minuto.

Joan já está arrependida de ter concordado em tomar um drinque com ele depois do trabalho. Ela não está livre para fazer isso. Ele, entre todas as pessoas, é zona proibida, fora dos limites. Se parar para pensar, ainda consegue se lembrar da lista de documentos que entregou a Sonya na última semana. Havia um artigo que Max escrevera, delineando as dificuldades da detonação multiponto num dispositivo explosivo, uma série de gráficos descrevendo a massa crítica comparativa do plutônio em relação ao urânio 235, informações detalhadas sobre o núcleo e uma explicação sobre a necessidade de um detonador.

Mas não é roubo, diz a si mesma. É compartilhamento. Só isso.

Ela observa o próprio rosto no espelho compacto que carrega consigo, passando um pouco de pó nas bochechas e batom nos lábios, e vislumbra algo em sua expressão (algo que ela já viu antes) que a faz querer desviar o olhar. Ela sabe por que concordou em tomar esse drinque quando ele sugeriu. Os comentários de Sonya foram um dos motivos, mas o impulso mais forte foi a lembrança de Katya observando a mãe. Joan foi assombrada por essa expressão a semana toda, aqueles olhos escuros, tão inocentes, esperançosos e jovens, lembrando-a que a vida é curta e que essa sua época sem precedentes não vai durar para sempre. Então, quando Max perguntou se alguém ia sair para um drinque na sexta-feira, ela não havia fugido, como sempre, e sim concordado com entusiasmo; somente depois soube que seriam apenas os dois, já que todos os outros tinham planos para aquela noite. Seus dedos se atrapalham quando ela guarda o batom na bolsa. Joan semicerra os olhos para analisar sua aparência e fecha a caixa com um clique abrupto. É tarde demais para voltar atrás.

Enquanto os dois caminham, Max fala sobre a cirurgia que a mãe fez no coração, sobre o apartamento da esposa em Londres, para o qual ele nunca é convidado, e conta que jogou tênis com a irmã na semana anterior. Joan ri quando ele descreve como a irmã conseguiu balançar a raquete e atingir o próprio olho, e que o roxo se transformou num azul, que ela vem tentando disfarçar com o uso de sombra. Joan sente o corpo relaxar, querendo reagir a ele, e reconhece que essa é uma sensação perigosa.

— Você não parece um porco-espinho de óculos, a propósito — comenta Max subitamente, parando na calçada. — Faz tempo que quero lhe dizer isso.

Joan fica levemente ruborizada e sorri.

— Pareço um pouco.

Max balança a cabeça.

— Bem, isso é porque você ignorou o meu conselho e comprou uma armação de metal. Mas você ficou — ele baixa a voz para que nenhum transeunte possa ouvi-lo, mas não para — tão linda quanto achei que ficaria.

Joan ouve suas palavras e, mais uma vez, se sente perdida, do mesmo jeito que se sentiu no Canadá, quando Max disse que a amava e depois se recusou a beijá-la. Por que ele está fazendo isso? Ele não percebe que não pode fazer esse tipo de coisa? Agora não. Faz muito tempo. Muita coisa aconteceu. E, se ela ficar ali agora, com ele, o que vem depois?

Joan leva a mão à boca, tentando fingir surpresa.

— Ah, não — diz ela. — Eu me esqueci. Marquei de encontrar uma amiga. — Ela se afasta dele. — Tenho que ir.

Max balança a cabeça.

— Não acredito em você.

Joan se vira de costas e começa a se distanciar.

Ele a alcança.

— Não acredito em você.

Ela olha para os pés.

— Se você realmente está falando sério — diz ele —, tudo bem, vou embora, e podemos fingir que isso nunca aconteceu. Mas quero ouvir você dizer. Quero ouvi-la dizer que está feliz com o modo como as coisas estão entre nós. Quero ouvi-la dizer que nunca se pergunta como seria se ficássemos juntos. Porque não se passa um dia... — Ele hesita, mas ainda a segura pelos ombros, analisando seu rosto.

É isso que finalmente a derruba. Joan levanta os olhos até os dele, e lá está de novo, a sensação que teve no navio, a caminho do Canadá, de que ele está olhando de verdade para ela. Não só olhando-a, mas *vendo- -a*. Ela sente um súbito lampejo de medo de que ele possa acreditar nela, que ele possa ir embora e que esse dia termine sendo tão maçante quanto os outros dias dos últimos meses, do último ano, e descobre que essa perspectiva é absolutamente insuportável.

— Mas você é casado. Você disse que não queria ter um caso.

— Não quero.

Joan dá um passo para trás.

— Então por que você está dizendo tudo isso?

— Pedi o divórcio.

— Ah. — Ela olha para a mão dele em seu ombro e depois para ele. — Eu não sabia.

— Na verdade, estou pedindo há anos, desde que voltamos do Cana-dá. Ela sempre recusou, mas não pode fazer isso para sempre. Ofereci a ela... — ele levanta as mãos e dá de ombros. — Bem, tudo. Tudo que eu tenho. — Ele abaixa a mão e entrelaça os dedos nos dela. — Quero ser responsável pela minha própria felicidade. E isso significa estar com você.

Joan o encara. Ela se sente insegura. Seu corpo está avisando para recuar, para esperar mais um pouco.

— Podemos sair para tomar um drinque — diz ela por fim, e sua voz sai um pouco ofegante.

*

No pub, Max tira a gravata e desabotoa o colarinho. Seu cabelo volta aos cachos habituais, parecendo saber por conta própria que não há necessidade de ficar arrumado nesse momento.

— Então — diz ele, sorrindo para ela. — Joan Margery Robson.

Joan ri.

— Você se lembra.

— Claro que eu me lembro. Foi naquele momento que percebi que estava muito encrencado. — Ele ri. — Eu me lembro de tudo daqueles dias no navio.

Há uma pausa, um sopro de tempo entre eles.

— Eu também.

Eles se sentam no canto do pub, as mãos ocasionalmente se encostando por baixo da mesa, conversando como se nunca tivessem parado. Max conta como está empolgado porque o projeto está quase no fim, embora insista que seu interesse é puramente teórico. Ele só fala no longo prazo, nas possibilidades de geração de energia, e toma o cuidado de evitar qualquer menção às características explosivas. Diz que o projeto já transformou os sistemas de energia que conhecemos, e pergunta se não seria maravilhoso passar a vida se dedicando a isso.

Sim, ela concorda. É maravilhoso. Joan se surpreende com a suavidade com que as palavras escapam de seus lábios, como se nunca tivesse duvidado de sua veracidade. Sente o pó no rosto, como uma fina camada de disfarce, uma cobertura sedosa para esconder o rubor da desonestidade enquanto pensa em quão fácil seria dizer o contrário, que é uma coisa terrível a que se dedicar qualquer período da vida. Ela se espanta com a noção de que consegue facilmente manter dois pontos de vista opostos ao mesmo tempo. Não é normal não ter nenhuma sensação de contradição.

Não, não é normal. Claro que não. Mas não é algo em que queira pensar. Agora não. Porque agora o braço dele a envolve, os dedos roçam na pele nua de seu pescoço, e seu corpo todo, de repente, está formigando em antecipação. Ela se dá conta do olhar dele, desviando para seus olhos, seus lábios, e, de repente, sente um desejo súbito de estar na cama com ele de novo, abraçando seu corpo nu. A força desse desejo é um choque para ela, algo não feminino e animalesco e absolutamente necessário.

No apartamento de Joan, Max desabotoa sua blusa. Ele acompanha a linha de sua clavícula com o dedo, e ela sente arrepios na pele e um grande peso no estômago. Ela tira a saia, e agora só restam as roupas de Max com que se preocupar. Sua impaciência a deixa desajeitada. Os botões da camisa dele não abrem. Ela luta com eles até Max se afastar por um segundo para tirar a camisa pela cabeça e chutar a calça para longe, deixando tudo numa pilha bagunçada no chão. Em seguida, ele a beija no pescoço, passando as mãos por todo o seu corpo. Eles entram no quarto aos puxões, se separando por um segundo desesperado e fugaz enquanto se jogam na cama, ambos sorrindo de maneira aberta e ridícula. Joan beija o pescoço e o peito dele, e sente o peso do corpo de Max em cima do seu, quente, delicado e reconfortante. Não há nenhuma contradição nisso, pensa ela.

Joan enterra o rosto no ombro dele enquanto ele a penetra, e ela quer gritar, mas deve ser vergonhoso sentir esse nível de prazer. O prazer a domina. Ela inspira, sentindo o cheiro de Max quente e bruto, e chega ao ponto de precisar virar a cabeça e morder a ponta do travesseiro. Assim, quando finalmente acontece, ela não emite nenhum som ou, pelo menos, nenhum som audível. O som acontece dentro dela, um milhão de minúsculas explosões por todo o seu corpo. Quando Max relaxa em seus braços e cai no travesseiro ao lado, ela fica impressionada, porque parece que ele não escutou. Ele a puxa para si e a abraça, em paz agora, o corpo encostado no dela, os membros descontraídos e entrelaçados. Nenhum dos dois diz nada. Eles abrem os olhos e se entreolham, as bochechas vermelhas e os cabelos bagunçados, e há algo de tranquilizador nessa simetria.

Eles passam o dia seguinte juntos, e Max insiste em fazer o café da manhã enquanto ela toma banho. Depois de comerem, ele sugere uma volta no parque para dar uma caminhada e, talvez, fazer umas palavras cruzadas, como nos velhos tempos. Quando ela pergunta se tem mais alguma coisa que ele gostaria de fazer, ele ri, como se fosse a sugestão mais ridícula que já ouviu. Joan não está acostumada a isso, pois se habituou à impressão que Leo lhe passava, de que sempre havia um lugar mais importante em que realmente precisava estar.

— Esperei anos por isso — diz Max. — Então, se você me permitir, gostaria de passar o dia com você.

Joan sorri.

— Eu também gostaria disso — sussurra ela, puxando-o para si e beijando-o. — Mas acho que as palavras cruzadas podem esperar.

E assim tudo começa, de um jeito hesitante, secreto. Ela não tem forças para recusá-lo, para recusar a si mesma a possibilidade de tanta felicidade. Claro que a situação não é tão simples, pensa, mas, por outro lado, por que deveria ser complicada?

— Eu te amo, Joanie — diz ele. — Eu te amo há anos. — Ele diz isso como se tivesse criado esse jeito de revelar seus sentimentos, mas ela sabe, todo mundo sabe, que não foi assim. Ao se declarar, ele olha para ela com uma expressão tão certa, tão simples, que Joan se assusta. Não está acostumada a esse tipo de amor descomplicado. Fica preocupada por não conseguir retribuir com a mesma certeza.

Mas, depois de um tempo, ela descobre que não há necessidade de se preocupar. Há tantas pequenas coisas que ama nele: o hábito de fazer listas e marcar os itens depois de cumpri-los, o modo como seus olhos e sua boca parecem formar linhas perfeitamente retas quando ele está pensando, o fato de ele dormir de barriga para baixo, segurando o travesseiro embaixo de si para não roncar. E a facilidade com que permite que ela veja essas coisas, não como se fossem segredos a serem arrancados, mas como se fossem coisas que ele fica feliz de compartilhar.

Ela se surpreende com a própria capacidade de se contradizer. (Não vai chamar de farsa. Isso é pessoal demais.) É normal, ela se pergunta, sentir o que sente por Max, amá-lo, cozinhar e descascar laranjas para ele na hora do jantar, para que não lambuze os dedos, dando-lhe os pedaços num prato com guardanapo, enquanto, ao mesmo tempo, sabe exatamente quantas informações ela já repassou sobre o projeto secreto dele?

Mas há ainda a questão da esposa. A esposa de Max não o deixa se divorciar, e não concorda em se divorciar dele. Max já ofereceu tudo a ela: a casa, um dinheiro que ele não tem, qualquer mentira que ela queira contar, mas ela não concorda com nada. Aparentemente, é ruim para a reputação entrar com o pedido de divórcio alegando a infidelidade dele — "as pessoas vão achar que eu não o satisfaço" — ou — "Deus me livre" — alegando a infidelidade dela.

Ah, pensa Joan, aí está o dilema. Se isso é algo com o qual ele consegue conviver, Joan certamente tem direito a ser contraditória. Talvez, quando estão deitados na cama e ele diz que a ama enquanto enrola o dedo nos cabelos dela e ela encara aqueles olhos puros, azuis da cor do mar, a farsa de Max seja a pior. Afinal, a dela não é pessoal. É política.

E é assim que as coisas parecem propensas a continuar. É um período feliz e ensolarado. Mais tarde, Joan vai olhar para esses meses e se surpreender com a própria ingenuidade, porque ela devia saber que esse tipo de coisa não podia continuar indefinidamente.

Quinta-feira, 14h28

E, então, tudo parece acontecer de uma só vez.

Primeiro, Lally anuncia que vai se casar na semana antes do Natal. Ela tem uma aliança, um vestido e um pretendente chamado Jack.

A segunda coisa acontece num lugar bem mais distante. Na pradaria seca do estepe do Cazaquistão, uma bomba explode sobre um povoado. As casas do povoado foram construídas às pressas, com madeira e tijolos, e há algo fantasmagórico na vastidão do local. Há uma enorme ponte jogada sobre o rio Irtysh. Nenhuma estrada chega ou parte da ponte, pois não se espera que ela dure. Ninguém mora ali, exceto animais: ovelhas e galinhas e cabras, mais de mil trazidos para a estepe em caminhões que consomem muita gasolina, como parte do grande experimento de Stalin e Beria. Eles se arrastam em grupos agora, parecendo emaciados e cansados e resignados com seu destino. Os operários foram embora, então não há mais ninguém para alimentá-los. Os projetos de construção foram finalizados, e os homens que participaram das obras estão voltando amedrontados pela estepe em direção à Sibéria, vendo o solo mudar de terra para floresta.

O sol quente do Cazaquistão não vai nascer naquele dia ou, pelo menos, vai nascer, mas não será visto. Não há ninguém ali para vê-lo. Sim, há pessoas morando no local, e o centro de pesquisas sabe disso, mas os habitantes desses povoados remotos não são registrados em nenhum censo oficial. O Kremlin não emite nenhuma ordem de evacuação, porque, se não são oficiais, eles não contam. A precipitação radioativa é incerta, de qualquer maneira. Por que ir aos extremos para proteger pessoas que talvez nem precisem de proteção? Detalhes, detalhes, como Beria poderia dizer.

Mas, com essa bomba, nem um único detalhe foi negligenciado. Cada uma das cápsulas detonadoras, o componente que garante a explosão simultânea do nêutron detonador explode com intervalo de 0,2 micros-segundo. É assim que deve ser. Isso garante uma explosão grande o sufi-ciente para competir com a Little Boy, a bomba lançada em Hiroshima. O calor e o barulho da explosão da bomba são registrados a oitenta qui-lômetros de distância do campo de teste. No relatório enviado a Moscou, conclui-se que o teste foi um sucesso estrondoso; cinquenta por cento mais eficaz que o previsto em ensaios teóricos. É uma bomba para deixar Stalin orgulhoso. É uma bomba para deixar o Ocidente para trás, para dizer ahá, agora pegamos vocês! É uma bomba para fazer todo mundo parar, prender a respiração, manter o dedo pairando sobre o gatilho, mirando, mas sem disparar, esperando para ver quem pisca primeiro.

Esses dois eventos, apesar de diferentes em magnitude, são anunciados na mesma edição do jornal *The Times*. Em um dos casos, o atraso é causado pela necessidade de estabelecer uma data para o casamento de Lally e Jack, e, no segundo caso, é mais um sintoma de descrença do que qual-quer outra coisa. Estimativas conservadoras tinham colocado o projeto da bomba soviética pelo menos quatro anos atrás da Grã-Bretanha, mas agora há evidências incontestáveis de que não é assim. Como eles podem ter tido sucesso tão rápido, tão de repente?

Depois de um tempo, uma declaração é feita pelo número 10 da Downing Street, atestando que o Governo de Sua Majestade tem evi-dências de que, nas últimas semanas, ocorreu uma explosão atômica na

União Soviética. A imprensa esquerdista fica silenciosamente exultante, alegando que o Ocidente não pode mais continuar com seu programa de modo arrogante, sem concluir um sistema de controle internacional. Isso vai obrigá-los a agir. O novo poder da Rússia terá de ser reconhecido. Concessões terão de ser feitas.

Joan entra na pequena cozinha e tranca a porta. Ela se apoia na parede, balançando a cabeça devagar, de um jeito incrédulo. Isso aconteceu por minha causa?, ela se pergunta. Fui eu que fiz isso? Ela sente uma pontada de medo com a enormidade do que fez, e tudo gira dentro dela, uma tontura terrível que a obriga a se apoiar na parede de azulejos. Joan pensa em Hiroshima, no calor, nos corpos, na terrível nuvem de cinzas em formato de cogumelo sobre a cidade, nas palavras de Leo no início de tudo: não há mais lados, uma vez que essa coisa exista.

Mas ela viu a força da bomba. É possível confiar em Stalin com esse tipo de arma? Ele realmente manteria na reserva essa coisa poderosa e nunca a usaria? De repente, não tem certeza, e um suor quente escorre por suas costas, um medo incômodo ao pensar no que uma explosão dessa magnitude poderia provocar na Grã-Bretanha.

Como ela queria que Leo estivesse ali agora. Joan achava que o relacionamento com Max a tinha curado, que tinha chorado todas as lágrimas por Leo havia muito tempo, mas agora ali está ela, parada na cozinha, apertando um lenço e mordendo o dedo para reprimir as lágrimas.

Karen bate na porta.

— Joan? É você?

Joan abre a torneira. Seca os olhos com a manga da blusa. Ouve os pés de Karen se arrastando no piso do lado de fora.

— Você está bem?

Joan pressiona água fria no canto dos olhos. Não pode sair desse jeito.

— Vou ficar bem daqui a um minuto — responde ela.

Karen faz uma pausa. É como se Joan pudesse ver seu rosto se abrir num sorriso solidário.

— Fique à vontade. Dou cobertura se alguém vier procurá-la. É um choque para todos nós.

Sua bondade deixa o coração de Joan pesado. Ah, se ela soubesse, pensa Joan. Se algum deles soubesse. O que achariam dela? Será que algum deles entenderia? E Max... Ah, ela não consegue pensar nisso.

— Obrigada — sussurra Joan.

Ela ouve os passos de Karen se afastando ao longo do corredor. Fecha os olhos e entrelaça as mãos, como se fizesse uma oração, um movimento involuntário e reconfortante. Ela se lembra do desespero no rosto do pai deitado na cama, a mão flácida na dela, e pensar nele a deixa forte. Acabou, pensa ela. Conseguimos.

E depois pensa: agora eu posso parar.

Mais tarde, conforme mais informações são divulgadas, os britânicos dirão que a bomba se baseou no desenho americano. Não era um desenho soviético, mas um desenho do Projeto Manhattan. Mas isso não é verdade. O desenho americano tem um reator horizontal passando no meio. O desenho soviético não tem. E o desenho britânico também não tem. Isso não é conclusivo — de certa maneira, parece apenas uma das duas opções óbvias —, mas há documentos no arquivo que sugerem que o projeto da União Soviética foi muito influenciado pelo desenho britânico. Impossível, a Grã-Bretanha vai declarar em conversas com os Estados Unidos, somos impermeáveis. Mas nenhum deles vai acreditar nisso. Sabem que há um vazamento. E têm de encontrá-lo.

Max está sentado à sua mesa com a cabeça apoiada nas mãos. Está sentado nessa posição desde que o anúncio foi feito. De vez em quando, ele se levanta, vai até a janela e bate com a testa no vidro, deixando-a ali até o vidro congelar e embaçar sob seu hálito, depois se senta de novo, batuca com a caneta, mexe nos papéis, apoia a cabeça de novo nas mãos. Ele não tentou reunir todo mundo como fez no dia da prisão de Kierl. Não parece ter coragem para isso dessa vez. Não consegue entender como seu projeto foi superado desse jeito.

Mesmo quando Joan aparece na porta, entra sorrateiramente e a fecha, Max não se mexe. Ela se apoia na porta para mantê-la fechada.

— Eles chegaram.

Max levanta o olhar para ela, momentaneamente mudo. Há um longo silêncio.

— Quem?

— A polícia.

Ele abaixa a cabeça e a apoia nos braços, de modo que a voz está abafada quando ele fala:

— Ainda não consigo acreditar.

— Eles não estão uniformizados, mas são os mesmos de antes.

— Eu não estava falando deles. — Max suspira e se levanta de repente, empurrando a cadeira para longe da mesa. — Eu queria que tivéssemos sucesso. Queria que fizéssemos a bomba primeiro. — Ele olha para Joan e desvia o olhar outra vez, quase tímido. — Criancice, não é?

— Max, acho que você não entendeu. A polícia está aqui. Eles querem falar com você. Estão com um mandado de prisão. — Ela hesita. — Falei que achava que você estava numa ligação, então você tem uns minutinhos.

— Pelo amor de Deus! — exclama ele. — O que eles querem de mim? Têm que deixar os malditos ianques felizes, imagino.

Joan sente um baque de medo. Ele não entende, pensa. Não tem ideia do que está acontecendo. Ela se vê subitamente presa num pânico estranho, vertiginoso: uma combinação de expectativa e medo, um inchaço na garganta e no peito.

— Ah, Max — sussurra. — Tenho certeza de que vai ficar tudo bem.

Ele olha para Joan, confuso.

— Do que você está falando? Não fiz nada de errado. Nós perdemos a corrida, só isso.

Joan assente.

— Eu sei que não. — Ela estende as mãos, e Max as aperta de um jeito que parece querer tranquilizá-la. Ele não a está levando a sério. Joan o puxa para si. — Mas eles acham que você fez. Acham que houve um vazamento no topo.

— Isso é ridículo. Claro que eles precisam de alguma evidência para fazer esse tipo de afirmação.

Sim, pensa ela. Eles precisam. E talvez tenham. Mas, ao mesmo tempo, ela tem de se agarrar ao pensamento de que não pode haver nenhuma evidência real, ainda não, porque, se houvesse, é claro que iam atrás dela, não de Max. E Sonya a teria avisado, não? Ou William? William não disse que a avisaria? Ela ouve passos se aproximando pelo corredor, e tem de abafar um desejo súbito de abrir a porta de repente e estender os braços numa rendição messiânica — estou acabada! —, mas é um pensamento efêmero. Sabe que não vai — não pode — fazer isso. Agora não. Não depois de ter escapado por tanto tempo. Além disso, está quase no fim. Se eles levarem Max para ser interrogado, vai ser apenas temporário. Ela só precisa acreditar que os dois conseguem passar por isso agora, ela e Max, e depois vai ter acabado para sempre; fim.

Max dá um passo em direção a ela. Os dois se entreolham, presos nesse momento do tempo que parece flutuar e se estender, e Joan sente o lábio inferior começar a tremer.

— Não chore — sussurra ele. — É só rotina.

Joan engole em seco. Seu coração estremece no peito. O céu lá fora está cheio de nuvens passageiras. As mãos de Max estão nos bolsos; os ombros, encurvados e arqueados. Seus olhos estão fechados. Há um tipo de preocupação resignada nele, como se soubesse que deveria ser mais forte do que na verdade se sente. Ele levanta o olhar, encontrando o de Joan, depois se inclina para a frente e a beija de maneira suave e delicada nos lábios.

— Estou pronto — sussurra.

— Tem certeza?

Ele a observa, os olhos semicerrados, esfrega a mão delicadamente no queixo e faz que sim com a cabeça, decidido.

— Acho bom acabar logo com isso. Nunca fui de fugir.

*

Interrogatório de Max Davis pelo Det. Supl. Minchley

Delegacia de Cambridge, 24 de setembro de 1949

Tendo chegado a essa etapa do interrogatório, afirmei a Max DAVIS que ele havia estado em contato com um oficial soviético ou um representante soviético e que havia passado a essa pessoa informações sobre seu trabalho. A primeira reação de DAVIS foi abrir a boca, como se estivesse surpreso, depois balançar a cabeça de um jeito bem vigoroso e dizer: "Acho que não." E eu disse a ele: "Estou de posse de informações que mostram que você é culpado de espionagem a favor da União Soviética." Mais uma vez, DAVIS respondeu: "Acho que não." Falei que essa era uma resposta ambígua, e ele disse: "Não entendo. Talvez você possa me dizer que evidência disso você tem. Eu não fiz nada."

Em seguida, disse a DAVIS que eu não o estava interrogando sobre esse assunto, estava apenas afirmando um fato. No entanto, eu ia interrogá-lo sobre a maneira como entregou as informações, como fez contato e a extensão total de sua culpa. Ele repetiu que era incapaz de me ajudar e negou veementemente que tinha sido responsável por esse vazamento. Disse que não fazia sentido, já que ele havia feito tudo que pôde para ajudar a vencer a guerra. Estava perfeitamente satisfeito de estar na vanguarda do progresso desse novo desenvolvimento científico e não achava nem um pouco provável ele ter algum motivo para repassar as informações. DAVIS disse que sabia muito bem que a decisão de excluir a Rússia do compartilhamento de informações já tinha sido tomada. Achava que essa era uma "ótima ideia" pelo ponto de vista científico, já que os britânicos estavam bem equipados para fazer todos os experimentos necessários, e não estava preocupado com os motivos políticos dessa decisão.

O interrogatório foi interrompido por volta de 13h30 para o almoço, e voltamos pouco depois das 14h. Considerei prudente permitir que DAVIS almoçasse sozinho e pensasse no que tinha sido falado. Ao voltar, ele não tinha nada novo a me dizer, e essa foi a atitude que ele manteve, apesar das muitas oportunidades que lhe dei de confessar. Além disso, procurei deixar claro para DAVIS que a decisão de ele continuar ou não no laboratório, considerando o delicado relacionamento a ser mantido com os americanos, era algo que o Ministério do Abastecimento estava avaliando. Tenho quase certeza de que, não importava o que o Ministério decidisse, deveríamos advertir que é um grande risco manter o emprego de DAVIS nesse trabalho altamente confidencial nas atuais condições. Se o Ministério vai aceitar nosso conselho ou não, a decisão cabe a eles.

DAVIS declarou reconhecer a situação extremamente difícil em que fomos colocados e disse que estava tão consciente de minha incapacidade de achar alguma evidência contra ele que mal conseguia se impedir de socar a mesa entre nós e exigir que a evidência fosse encontrada. Na ausência de alguma evidência contra ele, DAVIS se sentia absolutamente incapaz de ajudar no inquérito. Ele também deixou claro que, como estava sob suspeita, poderia, em consideração, achar impossível continuar seu trabalho no laboratório de qualquer maneira, e que, se ele chegasse a essa conclusão, pediria demissão. Ele pareceu considerar que, nessa eventualidade, poderia se candidatar a um cargo de pesquisa na universidade e, apesar de demonstrar frustração por não poder continuar seu trabalho em Cambridge, não pareceu totalmente consciente das consequências dessas alegações.

Acho extremamente difícil dar uma opinião conclusiva em relação à culpa ou inocência de DAVIS. Sua atitude durante o interrogatório poderia ser indicativa de ambos. Se ele for inocente, é surpreendente que receba alegações desse tipo com tanta tranquilidade, mas talvez isso se enquadre em sua abordagem matemática à vida. Também é possível alegar que ele é um espião antigo e estava preparado para esse interrogatório. Por outro lado, sua recusa em cooperar e seus ataques ocasionais de raiva podem ser vistos como indicativos de inocência.

No entanto, revendo todos os fatos à luz do interrogatório, tenho certeza de que selecionamos o homem certo, a menos que, por acaso, existisse alguém, como um irmão gêmeo, que estivesse no Canadá com ele e que continuasse junto dele em Cambridge agora. Tendo considerado todos os outros cientistas do laboratório que teriam acesso à mesma informação, é difícil encontrar algum candidato a suspeito que não seja o próprio DAVIS.

Naquela mesma tarde, uma acusação formal é feita contra o professor Maxwell George Davis.

*

Nick soca o parapeito da janela.

— Eu sabia!

— Nick, espere.

Nick não espera. Em vez disso, sai a passos largos do quarto e desce a escada. A porta dos fundos é aberta e depois, batida com força.

Há uma pausa.

— Posso ir lá fora só por um minuto? — pergunta Joan.

A Srta. Hart olha para o Sr. Adams.

— Não sei se é apropriado.

O Sr. Adams se recosta na cadeira.

— Nada disso é apropriado, mas não vai mudar nada quando chegar ao fim. — Ele dá de ombros e aponta para o gravador que registra todas as evidências. — Não vejo problema em deixá-la ir.

Joan sai da cama e vai até a porta. Sua cabeça parece rodar, e ela precisa agarrar o corrimão ao descer.

— Cinco minutos — grita o Sr. Adams atrás dela.

Nick se vira para encará-la quando ela sai para o quintal.

— Ele é o meu pai, não é? Ele também trabalhou na bomba e também não mencionou nada para mim. — Nick balança a cabeça. — Por que ninguém pensou que eu gostaria de saber dessas coisas? Sempre achei que ele era muito acadêmico para dar aulas naquela escola.

— Mas ele gostava de lá. Não queria mais trabalhar na bomba nem ter nada a ver com ela. Gostava das longas férias de verão, de jogar tênis e de morar perto do mar. — Ela faz uma pausa, e, quando fala de novo, sua voz está mais suave. — E de você, Nick. Ele adorava você.

— Mas você deixou que o prendessem. Deixou que entrassem e o prendessem e não os impediu.

— Achei que ele ficaria bem. Não havia nenhuma evidência contra ele, então achei que simplesmente iam soltá-lo.

— Mas, mesmo assim, você deixou acontecer. — Seu pescoço está ruborizado de calor. — Você foi covarde demais para defendê-lo quando ele precisou de você.

326

Joan abre a boca para protestar, mas depois a fecha de novo.

— Tudo que você estava dizendo lá dentro são só desculpas, motivos. Você ainda acha que estava certa, não é? — A voz de Nick falha. — Você sempre achou que sabia tudo. Sempre quis controlar tudo.

— Não, Nick. Não.

Ele acena a mão para afastá-la.

— Durante toda a minha vida você quis me controlar, fazer as coisas do seu jeito. Eu nunca quis ser tão *especial*. Eu costumava rezar para você adotar outro filho para que as expectativas não ficassem todas em cima de mim.

— Ah, Nick. — O estômago de Joan se contrai. — Claro que eu achava que você era especial. Sou sua mãe.

— Não é, não — murmura Nick, mas seus ombros já estão caídos. Ele sempre se irritou com rapidez, embora a explosão inicial de raiva normalmente não dure muito. A voz está baixa quando ele volta a falar: — Só me diga uma coisa. Você sente muito? Você se arrepende?

Joan fica em silêncio por um instante. Sente o coração bater forte, pulsando por todo o corpo.

— Eu achava que era a coisa certa a fazer. Naquelas circunstâncias.

— Você achava certo espionar?

— Eu achava que a informação deveria ter sido compartilhada com a Rússia. Depois de Hiroshima. Achava que precisava deixar as coisas justas, para que não voltasse a acontecer.

Nick não se mexe.

— A Rússia precisava disso. Eles perderam 27 milhões de pessoas durante a guerra. Você consegue imaginar? Vinte e sete milhões. — Ela para, subitamente consciente de que está falando como a própria mãe. — Todo mundo era mais solidário em relação a eles naquela época e todo mundo acreditava que eles seriam o próximo alvo. — Joan olha para Nick. — Além do mais, ainda havia esperança de que poderia funcionar.

— O quê? O grande experimento?

— Isso.

Nick revira os olhos.

— E agora?

— Ainda penso que o comunismo é uma boa ideia.

— Mas não funciona, não é? Os seres humanos são egoístas demais para que isso dê certo.

— Eu sei. Mas, em teoria...

— Não! — grita ele. — Por que você não pode simplesmente admitir que estava errada? Que fez a coisa errada. Que foi ruim, que Leo era mau, Sonya era má. Que você tem vergonha do que fez.

Joan fica em silêncio por um minuto. Como você poderia saber?, pensa. Você não viu como eles se importavam, os dois.

— Eles não eram maus — sussurra ela.

— Como você pode ser tão ingênua? Não consegue ver nada? Sonya não se importava com você. Ela traiu Leo, o próprio primo, só para mantê-la como fonte.

Joan balança a cabeça.

— Não — diz ela. — Não. Foi um engano. Ela não queria fazer aquilo.

Mas Nick não para.

— O interrogatório provou a ela que o MI5 estava atrás de Leo. Era só uma questão de tempo até descobrirem que ele estava se encontrando com você, e logo você não poderia mais passar suas informações. E ela queria proteger isso.

Joan balança a cabeça, mas não nega.

— Quem mais poderia ter sido? — continua ele. — Talvez ela não quisesse que eles o matassem, mas é como Leo disse: ela não sabia o que estava fazendo. Ela achava que era tudo um jogo.

Joan sente o chão girar.

— Mas ela o amava — sussurra.

— Exatamente. Mas ela não podia tê-lo, podia?

Joan olha para Nick. Não, pensa ela. Não, não, não. Ela não vai acreditar nisso. No entanto, há alguma coisa na sugestão que a faz estremecer. A expressão no rosto de Sonya quando contou que ele havia sido executado, a rapidez em insistir que Joan seguisse com a própria vida. Essas coisas pareceram estranhas na época, mas ela havia se recusado a analisá-las. Estava tão determinada a aguentar um pouco mais, a impedir que a amizade acabasse, como já havia acontecido antes.

— Mas por que ela faria algo tão insensível?

Nick dá de ombros de um jeito irritado.

— Porque estava com ciúme.

Ciúme? Joan balança a cabeça, embora a palavra faça uma súbita lembrança surgir em sua mente e, depois, desaparecer. O que era? Alguma coisa que Jamie disse no Albert Hall? Ela fecha os olhos e tenta se lembrar, mas sua mente está em branco, vazia. Sumiu.

— Não — nega Joan. — Sonya não era esse tipo de pessoa.

— Pelo amor de Deus! Mesmo agora você ainda pensa que ela tem algum tipo de superpoder. Ela é simplesmente má.

— Ela não é má.

Nick balança a cabeça.

— E o que aconteceu com ela, então? Foi pega? Ah, não, deixe-me adivinhar. Não foi. Ela escapou. Ficou bem. Ela simplesmente deixou a maldita bagunça para você limpar. — Ele faz uma pausa. — Estou certo?

Uma sirene de polícia começa a tocar em algum lugar distante e vai se afastando. Joan estremece. Em seguida, tão leve que o movimento é quase imperceptível, ela assente.

Quinta-feira, 16h44

Há um silêncio atordoado no laboratório. Ninguém consegue acreditar no que aconteceu, que os russos os venceram e que Max — Max! — foi preso.

— Você não acha que ele fez isso, acha? — pergunta Karen.

— Claro que não. — A voz de Joan é um sussurro rouco. Ela liga o rádio, na esperança de que o ruído consiga acalmá-la, afogar o terrível batimento de seu coração, mas é mais outro noticiário sobre a bomba russa. Ela o desliga de novo e se levanta. — Vou para casa — anuncia.

Karen ergue as sobrancelhas.

— Você não acha que devíamos ficar aqui, caso precisem de nós?

— Eles podem nos encontrar, se precisarem de nós. — Joan veste a jaqueta. — Vejo você amanhã.

Mas Joan não vai trabalhar no dia seguinte. Já sabe disso. Ao chegar à sua casa ela puxa o fio escuro de cabelo da fechadura e enfia a chave. Um, dois, três. Intacta, por enquanto. Vai direto para o armário do banheiro e pega a caixa de absorventes onde escondeu os documentos mais recentes. Ela não os deixa mais no laboratório, depois do incidente anterior com a polícia. É mais fácil escondê-los ali. Mais seguro. Pensa em rasgar os documentos e jogá-los no vaso sanitário, mas não confia na cisterna. Ela os imagina bloqueando os canos do esgoto e sendo arrastados semanas depois, incriminando-a além de qualquer possibilidade de defesa. Ela os joga dentro da lareira. O fósforo não acende. Joan o risca quatro vezes até conseguir acendê-lo, e, mesmo assim, ele pisca e se apaga antes que ela consiga aproximá-lo dos papéis.

— Droga — sussurra. Ela tenta de novo, e, dessa vez, ele acende de imediato. Ela o joga na lareira, observando as chamas se espalharem, devorando palavras e imagens até se extinguirem.

Joan coloca uma escova de dentes e uma muda de roupa na bolsa de viagem, então fica perfeitamente imóvel, a mão na testa, e, por um breve instante, ela se pergunta se um dia vai voltar. Será que precisa de mais alguma coisa? Não. Há coisas que ela pode querer, mas nada de que precisa. Por um segundo, deseja ter mantido o dinheiro da Rússia, pois assim teria algo para recomeçar. Poderia ter feito um plano, desaparecido por um tempo, até tudo isso ter acabado. Mas ir para onde?, pensa, enquanto tira a jaqueta do gancho atrás da porta e a pendura no braço. Canadá? Austrália? Rússia? A chave prende na fechadura ao sair, e ela tem de puxar a porta para fechá-la. Seria mais óbvio fugir que ficar e perseverar? E quanto a Max?

Ela para no topo da escada, de repente tonta com a ideia de que Max já pode ter imaginado seu envolvimento. E se eles tiverem alguma evidência real? Talvez ele esteja segurando a evidência nas mãos agora mesmo, balançando a cabeça, pensando. Max, o único homem em todo o mundo com quem seu disfarce é totalmente inútil, o único que sabe exatamente quanto ela sabe, que lhe ensinou tudo, que lhe diz que a ama sem hesitar. Será que ele contaria a verdade se soubesse?

Ela não sabe. É impossível adivinhar como ele reagiria. Impossível saber se eles têm alguma evidência. Sua única certeza é que tem de ir embora de Cambridge. Ela só precisa de um tempo para pensar, um lugar que lhe dê uns dias de vantagem. E, antes de tudo, precisa ver Sonya.

Joan caminha até a estação, refazendo seus passos a fim de garantir que ninguém a está seguindo. Ao chegar, compra uma passagem para Ely e corre até o trem. Ela pisca quando ele sai da estação, ofuscada pelo brilho do sol, pelo verde da paisagem do interior. Então aperta as mãos e fecha os olhos.

A casa de fazenda de Sonya e Jamie está silenciosa quando ela chega, um pouco ofegante após a longa caminhada da parada de ônibus mais próxima até ali. O carro não está à vista, e não há marcas de pneus na entrada. Joan não bate na porta da frente, sem querer chamar muita atenção, mas contorna pelos fundos e bate delicadamente no vidro. Nada. Encosta o nariz na janela e vê pratos empilhados com capricho no escorredor, além de duas taças de vinho e uma mamadeira de cabeça para baixo ao lado. Há um jornal aberto sobre a mesa, e o casaco vermelho de Sonya está jogado no encosto de uma cadeira. Joan bate de novo, mas o som simplesmente ecoa.

Ela tenta a maçaneta e, para sua surpresa, está destrancada. Entra. E grita:

— Sonya. Jamie. Sou eu. Vocês estão aí? — Ela para e escuta. — Katya?

Nada. Vai para a sala da frente. A lareira não está limpa, e as cortinas estão abertas, mas não amarradas, como se tivessem sido puxadas com pressa. Ela segue para o andar de cima. Não há nenhuma escova de dentes no banheiro, nenhum batom perto do espelho, nenhuma escova de cabelo ao lado da cama. Joan se vira e vai até o armário e, depois, percebe que não deve encostar em nada.

Luvas. Onde estão suas luvas?

Ela vasculha a bolsa, e seus dedos parecem desajeitados ao calçá-las. Então abre a porta do guarda-roupa. Onde antes poderia haver algumas roupas, agora só havia um espaço vazio. Ela passa a mão enluvada lá dentro até encontrar algo familiar: seu casaco de pele de vison, pendurado no canto da arara. Aí está ele. Sempre suspeitou de que Sonya o levara. Ela o tira do cabide e o dobra sobre o braço.

Ao fazer isso, percebe que este escondia uma caixa de papelão no fundo do armário. É pequena e está empoeirada, mas alguma coisa na caixa deixa Joan curiosa. Ela se aproxima e tira a tampa, liberando uma nuvem de poeira e revelando uma pequena pilha de fotografias. Joan sente o coração acelerar, temendo que sejam as que ela havia passado a Sonya e que revelam aspectos do trabalho em andamento no laboratório, todas para serem enviadas a Moscou. Claro que Sonya não as manteria ali. Ela seria mais sensata que isso.

Com cuidado, Joan enfia a mão na caixa e as pega. Ah, pensa, fotografias antigas. Suas mãos enluvadas se atrapalham, mas ela toma cuidado com o papel delicado. Dá uma olhada na pilha, só para confirmar que não há absolutamente nada incriminador, e quase de imediato uma foto de um menino chama sua atenção. É Leo quando criança. Deve ser. Está com uns 6 anos, magrelo, parado sob uma árvore, a cabeça inclinada e a luz do sol refletindo nos óculos. Suas feições são menos pronunciadas, mas ainda parece tanto com o homem que ela amou que seus olhos ardem. Executado com um tiro, pensa, e as palavras explodem em sua cabeça, deixando-a entorpecida.

Ela se agacha no carpete e mexe nas fotografias restantes. Não há muitas. Em cada uma delas, o mesmo menino olha diretamente para a câmera, sem sorrir, mas curioso. É exatamente a expressão de Leo. Em algumas, está com um homem que Joan supõe ser o tio Boris, pai de Leo. Parece velho. Ela não esperava que ele fosse tão velho. Joan se pergunta se há fotos de quando Sonya era criança, mas então se lembra de que ela passou a infância em outro lugar, e não parecia o tipo de infância que pudesse ser retratada em fotografias alegres. Há números rabiscados atrás das fotografias, que inicialmente Joan acredita serem datas. Mas a primeira fotografia está supostamente datada de 30/06/46, o que significaria que foi tirada há três anos e meio. Ela franze a testa. Não é uma data, então. É outra coisa.

Há uma pequena pilha de fotos maiores e mais desbotadas no fundo da caixa, que Joan percebe que foram tiradas em Cambridge quando eles estavam na faculdade. Por que Sonya nunca lhe mostrou? Ela se reconhece em algumas — é uma sensação estranha ser transportada no tempo desse jeito —, e várias são do grupo todo. Há uma de William fazendo um discurso num palco numa das marchas, e outra em que ele está beijando Rupert na boca, não um beijo casto, de brincadeira, e, sim, um beijo de verdade, dois homens num abraço apaixonado. Joan fica olhando para essa foto por alguns segundos, perguntando-se como nunca percebeu, na época. Por que ninguém lhe contou — Leo ou Sonya ou outra pessoa —, já que todos sabiam e estavam tão acostumados a isso que existe até uma fotografia?

Ela guarda a fotografia de volta no fundo da caixa e a recoloca no canto do armário. Sabe que Sonya não vai voltar. Foi embora para sempre, sem nem sequer se despedir. Deve ter achado que corria perigo de verdade, para partir tão subitamente que não conseguiu dizer adeus, porque, se não fosse o caso, claro que ela teria feito algum esforço para mandar uma mensagem para Joan, mesmo que fosse só para alertá-la. Não é?

Joan sente uma pontada súbita de medo ao perceber que acabou. Ela está sozinha. Está sozinha, e Max foi levado. É só uma questão de tempo até ele perceber. E, então, não haverá ninguém a quem recorrer, ninguém a quem possa pedir ajuda. Exceto, talvez, William. Ela se senta perfeitamente imóvel. Não consegue se mexer. Suas pernas estão encolhidas junto ao peito, e os braços envolvem os joelhos, mas ela sabe que não pode ficar ali. E se eles vierem atrás de Sonya e a encontrarem na casa dela? E se alguém a viu entrar? Ela se levanta e corre até a porta do quarto.

Mas um pensamento lhe ocorre. Joan volta para o armário e pega uma única fotografia da caixa de papelão. Guarda-a no bolso do casaco de pele e, ao fazer isso, sente uma terrível onda de vergonha ao saber o que pode fazer com ela.

Para atenção imediata:

Estou ansioso para estabelecer a presente localização de uma certa Sonya WILCOX, nascida GALICH, seu marido, James WILCOX, e a filha do casal, Katherine (também conhecida como Katya) WILCOX em The Warren, Firdene, Norfolk. Os supracitados foram sujeitos de um interrogatório há aproximadamente dois anos, em 5 de outubro de 1947. Temos motivos para acreditar que a casa deles, The Warren, atualmente está desocupada e não foram dadas instruções para encaminhamento de correspondências. Também acreditamos que, em janeiro deste ano, Sonya WILCOX mencionou para sua vizinha,

Sra. FLASK, que pretendia visitar o filho na Suíça.
Não tínhamos conhecimento da existência de um filho,
mas a Sra. FLASK nos informou que ele havia nascido em 1940, se chamava Tomas e morava com o avô na
Suíça. Evidentemente, é possível que ela, de fato,
tenha viajado para a Suíça e não tenha voltado.

Eu ficaria muito grato se você pudesse fazer perguntas discretas a fim de descobrir para onde o Sr.
e a Sra. WILCOX foram e, se possível, quais são suas
intenções em relação a futuras movimentações.

Atenciosamente,

O nome está ilegível, um rabisco em tinta azul na parte inferior do papel.

— A senhora teve notícias dela depois disso?

— Não — sussurra Joan. — Nunca. — Ela não levanta o olhar. Está encarando o papel. — Mas não entendo. Ela não tinha um filho. Nunca mencionou...

Nick solta um gemido, de repente, e afunda a cabeça nas mãos.

— Claro que ela tinha.

— O quê? Nick?

Ele balança a cabeça, mas não responde. Em vez disso, vira-se para a Srta. Hart.

— Vocês sabiam, não é? Vocês sabiam disso desde o começo.

A Srta. Hart olha para o Sr. Adams, depois de novo para Nick, e assente.

— É nosso trabalho saber essas coisas.

— Isso é cruel. Não estão vendo que ela está velha? Isso pode matá-la.

— Do que vocês estão falando? — pergunta Joan.

O Sr. Adams os interrompe.

— Com todo respeito, sua mãe está sendo acusada de um crime mui-to sério. Se tivéssemos falado antes, isso teria comprometido qualquer informação que ela decidisse nos contar.

— Falado o quê antes? — pergunta Joan de novo, e, de repente, o quarto fica em silêncio. Ninguém diz nada. — Alguém, por favor, pode me dizer do que vocês estão falando?

A Srta. Hart olha para Joan e depois para Nick. Seu olhar é hesitante.

— Ah, simplesmente conte a ela — diz Nick, de repente. — Ela merece saber.

A voz da Srta. Hart é suave. Sua mão está no braço de Joan, e, apesar de Joan estar ouvindo e ouvindo, esforçando-se para entender, e de estar vendo a boca da Srta. Hart se mexendo, a mente dela está confusa. Joan não consegue ouvir uma única palavra. Sente a mesma escuridão terrível tomando conta dela mais uma vez e sabe que não pode se deixar levar por ela.

O menino, pensa. O menino nas fotografias. Não era Leo. As datas não estavam erradas. Tio Boris parecia velho nas fotografias porque estava velho. Não era apenas tio-avô do menino, mas também avô.

— Com licença — sussurra Joan, levantando a mão. Ela não quer ouvir mais nada. Não precisa. Joan permite que Nick a ajude conforme ela se levanta e sai do quarto. Seu corpo parece leve e insubstancial, como se estivesse simplesmente evaporando. Vai para o banheiro e fecha a porta, depois se senta na borda da banheira, agarrando a pia, e tenta se controlar.

De repente, a memória da qual não conseguiu se lembrar mais cedo retorna, surgindo em sua mente. Jamie, pensa. Jamie no Albert Hall, na última vez que todos eles viram Leo. Era isso. Agora ela se lembra. Ah, a lembrança é um soco no estômago. Durante o intervalo, ela e Jamie ficaram nos assentos, enquanto Sonya e Leo compravam potes de sorvete com a vendedora.

— Como nos velhos tempos — disse Joan a Jamie, tentando evitar uma discussão prolongada sobre a gravidez de Sonya. — Antes da guerra. — E fez uma pausa. — Antes de você também, suponho.

Jamie fez uma careta ao ouvir isso.

— Não consigo imaginar como isso funcionava.

— O que você quer dizer?

Ele acenou com a cabeça para Leo e Sonya.

— Quero dizer vocês três. Sonya devia odiar.

Joan refletiu por um instante.

— Ela não tinha ciúme, sabe? Leo disse que não.

Jamie bufou de desdém.

— Que bobagem. Ela é simplesmente uma boa atriz. Ela está com ciúme agora.

— Está?

— Claro que está. Eles são como unha e carne, esses dois. Você precisa se lembrar disso. Nada nem ninguém consegue se meter entre eles. Você acha que consegue, mas não consegue.

— Eles são da mesma família. São praticamente irmãos.

Jamie ergueu as sobrancelhas.

— É assim que você chama? Eles não se parecem com nenhum casal de irmãos que eu já tenha conhecido.

Joan se lembra de como isso a confundira na época. Lembra-se de ter olhado para a fila onde Leo e Sonya estavam, e de ter observado Sonya pegar a mão de Leo e o puxar para si, colocando-lhe a palma em sua barriga inchada.

— Espere. — Sonya pareceu instruir, e ele o fez, embora seu corpo estivesse inclinado para longe dela e ele não a encarasse. Os dois ficaram assim por quase um minuto, até Leo dar um pulo, surpreso. — Pronto! — exclamou Sonya, alto o suficiente para Joan ouvir. — Sentiu?

Leo ergueu as sobrancelhas e recuou, sorrindo para ela e lhe dando um tapinha no ombro.

— Viu? — sussurrou Joan para Jamie. — Ele só está agindo como irmão.

— Não é ele, Jo-jo. É ela. Ela faz isso toda vez que o vê. Acho que ela entende isso como um tipo de compensação, já que ele não estava presente na outra vez.

Na outra vez? Joan se virou para perguntar o que ele queria dizer, mas Sonya e Leo voltaram, carregados de potes de sorvete, e os dois foram obrigados a mudar de assunto. Ela resolveu perguntar a Jamie depois do concerto, mas não teve chance de ficar sozinha com ele, e, depois que Leo morreu, a conversa tinha fugido de sua mente.

Ela percebe que, se essa criança, Tomas, nasceu em 1940, como a Srta. Hart disse, isso se encaixaria exatamente com a partida súbita de Sonya para a Suíça no fim do verão de 1939 e o período de silêncio no início de 1940, depois do "confronto" entre ela e Leo, como ele dissera. Será que Sonya sabia, ela se pergunta, quando a levou à casa daquela mulher horrível, quando se sentou ao lado de sua cama e a ajudou a se recuperar depois? Talvez não. Talvez tenha sido ali que ela percebeu que Leo não era tão incorruptível, no final das contas. E, de repente, o pensamento de que deve ter acontecido enquanto Joan estava doente a atinge.

Joan se lembra do desespero de Leo com o pacto de Stalin e Hitler. Ele pode ter se voltado para Sonya nesse momento, sendo ela a única pessoa que realmente entenderia a profundidade dessa traição, a única que tinha visto como era na Alemanha, como eles tinham sofrido — principalmente Leo. Sonya até alertara Joan, na época, de que não estava sendo solidária o bastante, mas Joan não lhe dera ouvidos. Ela queria que ele não se preocupasse, como ela própria. Joan não havia entendido.

Agora imagina como deve ter acontecido. Eles não eram irmãos; apenas primos, unidos pelo passado. Sonya pode ter colocado os braços ao redor dele, de maneira reconfortante e familiar, e ele não teria conseguido evitar a vontade de sentir a cintura estreita, a proximidade do rosto dela enquanto o encarava, sabendo que ele não era tão incorruptível quanto ela pensava.

Joan apoia a cabeça nas mãos. Não consegue acreditar que foi tão cega, tão burra. Ela se lembra do vazio na expressão de Sonya quando a confrontou por causa da camisa no armário. Por que não a pressionou mais? Por que decidiu acreditar quando sabia que era mentira? Ela sabia que havia algo que não estavam lhe dizendo, e, ao mesmo tempo, não quis saber. Sonya era a única pessoa no mundo a quem achava que poderia contar absolutamente tudo, que a conhecia melhor que ela mesma. Parecia uma perda grande demais.

Nick bate de leve na porta do banheiro — ela reconhece a batida —, mas Joan não o convida a entrar nem se levanta. Depois de alguns segundos de silêncio, ele abre a porta.

— Você está bem?

Joan não responde. Pega o lenço de papel que ele lhe oferece e assoa o nariz, depois tenta sorrir para mostrar que está agradecida por sua presença.

Ele se senta ao lado dela na borda da banheira.

— Encontrei uma coisa enquanto você estava no hospital — diz ele, agitando uma pequena pilha de papéis.

Joan olha para eles, mas não pergunta o que são. Tudo que quer é que o filho fique sentado ao seu lado, coloque a mão em seu ombro e diga que ela não está sozinha, que vai ficar com ela apesar de estar com raiva. Que não vai abandoná-la.

— Consegui ajuda de um dos escreventes na Câmara. — Ele espalha os papéis nas mãos e os levanta para que Joan os veja. — Certidões de casamento de Sonya: uma em Zurique, em 1953, uma em Leipzig, em 1957, e uma na Rússia, em 1968. Não foi fácil achá-la porque ela mudou de nome, mas conseguimos encontrar alguém com essa descrição por meio de Tomas e Katya. É impossível ter certeza, mas parece provável que estes sejam os documentos dela. O escrevente acha que Jamie acabou emigrando para a Nova Zelândia.

Joan olha para os papéis e vê a história desbotada da amiga de maneira oficial.

— Quer dizer que Sonya conseguiu voltar para a Rússia — murmura por fim.

Ele assente e mostra outro papel.

— O que é isso?

— Certidão de óbito. Parece que ela morreu em São Petersburgo, em 1982. Vinte e três anos atrás. Achei que você ia querer saber.

— Ah. — Joan afasta esse documento. Não quer pensar na morte de Sonya.

— E já foi tarde — murmura Nick. — Depois de tudo que ela fez com você. E Leo. Deixando você para apodrecer.

Joan fecha os olhos. Sabe que também devia pensar assim, mas, nesse momento, não consegue encontrar forças para isso. Está exausta demais pela própria dor para odiar Sonya também. Poderia ter se sentido dessa maneira antes, pelo aborto, por manter o bebê de Leo em segredo, por traí-lo, porém, o que mais ela poderia esperar? A mãe de Sonya se matou bebendo ácido clorídrico. Ela vinha de um lugar difícil, brutal. É surpreendente que tenha acabado desse jeito? Quem mais cuidaria dela?

Nick se aproxima, mas não muito, apenas o suficiente, e baixa a voz.

— Olhe, eu estive pensando. Ainda estou... bem... com raiva é eufemismo. — Ele faz uma pausa. — Decepcionado também. Não sei se um dia as coisas vão voltar ao normal... entre nós, quero dizer. — Outro momento de silêncio. — Mas pensei muito e decidi que vou ajudá-la, mas você tem que fazer o que eu mandar.

Ele espera Joan responder e, quando ela não o faz, Nick agarra a lateral da banheira.

— Diga a eles que foi Sonya — aconselha ele. — Diga que ela foi a culpada. Pode pensar na logística depois, mas está bem claro, pelo que disse, que ela manipulou você para fazer isso. Podemos simplesmente dizer que você estava confusa na confissão original, e tudo pode ser arranjado para mostrar que Sonya roubou os documentos de você e mandou por rádio para a Rússia. Pode funcionar a seu favor, na verdade, o fato de você estar tão acostumada a ser manipulada que achou que deveria admitir tudo.

Joan balança a cabeça.

— Não vai funcionar.

— Pode ser que sim. E diga que você acha que William se matou porque era culpado. Diga algo que ele fez, para que eles, pelo menos, possam emitir um mandado solicitando um relatório completo de toxicologia no corpo para provar. Isso é tudo que eles querem ouvir. Você só precisa dar o que eles querem.

— Sou eu quem eles querem.

— Não querem, não. Eles só querem alguém. Praticamente lhe disseram, no início, que havia espaço para leniência se eles conseguissem o que queriam. — Ele se vira para ela, com a voz baixa e urgente. — Você não vê? É vergonhoso para o MI5 que você não tenha sido encontrada antes. Mesmo agora, eles não acharam você de fato. Receberam *informações* sobre você. Eles tinham uma espiã russa bem debaixo do nariz no topo do projeto atômico, repassando segredos para a Rússia durante quase cinco anos, e parece que ninguém pensou em investigá-la corretamente. Sabe por quê?

O cérebro de Joan parece nebuloso.

— Não.

— Haveria a mesma negligência nas verificações de segurança se um homem formado em ciências em Cambridge estivesse no mesmo papel que você?

— Acredito que não.

Nick sorri pela primeira vez em dias.

— Exatamente. Isso só aumenta a vergonha. Não só eles não a verificaram, mas o motivo para não terem feito isso é porque você é mulher.

Joan apoia a cabeça nas mãos.

— Ainda não vejo como isso poderia me ajudar.

— Ajuda porque, politicamente, seria melhor para eles se você fosse inocente. Então diga algo que eles querem ouvir, algo que melhore a situação deles. Deixe que peguem William. Ele está morto, de qualquer maneira, não é? E diga que Sonya enganou você. Eles a rastrearam, não foi?

— Mas, se eu negar, eles vão me levar ao tribunal de qualquer maneira. Teria que haver um julgamento.

— Talvez. — A voz de Nick revela um pouco de sua crescente impaciência. — Você só teria que manter a história, não é? — Ele faz uma pausa. — É sua única chance.

Joan olha para baixo. Sente o coração aquecer com o amor pelo filho, por seu pensamento positivo apesar de tudo que ela fez, pelo fato de que ele está sentado ali agora, no banheiro dela, e ainda acredita que ela tem chance. Como gostaria de simplesmente concordar, jogar os braços em seu pescoço e lhe agradecer, dizer que sim, vai ficar tudo bem e que o plano é maravilhoso. Mas não pode fazer isso, porque sabe que é tarde demais. Não funcionaria. Há um vídeo gravado de sua confissão, e teria de haver um julgamento. Ela teria de comparecer ao tribunal e negar tudo diante de tantas evidências. Teria de cometer perjúrio, e Nick também. Ele provavelmente poderia alegar, em defesa própria, que achava que tudo que dissera era verdade, mas ela não pode pedir a ele que faça isso. Não vai permitir que ele faça isso por ela. Precisa protegê-lo agora, como sempre fez.

Ela levanta os olhos para encará-lo e vê toda a esperança daqueles primeiros anos na Austrália, tanta felicidade destilada com perfeição na personalidade do filho. Sente uma súbita explosão de tristeza com a lembrança de abandonar a própria mãe como fez, com a culpa pela terrível dor que deve ter provocado ao fugir sem se despedir direito, e sem jamais explicar o motivo real de seu desaparecimento. Ela sempre justificou para si mesma que a alternativa teria sido pior e que pelo menos a mãe tinha Lally por perto, o que deve ter sido um consolo, mas sabia que isso não poderia ter compensado sua decisão aparentemente inconcebível de partir de maneira tão inexplicável e abrupta, a fim de morar num lugar tão distante, pouco antes do casamento de Lally. Não que sua mãe tivesse reclamado. Ela não fez nenhuma exigência, mas Joan sempre percebia o sofrimento em sua voz, o atraso na linha durante as ligações nas noites de domingo, evidente pela incompreensão da mãe em relação à decisão de Joan. Mesmo quando recebeu o diagnóstico de câncer e Joan não voltou para visitá-la, mesmo assim a mãe não reclamou, dizendo apenas que estava muito triste por não poder conhecer seu querido Nick, mas que eles mandassem mais fotos do menino comendo fish and chips na praia, como Joan descreveu, para que ela pudesse colocá-las em seu quarto no asilo.

Ela não merecia isso.

E Joan não está convencida de que ela aguentaria a dor da separação de novo, se isso acontecesse. Mas também sabe que não pode dizer o que Nick quer que ela diga, e, quando a certeza dessa compreensão recai sobre si, percebe que há outro motivo além de evitar o envolvimento de Nick para sua relutância. E Joan fica surpresa por compreender a força desse motivo.

— Me desculpe, Nick. Não posso.

— Por que não?

— Porque não é verdade — sussurra.

— Não importa.

Uma pausa. Joan olha para ele.

— Importa para mim.

Um tremor de raiva parece atravessá-lo, e sua expressão endurece.

— Olhe, eu também não quero ser envolvido nisso. Não é bom para mim, em termos profissionais, ser associado... — Ele se impede de continuar nessa linha de pensamento, embora ambos saibam a verdade. — Mas estou aqui, não estou? Tenho um plano. E eu realmente acho que você não está em posição de ser esnobe em relação à verdade e à diferença entre certo e errado.

Joan apoia a mão no joelho dele.

— Não quero que você se envolva. Tudo que eu sempre quis foi proteger você disso tudo. É por isso que não quero ir a julgamento.

— Bem, você deveria ter pensado nisso antes, não é? — Ele afasta a mão de Joan, e seus lábios estão retos e pressionados. — Você não devia ter me adotado depois do que fez. Você não tinha esse direito.

Joan sente alguma coisa se romper dentro de si.

— Como você pode dizer isso?

— Porque é verdade. Estive pensando nisso nos últimos dias. Você não pode dizer que queria me proteger se já tinha feito isso tudo quando me *escolheu*, como sempre me disse. E quanto a mim? Qual é a minha escolha nisso? Quando posso *escolher* se quero ou não uma espiã da bomba atômica como mãe?

— Ah, Nick.

— Não sei por que você não pode simplesmente dizer o que eu mandei você dizer. O que custa cooperar, mesmo que só esteja fazendo isso por mim?

— Mas não ia funcionar.

— Não vale a pena tentar?

A cabeça de Joan está apoiada nas mãos, mas ela a balança mesmo assim. Seu coração está martelando, mas ela sabe que não pode recuar agora, não só por ele, mas também por si mesma, pela pessoa que era naquela época; por Leo, por Sonya, por William. Pelo pai.

— Mas não é verdade — sussurra. — Eu fiz isso por um motivo.

Há um silêncio enquanto Nick absorve o que ela disse.

— Então você está me dizendo que não vai nem tentar?

Joan balança a cabeça. Sua voz está tão baixa que ele precisa se inclinar para a frente para ouvi-la.

— Não posso.

Nick se levanta e vai até a porta. Sua mão fica apoiada na maçaneta enquanto ele espera Joan dizer alguma coisa, mudar de ideia, mas não há nada que ela possa dizer.

— Está bem, então — diz Nick por fim, a voz fria e dura. — Parece que você está sozinha.

Sexta-feira, 4h43

Joan está na cama, mas não dorme. A luz do patamar da escada ilumina o quarto escuro, e seus pensamentos são pontuados pelas pequenas piscadas das câmeras de vigilância instaladas no início da semana, lembrando-a do que eles acham que ela pode fazer. Há pelo menos uma câmera em cada cômodo da casa. Eles não pretendem perdê-la, como perderam William. Ou, se o fizerem, pretendem ter tudo filmado.

A dor da partida abrupta de Nick ainda é forte e faz o estômago de Joan embrulhar. As palavras do filho ecoam em sua mente, e, mais uma vez, ela se pergunta se seria melhor simplesmente não acordar no dia seguinte. Melhor para ela. Melhor para Nick. Por um instante, imagina que poderia fazer isso. Não com os soníferos, mas com a medalha de São Cristóvão dada por William como presente de despedida, ainda guardada na gaveta da mesa de cabeceira. *Só para garantir,* escrevera ele no bilhete que a acompanhava, e ela ficara horrorizada com a ideia. Mesmo se tivesse pensado nisso, ela não teria imaginado que aconteceria desse jeito. Não depois de tantos anos.

Mas, por outro lado, também nunca pensou que William o faria.

Ela sabe que precisa organizar os pensamentos a fim de se preparar para a entrevista coletiva mais tarde, naquele dia. Ficou acordada a noite toda, mas a folha de papel na qual deveria redigir sua declaração continua em branco.

Sabe que só há uma abordagem aceitável — um pedido de desculpa, uma demonstração sincera de remorso —, mas a verdade é que sempre acreditou que o que fez foi algo corajoso. Sim, se estivesse mais consciente dos horrores perpetrados pela União Soviética na época, ela teria outras reservas, mas como poderia saber? Naquela época se sabia tão pouco. E, mesmo assim, isso não muda nada. Ela não fez aquilo para salvar a Revolução. Fez por causa de Hiroshima, por causa das imagens de nuvens de cogumelo e do número de mortos e dos relatórios do terrível calor dilacerante. Fez por causa da sensação da mão do pai na dela enquanto estava deitado na cama, recuperando-se do primeiro ataque cardíaco, e por causa da lembrança dele, parado no palco da escola, implorando às alunas que reconhecessem seu dever umas para com as outras. "Somos todos responsáveis..."

Ela sabe que o plano de Nick pode funcionar. Percebe que há certa verdade em sua avaliação do que o MI5 estaria disposto a aceitar. Poderia ligar para ele agora e dizer que mudou de ideia. Poderia dizer ao MI5 que sim, ela se arrepende de ter se permitido ser manipulada por aqueles que estavam por perto, que poderia ter denunciado suas suspeitas em relação a Leo e Sonya na época, que acredita que William se matou para evitar o julgamento. A história dela poderia, então, ser reformulada para implicá-lo antes de ser apresentada à Câmara dos Comuns. Percebe que isso seria o melhor a fazer, de um ponto de vista puramente egoísta.

Mas toda vez que vai escrever as palavras, descobre que sua mão não lhe permite fazê-lo. A caneta paira sobre a página, mas não encosta nela.

Porque não é verdade, é?

Ou, pelo menos, a maioria não é verdade, mas ela não vai contar a eles o que sabe sobre William. Ele merece sua discrição, depois do que fez por ela. Felizmente, parece que não encontraram nada sobre isso, e Joan está aliviada por não ter de confessar como tudo terminou. Ele cobriu bem os rastros.

Ela fecha os olhos. Não há nada a fazer agora, a não ser esperar.

*

Joan telefona para a mãe da cabine telefônica no fim da rua de Sonya para perguntar se pode ficar uns dias com ela.

Percebe que a mãe está sorrindo do outro lado da linha.

— E a que devemos esse prazer inesperado?

A suave familiaridade da voz da mãe faz crescer um nó no fundo da garganta de Joan, e ela tem de se esforçar para parecer normal.

— Ah, nada demais — diz ela. — Ganhei uns dias de folga e pensei em visitá-la.

— Claro que pode. Não precisa pedir.

Sua mãe está lá para encontrá-la na estação e a abraça quando Joan salta do trem.

— Você está usando seu casaco de pele!

Joan sorri.

— Achei que tivesse perdido. Não precisamos devolvê-lo em algum momento? — A voz de Joan está abafada porque sua boca está encostada no ombro da mãe.

— Acho que minha prima já deve ter se esquecido dele, a essa altura.

— Talvez. — Ela olha para o pé da mãe. — Como está sua perna?

— Não está tão mal. Não me repreenda por andar até aqui para encontrar você. Eu queria vir. Senti saudade. — Ela sorri. — Não que eu esteja solitária sem seu pai. Não coloque isso na sua cabeça. Sinto saudade dele, é claro, mas estou bem. — Ela olha para Joan de um jeito conspiratório. — Entrei para um coral.

— Mas você não sabe cantar.

— Isso era o que seu pai dizia. Eu sempre soube que tinha uma voz boa, e a regente do coral também parece achar isso. — Ela faz uma pausa e depois continua, tímida: — Temos um concerto na próxima semana. Você não precisa ir, mas, se estiver livre... — Sua voz diminui. — Seria bom, só isso.

Joan sente a pulsação fraca do coração dela.

— Claro que eu vou — garante ela, apesar de saber que tanta coisa pode ter mudado até a semana seguinte que não pode afirmar nada com certeza. Ela se aproxima e beija o rosto da mãe, inspirando o cheiro fraco de lavanda, o cheiro de infância, de conforto, de alguém lhe dizendo que tudo vai ficar bem de novo. Elas atravessam a rua, e um carro para devagar ao lado do meio-fio. A mãe mal percebe, mas, quando as duas passam na frente dele, Joan vê que há dois homens sentados no banco da frente, sem conversar, os olhos grudados nela, sem pestanejar. Atrás dela, Joan ouve o carro mudar a marcha e partir, as janelas escuras e impenetráveis quando passa.

Seu coração estremece.

É só um carro, pensa. Não é nada.

A mãe olha para ela.

— Espero que não esteja trabalhando demais. Você está muito magra.

Joan ergue as sobrancelhas. A mãe sempre diz que ela está magra quando quer dizer outra coisa.

— Estou? — pergunta, embora dessa vez pense que talvez seja verdade. Ela sempre foi magra, mas recentemente percebeu que as roupas estão mais largas que nunca. — Deve ser o racionamento. — Joan olha de relance para trás. O carro desapareceu.

— É, suponho que seja. — A mãe hesita. — Eu estava pensando em ajustar seu vestido de madrinha enquanto você está aqui.

— Acho melhor.

— Você não se importa, não é? De fazer o ajuste, quero dizer.

Elas atravessam o portão da escola e seguem pelo caminho até o alojamento. Já tiveram essa conversa: a mãe está totalmente convencida de que Joan se importa de a irmã mais nova se casar antes dela e de que é por isso que ela está agindo de maneira tão estranha. Já discutiram isso umas dez vezes por telefone, e, todas as vezes, Joan insiste que não se importa.

— Não — diz ela. — E, antes que você pergunte de novo, estou muito feliz por Lally ter encontrado alguém com quem queira se casar. Estou encantada por ela.

— Mas você se importa um pouquinho, não é? — insiste a mãe, consciente de que alguma coisa está errada com a filha mais velha, e incapaz de compreender o que poderia ser.

— Não. — Como Joan gostaria de poder lhe contar tudo, explicar tudo, depois fechar os olhos num abraço com aroma de lavanda e acreditar, só por um instante, que tudo vai ficar bem.

— Só um pouquinho. Você sabe que sim.

— Sério, mãe. Não me importo. A única situação em que eu poderia me importar de Lally se casar seria se Jack fosse o único homem do mundo que eu achasse que poderia amar, mas não é nada disso. Eu nem gosto muito dele.

— Joanie! Você não deve dizer essas coisas. Ele vai entrar para a família em breve.

— Estou falando só com você, e sei que também pensa assim.

— Joanie! — Sua expressão é de indignação culpada. — Acho que eu nunca disse nada parecido com isso. Ou, se disse, foi há muito tempo. — Uma pausa. A mãe faz um sinal com a cabeça para si mesma enquanto vira de costas, e suas palavras são abafadas pelo colarinho, mas Joan consegue ouvi-las mesmo assim: — Eu sabia que você se importava um pouquinho.

Então as duas continuam naquela lengalenga, até chegarem a casa e sua mãe sair em disparada para a cozinha. Joan sobe para seu antigo quarto para guardar as malas. Há uma carta na penteadeira, com carimbo postal da véspera. Reconhece a caligrafia de William no envelope, mas não há nenhuma carta dentro; apenas uma página de jornal dobrada, com uma linha vermelha circulando cuidadosamente uma notícia curta na parte inferior da página, embaixo de um anúncio de alvejante caseiro.

Família trágica, diz a manchete. Um pequeno Rover branco com para-choque prateado curvo e um amassado na porta do passageiro foi abandonado nas docas em Harwich. Há um bilhete no porta-luvas e um chapéu encontrado na água, na costa um pouco mais além. O chapéu foi identificado como pertencente à Sra. Sonya Wilcox, de The Warren, em Firdene, Norfolk, e, algumas horas depois, um sobretudo que pertencia ao Sr. Jamie Wilcox também foi recuperado. O inquérito foi fechado com a conclusão final de suicídio, embora nenhum corpo tenha sido encontrado até agora. Não há mais investigações pendentes.

Joan sente o corpo todo frio. Lê a notícia de novo, então coloca o pedaço de papel com cuidado no fundo da lareira, pronta para ser acesa mais tarde. Sabe que nenhum corpo será encontrado. O chapéu e o casaco devem ter sido plantados para facilitar o rastreamento. Vão encontrar um recibo de lavagem a seco num deles ou uma antiga etiqueta com nome, algo sutil, mas óbvio para facilitar a associação. É uma das coisas que Sonya lhe disse: que você pode fazer qualquer pessoa pensar o que você quiser, desde que também faça com que elas pensem que descobriram tudo sozinhas. Além do mais, está tudo ordenado demais, arrumado demais. Joan se lembra de que Sonya sempre disse que, se um dia tivesse de fugir da Inglaterra, voltaria para a Suíça pela Itália, indo para o sul pelo mar, e depois para o norte pelas montanhas. Ela se pergunta se William também os ajudou. Talvez fosse por isso que ele sabia como encontrar o artigo.

Por que Sonya não teve tempo de se despedir? Por que não a avisou?

Joan imagina o carro aparecendo nas docas em Harwich, os faróis submersos e o cabelo escuro de Sonya enrolado em seu lenço de seda preferido. ("É bem menos suspeito parecer linda que parecer preocupada", dissera ela uma vez, quando Joan admitiu estar ansiosa antes de um dos encontros entre as duas.) O que ela estava pensando quando eles saltaram do carro e entraram no barco? Talvez estivesse pensando em Leo. Em Jamie, ao seu lado, carregando a bagagem. Na filha, Katya, enrolada em seus braços. Em Joan. Na bomba de teste na Rússia, naquela explosão ofegante de átomos, vermelhos e dourados e quase lindos à distância. Ou estava pensando em sua casa, na mãe morta, na casa do lago em Leipzig, onde passara as férias de verão com Leo e tio Boris?

Quanto tempo levaria essa viagem até a Itália? Três dias num barco pequeno? Ela imagina os três encolhidos sob o convés, entre cordas e lonas e gotas de mar acumuladas em poças no piso de tábuas de madeira. Joan estremece. É uma ideia tão estranha ir embora desse jeito, com essa finalidade. Mas também um tanto dramática, pensa Joan, e, de repente, percebe que não está surpresa por Sonya ter escolhido essa maneira de partir.

Mas quem será o próximo? Será que ela terá de ir embora assim, quando chegar sua vez?

Joan tenta imaginar, mas não consegue. Pensa na mãe e na irmã sendo chamadas para a cena, o rosto da mãe pálido e os olhos arregalados. *Minha filha*, ela talvez gritasse, *minha filha*. Joan sente o sangue pulsando no coração, uma sensação de carne se rompendo, como se alguém acendesse uma tocha dentro de sua boca, até o cérebro. Não, pensa. Não, não, não.

Sua mãe faz os ajustes naquela noite, querendo acabar com a tarefa antes do jantar. O tecido do vestido de madrinha é macio, de algodão cor-de--rosa permeado de seda. É um tecido pré-guerra, comprado anos antes, só para o caso de uma das meninas precisar. Ou ambas, a mãe teve esperança numa época, embora não admita isso agora. O vestido de Lally é de cetim encorpado, com aplicação de renda do mesmo tom na frente. O modelo é um rabo de peixe justo, de modo que balança quando ela o experimenta e gira diante do espelho. E ela faz isso. Com frequência. Mas não quando Joan está presente.

— Essa cor cai tão bem em você — diz a mãe de Joan, e, por um instante, seus olhos ficam um pouco marejados, ameaçando transbordar. — Eu só queria que seu pai... — Ela balança a cabeça. — Veja só como estou falando bobagem.

— Tudo bem, mãe. Pode falar dele, se quiser.

— Ah, eu quero. Também falo com ele. Agora ele é um bom ouvinte, melhor do que quando estava vivo. — Ela ri e seca a lágrima que está brilhando no cílio inferior. — Ele tinha tanto orgulho de você, Joanie. Eu queria que tivesse ouvido o que ele falava de você. Sempre dizia que você faria alguma coisa maravilhosa.

Joan assente. Uma dor terrível toma seu peito, como se alguém estivesse com as mãos ao redor de seu coração e o estivesse bombeando no ritmo errado.

— Tolice — sussurra ela.

Mas, pela primeira e única vez na vida de Joan, sua mãe não concorda com essa declaração. Ela balança a cabeça.

— Não, Joanie. Não é tolice. Eu é que fui tola. Seu pai estava certo de ter orgulho de você. — Ela coloca as mãos com firmeza nas costas de Joan. — Agora, fique parada aí e não se mexa.

Elas ficam em silêncio, e, por um instante, Joan pensa em contar tudo à mãe.

— Notícia terrível sobre aquela bomba na Rússia — diz a mãe de repente. Ela não levanta o olhar, mas pega um punhado de alfinetes na lata e os segura com os lábios pela ponta afiada, de modo que sua boca parece uma fileira de espinhos. Ela sempre fez isso. É uma das lembranças mais antigas de Joan, de lhe mandarem ficar reta enquanto a mãe alfinetava linhos e algodões sob seus braços e na cintura, a boca tão cheia de alfinetes que Joan tinha medo de se mexer e surpreender a mãe, fazendo-a engolir todos eles. Ela pensa nos meses antes da partida para Cambridge, a mãe planejando e costurando o Enxoval da Universidade, apesar de sua oposição, arrumando um jeito de encontrar um casaco de pele e fazê-la parecer parte daquilo, depois deixando tudo empacotado e arrumado no baú para ela abrir quando chegasse à universidade.

— É.

— Elej dizem que — a mãe ceceia, tirando os alfinetes um por um e ajeitando o tecido para garantir que a bainha se abra de modo uniforme ao seu redor — elej acham que oj ruxoj devem ter um expião. — Ela tira os dois últimos alfinetes da boca e dá um passo para trás, analisando sua obra, então puxa o tecido pouco abaixo dos seios de Joan e o prende simetricamente, ou quase, para acentuar o busto. — Eles acham que é um cientista britânico.

Uma pausa. A respiração de Joan, de repente, fica superficial.

— É tudo uma bobagem, de qualquer maneira, é isso que seu pai diz. Dizia. — Ela se corrige. — Todas as guerras começam por causa de segredos.

— Então, se não houvesse mais segredos... — sussurra Joan.

A mãe franze a testa, pensando, depois dá de ombros.

— Se ao menos todo mundo jogasse honestamente — diz ela, aérea, e o momento de defesa que parecia estar pairando sobre Joan evapora.

— Mas eles não têm nenhuma evidência, na verdade — continua Joan. — Só estão dizendo que têm um suspeito para deixar os americanos felizes, para mostrar que estão fazendo alguma coisa.

A mãe olha para ela, estarrecida. Ela balança a cabeça devagar.

— Eu não acho que isso seja verdade. Você não ouviu? Deu no rádio hoje pela manhã. Estão mantendo aquele professor de Cambridge na Prisão de Brixton até o caso ir a julgamento. Então deve haver alguma base para as acusações. Levante os braços.

Joan estende os braços para os lados, de modo que a mãe possa alfinetar a cintura do vestido, prendendo a costura do tecido mais e mais em suas costelas, até Joan mal conseguir respirar. Será que isso significa que eles realmente encontraram alguma evidência? Ela vê a testa franzida da mãe enquanto se curva para ajustar a cintura do vestido, e sente um fluxo de pânico subindo dentro de si. Joan inspira, expira, inspira de novo.

A mãe dá um passo para trás.

— Pronto — diz. — Linda. — Ela faz uma pausa. — Joan? Você está bem? Você parece um pouco pálida.

Sexta-feira, 7h24

Prisão de Brixton
25 de setembro de 1949

Querida Joan,

O primeiro dia terminou. Dizem que o primeiro de tudo é sempre o pior, embora eu consiga pensar em inúmeras exceções a essa regra, mas deixe eu me agarrar a ela nesta ocasião para poder supor que o pior já passou. Ainda não comecei a riscar os dias na cabeceira da cama, mas talvez isso aconteça. Amanhã, quem sabe. Não consigo imaginar que vai ser fácil me adaptar. Não é o desconforto; na verdade, achei essa parte muito mais fácil do que eu esperava. Tenho um quarto só para mim e posso escolher entre vários beliches, então obviamente escolhi o de cima. É surpreendente, na verdade, como ainda me sinto feliz com a ideia de ficar na cama de cima. Mas o colchão é duro e a coberta é áspera; como numa prisão, pode-se dizer.

Para ser sincero, não é a perda de liberdade que é tão difícil. Posso parar de pensar nisso se ficar muito ruim. O mais difícil é dar algum sentido a esse tipo de existência, além do sentido puramente negativo de punição por algo que não fiz.

Claro que eu sei que deveria ver o lado positivo — a justiça vai prevalecer etc. — e, nesse meio-tempo, devo tentar pensar nesse período como uma oportunidade de aprendizado. Já me inscrevi para um curso de encanador e vou começar o de marcenaria depois. E estive pensando que deveria ler a Bíblia ou o Corão ou algum outro tipo de texto religioso. Quero ler esses livros há anos, embora sempre houvesse alguma coisa melhor para fazer. Um dos companheiros que conheci aqui hoje está lendo um dicionário, o que me parece uma leitura infernal — nenhum arco narrativo, nenhum romance! —, mas, de qualquer maneira, a conversa do pobre indivíduo agora é tão pesada alfabeticamente que todo esse estudo lúgubre não o deixou mais lúcido do que era. Ele é cheio de "antagonismo" e "apreciável" e "beligerância", e tudo bem, mas ele tem que traduzir o que diz para a maioria dos que estão aqui. Está lendo há quase um ano, e ainda não chegou à letra C. Como encontramos novas formas de purgatório para nos punirmos!

Espero que todos estejam bem no laboratório e que não pensem muito mal de mim. Como eu gostaria de poder convencer todo mundo de que sou quem digo que sou, quem eu sempre disse que era — apenas eu. Não posso escrever mais, porque tenho que pensar no censor, e não tenho permissão para discutir os detalhes do caso nas minhas correspondências pessoais (mas isso, querido Censor, é apenas um detalhe indireto). Recebi uma carta terrível de Donald, dizendo que eu não poderia entender a extensão da consternação que provoquei em todos eles e que o mínimo que posso fazer é confessar. Eles dizem que traição é um crime que não pode ser aliviado, mas, se eu confessasse (o quê??! Eu nem saberia como abordar um agente russo, quanto mais me tornar um espião! Me desculpe, Censor, prometo que parei), pelo menos seria um começo. Ah, Joan. Eu me sentei no meu beliche e chorei. Era melhor ter ficado isolado, disseram eles, do que ter feito amizade conosco e nos traído tão profundamente.

Se encontrar com eles, fale bem de mim. Não espero que você os convença, mas me ajudaria a dormir melhor saber que alguém me defende de vez em quando.

As luzes vão se apagar em breve. Preciso terminar para poder mandar essa carta pelo correio da manhã. Se quiser me escrever — embora eu entenda perfeitamente se não quiser —, as regras são que eu posso escrever e receber uma carta em intervalos indefinidos, no momento uma a cada duas semanas. Então, não vale muito a pena escrever cartas, exceto em resposta a uma carta minha, a menos que seja uma questão urgente. Nesse caso, o Governador me falaria a respeito, portanto eu talvez não visse a carta.

Posso receber minha primeira visita no sábado. Por favor, me avise se quiser vir. Disseram que as primeiras visitas são um pouco tristes, embora aparentemente possamos, pelo menos, estar no mesmo cômodo durante um tempo. Eu poderia viver sem elas, só que não sei por quanto tempo devo ficar aqui. Tenho novidades que quero lhe contar ao vivo. Espero que a data do julgamento não seja daqui a muito tempo, porque pelo menos assim eu posso descobrir o que eles têm contra mim para me manter aqui.

E, por favor, não hesite em dizer se você preferir não vir.

Seu,

Max

De St. Albans, Joan pega o trem para Londres e depois o metrô até Stockwell, de onde vai tomar um ônibus para Brixton. A bolsa de viagem está leve. Dinheiro, uma muda de roupa, um sanduíche, uma toalha de mão, um pente, uma escova de dentes e alguns maços de cigarro para Max. Mesmo depois de trinta anos de vida, os objetos essenciais são tão poucos. Não há mais nada que ela realmente precise levar, além das três cartas que vai postar depois de partir: uma para a família, uma para a polícia e outra para Max. Pensou em mandar uma para Karen também — afinal, foi ela que encaminhou a carta de Max para a casa de sua mãe —, mas vai mandar alguma coisa para a amiga depois. Uma explicação, um pedido de desculpa. Uma mentira. Pensa no vestido para o casamento de Lally e fica triste porque não será usado, mas ela se recusa a imaginar qualquer coisa além disso. Não quer pensar na mãe cantando no concerto na próxima semana nem em Lally descobrindo que ela não vai estar presente no dia de seu casamento. Não vai se atormentar em pensar no rosto da mãe ao ler a carta. Não pode, senão não vai conseguir fazer isso.

Ao saltar do ônibus, Joan descobre que consegue colocar um pé na frente do outro com certa facilidade, contanto que não pense no que tem de fazer em seguida. É como andar na beira de um precipício, observando a brisa soprar as margaridas e ranúnculos de um lado e sabendo que está bem, que tudo vai ficar bem; só não pode olhar para baixo. Só que em Brixton não há margaridas nem ranúnculos. Há fileiras de casas vitorianas ao lado de pilhas de escombros, danos da guerra intocados apesar de ela ter acabado há mais de quatro anos, ônibus lotados, barracas de frutas, padarias e um cheiro persistente de peixe cru.

Não é uma longa caminhada a partir da parada de ônibus, praticamente é só subir a ladeira em direção a Streatham. Ela refaz seus passos, parando para olhar os reflexos nas vitrines, como sempre faz. Ninguém. Nada. Está sozinha e ainda há uma chance. A prisão fica numa rua tranquila, cercada por um muro alto de tijolos. A arquitetura vitoriana do prédio tem o efeito pretendido: intimidador e inexpugnável. Ela estremece ao ver as janelas pequenas, os tijolos bem organizados, as chaminés dos fornos assomando sobre o telhado inclinado. Ela leu que as bases do moinho movido a pessoas continuam visíveis no saguão principal da prisão e que, à noite, as celas são invadidas por ratos e camundongos, embora Max não tenha mencionado isso na carta.

Ele está sendo corajoso, mas ela sabe que é encenação. A semana toda ele esteve com ela, tentando se infiltrar em seus sonhos, como se desse batidinhas na lateral da cabeça de Joan para chamar sua atenção. Ela sabe que ele está solitário e assustado, muito embora odiaria admitir isso.

Ela anda mais rápido, na esperança de que sua pulsação acelerada possa afastar essas imagens da mente. Inspira e inclina a cabeça para trás, para que o brilho do sol possa inundar seu rosto. Lembre-se disso, pensa.

Joan segue até a entrada de visitantes e é recebida por um homem de quepe, vestido como um motorista de ônibus e com um ar de quem já viu tudo aquilo antes. Ele certamente já viu mulheres como ela na entrada de visitantes, de banho tomado e bem-vestidas.

— Estou aqui para ver o professor Max Davis.

— O velho Lorde Haw-Haw, é?

Joan lança um olhar incisivo para ele, se lembrando da confusão depois da guerra, quando Lorde Haw-Haw foi enforcado na Prisão de Wandsworth. A sombra escura de um capuz invade sua mente, sendo puxado para baixo sobre o próprio rosto, e ela estremece. Precisa ser mais forte que isso, pensa. Além do mais, não é a mesma coisa. A Grã-Bretanha não estava em guerra com a União Soviética como estava com a Alemanha quando ele fazia suas transmissões de rádio. Ela ergue a cabeça.

— O que aconteceu com a "inocente até que se prove o contrário"?

O homem dá de ombros, concentrando-se não em Joan, mas em folhear sua coleção de formulários.

— Ahá — diz ele. — Aqui está. Prisioneiro Davis. Primeira porta à esquerda.

Joan pega o formulário que ele lhe entrega.

— Ele não fez nada, sabia? Vão soltá-lo.

O homem olha para ela. Ele percebe a intensidade de seu olhar, suas pupilas dilatadas demais, fazendo os olhos parecerem quase pretos, as mãos enluvadas, o cabelo preso para trás. Ele franze levemente a testa, então seu rosto parece mudar de um jeito imperceptível.

— Tudo bem, querida, eu acredito em você.

— Obrigada — agradece-lhe Joan, com muita educação. Ela passa pelo portão e segue para a porta seguinte, onde apresenta o formulário para outro homem de quepe, que a instrui a segui-lo e, dessa vez, ele não faz nenhum comentário; nem ela. Joan o segue por um longo corredor de concreto e depois outro, até que ele finalmente para em frente a uma porta pesada de metal reforçado e a empurra com o ombro para deixar Joan passar.

— Espere aqui — diz ele.

Joan assente. A porta bate atrás dela, mas não está trancada. Ela se senta à mesa, de frente para a janela. Sente um cheiro de cachorro molhado e urina, e, sobre a crosta desse, percebe outro cheiro; mais industrial, alvejante, talvez, ou algum outro líquido de limpeza que não é suficiente para eliminar os outros odores mais fortes. Não consegue olhar para a porta atrás dela, para a tinta azul desbotada, para as barras atrás do visor, para a grande tranca com maçaneta fixa. Ela tira as luvas e as aperta com força, inutilmente.

É pior do que imaginava. Mais sombrio, mais fedorento. Pode ser diferente para mulheres, pensa. O cheiro seria diferente e haveria desconfortos diferentes, tristezas diferentes. Já imaginou a sensação das roupas da prisão nas costas, o balde no canto da cela, comer mingau numa tigela de metal com uma colher. Comer tudo com uma colher. E como deve ser pior para Max. Estar ali e não ter feito nada. A ideia a atormenta, sabendo que ele deve estar desesperado com a injustiça e que eles não devem estar lhe dando o suficiente para comer, que ele não deve estar dormindo bem.

Ela fecha os olhos. Espera.

A porta se abre atrás de Joan. Ela ouve passos e depois uma pausa ofegante. Levanta-se devagar, vira-se para trás, e lá está ele. O cabelo foi raspado, e ele está usando uma calça e um paletó de flanela cinza-pálido. Há um número de prisioneiro no peito, e, quando ele a vê, seu rosto se abre num sorriso. Joan quer cair de joelhos, apoiar a cabeça nas mãos por saber que fez aquilo com ele, mas sabe que não vai ajudar nenhum dos dois, por isso não faz nada. Ela se obriga a sorrir enquanto o silêncio aumenta e fica quase palpável entre eles.

Max dá um passo em direção a ela, cuidadoso e hesitante, e estende os braços.

— Você veio — diz ele. — Achei que não viria.

— Sem contato físico — avisa o guarda.

Joan faz um movimento com a cabeça como se negasse e assentisse ao mesmo tempo e se afasta obedientemente dele.

— Claro que eu vim.

Max deixa os braços caírem.

— É tão bom ver você.

Joan engole em seco.

— Também é bom ver você.

— Como estão todos?

— Karen mandou lembranças. Ela encaminhou sua carta para mim.

— Para onde?

— Estou na casa da minha mãe por enquanto. Tenho certeza de que os outros vão... Bem, eles vão dar um jeito. Foi meio que um choque.

Max assente, mas não diz nada. Parece desconfortável, meio envergonhado. Ele se senta à mesa, e Joan se acomoda à sua frente. Será que ele sabe?, ela se pergunta. Parece impossível. Claro que ela perceberia se ele soubesse. Haveria alguma coisa diferente nele, alguma coisa nítida.

Ele levanta o olhar para ela e tenta sorrir.

— Péssimo o serviço por aqui, não é?

Joan sorri. Ela espera. Não, pensa. Ele não sabe.

— Trouxe alguns cigarros para você — diz Joan, tirando-os da bolsa e colocando sobre a mesa.

— Obrigado. — Uma pausa. — Então, eu disse que tinha uma novidade. Recebi uma carta da minha esposa.

— Ah é?

— Ela finalmente concordou com o divórcio. Assinou todos os documentos. É oficial. — Seu rosto se abre num sorriso, e ele estende a mão para ela por cima da mesa. — Se eu soubesse que só precisava fazer isso, teria sido preso há anos. Eu pediria você em casamento agora mesmo, só que não é assim que quero fazer o pedido. Quero esperar até que tudo tenha acabado e eu esteja livre das acusações, e depois... — Ele se interrompe. — O que foi? Por que está chorando?

Joan está apertando a bolsa no peito e sente algo mudar, escapar dentro dela, como se alguma coisa estivesse se partindo ao meio. Há tanta coisa que quer dizer. Não consegue suportar a ideia de deixá-lo e explicar tudo numa carta depois de ter partido. Quando finalmente está confiante para falar, ela balbucia.

— Não posso, Max. Não posso me casar com você.

— Por que não? Claro que pode. Vou sair daqui. Não fiz nada. Eles dizem que têm evidências, mas não têm. Ou, se têm, ainda não vi nenhuma.

— Eu sei que você não fez nada.

— Então o que é? Por que está chorando?

As palavras ficam presas na garganta de Joan. Ela o ouve pedindo ao guarda apenas mais um minuto. Há um silêncio, e depois o som da porta abrindo e fechando enquanto o guarda demonstra piedade e sai. Agora são só os dois no cômodo, e ela sente os braços dele envolvendo-a, levantando-a, acariciando seu cabelo, abraçando-a, acalmando-a, até seus soluços terem diminuído. Precisa contar a ele agora. Pode ser que nunca haja outra chance. Não se sente corajosa o suficiente para isso. Ela o abraça com força, os lábios roçando na orelha dele, e sussurra as palavras com muita delicadeza contra o pescoço dele:

— Fui eu.

Os braços de Max afrouxam em volta do corpo de Joan. Ela não se afasta porque não quer ver o rosto dele, mas ele a solta e dá um passo para trás, segurando seus ombros com as duas mãos.

— Você?

Joan assente. Ela olha para o chão. Seu corpo todo está tremendo.

— Você? — Max atravessa o cômodo até a janela e depois até a porta. Volta para o centro do cômodo e vai de novo até a janela. Talvez ele jogue a mesa do outro lado da sala. Talvez ele chame o guarda, batendo na porta para que venha buscá-la, para soltá-lo, xingando e gritando e mandando-a embora.

— Vou confessar — sussurra ela, encolhendo-se porque as palavras soam patéticas.

Max continua sem dizer nada. Ele agora está perfeitamente imóvel, encarando as barras da janela.

— Sinto muito — sussurra ela.

361

Ele se vira.

— Como você pôde? — pergunta ele por fim, a voz baixa e raivosa.

— Por quê?

Joan sente o corpo esquentar.

— Eu achava que era a coisa certa. Depois de Hiroshima...

Max rosna.

— ... depois de Hiroshima, parecia que os russos seriam os próximos. Achei que o mundo ficaria mais seguro.

Max coloca a mão na testa.

— Todas aquelas marchas comunistas quando você era estudante. Eles me perguntaram se você era um risco à segurança por causa delas, e eu disse que não, claro que não. Coloquei a mão no fogo por você. Disse a eles que era só uma fase. E Leo Galich. — Ele balança a cabeça. — Você encontrou com ele no Canadá, não foi? — Joan desvia o olhar. Pensa em mentir, mas decide que não faz sentido. Devagar, assente.

Ele se vira de costas.

— Só o vi rapidamente, eu juro. E eu não queria, mas ele me encontrou. Mas recusei, naquela época.

Uma pausa.

— Até Hiroshima.

— Sim. — Joan dá um passo em direção a ele. — Max, eu sinto muito. Não era para ninguém ser pego.

Ele bufa.

— Muito menos você — sussurra ela.

Silêncio.

— Vou contar tudo a eles.

Max não se vira.

O que estou esperando?, Joan se pergunta. Que ele se sinta grato? Que ele me agradeça? Ela balança a cabeça ao constatar a própria estupidez.

— Mas você pode me dar mais alguns dias? Eu só preciso... — ela hesita — ... de um pouco mais de tempo para fugir.

Ele não se mexe. É tarde demais, pensa Joan. Esse é o fim. Ele vai fazê-la confessar agora ou, se não fizer isso, vai informar às autoridades assim que ela sair, e ela vai ser presa antes de chegar a Brixton Hill. Não devia ter ido até ali. Devia saber que seria muita coisa para Max absorver, que seria impossível para ele, para qualquer um na mesma posição, ser razoável em relação a isso. E por que ele deveria fazer o que ela pede? Por que deveria lhe dar mais alguns dias? Por que não deveria limpar o próprio nome, nesse momento?

Ela volta para a mesa e pega as luvas e a bolsa. Seus olhos estão embaçados pelas lágrimas. Quer envolvê-lo em seus braços, dizer que o ama, que nunca quis magoá-lo, mas não quer piorar tudo ainda mais para ele.

— Espere — pede Max subitamente, virando-se para ela. — O que você quer dizer com fugir?

— Austrália — responde Joan. — Vou para a Austrália. Tem um navio partindo daqui a cinco dias. Prometo que você vai ficar bem. Vão retirar todas as acusações depois que eu confessar.

— Austrália?

Eles ouvem passos no corredor do lado de fora. Ela vê os olhos de Max dispararem para a porta, e sabe que essa é sua única chance. Tem de fazê-lo acreditar nela. Joan estende a mão e o toca e sente o calor da pele dele.

— Juro que você pode confiar em mim. Vou tirá-lo daqui.

Max balança a cabeça.

— Não. — Ele pega a mão dela. — Não.

Ela mal consegue respirar.

— Só alguns dias. É tudo de que eu preciso.

Ele balança a cabeça de novo.

— Eu sei que é um choque para você e sinto muito. — A voz dela está trêmula. — Não posso lhe dizer...

— Não, não foi isso que eu quis dizer.

— O que é, então?

— Não vá.

— Mas eu tenho que ir. Tenho que confessar. Preciso tirar você daqui. — Ela levanta o olhar para a janela com barras. — E, se eu ficar...

— Mas você não vê? Qual é o sentido disso? Não quero que você vá para a Austrália. Eu te amo.

Ela o encara, e seu coração se parte.

— Eu também te amo — sussurra.

— Exatamente. Por isso eu quero que você fique aqui, comigo. Não há nenhuma evidência contra mim, de qualquer maneira. — Ele olha para ela. — Por que não ir a julgamento?

Joan o encara. Ela balança a cabeça.

— Como eu poderia fazer isso? Mesmo que você seja inocentado, todo mundo vai se lembrar disso. Seu nome nunca ficará limpo. Você não vai conseguir voltar ao seu antigo emprego. Sua antiga vida. — Ela faz uma pausa. — E não vai conseguir me perdoar.

Max fica em silêncio por um instante.

— Você não entende — argumenta ele. — Eu não quero a minha antiga vida. Eu só penso nisso desde que entrei aqui. Quero uma vida nova com você.

Joan não consegue falar. O que ele quer dizer? Claro que ele vai querer que ela confesse, de um jeito ou de outro. Ninguém pode ser tão generoso. Nem mesmo Max.

— Mas como pode? Depois do que eu fiz.

Ele dá um meio sorriso irônico.

— Sou matemático, Joanie. Até onde posso ver, este problema não tem uma solução precisa, com base na minha avaliação inicial. Sendo assim, o que posso fazer é chegar ao resultado mais próximo.

Joan quase sorri, sem conseguir se controlar.

— Não brinque comigo. Não agora.

Há uma batida na porta.

— Mais dois minutos. — A voz é rouca, profunda e irritante.

Max a puxa para si.

— Não estou brincando. Você me ama, não é? Eu sei que sim. É por isso que está aqui.

— Claro que sim. Eu tinha que ver você. Tinha que lhe contar.

— Então pronto.

— O que você quer dizer?

— Estou dizendo: espere por mim. Deixe que eu vá a julgamento. Deixe que eu limpe o meu nome, e, depois, vamos nos casar e nunca mais falar sobre isso.

Joan balança a cabeça.

— Mas agora você sabe a verdade e vai ter que mentir por mim. Vou fazer você mentir para me proteger. — Ela faz uma pausa. — Eles vão achar que é o mesmo nível de traição.

Max olha para ela.

— Só se encontrarem alguma evidência — sussurra ele.

O coração dela parece parar e, então, volta a bater com força. Não pode permitir que ele faça isso. Ela não merece. É arriscado demais. Há muitas coisas que podem dar errado. Um pensamento lhe ocorre de repente, e ela lhe aperta o corpo, tentando pensar rapidamente em como fazê-lo funcionar. Ela ouve passos no corredor do lado de fora. Mais um minuto, pensa. Só mais um minuto.

— Pode haver outro caminho — sussurra ela.

— Qual?

— Mas você teria que ser do tipo que foge.

— Não posso fugir. Caso não tenha notado, estou encarcerado numa prisão de segurança máxima.

— Não, quero dizer que acho que posso tirar você daqui.

— Como?

— Tenho um amigo no Ministério das Relações Exteriores. Ele... — Joan hesita. — Ele também faz parte da rede.

Max revira os olhos.

— Existem outros?

Joan vacila, mas sabe que não há tempo suficiente para explicar.

— Tenho certeza de que ele pode fazer alguma coisa por você. Mas não na Inglaterra. Essa é a questão. Se formos embora agora...

— Não para a Rússia — interrompe ele. — Eu não conseguiria viver na Rússia pelo resto da vida.

Joan balança a cabeça.

— Que tal a Austrália?

Os passos chegam à porta; botas pesadas e com tachas batem no piso de concreto bruto, indicando que a visita acabou. Max dá um passo à frente e a puxa para si, de modo que o ombro de Joan se encaixa sob o braço dele, e o rosto se apoia no pescoço. Ela sente a respiração de Max na pele, sopros curtos e ofegantes de ar, os lábios quase lhe fazendo cócegas pela proximidade. Ele a mantém ali, o mais perto possível, sem falar enquanto a porta se abre e o guarda aparece.

— Acabou o tempo — grita ele, ficando de lado, de modo que Joan consiga passar.

Joan sente uma secura terrível na garganta. Sabe que está pedindo demais. Não pode esperar que ele abra mão de sua casa, de sua vida, de seu país num piscar de olhos. E será que ia funcionar? Esse plano não colocaria os dois em risco?

Seu corpo todo treme quando Max se inclina para dar um beijo casto em seus lábios. É um beijo de despedida, tão doloroso, tão definitivo. Ela sente as lágrimas brotando e tem de fechar os olhos enquanto o dedo dele traça a linha de sua clavícula pela última vez. Depois Max prende uma mecha de cabelo atrás de sua orelha esquerda, mas, quando se inclina para beijá-la mais uma vez no rosto, não é um beijo que ele lhe dá, mas um "sim" murmurado.

Sexta-feira, 9h03

A folha de papel na mão de Joan está dobrada com perfeição. Ela memorizou o endereço, mas checa de qualquer maneira. Está com o casaco de pele que foi rejeitado pela prima e agora é oficialmente seu jogado nos ombros e, quando ela anda, ele se abre no joelho, balançando com confiança atrás dela. Joan chega ao escritório de William, e a recepcionista no saguão a conduz até um sofá cujas almofadas são cobertas de veludo dourado. Ela se apoia na beirada, os joelhos unidos. Está se controlando com muita, muita força. Há um quadro na parede em frente a ela, um navio ancorado ao amanhecer, com a luz fosforescente da cidade ao fundo. Onde é isso?, ela se pergunta, tentando se distrair do que está prestes a fazer.

— Ah — diz William, entrando a passos largos no grande saguão com um sorriso no rosto, mas os olhos hesitantes, em alerta. Ela sente o aroma doce do uísque no hálito dele quando a beija. — Você recebeu meu bilhete, então?

Joan se levanta.

— Sim, e eu estava só de passagem — responde ela, ecoando as palavras de William na última vez que se falaram. — Achei que você poderia estar livre para almoçar.

William se vira para a recepcionista, que está inspecionando as pernas de Joan, como se avaliasse a probabilidade de ser um almoço romântico.

— Sinto muito, mas você vai ter que me dar cobertura de novo, Cheryl. Diga a quem perguntar que eu saí a trabalho. E, se for Alice, diga que vou demorar.

— Claro, senhor.

William espera até eles terem dobrado a esquina e atravessado a rua até o St. James' Park, vira-se para ela e pega suas mãos.

— Imaginei que viria, mas por que não veio antes?

— Eu não sabia que estava acontecendo alguma coisa. Você disse que ia me avisar.

Os olhos de William estão semicerrados pela confusão.

— Sonya não disse nada?

Joan balança a cabeça devagar.

— Não.

— Que estranho. Ela disse para eu não fazer contato com você, porque ela mesma queria falar. Mas, quando não tive notícias suas... — Ele para, vendo o rosto de Joan se franzir levemente. — Você está encrencada?

Joan está tremendo, o corpo todo parece doer com o frio, apesar do casaco quente.

— Sim — sussurra ela. — Por favor. Você me ajuda? Preciso sair daqui.

Ele levanta as mãos e as coloca nos ombros dela, com a intenção de firmá-la, mas a sensação é desconfortável.

— Tem certeza? Você sabe que vai despertar suspeitas se simplesmente desaparecer.

Ela assente.

— Eles prenderam Max. Sabem que há um vazamento no nosso laboratório.

William suspira.

— Eles acham que houve, você quis dizer. — Ele olha para ela, e Joan nota que seus olhos estão cansados e com olheiras. — Está tudo desabando, Jo-jo. Rupert foi transferido para a embaixada em Washington.

Isso é uma enorme reviravolta para nós, claro, mas ele está se tornando um risco. Ele tem sido expulso de boates toda noite, completamente bêbado. Parece que ele disse a uma mulher que é espião russo e acharam que era uma piada, mas ele é uma bomba-relógio. Acho que a pressão lhe fez mal. — Ele olha para Joan. — Sinto muito. Não é por isso que você está aqui, é?

— É urgente, William. Preciso ir embora agora. — Ela faz uma pausa.

— Você prometeu.

William franze o cenho.

— Está bem, está bem. Posso solicitar o tratamento de desertora total para você. Sei que eles a têm em alta consideração. Você vai ter um bom apartamento, uma pensão...

— Não na Rússia — interrompe ela. — Eu não conseguiria.

— Ah, sim — diz William. — Jamais conseguimos convencê-la em relação a isso, não é? — Ele pega a cigarreira no bolso do paletó e a abre. — Pensando bem, não tenho certeza se serviria para mim também. Tenho péssima circulação. — Ele levanta as mãos e as esfrega antes de começar a resmungar. — Como meus dedos dos pés estão frios!

Joan não sorri.

— Você falou da Austrália uma vez. É para lá que quero ir.

— Sério? É bem longe.

— Exatamente.

William franze o cenho.

— Vai demorar um pouco para conseguir isso. Uma semana. Talvez duas.

Joan balança a cabeça. Ela segura a manga dele, num gesto desesperado e infantil.

— Não posso esperar tanto tempo. — Joan faz uma pausa. — E tem mais uma coisa.

— O quê?

— Preciso de duas passagens.

— Duas? Para quem é a outra?

Joan hesita.

— Para Max. Preciso que você o tire da prisão e o coloque nesse navio. William a encara.

— O professor? Por quê?

— Ele sabe de tudo. Contei a ele.

Ele abre a boca e depois a fecha de novo. Suas mãos se estendem para a frente e depois hesitam, caindo de novo nas laterais.

— Mas por quê? — pergunta mais uma vez.

— Tive que fazer isso, William. Não podia deixá-lo ir para a cadeia por algo que eu fiz. Não é certo. — Ela faz uma pausa. — Ele não merece.

William bate com a mão na testa e emite um ruído baixo, um gemido. Ele se lembra de alguma coisa agora, alguma coisa à qual mal prestou atenção na época e que desprezou, pensando que era apenas uma fofoca durante um drinque com amigos.

— Você e o professor Davis. Eu me esqueci. Sonya me disse que havia alguma coisa entre vocês dois, mas insistiu que não era sério. — Ele faz uma pausa e a encara, seus olhos analisando o rosto dela. Joan cruza os braços no peito. William dá uma súbita bufada em forma de risada. — Bem, acho que ela estava errada em relação a isso, não é?

— Mas você consegue tirá-lo da prisão?

— Não sou mágico, Jo-jo.

— Por favor, William. Por favor.

Ele olha para ela.

— Sinto muito. É arriscado demais. Não quero chamar atenção desnecessária neste momento. Os americanos quebraram os antigos códigos da KGB. Há infinitas decodificações de operadores estrangeiros da KGB para o Centro. Já falei que é uma bomba-relógio, Jo-jo. Preciso ser discreto. — William a encara. — Posso tirá-la daqui, mas ele não.

— Mas ele é inocente.

— Ele está preso. Eles querem um julgamento. Precisam mostrar aos ianques que estão fazendo alguma coisa.

— Mas ele sabe. Agora eu também sou um risco.

— Mantenha-o calmo. Finja que também vai tirá-lo daqui. Quando ele perceber o que aconteceu, você já estará a meio caminho da Austrália com um passaporte e documentos novos.

— Não posso fazer isso.

William balança a cabeça.

— Sinto muito, você simplesmente vai ter que deixá-lo levar a culpa. Não posso fazer isso. Não posso assumir o risco, especialmente agora, com Rupert atirando para todos os lados. Ele é minha maior prioridade. Seja forte.

Joan o encara.

— Mas você disse...

William acena a mão para ela.

— Eu sei, eu sei. Mas não disse que poderia fazer isso para todo mundo.

Joan lhe dá as costas. Há um banco perto do lago, e ela vai até lá e se senta. Não estava esperando por isso. Achou que dizer a William que Max sabia de tudo e que ela estava encrencada seria suficiente. Ainda tem uma carta na manga, mas vai ter de ser convincente. Vai ter de dizer as palavras como se as levasse a sério.

William a segue e se senta ao seu lado.

— Mas vou fazer isso por você, Jo-jo — diz ele, e seu tom é delicado, conciliador.

Ela respira fundo. Não quer fazer isso, principalmente com William.

— Qual vai ser, então?

Ele parece perplexo.

— Como assim?

A voz dela falha um pouco.

— Bem, pelo que estou vendo, existem duas opções. — Ela levanta um dedo e fica surpresa por não estar tremendo. — Um, você faz o que estou pedindo. Ou dois... — ela levanta outro dedo — ... eu mando uma carta para o MI5 sobre você, dando nomes, datas, detalhes de toda a sua atividade russa. Também vou falar do Rupert.

— Eles não vão acreditar em você.

Joan ergue as sobrancelhas.

— Será que não?

— Não há nada que me ligue a ele. Nada específico. Sempre fomos muito cuidadosos com isso. Faculdades diferentes, seções de guerra diferentes. Mal moramos no mesmo país nos últimos dez anos.

Há uma pausa.

— Bem, é aí que entra a foto.

— Qual foto?

— A que encontrei na casa da Sonya. De você e Rupert se beijando. Tenho uma cópia para a sua esposa e uma para o Daily Mail.

— Você não faria isso.

Ela não pode se acovardar.

— Não pense que estou blefando, William.

O rosto dele fica branco, pálido.

— Mas eu achava que éramos amigos.

Ela baixa a mão e toca na dele. Sente o calor úmido subindo para a palma de sua mão.

— Sinto muito — sussurra ela. — Estou desesperada.

William se levanta. Ele começa a se afastar. Não!, pensa Joan. Não me obrigue a fazer isso de verdade. É quase como se ele a ouvisse. Ele para, chuta um cardo na grama, enfia os punhos bem no fundo dos bolsos e se vira para onde Joan está sentada.

— Tudo bem — diz finalmente, a voz baixa e resignada. — Podemos ter uma chance. Se eu conseguir convencê-los de que isso vai pôr em risco as decodificações dos sinais russos a ponto de os americanos não poderem usar as evidências que têm, podemos ter uma chance. Terei que persuadi-los que vai ser melhor mandá-lo para o pasto em Oz, já que eu sei que estão lutando para encontrar alguma coisa nele que não comprometa as nossas fontes. Tudo que eles têm são evidências circunstanciais no momento, e alguns comentários despreocupados que ele fez com o chefe da usina de Chalk River no Canadá. Ele vai ter um emprego medíocre como professor e viverá no exílio pelo resto da vida, na melhor das hipóteses. Só que eles não chamam mais assim. Mas é possível. Conheço alguns casos em que isso foi feito. Às escuras, claro. Novas identidades. Novo começo.

Joan se aproxima e pega a mão de William.

— Obrigada — sussurra ela.

Ele franze a testa.

— Preciso de um dia ou dois.

Ela assente.

— Tem um navio rápido partindo daqui a quatro dias. — Joan estende a mão para ele, que a pega devagar e a aperta. — Quero que nós dois estejamos nele.

— É difícil negociar com você, Srta. Robson. — Ele se abaixa e beija a mão dela, mas é um beijo rígido, e ele a está apertando com muita força. — E, se realmente quiser me agradecer, pode queimar aquela foto minha com Rupert.

Joan olha para ele, e uma sombra de sorriso paira entre os dois.

— Combinado.

Sexta-feira, 11h17

A coletiva de imprensa está marcada para o meio-dia, na casa de Joan, e ela se dirigirá a agentes da imprensa e jornalistas em sua porta. Alguns membros do MI5 estarão presentes, não apenas a Srta. Hart e o Sr. Adams, e haverá um forte esquema de segurança. Para sua própria proteção, aparentemente. O nome dela foi oficialmente liberado na Câmara dos Comuns naquela manhã, mais ou menos no mesmo horário que o corpo de William desapareceu através da cortina no crematório para virar cinzas e ser espalhado pelos amigos e parentes vivos, seu segredo seguro com ela.

Joan pega o telefone e disca o número de Nick. O telefone toca até parar. Tenta o celular em seguida, mas cai direto na caixa postal. Ela ouve a mensagem inteira, o coração martelando, mas, quando o bipe toca, não diz nada, porque não sabe o que quer dizer. Que ela sente muito? E que o ama? E que não o culpa pela escolha que fez? Ele estava certo. É a vez dele de escolher, agora. As ações têm consequências, ela sempre soube disso.

No meio da manhã, a polícia cerca a frente e a lateral da casa, e há carros e bicicletas apinhados no fim do beco sem saída. Pessoas andam de um lado para o outro, arrumando câmeras e bebendo café de garrafas térmicas. Estão fotografando a frente da casa, uma construção simples e coberta de pedra, com cortinas de voal e enfeites no peitoril da janela. A porta da frente é feita de carvalho sólido, e a entrada estreita atravessa um quadrado bem-cuidado de grama coberta de gelo, com arbustos nas bordas. Há uma lata de lixo reciclável vazia na frente da casa, e um microfone foi colocado no jardim.

Joan liga de novo para o celular de Nick. Secretária eletrônica. Ela desliga.

Sente uma dor ao pensar em todas as pessoas que amou: Max, a mãe, o pai, Lally. Imagina os filhos crescidos de Lally, suas sobrinhas e seu sobrinho, vendo a coletiva na televisão, ligando uns para os outros para discutir a tia distante e esquisita que nunca se esqueceu de um aniversário, que sempre mandava quantias exorbitantes dentro de cartões com coalas e cangurus, mas que não foi ao enterro da própria mãe e cuja irmã nunca a perdoou por isso. Pelo menos, agora eles saberiam por que ela sempre se manteve afastada, apesar de ser tarde demais para explicar isso a Lally. Será que algum deles ligaria para ela depois? Será que algum deles a perdoaria?

Não. E por que deveriam?

Ela se arruma com cuidado, escolhendo algo neutro e elegante. Veste uma saia lilás e uma blusa cor de creme, depois amarra um lenço de seda marrom escuro no pescoço. Coloca o sobretudo bege e o abotoa até em cima. Há um lenço escondido na parte inferior da manga. Os sapatos são pretos, de aparência prática, com fecho de velcro. Ela para na frente do espelho e encara sua imagem refletida. Expira devagar.

Verifica o relógio de pulso. Dois minutos. Vai de novo para o corredor e tira o telefone do gancho. Começa a discar o número de Nick mais uma vez, mas sua mão está tremendo demais. Devolve o aparelho para o lugar. É tarde demais agora.

Joan vai até a porta da frente. Atrás da madeira, ouve o sussurro de pessoas conversando, se acotovelando, se preparando. Ela destranca a corrente prateada e coloca a mão no trinco. Pensa que, em algum lugar dentro de si, sempre soube que era assim que tudo terminaria. Somente ela, sozinha com seu pânico.

Mas também sabe que não é nada além do que merece. Ela vira o trinco, e a porta se abre com um clique.

Sexta-feira, 12h00

Todas as câmeras disparam de uma só vez, provocando um efeito estroboscópico e congelando-a no tempo. Joan dá um passo para a frente e leva a mão ao peito, tentando acalmar o terrível batimento do coração. Para no degrau da frente, e a porta se fecha atrás dela. Joan procura Nick na multidão, mas não consegue vê-lo em lugar nenhum. Um jovem com fones de ouvido e casaco de lã marrom se aproxima para ajustar o volume do microfone, depois recua, sorri e faz um sinal de positivo com o polegar.

Joan levanta o olhar, mas ver tantas pessoas a deixa tonta, e ela precisa baixar os olhos de novo. Não esperava tanta gente interessada. Talvez um ou dois jornais locais, mas não isso. Há câmeras de noticiários e vários repórteres transmitindo tudo ao vivo e enormes gravadores de som, além de jornalistas e fotógrafos. Ela reconhece o logo do noticiário australiano em um dos microfones, depois um americano e há muitos, muitos outros que ela não reconhece. A Srta. Hart e o Sr. Adams estão na lateral da casa, preparados para intervir, se for necessário, com uma linha de policiais posicionados em intervalos ao longo do cordão de isolamento. Suas pernas estão bambas. Se ao menos ela conseguisse ver o rosto de Nick de relance...

Uma imagem de Sonya invade sua mente, e, por um instante, pensa em como a amiga seria muito melhor nisso que ela. Sonya estaria adorando toda a atenção. Joan consegue imaginá-la parada na soleira da porta em algum lugar, usando seda e diamantes, segurando um gato embaixo do braço e negando tudo, e finalmente o corpo de Joan é inundado por uma terrível mistura de raiva e sofrimento ao se lembrar da traição de Sonya. Mas a raiva que sente não é de Sonya. A raiva é de si mesma por não ter percebido a tempo, por ter ignorado as pistas, por não ter alertado Leo, por não tê-lo abraçado e dito que ele não deveria ir a Moscou, porque Sonya não era confiável, por ter acreditado que Sonya a alertaria se um dia Joan estivesse em perigo. Por não ter percebido que Sonya entendia as regras porque eram as regras dela, e, sinceramente, as duas sabiam disso desde o início. Ela sabia desde o dia em que Sonya a levou à casa daquela mulher e a empurrou para a frente, escada acima, e lhe disse para jamais contar a ninguém.

Joan respira fundo, e a multidão fica em silêncio, esperando-a falar. Ela sabe o que quer dizer: que não concorda com o princípio de fazer espionagem contra um país, mas que era uma época sem precedentes. Mas, quando tenta falar, as palavras não saem. Há pequenos pontos pretos atrás de seus olhos, surgindo aos poucos no início, mas se tornando mais regulares, de modo que, agora, tudo que consegue ver é uma escuridão aquosa. Sente o coração falhar e os joelhos fraquejarem. Há um fluxo de ar quando ela cai. É isso?, ela se pergunta. Estou morrendo? Está realmente acontecendo aqui, agora, na frente de todas essas pessoas?

O degrau da varanda estala sob seu braço, a pedra fria e cinza a fazendo gritar de dor quando o braço se dobra sob ela. Há uma súbita explosão de ruído, um barulho de lentes de câmeras zumbindo e clicando conforme as pessoas se aproximam. Joan ouve alguém chamar seu nome, mas o som é distante e fraco. A cabeça lateja enquanto as ondas de escuridão aumentam e recuam.

Alguém coloca a mão em suas costas, e uma voz pede uma ambulância. Uma pessoa coloca uma coberta sobre ela e dá tapinhas em seu peito e nos seus braços. Sua consciência vai e volta, a mente girando com lembranças de Leo e Sonya, até que sente o corpo sendo rolado para uma maca. Uma máscara de oxigênio é colocada em seu rosto, e agora ela só consegue pensar em Max. Seu corpo, de repente, parece leve e macio. Alguém está segurando seu punho e gritando números. Ela é levantada e empurrada até a ambulância, o punho ainda suspenso no ar, erguido pelo paramédico. Por que ela simplesmente não concordou com o plano de Nick? Por que simplesmente não deu a eles o que queriam?

Seus olhos piscam. O coração está saltando no peito.

— Nick — sussurra ela. — Nick. — Quer tirar a máscara do rosto, mas não consegue mexer os braços. Um deles está amarrado, e o outro está retorcido de um jeito esquisito sobre a barriga. Há um barulho alto de bipe no monitor ao lado. O paramédico vê seu pânico e levanta um pouco a máscara, inclinando-se para poder ouvi-la.

— Nick — articula ela.

O paramédico franze o cenho, sem entender.

— Não tente falar. — Ele prende a máscara no rosto de Joan, e ela ouve o motor sendo ligado. A sirene soa uma vez e para, e uma porta bate em algum lugar perto da cabeça de Joan. A ambulância começa a andar.

Acabou, pensa. Nunca mais verei meu filho. Ele nunca vai saber como terminou nem quanto eu o amei.

Mas, então, ela sente a ambulância parar de repente e há um súbito sopro de ar frio quando a porta de trás é aberta.

— Sinto muito, você não pode simplesmente abrir a porta desse jeito. Precisamos do consentimento do Ministério do Interior para qualquer acompanhante. Quem é você?

— Nicholas Stanley, CR — anuncia Nick, a voz se erguendo acima do som do motor e do sibilar da máscara de oxigênio, seco e impaciente enquanto sobe na plataforma na parte de trás da ambulância.

Uma pausa. O paramédico não estava esperando por isso.

— Bem, sinto muito, mas não é uma prática normal o advogado de um paciente...

— Não, não, claro que não — diz Nick abruptamente, mas, quando fala de novo, suas palavras caem sobre Joan, como um bálsamo sobre uma ferida aberta. — Mas ela é minha mãe, e eu vou com ela.

O casaco de vison foi um erro. Em Southampton, ele se destaca como uma pequena papoula vermelha num mar de verde, mas é pesado demais carregar junto com a mala, e, além do mais, às cinco e meia da manhã, as ruas ainda estão escuras o suficiente para o casaco de pele parecer banal e tosco. Pode ser pele falsa. Na verdade, qualquer pessoa que o visse acharia que era. Não seria real, não ali entre os armazéns e o trânsito do estaleiro. O céu está cor-de-rosa, e minúsculas chamas laranja atravessam sua extensão. Há um carrinho de leite abrindo caminho pelo fluxo constante de estivadores e passageiros se dirigindo ao porto. Um cheiro que fica mais forte aos poucos, de fogueiras e pão, sobe por entre os guindastes e chaminés.

É impossível pensar que o quarto de hotel do qual acabou de sair será o último lugar em que vai dormir em seu país natal, que ela nunca mais verá a mãe nem a irmã nem a casa em que cresceu; que esse é o fim. Impossível imaginar que ela é capaz de fugir desse jeito, saindo de uma vida para outra. O que vão dizer no laboratório quando ouvirem a história? Será que Karen vai fingir que sabia o tempo todo que alguma coisa estava acontecendo, ou eles simplesmente ficarão chocados e calados, como ficaram na semana passada, quando Max foi preso? Não, pensa, o silêncio não vai durar muito. Talvez Karen fique feliz pelos dois quando souber. Joan vai mandar um cartão-postal para ela quando eles se instalarem, explicando as coisas. Explicando algumas coisas, para ser exata. Não tudo, é claro.

Ela desce a colina em direção ao estaleiro de onde o navio vai partir. William deu um jeito de transportar Max pessoalmente de Brixton até Southampton, como escolta oficial do governo. As instruções são bem simples: ela deve encontrá-los no embarcadouro pontualmente às seis da manhã — nem antes nem depois —, e ele vai levá-los até o navio. Não pode haver nenhum desvio desse plano. Já é arriscado o suficiente assim.

Ela sente uma palpitação no peito. Está no coração, nos pulmões, na cabeça. Não está latejando, apesar de ela sentir as explosões distintas de sangue, mas as batidas são baixas demais para latejarem, regulares demais. É mais como um tique-taque. Sim, é isso. Seu corpo todo está tiquetaqueando, marcando os segundos.

E se eles não aparecerem? Ela está com o passaporte e dinheiro suficiente para comprar uma passagem para si, nesse caso. Na verdade, se isso acontecer, ela não terá opção além de ir, já que o único motivo para eles não aparecerem seria se algo desse errado, se eles descobrissem uma evidência no último instante que a envolvesse, ou se William deixasse os dois na mão, ou se — ela mal suporta pensar na última possibilidade — Max tiver mudado de ideia e decidido que prefere dizer a verdade e limpar o próprio nome a fugir desse jeito. E por que ele não ia querer isso?

Um sino de igreja toca devagar e alto. Seis horas. Ela espera, contando os toques do carrilhão. Sente um tremor na coluna. Nada acontece. Espera um pouco mais. Um carro azul-escuro entra na rua larga de cascalho e se aproxima devagar, as janelas opacas. Em algum lugar próximo, ela ouve o som de um guindaste levantando uma caixa de carga para dentro do navio. Uma explosão súbita de fumaça em uma das chaminés. Um ônibus para a pouca distância na rua e os passageiros começam a descer. O carro azul-escuro estaciona na frente do ônibus, a poucos metros de distância de Joan. Chegou a hora, pensa. Ela imagina Max do outro lado da janela, o cabelo raspado da prisão, não mais com tufos nas laterais.

A janela do motorista se abre. Os olhos de William estão cansados e vermelhos. Parece que ele não dorme há dias. Joan se aproxima, magnífica em seu casaco de vison, a mala na mão. A pele está quente, quente demais, e as pernas subitamente parecem fracas.

— Você está com ele? — pergunta ela, se abaixando para olhar dentro do carro. Sua visão é bloqueada por William, mas ela vê as mãos de Max apoiadas nas coxas. Sua imobilidade a preocupa.

William assente e lhe dá um envelope. Os dedos de Joan tremem ao abri-lo e verificar as passagens. Dois passageiros; de Southampton para o Cairo, de Cairo para Cingapura e, finalmente, de Cingapura para Sydney. Ela pega o novo passaporte e passa o dedo sobre o nome. Joan Margery Stanley. Abre o novo passaporte de Max e verifica seu nome também. George Stanley. Não é um nome totalmente novo, mas é comum o bastante para que seja apenas uma coincidência, e diferente o suficiente para lhe permitir um novo começo, com a condição de nunca mais voltar à Grã--Bretanha. Certidões de nascimento, certidão de casamento, referências de empregadores. Está tudo ali. E, no fundo do envelope, uma medalha de São Cristóvão com um bilhete preso à corrente. Ela vai ler o bilhete mais tarde.

— Obrigada — sussurra. — Como posso retribuir?

— Não conte para ninguém — sussurra ele. — É tudo que eu peço. E queime a foto.

Joan balança a cabeça. Ela enfia a mão no bolso e lhe entrega a foto.

— Achei que você ia gostar de fazer isso — diz ela. — É a única cópia até onde eu sei.

William sorri e a coloca no bolso interno no paletó.

— Obrigado. — Ele se vira para Max, ainda sentado imóvel ao lado dele, e encosta em seu braço. — Hora de ir, professor.

William fecha a janela, tendo concluído sua tarefa. Os dois homens trocam um aperto de mãos, então Max sai do carro e dá a volta para pegar a mala no porta-malas. Não olha para Joan ao fazer isso, nem de relance — não dá nenhum sinal do que está pensando. Será que ele mudou de ideia? Será que quer sua antiga vida de volta, no fim das contas? Talvez ele diga isso depois que William for embora, entregue-a às autoridades da alfândega, diga que não consegue acreditar que ela tivesse achado que ia escapar. Ou...

Mas o próximo pensamento não tem tempo de se formar na mente de Joan, porque, bem nesse instante, Max fecha o porta-malas do carro e olha direto para ela, os olhos azuis reluzindo no brilho fraco da aurora, e abre um largo sorriso. No segundo seguinte, seus braços estão na cintura dela e ele a levanta, segurando-a, como uma folha sendo levada pelo vento, e abraçando-a com tanta força que ela mal consegue respirar ("Me desculpe", ela sussurra no pescoço dele, "me desculpe, me desculpe, me desculpe"). Sua mala e seu casaco devem estar deixando-a pesada, mas ele não parece perceber, porque está rindo, e, de repente, Joan também está, ambos felizes como crianças. Ele a coloca no chão, e os dois começam a andar — é quase uma corrida —, subindo os degraus de madeira e entrando no navio, virando-se no alto da escada para ver William piscando os faróis do carro em despedida. Por um breve instante, Joan solta a mão de Max para poder levar os dedos aos lábios e soprar um beijo para William.

E não é apenas um beijo. É também uma promessa.

Nota da autora

A inspiração para este livro veio de um artigo publicado em 1999 no jornal *The Times* (a manchete incisiva era "A espiã que veio da cooperativa"), no qual Melita Norwood era identificada, aos 87 anos, como a espiã soviética mais importante e que serviu por mais tempo durante a Guerra Fria. Novas evidências para identificá-la ficaram disponíveis quando Vasili Mitrokhin desertou da KGB para a Grã-Bretanha em 1992, levando consigo uma enorme quantidade de arquivos dolorosamente copiados anteriormente e desconhecidos do serviço de inteligência britânico. Norwood foi chamada de "vovó espiã" e fez uma declaração televisionada para a imprensa em seu jardim, na qual foi, de maneira decepcionante, mas não surpreendente, bem econômica em relação à verdade e não pareceu muito arrependida. O caso de Norwood foi posteriormente analisado pelo Parlamento, e o ministro do Interior tomou a decisão de não a processar por causa da idade. Eu estava no meio da faculdade de história na Universidade de Cambridge quando li essa notícia e, depois, li um artigo publicado pelo professor Christopher Andrew, o historiador contatado por Vasili Mitrokhin quando saiu da Rússia e coautor dos diversos volumes do Arquivo Mitrokhin, que finalmente identificou Melita Norwood, e foi nessa época que nasceu *A espiã vermelha*.

Além de terem canecas de Che Guevara e não quererem receber pagamento por suas atividades, a única semelhança entre Melita Norwood e Joan Stanley é que ambas trabalharam como assistentes pessoais de diretores de importantes laboratórios de metais durante a Guerra Fria (Norwood na Associação Britânica de Metais Não Ferrosos de 1932 a 1972, e Joan num departamento fictício, embora localizado, para os objetivos do livro, nos Laboratórios Cavendish na Universidade de Cambridge), o que lhes dava acesso a documentos dos mais altos níveis em pesquisas atômicas no projeto conhecido como Tube Alloys, enquanto também mantinham um nível de proteção contra suspeitas que vinha basicamente do gênero das duas. As diferenças entre as duas mulheres (uma real, e outra não) são variadas e múltiplas, e Joan Stanley não pretende ser uma representação de Melita Norwood. Enquanto Joan se formou em ciências na universidade e tinha um alto nível de conhecimento técnico, Melita Norwood não tinha nenhuma dessas vantagens, e, enquanto Joan tinha uma atitude hesitante em relação ao comunismo, Melita Norwood continuou sendo uma comunista comprometida até o final, visitando a Rússia depois de se aposentar e continuando a distribuir o *Morning Star* em seu bairro em Bexleyheath, mesmo depois de completar 89 anos. Sua história é marcante de várias maneiras, mas não é a história que eu queria contar aqui.

A personagem de Sonya se baseia livremente na controladora de Melita Norwood durante esse período, uma das pouquíssimas mulheres nessa função operando durante a Guerra Fria, Ursula Beurton (também conhecida como Ruth e codinome Sonya), que foi treinada na China e depois operou um sistema de rádio numa casa de fazenda perto de Oxford com o marido. O caso de Kierl foi inspirado no julgamento e no processo do espião atômico Klaus Fuchs em 1949, que também era controlado por Beurton (enquanto, aqui, Kierl é controlado por Leo e morava no Canadá).

A ambientação de grande parte da história é inevitável, de certa maneira, já que alguns dos mais famosos espiões da KGB formados no país passaram por Cambridge pouco antes de Joan. Sua influência deve ser sentida em Leo, Rupert e William. A tese de Leo é amplamente baseada nos interesses de pesquisa de Maurice Dobb e Michal Kalecki, ambos economistas marxistas de Cambridge que se interessavam pela teoria do Planejamento Soviético e suas implicações práticas na época da guerra. Quaisquer outras semelhanças com pessoas reais ou imaginárias são totalmente acidentais.

Diversos livros foram extremamente úteis na pesquisa para o cenário deste livro, e eu gostaria de mencionar os seguintes, que me ajudaram muito:

Andrew, Christopher e Vasili Mitrokhin. *The Mitrokhin Archive: The KGB in Europe and the West*. Londres: Penguin, 2000.

Burke, Dr. David. *The Spy Who Came in From the Co-op: Melita Norwood and the ending of the Cold War*. Woodbridge: Boydell Press, 2008.

Robinson, Jane. *Bluestockings: The Remarkable Story of the First Women to Fight for an Education*. Londres: Viking, 2009.

Glyn, Jenifer. *My Sister: Rosalind Franklin*. Oxford: Oxford University Press, 2012.

Moss, Norman. *Klaus Fuchs: The Man Who Stole the Atom Bomb*. Nova York: St. Martin's Press, 1987.

Gardiner, Judith. *The Thirties: An Intimate History*. Londres: Harper Press, 2010.

Dobb, Maurice. *Soviet Economic Development Since 1917*. Londres: Routledge and Kegan Paul, 1947.

Os Arquivos Nacionais em Kew também foram uma fonte valiosa, com todas as entrevistas e os relatórios se baseando, de certa forma, em relatórios genuínos, especialmente em relação à busca e ao interrogatório de Klaus Fuchs pelo MI5. Há uma alteração deliberada nas datas em que me referi ao projeto dos Tube Alloys; no livro, ele já existe com esse nome em 1941, quando, na verdade, só recebeu esse nome em 1942.

Visite meu site em www.jennierooney.com para mais informações.

Agradecimentos

Este livro teve inúmeros rascunhos, e meus agradecimentos infinitos vão para as pessoas que me deram seu apoio, conselho e estímulo em cada etapa: a Clare Alexander, por nunca deixar de oferecer sugestões de melhoria e pitadas de sabedoria, às minhas editoras na Chatto & Windus, Juliet Brooke, cujas anotações inspiradoras em cada rascunho quase valeram a publicação, e Clara Farmer, pelo entusiasmo e orientação o tempo todo. Mais agradecimentos e reconhecimento a todos na Random House, especialmente a Lisa Gooding e Will Smith. Além disso, eu gostaria de agradecer a Suzanne Dean pela bela capa.

Meus agradecimentos mais sinceros também àqueles que doaram seu tempo e auxílio à pesquisa para este livro: a Dr. Peter Holmes, da Universidade de Sussex, pelos comentários gerais e pela sugestão da ideia para a tese de Leo; a Dra. Alix McCollam, da Radboud University Nijmegen, na Holanda, que corrigiu meus conhecimentos meio duvidosos de física nuclear com uma tolerância admirável (e ao Dr. Richard Samworth por nos colocar em contato); a Dr. David Burke, por compartilhar seu conhecimento das atividades políticas de Melita Norwood, além de aprimorar a fascinante história de seu envolvimento com ela na época em que foi exposta nos jornais nacionais. Além do mais, sou grata pela assistência de Anne Thomson, arquivista no Newnham College, Cambridge, por ser generosa com seu tempo e seu conhecimento, e pela ajuda que os funcionários dos Arquivos Nacionais em Kew me deram. Como sempre, quaisquer erros factuais e discrepâncias são de minha responsabilidade.

Também gostaria de fazer um agradecimento especial aos amigos e familiares que passaram pelo trauma de serem os primeiros leitores do manuscrito, e cujos comentários, pequenos ou grandes, foram extremamente valiosos: especialmente a minha mãe, meu pai e meus irmãos, a Tammy Holmes, Peter Holmes, Ann Holmes, Gillian Hardcastle, Sarah Beckett, e aos integrantes do meu fabuloso "grupo focal": Frankie Whitelaw, Emma Clancey, Della Fanning, Helen Harper, Emma Whiteford, Sarah Machen, Lucy Stoy e Kate Wilson, cuja disposição para criticar sem nenhuma vergonha não foi apenas admirável, mas também extremamente útil. Agradeço também a Joan Winter (ela sabe por quê) e à minha família e aos meus amigos que gentilmente ficavam perguntando como estava o livro. Mas, acima de tudo, agradeço a Mark, pois sem ele tudo teria parecido um trabalho árduo.

Este livro foi composto na tipografia Minion
Pro, em corpo 11,5/16, e impresso em
papel off-white no Sistema Cameron da
Divisão Gráfica da Distribuidora Record.